DICHT BIJ JOU

Van Jojo Moyes verschenen:

Verboden vruchten
Passie en parelmoer
Zee van verlangen
Dicht bij jou
Nachtmuziek
De laatste liefdesbrief
Voor jou
Vier plus één
Portret van een vrouw
Een week in Parijs
Een leven na jou
Dans met mij
Jij en ik
Voor mij
De sterrengever

Jojo Moyes

Dicht bij jou

De Fontein

Dit is een speciale uitgave van Veldboeket Lektuur.

Zevende druk, tweede in deze uitvoering, november 2019

Oorspronkelijke titel: *Silver Bay*
Oorspronkelijke uitgever: Hodder & Stoughton, a division of Hodder Headline

Vertaling: Milly Clifford
Omslagontwerp: Oranje Vormgevers
Omslagillustratie: © plainpicture.com/Isabelle Hesselberg
Opmaak binnenwerk: ZetSpiegel, Best
ISBN 9789026152023
ISBN e-book 9789026141737
NUR 302

www.uitgeverijdefontein.nl

Dicht bij jou is eerder uitgegeven als *Walvisbaai* (2007)

Uitgeverij De Fontein vindt het belangrijk om op milieuvriendelijke en verantwoorde wijze met natuurlijke bronnen om te gaan. Bij de productie van het papieren boek van deze titel is daarom gebruikgemaakt van papier waarvan het zeker is dat de productie niet tot bosvernietiging heeft geleid.

Voor Lockie, voor alles wat hij is
en alles wat hij zal worden

Proloog

Kathleen

Mijn naam is Kathleen Whittier Mostyn, en op mijn zeventiende werd ik beroemd omdat ik de grootste haai ving die New South Wales ooit had gezien. Het was een grijze bakerhaai met zulke gemene ogen dat hij, twee dagen nadat we hem hadden gedood, me nog steeds leek te willen verscheuren. Dat was in de tijd dat heel Silver Bay zich op sportvissen had gestort, en drie weken lang sprak iedereen alleen maar over die haai. Een journalist kwam helemaal uit Newcastle en nam een foto van me terwijl ik naast de haai stond (ik ben die ene in badpak). Hij is ruim een meter langer dan ik op die foto, en ik moest van de fotograaf mijn hoge hakken aan.

Wat je ziet is een lang, nogal nors lijkend meisje dat er knapper uitzag dan ze wist, met brede schouders waar haar moeder wanhopig van werd, en een middel dat zo slank was door het in- en ophalen en bukken, dat ze geen korset nodig had. Daar sta ik, niet in staat mijn trots te verbergen, me nog niet bewust van het feit dat ik de rest van mijn leven zo vast zou zitten aan dat beest alsof we getrouwd waren. Wat je niet kunt zien is dat hij overeind blijft door twee kabels, die worden vastgehouden door mijn vader en zijn zakenpartner Brent Newhaven. Door het aan land sleuren van de haai waren pezen in mijn rechterschouder gescheurd en toen de fotograaf kwam, kon ik niet eens een kop thee optillen, laat staan een haai.

Toch was mijn reputatie gevestigd. Jarenlang stond ik bekend als het Haaienmeisje, zelfs toen ik allang geen meisje meer was. Mijn zus Norah grapte vaak dat ze me, gezien mijn uiterlijk, beter de Zee-egel hadden kunnen noemen. Maar door míjn succes, zo zei mijn vader altijd, was het Bay Hotel een succes geworden. Twee dagen nadat die foto in de krant was verschenen, waren al onze kamers volgeboekt en dat bleef zo tot de westelijke vleugel van het hotel in 1962 afbrandde. Mannen kwamen omdat ze mijn record wilden verbeteren. Of omdat ze veronderstelden dat als een méísje een dergelijk schepsel kon binnenhalen, er ongekende mogelijkheden moesten zijn voor een échte visser. Sommigen kwamen om me ten huwelijk te vragen, maar mijn vader zei altijd dat hij hen al kon ruiken voor ze bij Port Stephens waren, en stuurde hen weg. Vrouwen kwamen omdat ze het nooit voor mogelijk hadden gehouden dat zij ook in staat waren tot sportvissen, laat staan dat ze zich met mannen konden meten. En gezinnen kwamen omdat Silver Bay, met zijn beschutte baai, de eindeloze duinen en het kalme water, een heerlijk oord was.

Haastig werden er nog twee aanlegsteigers gebouwd voor de extra boten, en elke dag weerklonk het geluid van roeispanen en buitenboordmotoren terwijl de baai en de zee eromheen letterlijk werden leeggevist. 's Avonds klonk het geronk van automotoren, zachte muziek en het gerinkel van glazen. Er was een tijd, tijdens de jaren vijftig van de vorige eeuw, dat je gerust kon zeggen dat wij hot waren.

We hebben nog steeds onze boten en onze aanlegsteigers, alleen gebruiken we er maar één van, en de mensen jagen op iets heel anders. Ik heb in twintig jaar geen hengel aangeraakt. Ik heb geen zin meer om dieren te doden. Het is hier stil, zelfs in de zomer. De meeste vakantiegangers gaan naar de clubs en de hoogbouwhotels, het voor de hand liggende vertier van Coffs Harbour of Byron Bay, en eerlijk gezegd vinden de meesten van ons dat prima.

Dat record staat nog steeds op mijn naam. Het staat vermeld in een van die boeken die met enorme aantallen tegelijk verkocht worden en die niemand die je kent, ooit koopt. De redacteuren vereren me af en toe met een telefoontje om me te laten weten dat mijn naam weer een jaar vermeld zal worden. Af en toe hoor ik van schoolkinderen dat ze me in de bibliotheek hebben gevonden en dan reageer ik altijd verbaasd, om hun een plezier te doen.

Maar dat record staat nog steeds op mijn naam. Dat zeg ik niet om op te scheppen, of omdat ik een vrouw van zesenzeventig ben en het leuk is om te bedenken dat ik ooit iets gedenkwaardigs heb gedaan. Als je net als ik omgeven bent door zo veel geheimen, is het prettig om af en toe gewoon iets hardop te kunnen zeggen.

Silver Bay, Australië

2007

1

Hannah

Als je je hand er tot aan je pols in stopte, had je meestal minstens drie verschillende soorten koekjes gevonden in het blik op de *Moby Een*. Yoshi zei dat de bemanning op andere boten vrekkig was wat koekjes betrof en de goedkoopste biscuitjes in grootverpakking uit de supermarkt haalde. Maar als iemand bijna honderdvijftig dollar neertelde om naar dolfijnen te kijken, dan mocht die toch minstens een fatsoenlijk koekje verwachten, vond ze. Dus kocht ze haverkoekjes met een dikke laag chocola, spritsvingers, chocoladekoekjes met mintvulling, en af en toe wist ze zelfgebakken koekjes mee te smokkelen. Lance, de schipper, zei dat ze lekkere koekjes kocht omdat ze bijna niets anders at. Hij zei ook dat als hun baas ooit ontdekte dat ze zoveel uitgaf aan koekjes, hij haar zou pletten als een goudvis. Ik staarde naar de koekjes op het dienblad in mijn handen terwijl de *Moby Een* Silver Bay in voer en Yoshi de passagiers thee en koffie aanbood. Ik hoopte dat ze niet alle haverkoekjes op zouden eten voor ik de kans kreeg er een te nemen. Ik was weggeglipt zonder ontbijt en ik wist dat ik pas uit het blik mocht pakken als we in de stuurhut waren.

'*Moby Een* aan *Sweet Suzanne*, hoeveel bier heb jij gisteravond gedronken? Je stuurt als een dronkenlap met één been.'

Lance sprak via de radio. Zodra we in de stuurhut waren, stak ik mijn hand in het koekblik en haalde er het laatste haverkoekje uit. De scheepsradio knetterde en een stem mompelde iets wat ik niet kon verstaan.

Lance probeerde het opnieuw. '*Moby Een* aan *Sweet Suzanne*. Hou eens recht, makker. Aan de voorkant hangen vier passagiers over de reling. Elke keer als je zwenkt, versieren ze je ramen aan stuurboord.'

De stem van Lance McGregor klonk alsof hij met staalwol was geboend, net als de zijkanten van de boot. Hij haalde een hand van het stuurwiel en Yoshi gaf hem een beker koffie. Ik dook achter haar weg. De waterdruppels op de achterkant van haar donkerblauwe uniform glinsterden als lovertjes.

'Heb je Greg gezien?' vroeg Lance.

Ze knikte. 'Ik zag hem voor we vertrokken.'

'Hij is zo laveloos dat hij niet kan sturen.' Hij wees door het met druppels bespikkelde raam naar de kleinere boot. 'Die passagiers gaan hun geld terugvragen, Yoshi. Die ene met de groene hoed heeft zijn hoofd niet meer opgetild sinds we langs Break Nose Island zijn gevaren. Wat mankeert Greg?'

Yoshi Takomura had het mooiste haar dat ik ooit had gezien. Het hing in zwarte wolken rond haar gezicht en raakte nooit in de war, ondanks de wind en het zoute water. Ik nam een van mijn vale haarlokken tussen mijn vingers; het voelde zanderig aan, ook al waren we nog maar een halfuur op het water. Mijn vriendin Lara zei dat als ze over vier jaar veertien werd, ze van haar moeder blonde strepen in haar haar mocht laten doen. Toen kreeg Lance mij in de gaten. Dat had ik kunnen weten.

'Wat doe jij daar, snotneus? Straks krijg ik het met je moeder aan de stok. Moest je niet naar school of zo?'

'Ik heb vakantie.' Ik kwam achter Yoshi vandaan, een beetje verlegen. Lance praatte altijd tegen me alsof ik vijf jaar jonger was dan in werkelijkheid.

'Ze blijft uit het zicht,' zei Yoshi. 'Ze wilde alleen maar de dolfijnen zien.'

Ik keek naar hem en trok mijn mouwen over mijn handen.

Hij keek terug en haalde toen zijn schouders op. 'Trek je wel je reddingsvest aan?'

Ik knikte.

'En loop je me niet in de weg?'

Ik hief mijn hoofd op. Alsof ik dat ooit zou doen, zeiden mijn ogen.

'Wees lief voor haar,' zei Yoshi. 'Ze is al twee keer misselijk geweest.'

'Dat komt door de zenuwen,' zei ik. 'Dan krijg ik altijd last van mijn maag.'

'Ach, nou ja. Zeg dan in elk geval tegen je moeder dat ik er niets mee te maken had. En luister, snotneus, ga de volgende keer naar de *Moby Twee* of nog liever naar de boot van iemand anders.'

'Je hebt haar niet gezien,' zei Yoshi. 'En trouwens, Gregs stuurkunsten zijn pas de helft van het verhaal.' Ze grinnikte. 'Wacht maar tot hij draait en je ziet wat hij met de neus van zijn boot heeft gedaan.'

Het was, zoals Yoshi zei toen we verder voeren, een mooie dag om op het water te zijn. De zee was een beetje ruw, maar er stond weinig wind en de lucht was zo helder dat je kilometers verder de schuimkoppen op de branding kon zien. Ik volgde haar naar het restaurantdek. Mijn benen waren al gewend aan het deinen van de catamaran onder me, en ik voelde me wat meer op mijn gemak nu de schipper wist dat ik aan boord was.

Dit zou het drukste gedeelte van de boottocht van vandaag zijn, had ze me verteld, de tijd tussen de afvaart en de aankomst in het beschutte water rond de baai, waar scholen tuimelaars vaak bijeenkwamen. Terwijl de passagiers op het bovenste dek van de frisse meidag genoten met wollen dassen om, bracht Yoshi, de stewardess, het buffet in gereedheid, bood drankjes aan, en als het water ruw was, wat vaak gebeurde nu de winter naderde, zette ze emmers en desinfecterend middel klaar voor als mensen zeeziek werden. Het maakte niet uit hoe vaak je het zei, mopperde ze met een blik op de goedgeklede Aziaten die de meerderheid van de passagiers vormden deze ochtend, ze bleven benedendeks, aten en dronken te snel en dan gingen ze altijd naar de kleine toiletten om over te geven, in plaats van over de reling te hangen. Met als gevolg dat de toiletten niet meer te gebruiken waren. En als het Japanners waren, voegde ze er met een zeker vals genoegen aan toe, dan brachten ze de rest van de dag in stilzwijgende schaamte door, achter zonnebrillen en opgezette kragen, met hun grauwe gezichten resoluut naar de zee gekeerd.

'Thee? Koffie? Koekjes? Thee? Koffie? Koekjes?'

Ik volgde haar naar het voordek en trok mijn windjack dichter tegen mijn hals. De wind was iets gaan liggen, maar ik kon de bijtende kilte in de lucht aan mijn neus en oren voelen. De meeste passagiers wilden niets; ze zaten luidkeels te praten om boven het lawaai van de motoren uit te komen, staarden naar de horizon en namen foto's van elkaar. Af en toe stopte ik mijn hand in het koekjesblik tot ik had gepakt wat zij volgens mij anders wel hadden gegeten.

De *Moby Een* was de grootste catamaran – of 'cat', zoals de bemanning ze noemde – van Silver Bay. Meestal waren er twee stewards aan boord, maar naarmate de temperatuur daalde waren er minder toeristen, dus nu was alleen Yoshi er tot het weer drukker zou worden. Ik vond het niet erg. Het was makkelijker om haar over te halen mij aan boord te laten. Ik hielp haar om de thee- en koffiepotten in hun houders terug te zetten en ging toen naar het smalle zijdek, waar we ons schrap zetten tegen de ramen en over de zee keken, waar de kleinere boot zich nog steeds slingerend een weg door de golven baande. Zelfs van deze afstand zagen we dat er nu nog meer mensen over de reling van de *Suzanne* hingen, zich niet bewust van de slordig aangebrachte rode verf onder hen.

'We kunnen nu tien minuten pauzeren. Hier.' Yoshi opende een blikje cola en gaf het aan mij. 'Heb je wel eens van de chaostheorie gehoord?'

'Mmm.' Ik liet het klinken of dat misschien zo was.

'Als die mensen eens wisten,' zei ze, terwijl ze met haar vinger schudde en we de motoren vaart voelden minderen, 'dat hun langverwachte uitje naar de wilde dolfijnen is verpest door een ex-vriendin die ze nooit zullen ontmoeten, en een man die nu meer dan tweehonderdvijftig kilometer verderop in Sydney met haar samenwoont, en nog wel een die paarse fietsbroekjes normale kleding vindt!'

Ik nam een slok. Mijn ogen traanden van de bubbeltjes en ik slikte. 'Dus volgens jou zijn de toeristen op Gregs boot ziek vanwege chaostheorie?' Ik dacht dat het kwam omdat hij de vorige avond weer dronken was geworden.

Yoshi glimlachte. 'Zoiets.'

De motoren zwegen en de *Moby Een* lag bijna stil. De zee om ons heen werd rustig, alleen het gepraat van de toeristen en de golven die tegen de zijkanten van de boot klotsten, waren nog te horen. Ik vond het heerlijk hier, ik genoot ervan om mijn huis een wit stipje tegen het smalle strand te zien worden en dan te zien verdwijnen achter de eindeloze inhammen. Misschien genoot ik er nog meer van omdat ik wist dat het tegen de regels was wat ik deed. Ik was niet echt een rebel, maar het idéé ervan stond me wel aan.

Lara had een bootje waarmee ze in haar eentje mocht varen zolang ze binnen de boeien bleef die het oude oesterbed markeerden. Ik benijdde haar. Van mijn moeder zou ik nooit in de baai mogen roeien, al was ik bijna elf. 'Alles op zijn tijd,' zei ze dan. Het had geen zin om over dat soort dingen met haar te kibbelen.

Lance kwam bij ons staan. Twee giechelende tieners hadden zich net met hem op de foto laten zetten. Hij werd vaak gevraagd om met jonge vrouwen te poseren, en hij had nog nooit geweigerd. Daarom droeg hij graag zijn kapiteinspet, zei Yoshi, ook al was de zon nog zo heet.

'Wat heeft hij op de zijkant van z'n boot geschreven?' Hij tuurde naar Gregs boot in de verte. Hij leek me vergeven te hebben dat ik aan boord was.

'Dat vertel ik je wel als we terug zijn op de aanlegsteiger.'

Ik zag de veelbetekenende blik in mijn richting. 'Ik kan heus wel lezen wat er staat, hoor,' zei ik. De andere boot, die tot gisteren de naam *Sweet Suzanne* had gedragen, suggereerde nu in rode verf dat 'Suzanne' iets moest doen wat volgens Yoshi fysiek onmogelijk was.

Ze draaide zich naar hem om en liet haar stem dalen, alsof ze dacht dat ik haar zo niet kon horen. 'Mevrouw heeft hem verteld dat er toch een andere man was.'

Lance floot. 'Dat had hij al eerder gezegd. En toen ontkende ze het.'

'Ze wilde het natuurlijk niet toegeven, omdat ze wist hoe Greg zou reageren. En zo onschuldig was hij ook niet...' Ze wierp een blik op mij. 'Nou ja, ze is naar Sydney en ze zegt dat zij de helft van de boot wil.'

'En wat zegt hij?'

'Dat kun je wel op de boot zien.'

'Ik snap niet dat hij daar toeristen op mee durft te nemen.' Lance zette zijn verrekijker voor zijn ogen om de rode letters beter te kunnen bestuderen.

Yoshi gebaarde dat hij de kijker aan haar moest geven. 'Hij was zo laveloos vanmorgen dat hij waarschijnlijk niet eens meer weet wat hij heeft gedaan.'

We werden gestoord door opgewonden kreten van de toeristen op het bovenste dek. Ze dromden naar de voorkant.

'Daar zul je ze hebben,' mompelde Lance terwijl hij ging staan en naar me lachte. 'Daar komt ons zakgeld, snotneus. Tijd om aan de slag te gaan.'

Soms, zei Yoshi, konden ze door de hele baai varen en vertikten de tuimelaars het zich te laten zien, en een boot vol ontevreden dolfijnenkijkers was een boot vol gratis tweede tochtjes en vijftig procent restitutie, waardoor de baas gegarandeerd een inzinking zou krijgen.

Bij de boeg stond een groep toeristen opeengepakt met snorrende camera's terwijl ze de glanzende grijze vormen probeerden te filmen die nu over de golven onder hen doken. Ik keek in het water om te zien wie er waren gekomen om te spelen. Benedendeks had Yoshi een wand behangen met foto's van de vinnen van elke dolfijn in de buurt. Ze had ze allemaal namen gegeven: Zigzag, Hakker, Fluiter... De andere bemanningsleden hadden haar uitgelachen, maar nu konden ze ze allemaal aan hun vinnen herkennen. Die week hadden ze Botermes twee keer gezien, mompelden ze dan. Ik kende de namen van allemaal uit mijn hoofd.

'Dat lijken Polo en Plu wel,' zei Yoshi terwijl ze zich over de reling boog.

'Is dat de baby van Plu?'

De dolfijnen waren stille, grijze bogen die de boot omringden alsof zij de toeschouwers waren. Steeds als er een uit het water sprong, klonk het geluid van klikkende camera's. Wat vonden zij ervan dat we naar hen stonden te turen? Ik wist dat ze net zo slim waren als mensen. Ik stelde me altijd voor dat ze naderhand bij elkaar kwamen bij de rotsen en in dolfijnentaal om ons lachten: heb je die met die blauwe hoed gezien, of die met die gekke bril?

De stem van Lance klonk door de omroepinstallatie. 'Dames en heren, gaat u alstublieft niet allemaal naar één kant om de dolfijnen te zien. We zullen de boot langzaam laten draaien zodat iedereen een goed uitzicht heeft. Als u allemaal naar één kant gaat, kunnen we kapseizen. En dolfijnen houden niet van kapseizende boten.'

Ik keek op en zag twee albatrossen. Ze bleven in de lucht hangen, vouwden hun vleugels en doken. Toen ze het water raakten, spatte het nauwelijks op. Een van de albatrossen steeg weer op en cirkelde rond, op zoek naar een onzichtbare prooi. De andere voegde zich bij hem, zweefde boven de kleine baai en verdween toen. Ik keek ze na. Terwijl de *Moby Een* langzaam van positie veranderde, leunde ik over de reling met mijn voeten onder de onderste stang uit om mijn nieuwe sportschoenen te kunnen bekijken. Yoshi had beloofd dat ik op het net tussen de drijvers van de cat mocht zitten als het warmer was, zodat ik de dolfijnen kon aanraken en misschien zelfs met ze zwemmen. Maar alleen als mijn moeder het goedvond. En we wisten allemaal wat dat betekende.

Ik wankelde toen de boot onverwacht bewoog. Het duurde even voor ik doorhad dat de motoren weer draaiden. Geschrokken greep ik de reling beet. Ik was opgegroeid in Silver Bay en wist hoe je het moest aanpakken als er dolfijnen waren. Je zette de motoren af als je wilde dat ze gingen spelen. Als ze in beweging bleven, moest je parallel naast ze varen en je door ze laten leiden. Dolfijnen maakten veel duidelijk: als ze je leuk vonden, kwamen ze dichterbij of hielden een gelijke afstand. En als ze je niet in hun buurt wilden hebben, zwommen ze weg. Yoshi keek fronsend naar me, en we grepen de reddingslijnen beet toen de boot naar voren schoot. Mijn verwarring werd weerspiegeld op haar gezicht.

Boven vielen de toeristen al kreten slakend terug op hun stoelen.

We voeren snel vooruit.

Lance was op de radio. Terwijl we in de stuurhut klommen, schoot de *Sweet Suzanne* een eind verder over de golven, zonder blijkbaar te letten op het steeds grotere aantal misselijke passagiers die over de reling hingen.

'Lance! Wat doe je!' Yoshi greep een reling beet.

'Ik zie je daar wel, maat... Dames en heren' – Lance trok een lelijk gezicht en drukte de knop van de omroepinstallatie in. *Ik heb een vertaling nodig*, vormde hij met zijn lippen – '...we hebben iets speciaals voor u vanmorgen. U hebt onze prachtige dolfijnen al kunnen bewonderen, maar als u even geduld hebt, willen we u graag iets heel bijzonders laten zien. Iets verder de zee op hebben we de eerste walvissen van het seizoen gezien. Dat zijn de bultrugwalvissen die elk jaar door onze wateren komen op hun lange trek vanaf de Zuidelijke IJszee. Ik garandeer u dat dit een onvergetelijke aanblik is. Ga alstublieft zitten of houd u stevig vast. Het kan wat onstuimig worden door de hogere golven uit het zuiden, maar ik wil ervoor zorgen dat we er op tijd zijn om ze te kunnen zien. Als iemand voor op de boot wil blijven, kan die beter een regenpak lenen. We hebben er genoeg achterin.'

Hij draaide het roer en knikte naar Yoshi, die de microfoon pakte. Ze herhaalde wat hij had gezegd in het Japans en voor de zekerheid in het Koreaans. Naderhand zei ze dat het heel goed mogelijk was dat ze gewoon het lunchmenu van de vorige dag had opgelezen. Sinds Lance zijn aankondiging had gedaan, hoorde ze maar één woord, net als ik: walvissen!

'Hoe ver nog?' Yoshi's lichaam was helemaal gespannen terwijl ze over het glinsterende water tuurde. De ontspannen sfeer van zo-even was verdwenen. Mijn maag zat helemaal in de knoop.

'Een kilometer of zes, zeven? Geen idee. De toeristenhelikopter vloog over en zei dat ze er twee hadden gezien op een paar kilometer van Torn Point vandaan. Het is vroeg in het seizoen, maar...'

'Vorig jaar was het 14 juni. Daar zijn we niet zo ver vanaf,' zei Yoshi. 'Allemachtig! Moet je Greg zien! Hij raakt nog passagiers kwijt als hij die snelheid aanhoudt. Zijn boot is niet groot genoeg om al die golven te kunnen weerstaan.'

'Hij wil niet dat wij er eerder zijn.' Lance keek hoofdschuddend naar zijn snelheidsmeter. 'Volle vaart. Laten we ervoor zorgen dat de *Moby Een* dit jaar voor de verandering eens de eerste is.'

Sommige bemanningsleden deden dit werk om zo veel mogelijk scheepsuren te maken, op weg naar betere banen op grotere schepen. Sommigen, zoals Yoshi, begonnen met dit werk als onderdeel van hun opleiding en waren vergeten naar huis te gaan. Maar met welke reden ze er ook waren, ik had lang geleden al begrepen dat het een soort magisch moment was om de eerste walvissen tijdens hun trek te zien. Het was alsof je niet kon geloven dat ze terugkwamen, tot de eerste te zien waren.

Het was eigenlijk niet heel belangrijk om de eerste te zijn die de walvissen zag. Zodra bekend was dat ze er waren, zouden alle vijf boten van de Walvissteiger niet meer uitvaren om dolfijnen te bekijken, maar om walvissen te gaan zien. Maar voor de bemanning was het wel belangrijk. Ze lieten zich er helemaal door opjutten. En hoe.

'Moet je die idioot zien. Vreemd dat hij nu wel recht kan sturen,' zei Lance hatelijk. Greg voer aan bakboord van ons, maar hij leek aan snelheid te winnen.

'Hij kan het niet uitstaan dat wij er eerder zijn.' Yoshi pakte een regenpak en gooide dat naar me toe. 'Hier! Voor het geval dat we naar voren gaan. Dan zal het heel nat worden.'

'Fuck, dat is toch niet te geloven.' Lance had nog een boot aan de horizon gezien. Hij moest vergeten zijn dat ik er was, gezien het vloeken. 'Dat is Mitchell! Wedden dat hij de hele middag zo'n beetje óp zijn radio heeft gezeten en nu komt hij aanzakken met waarschijnlijk een hut vol passagiers. Vandaag of morgen sta ik niet voor mezelf in wat die man betreft.'

Ze waren altijd aan het zeuren over Mitchell Dray. Hij nam nooit de moeite om zelf naar de dolfijnen op zoek te gaan, zoals de anderen. Hij wachtte gewoon tot hij iets op de scheepsradio kon afluisteren en ging dan waar iedereen naartoe ging.

'Ga ik echt een walvis zien?' vroeg ik. Onder onze voeten klapte de boeg op de golven, waardoor ik me aan de zijkant moest vasthouden. Door het open raam hoorde ik de enthousiaste kreten van de toeristen, en het gelach van degenen die door opspattende golven geraakt waren.

'Duim maar.' Yoshi's ogen waren op de horizon gericht.

Een echte walvis. Ik had pas één keer een walvis gezien, met mijn tante Kathleen. Meestal mocht ik niet zo ver de zee op.

'Daar... Daar! Nee, dat is gewoon stuivend water.' Yoshi hield de verrekijker voor haar ogen. 'Kun je niet van koers veranderen? Het licht is te fel.'

'Niet als je wilt dat ik er als eerste kom.' Lance draaide de boot naar stuurboord om de hoek van de zon op het water te veranderen.

'We kunnen de radio gebruiken. Vragen waar de helikopter hem precies heeft gezien.'

'Heeft geen zin,' zei Lance. 'De walvis kan al drie kilometer verder zijn. En Mitchell luistert mee. Ik geef die smeerlap geen informatie meer. Hij heeft de hele zomer al passagiers van ons gejat.'

'Kijk uit naar de spuit.'

'Ja, en naar het vlaggetje met "Walvis".'

'Ik probeer alleen maar te helpen, Lance.'

'Daar!' Ik kon de vorm net zien, als een verre zwarte kiezelsteen die onder water dook. 'Noord-noordoost. Gaat achter Break Nose Island. Is net gedoken.' Ik dacht dat ik misselijk werd van opwinding. Achter me hoorde ik dat Lance begon te tellen. 'Een... twee... drie... vier... walvis!' Een onmiskenbare stoompluim steeg uit boven de horizon. Yoshi slaakte een gilletje. Lance wierp een blik op Greg, die het uiteraard vanaf zijn positie niet had gezien. 'We hebben haar!' siste Lance. Alle walvissen waren 'haar' voor Lance, net zoals alle kinderen 'snotneus' waren.

Walvis. Ik proefde het woord genietend op mijn tong. Mijn blik bleef strak op het water gericht. De *Moby Een* veranderde van koers en de grote catamaran kletste hard op de golven. Ik stelde me voor hoe achter het eiland de walvis uit het water sprong en vrolijk haar witte buik aan de wereld liet zien. 'Walvis,' fluisterde ik.

'Wij komen er als eerste,' mompelde Yoshi opgewonden. 'Voor één keer komen wij als eerste.'

Ik zag hoe Lance aan het roer draaide en binnensmonds telde om het aantal keren te bepalen dat de walvis lucht uitspoot. Meer dan dertig seconden uit elkaar, en de walvis dook diep. Dan waren we het dier kwijt. Dichter op elkaar betekende dat hij al had gedoken, en dan hadden we een kans om achter hem aan te gaan.

'Zeven... acht... Ze is boven. Yesss.' Lance sloeg met zijn handpalm op het roer en greep toen de microfoon. 'Dames en heren, als u naar rechts kijkt kunt u de walvis zien, achter dat stuk land.'

'Greg heeft door waar we naartoe gaan,' zei Yoshi lachend. 'Maar hij kan ons nooit inhalen. Zijn motor is niet krachtig genoeg.'

'*Moby Een* aan *Blue Horizon*. Mitchell,' riep Lance in zijn radio. 'Als je dit moois wilt zien, zul je uit mijn kielzog moeten.'

Mitchells stem klonk over de radio. '*Blue Horizon* aan *Moby Een*. Ik ben hier alleen maar omdat er iemand moet zijn die de drenkelingen van Gregs boot oppikt.'

'O, en het heeft niets te maken met grote vissen?' antwoordde Lance kortaf.

'*Blue Horizon* aan *Moby Een*. De zee is groot, Lance. Ruimte genoeg voor iedereen.'

Ik greep de houten rand van de kaartentafel zo stevig vast dat mijn knokkels wit werden, terwijl ik keek hoe de landtong groter werd. Ik vroeg me af of de walvis daar langzamer zou zwemmen en zou toestaan dat we dichterbij kwamen. Misschien zou hij zijn kop opheffen en naar ons kijken. Misschien zou ze, als het een vrouwtje was, naar de zijkant van de boot zwemmen en haar kalf laten zien.

'Twee minuten,' zei Lance. 'Over een minuut of twee zijn we om de kop van de landtong. Hopelijk kunnen we dichtbij komen.'

'Vooruit, meid. Laat ons een mooie show zien.' Yoshi praatte in zichzelf met de verrekijker nog voor haar ogen.

Walvis, zei ik in mezelf, wacht op ons, walvis. Ik vroeg me af of het dier me zou zien. Of het zou aanvoelen dat ik, van alle mensen op de boot, iets speciaals had met zeedieren. Zelf was ik daar zeker van.

'Dit – is – verdorie – niet – te – geloven.' Lance had zijn pet afgezet en keek nijdig uit het raam.

'Wat is er?' Yoshi boog zich naar hem toe.

'Kijk dan!'

Ik volgde hun blik. Terwijl de *Moby Een* rond de kop voer, zwegen we allemaal. Op een korte afstand van de met struikgewas bedekte landmassa, bijna een kilometer in zee in blauwgroen water, lag de *Ishmael*, de pas geverfde zijkanten glinsterend in de zon.

Aan het roer stond mijn moeder, tegen de reling, en haar haren wapperden om haar gezicht onder de verbleekte pet die ze op zee altijd droeg. Ze leunde op één been en Milly, onze hond, lag blijkbaar in slaap op het roer. Mijn moeder zag eruit alsof ze daar al jaren op deze walvis had staan wachten.

'Krijg de... Hoe heeft ze dat voor elkaar gekregen?' Lance ving Yoshi's waarschuwende blik op en haalde verontschuldigend zijn schouders op naar mij. 'Ik bedoel het niet persoonlijk, maar kom op zeg...'

'Ze is er altijd als eerste.' Yoshi klonk half geamuseerd en half gelaten. 'Elk jaar dat ik hier ben. Ze is altijd de eerste.'

'Verslagen door een Engelse! Het lijkt wel cricket!' Lance stak een sigaret op en gooide vol afkeer de lucifer weg.

Ik stapte het dek op.

Op dat moment kwam de walvis boven water. Terwijl we onze adem inhielden sloeg het dier hard met de staart op het water, waarbij een enorme regen van waterdruppels in de richting van de *Ishmael* sproeide. De toeristen op het dek van de *Moby Een* juichten. Het dier was enorm, zo dichtbij dat we de zeepokken op het lijf konden zien, de geplooide witte buik, zo dichtbij dat ik even in het oog kon kijken. Maar het was ook heel snel; iets van een dergelijke omvang had het recht niet om zo lenig te zijn.

Mijn adem stokte in mijn keel. Terwijl ik me met mijn ene hand vasthield aan de reddingslijnen, zette ik met mijn andere hand de verrekijker voor mijn ogen en keek niet naar de walvis maar naar mijn moeder. Ik hoorde nauwelijks de uitroepen over de grootte van het dier, wat een hoge golven erdoor op de kleinere boot afkwamen, en ik vergat even dat ik niet gezien mocht worden. Zelfs van die afstand zag ik dat Liza McCullen glimlachte met haar ooghoeken naar boven gerimpeld. Het was een uitdrukking die ik op het vasteland zelden of nooit op haar gezicht zag.

Tante Kathleen liep naar het einde van de veranda en zette een grote schaal garnalen met een paar citroenschijven en een grote mand brood op de verbleekte houten tafel. Eigenlijk is ze mijn oudtante, maar ze zegt dat ze zich dan als een stuk antiek voelt, dus noem ik haar meestal tante K. Achter haar glom de voorkant van het hotel met de witte elkaar overlappende planken in de avondzon. Acht weerspiegelingen van een rode zakkende zon in de ramen. De wind was iets toegenomen en het bordje van het hotel zwaaide knarsend heen en weer.

'Waar is dit voor?' Greg hief zijn hoofd op van de fles bier die hij in zijn hand hield. Hij had eindelijk zijn zonnebril afgezet en de kringen onder zijn ogen verraadden de gebeurtenissen van de vorige avond.

'Ik heb gehoord dat je wel een ondergrond in je maag kunt gebruiken,' zei ze en ze smeet met een klap een servet voor hem op tafel.

'Heeft hij je verteld dat vier passagiers hun geld terugvroegen toen ze zijn boeg zagen?' zei Lance lachend. 'Sorry, Greg, maar het was ontzettend stom van je. Om uitgerekend zoiets te schrijven.'

'Je bent een schat, Kathleen.' Greg negeerde hem en stak een hand uit naar het brood.

Mijn tante wierp hem een blik toe. 'En ik word iets heel anders als je die woorden schrijft waar kleine Hannah ze weer kan zien.'

'De Haaienvrouw kan nog steeds haar tanden laten zien.' Lance liet zijn hand happende bewegingen maken naar Greg.

Tante Kathleen negeerde hem. 'Hannah, ga eten. Ik durf te wedden dat je tussen de middag geen lunch hebt gehad. Ik ga de salade halen.'

'Ze heeft de koekjes opgegeten,' zei Yoshi terwijl ze vaardig een garnaal pelde.

'Koekjes.' Tante Kathleen haalde haar neus op.

Zoals de meeste avonden zaten we buiten de hotelkeukens met de bemanningen van de Walvissteiger. Meestal dronken ze nog een stuk of wat biertjes voor ze naar huis gingen. Een paar van de jongere bemanningsleden, zei mijn tante vaak, dronken er zo veel dat ze amper thuis konden komen.

Terwijl ik in een sappige, grote garnaal beet, zag ik dat de terraskachels buiten stonden. Er waren maar weinig gasten van het Silver Bay Hotel die in juni buiten wilden zitten, maar in de winter kwamen de bemanningen die walvissen gingen kijken, altijd hier bijeen om te bespreken wat er op het water was gebeurd, ondanks de weersomstandigheden. Hun leden wisselden van jaar tot jaar omdat ze andere baantjes kregen, maar Lance, Greg, Yoshi en de anderen waren er al zo lang ik me kon herinneren. Tante Kathleen stak de kachels meestal vanaf het begin van de maand aan en tot september bleven ze de meeste avonden branden.

'Hadden jullie veel toeristen?' Ze was teruggekomen met de salade, husselde die met ervaren handen en schepte er wat van op mijn bord voor ik kon protesteren. 'Ik heb niemand in het museum gehad.'

'De *Moby Een* was goed vol. Veel Koreanen.' Yoshi haalde haar schouders op. 'Greg verloor bijna de helft van zijn passagiers over de reling.'

'Ze hebben de walvis goed kunnen zien.' Greg pakte nog een stuk brood. 'Geen klachten. Geen resituties. Heb je nog een biertje, mevrouw M?'

'Je weet waar de bar is. Heb jij hem gezien, Hannah?'

'Hij was enorm. Ik kon de zeepokken zien.' Om de een of andere reden had ik verwacht dat de huid glad zou zijn, maar die was gerimpeld, met plooien, en zat vol medezeediertjes, alsof het een levend eiland was.

'Hij was dichtbij. Ik heb tegen haar gezegd dat we normaal gesproken niet zo dichtbij komen,' zei Yoshi.

Greg kneep zijn ogen tot spleetjes. 'Als ze op de boot van haar moeder was geweest, had ze zijn tanden kunnen poetsen.'

'Tja, hoe minder we daar over zeggen...' Tante Kathleen schudde haar hoofd. 'Geen woord,' vormde ze met haar lippen naar mij. 'Dat was eenmalig.'

Ik knikte braaf. Het was al voor de derde keer eenmalig in deze maand.

'Is die Mitchell nog komen opdagen? Die moet je in de gaten houden. Ik heb gehoord dat hij zich bij die lui uit Sydney met hun grote boten gaat voegen.'

Ze keken allemaal op.

'Ik dacht dat de Dienst Nationale Parken en Faunabescherming die lui had afgeschrikt,' zei Lance.

'Toen ik naar de vismarkt ging,' zei tante Kathleen, 'vertelden ze me dat ze er een helemaal bij de landtong hebben gezien. Met keiharde muziek en mensen die op de dekken dansten. Het leek wel een discotheek. De visvangst van die nacht was erdoor verpest. Maar tegen de tijd dat de mensen van de Dienst er kwamen, waren ze allang weg. Dus ze konden niets bewijzen.'

De walvisvaart in Silver Bay kende een wankel evenwicht. Als er te weinig toeristen kwamen op zoek naar walvissen, was er geen handel. Als er te veel kwamen, werden de dieren waar iedereen voor kwam juist afgeschrikt.

Lance en Greg waren driedubbeldekkers tegengekomen van de andere kant van de baai, vaak met luide muziek, dekken vol dansende passagiers, en zij waren het er roerend over eens.

'Die lui doen ons de das nog eens om,' zei Lance. 'Onverantwoordelijk. Op geld belust. Past precies bij Mitchell.'

Ik had niet beseft wat een honger ik had. Ik at zes grote garnalen achter elkaar en volgde Gregs vingers rond de lege schaal. Hij grinnikte en zwaaide met een garnalenkop naar me. Ik stak mijn tong naar hem uit. Ik denk dat ik een beetje verliefd ben op Greg, maar dat zou ik natuurlijk nooit tegen iemand zeggen.

'Aha, daar is ze dan, de walvissenprinses.'

'Leuk hoor.' Mijn moeder legde haar sleutels op de tafel en gebaarde dat Yoshi moest opschuiven, zodat ze naast mij kon zitten. Ze gaf een kus op mijn hoofd. 'Leuke dag gehad, schat?' Ze rook naar zonnebrandcrème en zoute lucht.

Ik wierp een blik op mijn tante. 'Ja, hoor.' Ik bukte me om Milly's oren te aaien, dankbaar dat mijn moeder mijn blos niet kon zien. Ik was nog vol opwinding dat ik de walvis had gezien. Ik had het idee dat het van me af moest stralen, maar ze pakte een glas en schonk water in.

'Wat heb je gedaan?' vroeg mijn moeder.

'Ja, wat heb je gedaan, Hannah?' Greg knipoogde naar me.

'Ze heeft me vanmorgen met de bedden geholpen.' Tante Kathleen wierp hem een nijdige blik toe. 'Ik heb gehoord dat jíj een leuke middag hebt gehad.'

'Niet slecht.' Mijn moeder dronk haar glas water leeg. 'Man, wat heb ik een dorst. Heb je vandaag genoeg gedronken, Hannah? Heeft ze genoeg gedronken, Kathleen?' Ze had na al die jaren in Australië nog steeds een sterk Engels accent.

'Meer dan genoeg. Hoeveel heb je er gezien?'

'Ze drinkt nooit genoeg. Eentje maar. Het was een grote. Ze sloeg met haar staart mijn boot halfvol. Kijk maar.' Ze hield haar chequeboekje op. De randen waren gerimpeld en verfrommeld.

'Nou, dat is echt amateuristisch.' Tante Kathleen slaakte een zucht van afkeer. 'Had je niemand bij je?'

Mijn moeder schudde haar hoofd. 'Ik wilde dat nieuwe roer uitproberen, om te zien hoe dat het deed in wilder water. Volgens de werf kon het wel eens blijven steken.'

'En toen kwam je toevallig een walvis tegen,' zei Lance.

Ze nam nog een slok water. 'Zoiets.' Haar gezicht stond opeens gesloten. Zíj had zich afgesloten. Het leek wel of dat van de walvis nooit was gebeurd.

We aten een poos zwijgend, terwijl de zon langzaam naar de horizon zakte. Twee vissers liepen voorbij en staken groetend hun arm op. Ik herkende Lara's vader, maar ik weet niet of hij me zag. Mijn moeder at een stuk brood en een beetje salade, zelfs nog minder dan ik, en ik vind salade niet lekker. Toen keek ze op naar Greg. 'Ik heb het gehoord over de *Suzanne.*'

'Half Port Stephens heeft gehoord over de *Suzanne.*' Gregs ogen stonden moe en het leek wel of hij zich een week niet had geschoren.

'Ja. Nou ja, ik vind het erg voor je.'

'Zo erg dat je vrijdag met me uit zou willen?'

'Nee.' Ze stond op, keek op haar horloge, stopte haar doorweekte chequeboekje terug in haar tas en liep naar de keukendeur. 'Dat roer is nog steeds niet goed. Ik moet naar de werf bellen voor ze weg zijn. Trek je trui aan, Hannah. Er komt meer wind.'

Ik keek haar na terwijl ze wegliep, gevolgd door de hond.

We zwegen tot we de hordeur hoorden dichtslaan. Toen leunde Lance achterover in zijn stoel om naar de donker wordende baai te kijken, waar een motorjacht nog net te zien was aan de horizon. 'Onze eerste walvis van het seizoen, Gregs eerste drinkgelag van het seizoen. Mooi evenwicht, vinden jullie niet?'

Hij dook weg toen achter hem een stuk brood tegen de stoel ketste.

2

Kathleen

Het Museum van de Walvisjacht was ondergebracht in de oude visverwerkingsfabriek, op een paar honderd meter van het Silver Bay Hotel. Het was daar gevestigd sinds de commerciële walvisjacht in het begin van de jaren zestig was afgeschaft in Port Stephens. Het was niet bepaald een moderne attractie voor de toeristen. Het gebouw was een grote schuur, de vloer een verdachte kleur roodbruin, en de houten wanden ademden nog steeds het zout dat was gebruikt voor de vangst. Erachter was een buiten-wc, en dagelijks stond er een karaf verse limonade voor degenen die dorst hadden. Eten was te verkrijgen in het hotel, las je op een bord. Ik zou zeggen dat de 'voorzieningen', zoals dat nu genoemd wordt, waarschijnlijk verdubbeld zijn sinds de tijd dat mijn vader nog leefde.

Ons belangrijkste bezit was een deel van de boeg van de *Maui II*, een walvisvaarder die in tweeën was gebroken in 1935, toen een dwergvinvis besloot dat het schip hem niet aanstond. Het dier was omhooggekomen onder de boot en had het met zijn staart opgetild tot het schip kapseisde en brak. Gelukkig was er een vissersboot in de buurt die de opvarenden had gered en hun verhaal had bevestigd. Jaren achtereen waren bewoners uit de buurt komen kijken hoe de natuur wraak kon nemen op mensen als zij vond dat de mensen zich genoeg hadden toegeëigend.

Ik had het museum opengehouden sinds de dood van mijn vader in 1970, en ik had altijd toegestaan dat bezoekers over de resten van de boeg konden klimmen en met hun vingers over het versplinterde hout konden strijken. Hun gezichten lichtten op als ze zich voorstelden hoe het moest zijn geweest toen het schip op de rug van een walvis werd opgetild. Lang geleden had ik geposeerd voor foto's, als mensen met scherpe ogen me herkenden als het Haaienmeisje uit de kranten, en ik leidde hen rond langs de opgezette vissen in de glazen vitrines.

Maar nu waren er nog maar weinig geïnteresseerde mensen. De toeristen uit het hotel liepen beleefd een kwartiertje door het stoffige museum, kochten een paar ansichtkaarten van walvissen, tekenden misschien een petitie tegen de herinvoering van de walvisjacht. Maar dat kwam meestal omdat ze in de tussentijd op een taxi wachtten, of omdat er veel wind stond en het regende en er toch niets te doen viel op het water.

Op die dag, achter de toonbank, dacht ik dat ik het hun misschien niet kwalijk mocht nemen. De *Maui II* begon steeds meer op een stuk drijfhout te lijken, en mensen konden hun aandacht niet oneindig bij een walviskaak of een stuk balein houden. Uiteindelijk liepen ze door naar het minigolf of de gokmachines in de surfclub. Al jaren kreeg ik te horen dat ik moest moderniseren, maar daar had ik weinig aandacht aan geschonken. Wat had het voor zin? De helft van de bezoekers liep een beetje gegeneerd rond omdat ze keken naar iets wat nu illegaal is. Soms wist ik zelf niet goed waarom ik eigenlijk openbleef, behalve dan omdat de walvisjacht bij de geschiedenis van Silver Bay hoort, en geschiedenis is wat het is, hoe onverteerbaar ook.

Ik hing de oude harpoen van de *Maui II* recht, die om voor mij onbekende redenen bekendstaat als Old Harry. Toen pakte ik de hengel die in de haken daaronder hing, stofte hem af en wond de haspel af om te zien of hij nog werkte. Niet dat het er nog toe deed, maar ik wilde graag dat alles piekfijn in orde was. Ik aarzelde. Toen, misschien aangespoord door het bekende gevoel in mijn hand, hield ik hem achterover alsof ik een lijn wilde uitgooien.

‘Hier zul je weinig vangen.’

Ik draaide me vlug om, met een hand tegen mijn borst. ‘Nino Gaines! Ik liet bijna mijn hengel vallen.’

‘Geen kans.’ Hij deed zijn hoed af en liep naar het midden van de vloer. ‘Ik heb nog nooit meegemaakt dat jij een hengel uit je handen liet schieten.’ Hij glimlachte, waardoor je zijn scheve tanden zag. ‘Ik heb een paar kratten wijn in de wagen. Heb je zin om een fles open te trekken en die te drinken bij de lunch? Ik zou graag je mening willen horen.’

‘Als ik me goed herinner, komt mijn bestelling pas over een week.’ Ik hing de hengel weer op en veegde mijn handen af aan mijn broek. Ik ben te oud om me er druk over te maken, maar ik vond het toch vervelend dat hij me zag in mijn werkkleding met slordige haren.

‘Zoals ik al zei, het is een goede oogst. Ik wil graag jouw mening.’ Hij glimlachte. De lijnen in zijn gezicht waren het bewijs van de jaren die hij in zijn wijngaard had doorgebracht, en de roze tint rond zijn neus van de avonden.

‘Ik moet een kamer klaarmaken voor een gast die morgen komt.’

‘Hoe lang heb je nodig om een laken om een matras te vouwen?’

‘We hebben weinig gasten in de winter. Ik wil niet graag een gegeven paard in de...’ Ik zag de teleurstelling op zijn gezicht en zwichtte. ‘Ik heb wel even, als je maar niet denkt dat er veel te eten valt. Ik wacht op mijn bestelling van de kruidenier. Dat rotjong is elke week te laat.’

‘Daar had ik al aan gedacht.’ Hij tilde een papieren zak op. ‘Ik heb twee hartige pasteien en wat tamarillo’s als toetje. Ik weet hoe jullie carrièremeisjes bezig zijn: werken, werken en nog eens werken. Iemand moet jullie op de been houden.’

Ik moest lachen. Nino Gaines had altijd al dat effect op me gehad, sinds de oorlog, toen hij hier pas was en aankondigde dat hij zich hier wilde vestigen. Toen was de hele baai in beslag genomen door Australische en Amerikaanse soldaten, en had mijn vader veelbetekenend verteld hoe goed hij kon mikken met een geweer als de jongemannen riepen en floten naar mij achter de bar. Nino was beleefder geweest. Hij had altijd zijn pet afgezet en netjes op zijn beurt gewacht om te worden bediend. Hij had altijd netjes ‘mevrouw’ gezegd tegen mijn moeder. ‘Maar toch moet je hem niet vertrouwen,' had mijn vader gemompeld, en uiteindelijk dacht ik dat hij waarschijnlijk gelijk had.

Op zee was alles helder en kalm, een mooie dag voor de walvisbemanningen. Toen we gingen zitten, zag ik de *Moby Een* en *Twee* naar de opening van de baai varen. Mijn ogen waren niet zo goed als vroeger, maar zo te zien hadden ze een flink aantal passagiers. Liza was al eerder weggevaren. Ze had gratis een aantal gepensioneerden van de Veteranengroep meegenomen. Dat deed ze elke maand, al zei ik tegen haar dat ze gek was.

'Gaan jullie dicht voor de winter?'

Ik schudde mijn hoofd en nam een hap van mijn pastei.

'Nee. De *Moby*'s gaan wat voor me uitproberen. Een overnachting, maaltijden en een tripje naar de walvissen voor een vast bedrag, plus toegang tot het museum. Eigenlijk zoals ik ook met Liza doe. Ze hebben folders gedrukt en ze gaan iets zetten op een website voor toerisme in New South Wales. Ze zeggen dat ze op die manier veel mensen binnen kunnen halen.'

Ik dacht dat hij iets zou mompelen over dat hij geen idee had van computers, maar hij zei: 'Goed idee. Tegenwoordig verkoop ik wel veertig kratten per maand online.'

'Zit jij op het internet?' Ik keek naar hem over mijn bril heen.

Hij pakte een glas, niet in staat om te verhullen hoe voldaan hij was over mijn verbazing. 'Je weet een heleboel niet van mij, mevrouw Kathleen Whittier Mostyn, al dacht je van wel. Ik zit al achttien maanden op cyberspace. Frank heeft het voor me opgezet. Eerlijk gezegd vind ik het wel leuk om wat rond te surfen op internet. Ik heb van alles gekocht.' Hij gebaarde naar mijn glas; hij wilde dat ik de wijn ging proeven. 'Heel nuttig om te zien wat de grote wijnboeren in de Hunter Valley aanbieden.'

Ik probeerde me te concentreren op mijn wijn, omdat ik niet wilde toegeven dat ik paf stond dat Nino Gaines zo bekend was met de moderne technologie. Ik voelde me op het verkeerde been gezet, wat vaak voorkwam als ik met jonge mensen praatte, alsof er iets heel belangrijks was gezegd toen ik net met mijn rug naar hen toe stond. Ik rook aan het glas, nam een slokje en liet de smaak door mijn mond trekken. Een beetje jong, maar niet slecht. 'Dit is heel goed, Nino. Een beetje framboos, proef ik.'

Hij knikte verheugd. 'Ik dacht al dat je dat zou proeven. En weet je dat jij ook op internet staat?'

'Hoe dan?'

'Als het Haaienmeisje. Frank tikte je naam in bij een zoekprogramma en daar was je, met foto en al. Uit krantenarchieven.'

'Staat er een foto van mij op internet?'

'In je badpak. Daar zag je er altijd prachtig in uit. Er staan ook wat artikelen over je. Een meisje van de universiteit van Victoria gebruikte jou in haar proefschrift over de rol van vrouwen bij de jacht, of zoiets. Een heel indrukwekkend stuk, vol symboliek, klassieke verwijzingen en Joost mag weten wat nog meer. Ik heb Frank gevraagd om het uit te printen. Misschien kun je er een plaats voor vinden in je museum.'

Nu voelde ik me helemaal van slag. Ik zette mijn glas neer. 'Staat er een foto van me in badpak op internet?'

Nino Gaines lachte. 'Maak je niet druk, Kate, het is geen *Playboy*. Kom morgen langs, dan laat ik het je zien.'

'Ik weet niet of ik dat wel leuk vind. Dat iedereen me zomaar kan bekijken.'

'Het is dezelfde foto als die je daar hebt.' Hij knikte naar het museum. 'Je vindt het toch niet erg dat mensen daar naar kijken?'

'Maar... maar dat is anders.' Terwijl ik het zei, wist ik al dat het weinig verschil uitmaakte. Maar het museum was míjn domein. Ik kon bepalen wie erin mocht of wat ze te zien kregen. Het idee dat mensen die ik niet kende een blik in mijn leven kregen, zo achteloos als wanneer ze de gokpagina's doornamen...

'Je moet een foto van Liza en haar boot laten zien. Dan krijg je misschien meer bezoekers. Laat de advertenties van het hotel met de Moby's zitten. Een meisje als zij trekt toch wel gasten.'

'O, je kent Liza. Ze wil zelf bepalen wie ze mee de zee op neemt.'

'Dat is geen manier om zaken te doen. Richt je eens op je eigen boot. Logies en ontbijt en een tripje op de *Ishmael* met Liza. Dan krijgt ze aanvragen van over de hele wereld.'

'Nee.' Ik begon op te ruimen. 'Dat denk ik niet. Heel aardig van je, Nino, maar het is niets voor ons.'

'Je weet het nooit, misschien komt ze wel een man tegen. Het zou eens tijd worden.'

Het duurde een poos voor hij besefte dat de sfeer veranderd was. Halverwege zijn pastei zag hij iets aan mijn gezicht en hield hij op met eten. Hij was van zijn stuk gebracht en probeerde erachter te komen wat hij verkeerd had gezegd. 'Het was niet mijn bedoeling je boos te maken, Kate.'

'Dat heb je niet gedaan.'

'Nou, er is iets aan de hand. Je bent helemaal nerveus.'

'Ik ben helemaal niet nerveus.'

'Kijk dan!' Hij wees naar mijn hand, die rusteloos op het verbleekte hout trommelde.

'Sinds wanneer is er iets mis mee om met mijn vingers te trommelen?' Ik legde mijn hand op mijn schoot.

'Wat is er?'

'Nino Gaines, ik moet een kamer in orde brengen. Ik ben al een halve dag kwijt.'

'Je gaat toch niet naar binnen? Toe, Kate, je bent nog niet klaar met eten. Wat is er? Gaat het om wat ik heb gezegd over jouw foto?'

Alleen Nino Gaines noemt me Kate. Om de een of andere reden werd die vertrouwelijkheid me nu bijna te veel. 'Ik heb dingen te doen. Wil je nu ophouden?'

'Ik zal ze wel e-mailen, vragen om hem te verwijderen. Misschien kunnen we zeggen dat er copyright op zit.'

'O, hou toch op met dat gezeur over die foto! Ik ga naar binnen. Ik moet echt die kamer afmaken. Tot gauw.' Ik veegde denkbeeldige kruimels van mijn broek. 'Bedankt voor de lunch.'

Hij keek toe terwijl ik – de vrouw van wie hij al meer dan een halve eeuw hield en die hem nog steeds verbijsterde – opstond, minder moeizaam dan geoorloofd was op mijn leeftijd, en kordaat naar de keuken liep. Ik liet hem achter met twee half opgegeten pasteien en een amper aangeraakt glas van zijn beste wijn. Ik voelde zijn ogen in mijn rug prikken.

Deze ene keer, zo stelde ik me voor, voelde hij een spatje frustratie over de onredelijkheid, over de grillige manier waarop hij voor de zoveelste keer blijkbaar was beoordeeld. Want ik hoorde hem opstaan en zijn stem roepen, meegevoerd door de zachte bries. Deze keer wist hij zich niet in te houden. 'Kathleen Whittier Mostyn, je bent de meest tegendraadse vrouw die ik ooit heb meegemaakt!' schreeuwde hij me na.

'Niemand heeft je gevraagd te komen,' riep ik terug. Tot mijn schande nam ik niet eens de moeite om mijn hoofd om te draaien.

Lang geleden, toen mijn ouders waren overleden en ik de leiding kreeg over het Silver Bay Hotel, zeiden een heleboel mensen tegen me dat ik van de gelegenheid gebruik moest maken om te moderniseren, aangrenzende badkamers en satelliettelevisie moest installeren, net als in Port Stephens en Byron Bay, dat ik meer moest adverteren om mensen te attenderen op de schoonheid van ons stukje kust. Ik schonk er geen minuut aandacht aan, want ik maakte me allang niet meer druk over ons gebrek aan klanten, en ik vermoed dat dit voor het grootste deel van Silver Bay gold. We hadden onze buren links en rechts aan de kust grote winsten zien maken, maar daarna moesten ze leven met de onvermoede resultaten van hun succes: druk verkeer, dronken vakantiegangers, en eindeloos renoveren. Het verlies van rust.

Ik dacht graag dat we in Silver Bay de zaken goed in evenwicht hadden: genoeg bezoekers om van te kunnen leven, maar niet zo veel dat iemand het hoog in de bol kreeg. Al jaren zag ik de bevolking van Silver Bay in het hoogseizoen toenemen en verdubbelen, en in de wintermaanden afnemen. De toenemende belangstelling voor het kijken naar walvissen had nu en dan een piek bereikt, maar over het algemeen verliepen de zaken gestaag, zonder ons rijk te maken of te veel te verstoren. Wij waren er gewoon, en de dolfijnen en de walvissen. En dat vonden de meesten van ons prima.

Silver Bay was nooit erg gastvrij geweest voor vreemden. Toen de eerste Europeanen eind achttiende eeuw kwamen, werd het eerst onbewoonbaar verklaard, met de rotsachtige landtongen, het kreupelbos en de veranderende duinen die te onvruchtbaar waren voor een menselijk bestaan. (Ik denk dat de Aboriginals destijds niet als menselijk genoeg werden beschouwd.) Eventuele nieuwsgierigheid liep vast op de zandbanken en drempels die schepen aan de grond deden lopen en ten onder lieten gaan tot de eerste vuurtorens werden gebouwd. Toen deed inhaligheid wat nieuwsgierigheid niet kon bewerkstelligen: de ontdekking van lucratieve houtkap in de bossen op onze vulkanische heuvels, en de grote oesterbedden aan de kust, maakten een einde aan de eenzaamheid van de baai.

De bomen werden gekapt tot de hellingen bijna kaal waren. De oesters werden gevangen voor kalk en naderhand om te eten, tot dat werd verboden voor ook zij uitgeroeid waren. Als ik eerlijk ben was mijn vader geen haar beter toen hij hier belandde. Hij zag de zee vol vis – marlijn en tonijn, haaien en zwaardvissen – en hij zag winst in wat de natuur bood. Een eindeloze hoeveelheid buit vlak voor zijn deur. En dus werd op deze laatste rotsige landtong van Silver Bay ons hotel gebouwd met het laatste spaargeld van hem en meneer Newhaven.

Destijds woonde mijn familie in een afgescheiden huis van het hotel. Mijn moeder wilde niet door gasten gezien worden in wat ze 'huiselijke omstandigheden' noemde – ik denk dat ze bedoelde als ze haar haren niet had gekapt – en mijn vader wilde mijn zus en mij behoeden voor de buitenwereld. Niet dat dit Norah tegenhield; zij was al voor haar eenentwintigste naar Engeland vertrokken. Ik heb altijd vermoed dat ze er zeker van wilden zijn dat ze ongestoord ruzie konden maken.

Sinds de westelijke vleugel was afgebrand woonden we – of ik, grotendeels – in wat was overgebleven alsof het een privéhuis was en onze gasten kostgangers waren. Zij sliepen in de kamers achter de hoofdgang, en wij hadden kamers aan de andere kant van de trap. Iedereen kon gebruikmaken van onze salon. Alleen de keuken was heilig, een regel die we instelden toen de meisjes een paar jaar geleden bij me kwamen wonen. Ze waren volslagen tegenpolen. Als Liza niet buiten was met de bemanningen, bracht ze al haar tijd in de keuken door. Ze hield niet van oppervlakkige praat en vermeed de salon en de eetzaal. Ze had graag een gesloten deur tussen haar en het onverwachte. Hannah bracht, met de gemoedelijkheid van de jeugd, haar tijd grotendeels hangend op de bank in de salon door, met Milly aan haar voeten. Dan keek ze televisie, zat te lezen of, nu veel vaker, te bellen met haar vriendinnen. Joost mocht weten wat ze elkaar nog te vertellen hadden nadat ze al zes uur samen op school hadden doorgebracht.

'Mam? Ben jij wel eens in Nieuw-Zeeland geweest?' Toen ze in de keuken kwam zag ik een diepe groef in haar wang door de rand van het kussen op de bank waar ze met haar gezicht tegen moest hebben gezeten.

Liza stak afwezig een hand uit om de groef glad te strijken. 'Nee, schat.'

'Ik wel,' zei ik. Ik zat een paar oude sokken te stoppen. Liza zei altijd dat het verspilde energie was omdat je bij de supermarkt een heel pak nieuwe kon kopen voor een paar dollar. Maar ik ben niet iemand die kan zitten zonder iets te doen. 'Ik ben een paar jaar geleden naar Lake Taupo geweest op een vistocht.'

'Dat kan ik me niet herinneren,' zei Hannah.

Ik rekende het even na. 'Nou ja, het was denk ik twintig jaar geleden, dus veertien jaar voordat jij kwam.'

Hannah keek me aan met het onbegrip van een kind dat zich niet kan voorstellen dat er iets bestond voor het geboren was, laat staan iets wat zo lang geleden was gebeurd. Ik kon het haar niet kwalijk nemen, want ik kan me van die leeftijd nog net herinneren dat een avond zonder vriendinnen wel een gevangenisstraf leek. Nu vliegen de jaren voorbij.

'Ben je in Wellington geweest?' Ze ging aan tafel zitten.

'Ja. Daar zijn een heleboel huizen in de heuvels rond de haven gebouwd. De laatste keer dat ik er was kon ik me niet voorstellen hoe ze daar konden staan.'

'Stonden ze op palen?'

'Zoiets. Maar wel dom... ik hoorde dat de hele stad was gebouwd op een breuklijn. Ik zou niet graag in een huis op palen zitten als er een aardbeving kwam.'

Hannah moest dit even verwerken.

'Waarom vraag je dat, schat?' Liza klopte op haar dijen om de hond op haar schoot te laten springen. Milly liet zich dat nooit een tweede keer vragen.

Hannah draaide een haarlok in elkaar tussen haar vingers. 'Na Kerstmis gaat er een schoolreis naartoe. Ik vroeg me af of ik mee mag.' Ze keek van de een naar de ander, alsof ze al kon raden wat we zouden zeggen. 'Het is niet heel duur. We logeren in jeugdherbergen, en jullie weten hoe de leerkrachten zijn. We mogen nergens naartoe zonder hen.' Ze begon iets vlugger te praten. 'En het is heel leerzaam. We krijgen alles te horen en te zien over de Maori's en vulkanen...'

Het is vreselijk om het gezicht te zien van een kind dat weet dat ze het onmogelijke vraagt.

'Ik kan mijn spaargeld erbij leggen als het te duur is.'

'Ik denk niet dat het mogelijk is.' Liza stak een hand uit. 'Het spijt me echt heel erg, lieverd.'

'Alle anderen gaan wel.'

Ze was te lief om boos te worden. Het was meer een smeekbede dan een protest. Soms had ik het prettiger gevonden als ze boos was geworden.

'Alsjebliéft?'

'We hebben het geld niet.'

'Maar ik heb bijna driehonderd dollar gespaard, en het duurt nog heel lang voor het zover is. We kunnen toch allemaal sparen?'

Liza keek naar me en haalde haar schouders op. 'We zullen zien,' zei ze op een toon waaruit zelfs ik begreep dat ze het niet zou doen.

'Ik zal iets met je afspreken, Hannah.' Ik legde mijn stopwerk neer. Het wilde trouwens toch niet goed lukken. 'Ik heb wat geïnvesteerd en het geld daarvan komt rond de lente volgend jaar binnen. Dan wilde ik met ons drieën een reis naar de Northern Territory maken. Ik heb altijd graag een keer naar het Kakadu National Park willen gaan, en misschien eens worstelen met de krokodillen. Wat vind jij ervan?'

Ik kon aan haar gezicht zien wat ze vond: dat ze geen zin had om door Australië te reizen met haar moeder en een oude vrouw, dat ze liever naar het buitenland ging in een vliegtuig met haar vriendinnen, giechelen, tot heel laat opblijven en ansichtkaarten vol heimwee sturen. Maar dat was juist wat we haar niet konden geven.

Ik deed mijn best. 'We kunnen Milly meenemen,' zei ik. 'Als we genoeg geld hebben, kunnen we zelfs aan Lara's moeder vragen of Lara met ons mee mag.'

Hannah staarde naar de tafel. 'Dat zou leuk zijn,' zei ze ten slotte. Toen, met een glimlach die niet echt een glimlach was, voegde ze eraan toe: 'Ik ga naar hiernaast. Er komt zo iets op tv.'

Liza keek me aan. Haar ogen zeiden alles wat we beiden wisten. Silver Bay is een mooi stadje, maar zelfs een stukje paradijs wordt lelijk als je het nooit mag verlaten.

'Het heeft geen zin om het jezelf te verwijten,' zei ik toen ik zeker wist dat Hannah het niet kon horen. 'Je kunt er niets aan doen. Nog niet.'

Vaak heb ik in de afgelopen jaren de twijfel op haar gezicht gezien. 'Ze komt er wel overheen,' zei ik. Ik legde een hand op de hare en ze kneep er dankbaar in.

Ik weet niet of een van ons overtuigd was.

3

Mike

Tina Kennedy droeg een paarse beha, afgezet met kant en vier, mogelijk vijf paarse rozenknopjes aan de bovenkant van elke cup. Normaal gesproken zou ik dit niet hebben opgemerkt tijdens een werkdag. Tina Kennedy's lingerie was niet iets waar ik aan wilde denken, en vooral niet nu. Maar toen ze naast mijn chef bleef staan om hem de map met documenten te geven waar hij om had gevraagd, bukte ze zich diep en keek me aan op een manier die ik naderhand alleen maar uitdagend kon noemen.

De paarse beha zond me een boodschap. Dat, en de lichtgebruinde, glanzende lichaamsdelen die erdoor omsloten werden, was een herinnering aan mijn promotieavond tweeënhalve week geleden.

Ik word niet snel bang, maar dit was het meest angstaanjagende wat ik ooit had gezien.

Onwillekeurig tastte ik in mijn zak naar mijn telefoon. Vanessa, mijn vriendin, had me in het afgelopen halfuur al drie sms'jes gestuurd, ook al had ik haar gezegd dat deze vergadering van het grootste belang was en niet verstoord mocht worden. Ik had de eerste boodschap gelezen en geprobeerd het dringende getril van de volgende te negeren:

Vergeet niet *Men's Vogue* te halen betr. pak op pag. 46. Donker pak zou je goed staan xxx

Schat bel me moeten praten over plaatsindeling

Bel me voor 2 uur want moet Gav antwoorden over schoenen. ik wacht xxx

Ik zuchtte, terwijl ik die vreemde mengeling van knagende onrust en lethargie voelde die zich voordoet na een verblijf van twee uur in een bedompte vergaderruimte in gezelschap van andere in pak gestoken mannen.

'Zoals bij al dergelijke ondernemingen draait het om de capaciteit. We denken dat we een ontwikkelingsplan hebben samengesteld dat ons de potentiële groei zal geven van de luxe langetermijnmarkt, met de voordelen van een onvastere kortetermijnmarkt, allebei ontworpen om inkomsten te maximaliseren door het hele jaar heen, en niet alleen in de zomermaanden.'

De telefoon trilde tegen mijn dij, en ik vroeg me afwezig af of het te horen zou zijn boven het stemgeluid van Dennis Beaker uit. Ik moest het Nessa nageven. Ze gaf het niet op. Ze leek me vanmorgen amper te hebben gehoord toen ik zei dat het moeilijk zou zijn om halverwege de middag weg te gaan van mijn werk, of om haar te bellen. Maar tegenwoordig leek ze toch al weinig te horen, behalve het woord 'trouwen' of misschien 'baby'.

Beneden strekte het loodgrijze asfalt van Liverpool Street zich uit in de richting van de City. Als ik mijn hoofd schuin hield, kon ik nog net de gestalten op het trottoir zien, mannen en vrouwen in blauw, zwart of grijs gekleed, lopend onder het met roet besmeurde metselwerk om hun in plastic dozen verpakte lunch te kopen die ze aan hun bureaus naar binnen zouden werken. Sommige mensen beschouwden hun werk als een wedstrijd tegen hun collega's, maar zo had ik er nooit over gedacht. Ik had me altijd getroost gevoeld door de uniformiteit, het gedeelde gevoel van doelbewustheid. Ook al was dat doel geld. Op rustige dagen wees Dennis uit het raam en vroeg me: 'Wat denk je dat hij verdient, of zij? Nou?' Dan schatten we hen in, afgaande op de snit van het jasje, het soort schoenen en hoe recht hun houding was tijdens het lopen. Twee keer had hij de stagiair naar beneden gestuurd om te kijken of hij gelijk had, en tot mijn verbazing was dat in beide gevallen zo.

Dennis Beaker zegt dat alles en iedereen op deze wereld in geld uit te drukken is, en na vier jaar samenwerken ben ik geneigd het met hem eens te zijn.

Op de glad geboende tafel voor me lag het ingebonden voorstel; de glanzende bladzijden getuigden van de weken waarin Dennis, de andere partners en ik deze overeenkomst van de rand van de ondergang hadden teruggehaald. Gisteravond had Nessa geklaagd toen ik het nogmaals doorliep om het op fouten na te kijken; dat ik veel meer energie besteedde aan dat ene document dan aan wat zij als onze dringender zaken beschouwde. Ik protesteerde, maar niet van harte. Ik wist waar ik aan toe was met die bladzijden. Ik voelde me veel meer op mijn gemak met inkomsten en inkomensramingen dan met haar grillige, altijd veranderende ideeën over dit bloemstuk of die bijpassende kleuren voor kleding. Ik kon niet tegen haar zeggen dat ik het hele gebeuren rond ons huwelijk liever aan haar wilde overlaten. Tijdens de weinige keren dat ik me ermee bemoeide, op haar verzoek, was ze bijna hysterisch geworden door dingen die ik blijkbaar verkeerd had gedaan. Ik kon er niets aan doen; het leek wel of we een verschillende taal spraken.

'Dus nu wil ik graag voorstellen dat mijn collega een korte presentatie geeft. Om u een idee te geven van wat wij als een heel opwindende mogelijkheid beschouwen.'

Tina was naar de andere kant van de vergaderzaal gegaan. Ze stond naast de koffietafel, ogenschijnlijk op haar gemak. Ik kon nog steeds dat paarse behabandje zien. Ik deed mijn ogen dicht en probeerde een plotselinge herinnering te verdringen aan haar borsten, die ze tegen me aan had geduwd in het herentoilet in de Bar Brazilia, het gemak waarmee ze haar bloes had uitgetrokken.

'Mike?'

Ze stond weer naar me te kijken. Ik wendde mijn blik af om haar niet aan te moedigen.

'Mike? Ben je er nog?' Er kwam een nauw merkbare scherpe klank in de stem van Dennis. Ik stond op terwijl ik mijn aantekeningen verzamelde.

'Ja,' zei ik. En toen, op een vastberadener toon: 'Ja.' Ik legde een glimlach op mijn gezicht voor de rij van Vallance Equity's kapitalisten met hun harde blikken, en probeerde iets van Dennis' zelfvertrouwen en jovialiteit over te brengen. 'Ik was even aan het nadenken over enkele punten.' Ik haalde diep adem en gebaarde naar de andere kant van de zaal. 'Tina? Licht?'

Ik pakte de afstandsbediening voor mijn presentatie, en wenste dat ik mijn telefoon had uitgezet toen die weer begon te trillen. Ik tastte in mijn zak om hem uit te zetten. Toen ik door het gedimde licht opkeek naar Tina, besefte ik helaas dat ze dacht dat het gebaar voor haar was bestemd. Ze reageerde door met een glimlachje haar blik naar mijn kruis te laten gaan.

'Goed,' zei ik, terwijl ik uitademde en weigerde naar haar te kijken. 'Ik wil u graag wat beelden laten zien van wat wij in alle bescheidenheid als de investeringsmogelijkheid van de eeuw beschouwen.' Er klonk enig geamuseerd gegrinnik. Ze mochten me. Daar zaten ze, op scherp gezet door het onverholen enthousiasme van Dennis, klaar voor mijn indrukwekkende opsomming van feiten en cijfers. Ontvankelijk, aandachtig, wachtend om gerustgesteld te worden. Mijn vader zei vaak dat ik geboren was voor het zakenleven. Hij bedoelde zaken in een grijs pak, niet in de hypersexy megadeal zin van het woord. Hoewel ik op de een of andere manier in het laatste deel was beland, moest ik toegeven dat ik van nature niet graag risico's nam. Ik was de grondigheid en toewijding in eigen persoon, zo'n voorzichtig, weloverwogen, bedachtzaam iemand die alles tot in de puntjes en nog verder onderzoekt.

Als kind kon ik, met mijn zorgvuldig gespaarde zakgeld in de hand, uren doorbrengen in een winkel om de voordelen van Action Man tegen die van zijn soortgenoten af te wegen, bang voor de verpletterende teleurstelling die volgde als je de verkeerde keus had gemaakt. Als ik mocht kiezen uit toetjes, woog ik de zeldzaamheid van citroen-meringue-taart af tegen de altijd vertrouwde chocoladecake, en checkte en dubbelcheckte ik of er geen frambozengelei te kiezen viel.

Dat alles hield niet in dat ik niet ambitieus was. Ik wist precies wat ik wilde, en had allang geleerd dat kalm aan doen de sleutel tot mijn succes was. Terwijl de meer flitsende carrières van collega's te pletter sloegen en opbrandden, had ik financiële zekerheid verworven dankzij het feit dat ik volhardend de rentevoeten en aandelenmarkten bijhield. Nu – na zes jaar bij Beaker Holdings, en mijn promotie tot junior partner die blijkbaar niets te maken had met mijn verloving met de dochter van de directeur – werd ik beschouwd als iemand die accuraat de voordelen van welke keus ook kon beoordelen alvorens die te maken. Nog twee grote transacties en ik zou senior partner worden. Nog zeven jaar, dan zou Dennis met pensioen gaan en was ik klaar om hem op te volgen. Ik had het allemaal gepland.

En dat maakte mijn gedrag van die avond zo tegenstrijdig.

'Ik denk dat je nu eindelijk – lekker laat – bent begonnen te puberen,' had mijn zus Monica twee dagen geleden opgemerkt. Ik had haar mee uit lunchen genomen in het chicste restaurant dat ik kende, voor haar verjaardag. Ze werkte bij een landelijke krant, maar verdiende minder per maand dan ik aan onkostenvergoeding kreeg.

'Ik vind dat meisje niet eens aardig,' zei ik.

'Sinds wanneer heeft seks iets te maken met iemand aardig vinden?' Ze snoof. 'Ik denk dat ik twee desserts neem. Ik kan niet kiezen tussen de chocola en de crème brûlée.' Ze had mijn blik genegeerd. 'Het is een reactie op de hele trouwerij. Je probeert onbewust iemand anders zwanger te maken.'

'Doe niet zo belachelijk.' Ik kromp bijna ineen. 'Nee zeg! De gedachte alleen al...'

'Goed. Maar je bent duidelijk tegen iets aan het bokken. Bokken!' Ze grinnikte. Zo is mijn zus. 'Je moet tegen Vanessa zeggen dat je er nog niet klaar voor bent.'

'Maar ze heeft gelijk. Ik zal er nooit klaar voor zijn. Zo zit ik niet in elkaar.'

'Dus je hebt liever dat zij de besluiten neemt?'

'In ons privéleven wel. Dat werkt goed voor ons.'

'Zó goed dat je de behoefte voelde om met iemand anders een wip te maken?'

'Praat wat zachter, wil je?'

'Weet je wat? Ik neem alleen de chocola. Maar als jij de crème brûlée neemt, probeer ik die.'

'Stel dat ze iets tegen Dennis zegt?'

'Dan heb je een groot probleem. Maar dat moet je hebben geweten toen je het met zijn secretaresse deed. Toe nou, Mike, je bent vierendertig, geen onschuldig kind.'

Ik steunde mijn hoofd in mijn handen. 'Ik weet gewoon niet wat me bezielde.'

Monica was opeens vrolijk geworden. 'Ha, wat leuk om je dat te horen zeggen. Je weet niet hoe fijn het voor me is om te weten dat jíj net als de rest van ons je leven kunt verprutsen. Mag ik het aan mam en pap vertellen?'

Nu, met een plotseling beeld van mijn triomfantelijke zus voor ogen, vergat ik waar ik was en moest ik een blik op mijn aantekeningen werpen. Ik ademde langzaam uit en keek weer op naar de verwachtingsvolle gezichten om me heen. Het leek onaangenaam warm te zijn geworden in de directiekamer. Ik liet mijn blik op hun team rusten. Niemand van hen zag ook maar een beetje rood. Dennis zei altijd dat mensen die bij participatiemaatschappijen werkten, ijs in hun bloed hadden. Misschien had hij gelijk.

'Zoals Dennis heeft uitgelegd,' vervolgde ik, 'ligt de nadruk van dit project op de kwaliteit van de markt. De consumenten op wie we ons richten in dit bouwproject, willen graag ervaringen opdoen. Het zijn mensen die de afgelopen tien jaar materiële zaken hebben aangeschaft die hen niet gelukkig hebben gemaakt. Ze zijn rijk aan bezittingen, hebben weinig tijd en zoeken naar andere manieren om hun geld uit te geven. En volgens ons onderzoek ligt de echte groeisector in hun gevoel van welzijn.

'Om dat te bereiken zal dit project niet alleen accommodatie bieden van een kwaliteit die een plaats aan de top van de markt garandeert, maar een verscheidenheid aan vrijetijdsbesteding die past bij de omgeving.' Ik drukte op de afstandsbediening. De illustraties die verschenen waren pas die ochtend door de kunstenaar afgeleverd, waardoor Dennis' bloeddruk bijna de pan uit was gerezen. 'Er komt een ultramodern kuuroord met zes verschillende zwembaden, therapeuten die fulltime in dienst zijn en een keus uit de allernieuwste holistische behandelingen. Als u pagina dertien opslaat, ziet u de ruimte zelf gedetailleerder, plus een lijst van wat er allemaal te bieden zal zijn. En voor diegenen die hun gevoel van welzijn liever halen uit iets actievers – en dat zijn meestal de mannen, laten we eerlijk zijn...' hier pauzeerde ik even voor de geamuseerde knikjes van herkenning, '...hebben we het pièce de résistance van het hele complex, namelijk een geïntegreerd centrum dat geheel is toegerust op watersport. Daarbij horen jetski's, surfplanken, speedboten en waterski's. Men kan gaan sportvissen. Er zullen ook beroepsinstructeurs van een wereldwijde duikorganisatie zijn die cliënten meenemen om wat verder op zee te gaan duiken. We geloven dat een combinatie van een eersteklas uitrusting en een zeer ervaren team de cliënten een onvergetelijke reis zal bezorgen en hun de kans biedt om nieuwe vaardigheden te leren.'

'Terwijl ze verblijven in een ontspanningsoord dat staat voor service en luxe,' merkte Dennis op. 'Mike, laat de beelden van de architect zien. Zoals u ziet zijn er drie niveaus van accommodatie, om tegemoet te komen aan zowel welgestelde singles als gezinnen, met een speciaal penthouse voor vips. Het zal u opvallen dat we niet voor speciale aanbiedingen hebben gekozen. We hebben al belangstelling gekregen van...'

'Ik heb gehoord dat jullie de locatie hiervoor zijn kwijtgeraakt.' De stem kwam van achteraan.

Het werd stil in de kamer. O bárst, dacht ik.

'Tina, doe het licht eens aan.' Dat was Dennis en ik vroeg me af of hij antwoord zou geven, maar hij keek mij aan.

Ik legde een nietszeggende uitdrukking op mijn gezicht. Daar ben ik goed in. 'Het spijt me, maar ik heb het niet goed verstaan, Neville. Had je een vraag?'

'Ik heb gehoord dat dit project voor Zuid-Afrika bestemd was en dat jullie de locatie zijn kwijtgeraakt. Er staat niets in dit document over waar het nu gebouwd zal worden. Jullie kunnen moeilijk van ons verwachten dat we in een vakantieoord investeren waar nog geen locatie voor gevonden is.'

De trilling in Dennis' kaak verried zijn verbazing. Hoe waren ze in vredesnaam achter dat van Zuid-Afrika gekomen?

Mijn stem sneed al door de lucht voor ik wist wat ik zei: 'Ik weet niet waar je je informatie vandaan hebt, maar Zuid-Afrika was niet meer dan een optie voor ons. Nadat we onze potentiële locatie daar nader hadden bekeken, besloten we dat het onze cliënten niet de faciliteiten kon bieden die we in gedachten hadden. We kijken naar een zeer gespecialiseerde markt en we –'

'Waarom?'

'Waarom wat?'

'Waarom was Zuid-Afrika niet geschikt? Ik had begrepen dat het een van de snelst groeiende vakantiebestemmingen ter wereld is.'

Mijn op maat gemaakte overhemd plakte aan mijn onderrug. Ik aarzelde en vroeg me af of Neville iets wist over onze mislukte vorige financiële overeenkomst.

'Politiek,' bracht Dennis in het midden.

'Politiek?'

'Vanaf het vliegveld zou de transfer naar het vakantieoord anderhalf uur in beslag nemen. En welke route we ook zouden nemen, we zouden door enkele van de... laten we zeggen... minder welvarende buurten komen. Volgens ons onderzoek willen cliënten niet geconfronteerd worden met troosteloze armoede als ze veel geld op tafel hebben gelegd voor een luxevakantie. Dan voelen ze zich...' Glimlach alsjeblieft niet meelevend naar hun secretaresse, smeekte ik in stilte. Te laat. De meelevende glimlach van Dennis was klef en werd verkeerd opgevat. '...ongemakkelijk. En dat is wel het laatste wat cliënten zich mogen voelen in dit vakantieoord. Opgewekt, ja. Opgewonden, ja. Tevreden, uiteraard. Maar niet schuldig of ongemakkelijk door de benarde toestanden van hun... gekleurde medemens.'

Ik deed mijn ogen dicht. Ik voelde meer dan ik het zag dat de zwarte secretaresse hetzelfde deed.

'Nee, Neville, politiek en luxevakanties gaan niet samen.' Dennis schudde wijs zijn hoofd, alsof hij een of ander orakel uitsprak. 'En dat is het gedetailleerd soort onderzoek waar wij van Beaker Holdings ons op beroepen voor we aan een groot project beginnen.'

'Dus jullie hebben een alternatieve locatie in gedachten?'

'Niet alleen in gedachten, maar in kannen en kruiken,' zei ik. 'Het is nogal afwijkend, maar alle potentiële mijnenvelden in Zuid-Afrika en andere derdewereldlanden worden erdoor vermeden. De voertaal is Engels, het heeft een heerlijk klimaat en ik kan oprecht zeggen dat het een van de mooiste plekken is die ik ooit heb gezien. En je weet net zo goed als ik, Neville, dat er wat dit werk betreft heel mooie bestemmingen zijn.'

RJW Land had de locatie onder onze neus weggekaapt. Iemand daar moest deze mensen van Vallance een tip hebben gegeven. Gedachten schoten door mijn hoofd: als RJW een dergelijk project wilde beginnen, zouden ze dan ook Vallance hebben benaderd voor de financiering? Probeerden ze onze overeenkomst te saboteren?

'Ik kan niet verder in detail gaan,' zei ik minzaam, 'maar ik kan u wel vertellen, in vertrouwen, dat we andere zaken ontdekt hebben over de locatie in Zuid-Afrika die wezen op veel lagere opbrengsten in de toekomst. En zoals u weet staan wij een zo maximaal mogelijke winst voor.'

In werkelijkheid wist ik bijna niets over de nieuwe locatie. Uit wanhoop hadden we een makelaar ingeschakeld, een oude vriend van Dennis, en de overeenkomst was pas twee dagen geleden gesloten. Ik had er een hekel aan om blind te vliegen.

'Tim,' zei ik glimlachend, 'je weet dat ik een saaie vent ben wat research betreft, en dat ik 's avonds in bed niets liever lees dan een stapel analyses. Geloof me, als ik had gedacht dat de locatie in Zuid-Afrika op den duur beter zou zijn, had ik die niet zo graag losgelaten. Maar ik graaf liever een laag dieper...'

'Je leesstof voor het slapengaan is heel interessant, Mike, maar het zou nuttiger zijn als...'

'...en het gaat over de marges. Dat is het voornaamste.'

'Niemand vindt de marges belangrijker dan wij, maar...'

Dennis stak een mollige hand op. 'Tim. Nee. Geen woord, want ik wil u iets anders laten zien voor we verdergaan. Als u me naar hiernaast wilt volgen, heren, dan wacht ons eerst iets leuks voor we vertellen waar het precies is.'

Mensen van participatiemaatschappijen, zo peinsde ik terwijl we hen volgden, zagen er niet uit alsof plezier hoog op hun lijstje stond. Sommigen waren beslist geïrriteerd dat ze uit hun comfortabele plaats in een leren stoel aan de vergadertafel waren gehaald, en mompelden verveeld tegen elkaar. Maar omdat ik een halfuur te laat was gekomen, wist ik ook niet wat Dennis in petto had. Laat hem alsjeblieft niet aan Tina hebben gevraagd om een bikini aan te trekken, smeekte ik in stilte. Ik had nog steeds nachtmerries van het plan voor de Hawaïaanse Hoela.

Maar Dennis had iets heel anders in de zin. Uit de tweede vergaderkamer waren tafel, stoelen en uittrekbaar filmscherm verwijderd. In de hoek was geen video-installatie of serveerboy te bekennen.

Wel stond in het midden een groot apparaat, omgeven door opblaasbare blauwe slangen, met als middelpunt een opzichtige gele surfplank.

We bleven allemaal verbijsterd staan toen we dat onwaarschijnlijke ding zagen.

'Heren. Trek uw schoenen uit en grijp een golf!' Dennis stak een arm uit naar het apparaat. 'Het is een simulator,' kondigde hij aan toen niemand iets zei. 'U mag het allemaal een keer proberen.'

Het bleef stil in de kamer, op het zachte zoemen van de surfsimulator na. Het ding leek een buitenaards ruimteschip gevangen in een zee van grijs, en de knipperende knoppen verkondigden dat hun surfervaring desgewenst vergezeld kon gaan van een song van de Beach Boys. Ik keek naar de uitdrukkingen op hun gezicht en besloot dat de situatie het beste gered kon worden door hen af te leiden. 'Misschien willen de dames en heren eerst iets eten? Een drankje misschien? Tina, wil jij alsjeblieft...'

'Uiteraard, Mike,' zei ze terwijl ze me een wulpse blik toewierp. Ik had kunnen zweren dat ze met haar heupen wiegde toen ze het vertrek verliet, maar Dennis zag het niet.

'Ik wil u een idee geven van hoe onweerstaanbaar ons voorstel is. Ik heb het al even geprobeerd,' zei hij terwijl hij zijn schoenen uitdeed. 'Het is echt heel leuk. Als niemand anders zo dapper is, dan laat ik wel zien hoe het werkt. Je gaat hierop staan en...' Hij had zijn jasje uitgetrokken en zijn amper ingehouden dikke buik hing over de band van zijn broek. Niet voor de eerste keer was ik dankbaar dat Vanessa de genen van haar moeder had geërfd. 'Ik zal beginnen met wat kleine golven. Ziet u? Het is doodsimpel.'

Op de klanken van '*I get around*' ging mijn baas, onder wiens toezicht in de afgelopen drie jaar zeventig miljoen pond aan investeringen in onroerend goed waren omgegaan, en die op zijn bureau foto's had staan waarop hij Henry Kissinger en Alan Greenspan de hand schudde, op de surfplank staan. Zijn armen waren opgeheven in een parodie van een atletische houding en er waren twee donkere zweetplekken in zijn oksels te zien. Zijn lolbroekachtige uiterlijk verborg, zo was maar al te goed bekend, een vlijmscherp zakenbrein. Hoewel ik daar soms wel aan twijfelde.

'Zet maar aan, Mike.'

Ik wierp een blik op de mannen achter me en probeerde te glimlachen. Ik was er niet zeker van of dit wel een goed idee was. Of dit wel het image was wat we moesten uitdragen.

'Zet maar gewoon aan, Mike, dan doe ik de rest. Vooruit, Tim, Neville, jullie moeten niet doen alsof je het niet een keer wilt proberen.'

Met een zacht gezoem kwam de surfplank langzaam tot leven. Dennis boog zijn knieën en stak een hand uit terwijl hij zijn vingers bewoog. 'Wat... ik... u... niet... heb... verteld, heren, is dat simulators ook... oeps!' Hij moest moeite doen om zijn evenwicht te bewaren. 'Daar gaan we... De simulators zullen ook ter plekke opgesteld staan, zodat de cliënten ermee kunnen oefenen voor ze het water op gaan. Het is een all-inpakket.'

Zelfs zij die nog nooit van hun leven op het water waren geweest, zei hij hijgend van inspanning, zouden privé kunnen oefenen voor ze zich blootstelden aan de blikken van hun medevakantiegangers. Ik weet niet of het kwam door de bizarre onmogelijkheid dat deze machine deel van het voorstel uitmaakte, of door Dennis' overduidelijke plezier, maar na enkele minuten moest zelfs ik toegeven dat hij hen voor zich won. Ik zag dat Tim en Neville heimelijk dichter naar het toestel kwamen terwijl ze van de champagne nipten die Tina hun had gegeven.

Hun financieel deskundige, een zwaargewicht met een rood gezicht die Simons heette, had zijn schoenen al uitgetrokken, waardoor verrassend versleten sokken tevoorschijn kwamen, en de twee juniorleden van hun team lazen elkaar stukjes voor van de pagina's met surftermen die Tina had samengesteld.

Dennis had fantasie, dat moest ik hem nageven.

'Wat gebeurt er als we hem hoger zetten, Dennis?' Neville glimlachte.

Ik vroeg me af of dat een goed teken was.

'Tina heeft u... een lijst... gegeven,' zei hij buiten adem. 'Ik geloof... dat ik... oeps! Zo, dat was "catching a pounder".'

Neville was dichterbij gekomen. Hij trok zijn jasje uit en gaf zijn glas aan zijn secretaresse. 'Tot welk niveau ga je, Dennis?'

Hij was, zoals ik al had gedacht, iemand die alles als een wedstrijd zag.

Maar dat was Dennis ook. 'Tot welk je maar wilt, Nev. Zet harder,' riep hij terwijl het zweet op zijn gezicht parelde. 'We zullen zien wie de grootste golf kan nemen, goed?'

'Vooruit, Mike,' drong Neville aan. Ik glimlachte. Ze genoten allemaal. Zoals Dennis al had vermoed, had de simulator hun aandacht afgeleid van de geruchten over Zuid-Afrika.

'Ik heb altijd al een keer willen surfen,' zei Tim terwijl ook hij zijn jasje uittrok. Voor hen gierde en schudde de simulator onder Dennis' gewicht. 'Op welk niveau zit je nu, kerel?'

'Op drie,' zei ik met een blik op de meter. 'Maar het lijkt me beter om niet...'

'Toe nou, we kunnen wel meer hebben. Zet hem hoger, Mike. Laten we zien wie er het langste op kan blijven.'

'Ja, zet hem hoger,' stemden de grijze pakken van Vallance Equity Financing in koor in. Het vernis van terughoudendheid verdween door een oplopend enthousiasme.

Ik keek naar Dennis. Hij knikte en gebaarde naar de meter. 'Vooruit, Mike, kom op met die golven.'

'Je bent "stoked", Dennis!' Tim bestudeerde de surftermen. 'De golven zijn "gnarly", maar je bent toch "stoked"!'

Ondanks zijn schijnbare vrolijkheid zweette Dennis nu hevig. Hij probeerde te glimlachen, maar ik zag iets van wanhoop in zijn ogen terwijl hij zich staande probeerde te houden op de nu snel op en neer gaande plank. 'Zal ik hem een tikje lager zetten, Dennis?' bood ik aan.

'Nee! Nee! Ik ben... "stoked"! Hoe lang zit ik al op niveau vier, jongens?'

'Zet hem op vijf!' riep Neville terwijl hij een stap naar voren deed en zijn hand op de knoppen legde. 'Laten we zien hoe hij het doet op de, eh... "crunchers"!'

'Ik ga niet...' begon ik.

Naderhand wist niemand precies hoe het was gebeurd. Dennis was een van de weinigen in de kamer die geen champagne had gedronken. Maar op de een of andere manier werd de simulator in de hoogste stand gezet op het moment dat Dennis zijn evenwicht verloor. Met een vreselijke kreet werd hij voorbij de opblaasbare kussens om hem heen dwars door de kamer gelanceerd, sneller dan zou moeten kunnen bij iemand van zijn gewicht, en hij belandde met een klap op zijn heup.

Die brak natuurlijk. Degenen die dat niet zagen aankomen, werden verrast door een misselijkmakend gekraak. Ik denk dat ik dat geluid nooit zal vergeten. Het benam me ook maar het geringste verlangen om het apparaat een keer te proberen. Zoals ik al heb gezegd, ik neem van nature niet graag risico's.

Paniek brak uit. Iedereen verdrong zich om hem heen. Boven de bezorgde uitroepen en kreten van 'Bel een ambulance!' uit tolde de surfplank gierend rond en bleven de Beach Boys zingen.

'Australië dus?' zei Neville terwijl Dennis op een brancard naar de lift werd gevoerd. 'Een onvergetelijke presentatie. We hebben absoluut belangstelling. Als je uit het ziekenhuis bent, zullen we verder praten over de locatie.'

'Mike zal jullie een kopie sturen van het rapport over de locatie. Nietwaar, Mike?' zei Dennis met opeengeklemde kaken en een grauw gezicht van de pijn.

'Natuurlijk.' Ik probeerde net zo vol zelfvertrouwen te kijken als hij had geklonken.

Toen hij in de ambulance werd geschoven, wenkte hij me. 'Ik weet wat je denkt,' fluisterde hij. 'Je zult dat rapport moeten schrijven.'

'Maar de timing... de bruiloft...'

'Ik regel het wel met Vanessa. Je kunt trouwens toch beter uit de buurt blijven zolang ze bezig is met de plannen. Boek vanmiddag nog een vlucht. En, Mike, kom in hemelsnaam terug met een plan waardoor deze locatie zal slagen.'

'Maar we hebben nog niet eens...'

'Ik hou ze wel aan het lijntje voor de tijd die jij nodig hebt. Maar dit is het grootste project dat we ooit hebben gehad. Ik wil weten of ik jou terecht heb gepromoveerd, dat jij het binnen kunt slepen.'

Het kwam niet bij hem op dat ik kon weigeren. Dat ik mijn privéleven belangrijker zou vinden dan wat het bedrijf wilde. En hij had waarschijnlijk gelijk. Ik ben een loyale werknemer. Een betrouwbare kracht. Die middag boekte ik de vlucht. Businessclass bij een van de Aziatische vliegmaatschappijen was goedkoper dan toeristenklasse bij mijn twee oorspronkelijke keuzen.

4

Greg

Wat is een goed tijdstip van de dag om aan bier te beginnen? Volgens die ouwe van mij elk tijdstip na het middaguur. Hij sloeg ze achterover zoals mijn moeder koppen thee dronk, en opende een blikje zodra hij even pauzeerde van welk huis hij ook aan het bouwen was.

Hij was een grote kerel en je zou nooit geraden hebben dat hij zo veel dronk. Volgens mijn moeder kwam dat doordat hij constant dronken was; vrolijk in de middag, uitgelaten bij het avondeten en een beetje wazig in de ochtend vanwege de vorige avond. We hebben nooit de pech gehad dat we hem broodnuchter moesten meemaken.

Mijn favoriete tijdstip is rond een uur of twee in de middag, tenzij ik aan het werk ben, en in dat geval is 't het tijdstip waarop ik de *Sweet Suzanne* terugbreng. Mij zul je niet dronken aan het roer zien. Ik mag veel fouten hebben, maar ik heb mijn boot of mijn passagiers nog nooit enig risico laten lopen. Maar een koud biertje bij Kathleen, met de zon hoog aan de hemel en een bordje patat op tafel, daar zeg ik geen nee tegen. Ik kan me niet voorstellen dat iemand daar bezwaar tegen kan hebben. Behalve mijn ex dan.

Volgens Suzanne is er nooit een goed tijdstip om aan bier te beginnen. Ze zei dat ik een dronkenlap was, een zuipschuit, en dat ik niets kon bieden om het vele dronken zijn te compenseren. Ze zei dat ze me daardoor gewoonweg niet meer kon zíén. Ze zei dat ik daardoor minder knap begon te worden. Ze zei dat we daardoor nooit kinderen hadden gekregen. Hoewel ze ijskoud weigerde toen ik voorstelde dat we naar de dokter zouden gaan om hem te vragen of hij achter de oorzaak kon komen. En ik zei tegen haar – ik ben geen heilige en ik wil meteen toegeven dat ik niet de makkelijkste vent ben om mee getrouwd te zijn – dat er niet veel mannen in Australië zijn die vrijwillig aan hun uitrusting willen laten sleutelen, vooral niet door een andere kerel.

Maar zo graag dus wilde ik kinderen. En dat was de reden waarom, toen ik om vijf voor halftwaalf het kantoor van mijn advocaat verliet – wonderlijk, hoe je de tijd kunt bijhouden als je per uur betaalt en dan ook nog tegen een zaterdagtarief – ik besloot dat wat mij betrof vijf voor halftwaalf een prima tijdstip was om een koud blikje bier open te trekken. En dat terwijl het zo koud was dat ik een trui droeg en er zo veel wind stond dat je niet buiten kon zitten zonder te verkleumen.

Ik denk dat dat biertje voornamelijk een middelvinger haar kant op was. Haar kant en de kant van die fitnessinstructeur van haar en haar claim op de helft van alles en haar belachelijke eisen. Want eerlijk gezegd smaakte het niet eens zo lekker. Ik zou er eigenlijk een in de pub drinken, maar ergens leek het een beetje triest om in je eentje om vijf voor halftwaalf in de ochtend in een pub te zitten. Zelfs op een zaterdag.

Dus zat ik voor in mijn pick-up mijn biertje te drinken, iets minder snel dan ik anders had gedaan, en wachtte op het moment dat het minder moeite zou kosten en de uren makkelijker zou doen lijken. Die dag had ik geen klanten. Ik had moeten toegeven dat hun aantal erg gedaald was sinds ik mijn frustratie had uitgeleefd op de boot en haar van een... nieuwe naam had voorzien. Liza had me geholpen hem tijdens het weekend over te schilderen, en ze had kortaf tegen me gezegd dat iedereen het na een week of twee zou zijn vergeten als ik mijn mond hield. En dat deed ik. Ik zou als een paard moeten werken om de regeling te bekostigen die die ex van me eiste.

'Een radicale breuk' noemden ze het. Zo noemen artsen het toch ook als ze het over een gebroken ledemaat hebben? En zo voelde het ook, dat kan ik je wel zeggen. Zo pijnlijk dat ik er fysiek misselijk van werd als ik er te veel aan dacht.

Maar nu zat ik in mijn cabine op de parkeerplaats te denken aan hoe ik de toeristen over de Walvissteiger op hun hoge hakken had zien wankelen, met hun videocamera's en hun cd's met walvisgeluiden, terwijl ze de *Suzanne* argwanend bekeken, alsof ze zo uit het water kon springen om nog meer obscene opschriften te onthullen. Als ik die dag geen andere plannen had gehad, zou ik zelf met haar uit varen zijn gegaan. Zelfs na een biertje. Ik had gemerkt dat ik me soms beter voelde als ik gewoon in de baai zat te kijken naar de tuimelaars. Ze steken hun kop boven water met die gekke glimlach erop alsof ze een grapje tegen je maken, en soms moet je er wel om lachen, zelfs op dagen dat je zin hebt om je polsen door te snijden. Ik denk dat we allemaal wel zo waren, de bemanningsleden. We wisten dat dit het beste was, gewoon jij alleen met die schepsels, op het stille water.

'Er zijn tenminste geen kinderen in het spel,' had de advocaat opgemerkt toen ze onze gezamenlijke rekening controleerde. Ze had geen idee wat ze had gezegd.

Ik had het tweede biertje op toen ik hem zag. Ik had het blikje in mijn hand samengeknepen en wilde het juist op de bijrijdersstoel gooien toen mijn blik op hem viel. Je kon hem niet over het hoofd zien. Daar stond hij in zijn donkerblauwe pennenlikkerspak geflankeerd door twee te grote, bij elkaar passende koffers naar de hoofdstraat te staren. Ik bleef naar hem kijken tot hij me in de gaten kreeg en stak toen mijn hoofd uit het raam. 'Alles goed, maat?'

Hij aarzelde, pakte toen zijn koffers op en liep naar voren. Zijn zwarte veterschoenen waren glimmend gepoetst. Geen vent met wie ik normaal gesproken zou kletsen, maar hij leek helemaal uitgeteld en ik zal wel medelijden met hem hebben gehad. De ene uitgetelde tegen een andere, om het zo te zeggen.

Toen hij bij mijn raam kwam, zette hij de koffers neer en haalde een papiertje uit zijn zak. 'Ik denk dat mijn taxi me verkeerd heeft afgezet. Kunt u me zeggen of hier een hotel in de buurt is?'

Een Engelsman. Ik had het kunnen weten. Ik keek hem met samengeknepen ogen aan. 'Er zijn verscheidene hotels. Aan welke kant van Silver Bay moet u zijn?'

Hij keek weer op zijn papiertje. 'Er staat alleen maar Silver Bay Hotel.'

'Het huis van Kathleen? Dat is eigenlijk geen echt hotel. Niet meer.'

'Is het ver lopen?'

De nieuwsgierigheid zal het wel van me hebben gewonnen. Je komt in deze uithoek niet vaak zulke opgedirkte mannen tegen. 'Ze zit een eindje verderop. Stap in. Ik heb er zelf nog wat te doen. Gooi de koffers maar achterin.'

Ik zag een weifelende uitdrukking over zijn gezicht glijden, alsof het aanbod van een lift niet te vertrouwen was. Of misschien wilde hij zijn mooie koffers niet bij mijn vieze zeespullen hebben. Dat ergerde me een beetje en ik veranderde bijna van gedachten. Maar hij sleepte zijn koffers naar de achterklep en ik zag dat hij ze over de rand hees. Toen opende hij het portier en klom met enige moeite naar binnen omdat zijn schoenen in contact kwamen met de stapel lege blikjes.

'Wees maar voorzichtig met die schoenen,' zei ik terwijl ik wegreed. 'Het bier hoort er allang uit te zijn, maar ik kan het niet garanderen.'

Als naam is Silver Bay een beetje misleidend. Het is eigenlijk niet één baai maar twee, gescheiden door de Walvissteiger, die uitsteekt van het stuk land dat de baaien doorsnijdt. Vanaf boven, zei ik altijd, zag de zee eruit als een enorm blauw achterwerk. (Dan trok Suzanne haar wenkbrauwen op, maar dat deed ze bij bijna alles wat ik zei.) Kathleens huis lag aan een van de baaien, de verste, helemaal achteraan, bij het punt vanwaar je de open zee kon bereiken. Alles wat er over was aan haar kant was eigenlijk het oude huis van Bullen, het museum en de zandduinen. Aan de andere kant van de Walvissteiger bevonden zich McIver's Seafood Bar en Grill, de vismarkt en vervolgens, verder weg van Kathleens huis, de groeiende buitenwijken van de stad.

Hij vertelde dat hij Mike heette, zijn achternaam ben ik vergeten. Veel meer zei hij niet. Ik vroeg hem of hij hier voor zaken was, en hij zei: 'Hoofdzakelijk voor plezier.' Ik weet nog dat ik dacht: wat voor vent kleedt zich zo op zijn vakantie? Hij zei dat hij die ochtend uit het vliegtuig was gestapt en dat hij een huurauto had besproken, maar die was er niet door een fout van het verhuurbedrijf en ze zouden er morgen een leveren vanuit Newcastle.

'Lange vlucht,' zei ik.

Hij knikte.

'Hier al eerder geweest?'

'Een keer in Sydney. Maar niet lang.'

Ik schatte hem halverwege de dertig. Hij keek vaak op zijn horloge voor iemand die niet aan het werk was. Ik vroeg hem hoe het kwam dat hij een kamer bij Kathleen had geboekt. 'Het is er nooit druk,' zei ik terwijl ik veelbetekenend naar zijn dure pak keek. 'Ik dacht dat iemand als u wel iets, nou ja, chiquers zou willen.'

Hij keek recht voor zich uit alsof hij een antwoord voorbereidde. 'Ik had gehoord dat het een mooi gebied was,' zei hij. 'Het was het enige hotel dat ik kon vinden.'

'U zou eigenlijk in de Blue Shoals verderop aan de kust moeten zijn,' zei ik. 'Mooi hotel. Elke kamer een eigen badkamer, enorm zwembad, dat soort dingen. Van maandag tot donderdag ook een all-you-can-eat buffet. Vijftien dollar per persoon, geloof ik. Op vrijdag zijn de prijzen iets hoger.' Ik week uit voor een hond die over de weg rende. 'En dan heb je de Admiral in Nelson Bay. Satelliettelevisie in alle kamers, met goede kanalen, niet van die rotzooi. In deze tijd van het jaar zijn de prijzen gunstig. Ik weet toevallig dat er amper iemand is op dit moment.'

'Bedankt,' zei hij uiteindelijk. 'Als ik besluit een ander hotel te nemen, komt die informatie misschien van pas.'

Daarna zeiden we niet veel tegen elkaar. Ik reed en voelde me een beetje geërgerd dat die kerel niet wat meer moeite deed. Tenslotte had ik hem opgepikt, een lift gegeven – een taxirit had hem minstens tien dollar gekost –, hem ingelicht over de streek, en hij deed amper moeite om tegen me te praten.

Ik wilde juist iets zeggen – ik denk dat het bier me een beetje had opgewarmd – toen ik zag dat hij in slaap was gevallen. Hij was helemaal buiten westen. Zelfs een zakenman in een duur pak ziet er niet erg succesvol uit als hij op zijn schouder ligt te kwijlen. Om de een of andere reden voelde ik me hier beter door en ik betrapte mezelf erop dat ik de verdere rit over de kustweg naar Silver Bay zat te fluiten.

Kathleen had de tafel prachtig gedekt. Ik zag het tafelkleed en de ballonnen lang voordat ik iets anders zag. Het witte damast golfde in de bries en de ballonnen dansten alsof ze los wilden komen en opstijgen.

Op het zelfgemaakte spandoek stond: HARTELIJK GEFELICITEERD HANNAH, en daaronder zaten de jarige en haar vriendinnen te gillen tegen een kerel met een slang om zijn arm gewikkeld.

Even vergat ik de bezoeker in mijn cabine. Ik klom uit de pick-up en liep over de oprit, terwijl ik me met een schok herinnerde dat het feest een uur geleden was begonnen.

'Greg.' Kathleen kon je van top tot teen bekijken op een manier die je vertelde dat ze precies wist wat je uitgevroten had. 'Fijn dat je nog even langskomt.'

'Wie is dat?' Ik knikte naar de kerel met de slang.

'De Dierenleraar noemt hij zich, geloof ik. Maar dan van al het kruipend spul dat je je kunt voorstellen. Enorme kakkerlakken, slangen, tarantula's... De kinderen mogen ze vasthouden en aaien, dat soort dingen. Hannah had erom gevraagd.' Ze huiverde. 'Ik kan me niets walgelijkers voorstellen.'

'In mijn tijd trapte je ze dood,' beaamde ik, 'met je werklaarzen aan.'

Er waren acht kinderen en een paar volwassenen, hoofdzakelijk andere bemanningsleden. Dat verbaasde me niet. Hannah was een merkwaardig kind, oud voor haar leeftijd, en we waren allemaal gewend dat ze bij ons rondhing. Dat deed ze al sinds ze klein was.

Het was goed om haar bij wat leeftijdgenootjes te zien. Ik zag haar bijna nooit met iemand van haar eigen leeftijd, behalve Lara. Je zou bijna vergeten hoe jong ze was. Liza zei dat ze nu eenmaal zo was, een beetje een eenling. Soms vroeg ik me af of ze het over Hannah of over zichzelf had.

Kathleen gaf me een kop thee en ik nam die aan, in de hoop dat ze het bier aan mijn adem niet zou ruiken. Dat leek op de een of andere manier niet juist op een kinderfeest. En ik was erg op dat kind gesteld.

'Je boot ziet er een stuk beter uit,' zei Kathleen grinnikend.

'Je weet zeker wel dat Liza me heeft geholpen om de naam opnieuw te schilderen.'

'Dat korte lontje van je brengt je nog eens in de problemen.' Ze klakte met haar tong. 'Je zou toch oud genoeg moeten zijn om beter te weten.'

'Ben je me een standje aan het geven, Kathleen?'

'Zo dronken ben je dus niet.'

'Eéntje maar,' protesteerde ik. 'Eéntje. Nou ja, twee dan misschien.'

Ze keek op haar horloge. 'En het is nog maar net twaalf uur geweest. Goed van je, hoor.'

Je moest het de Haaienvrouw nageven. Ze zegt wat ze op haar hart heeft. Altijd al gedaan, en ze zal het altijd blijven doen. Heel anders dan Liza. Die kijkt je aan alsof er een heel ander gesprek gaande is in haar hoofd, en als je vraagt wat ze denkt (als een vrouw! Daar verlaagt ze je toe!), haalt ze haar schouders op alsof er niets aan de hand is.

'Hallo, Greg.' Hannah rende met een stralend gezicht voorbij. Ik herinner me dat gevoel, als je een kind bent en het je verjaardag is en dat iedereen je voor één dag het gevoel geeft dat je de bijzonderste persoon van de wereld bent. Ze hield net lang genoeg in om het pakketje onder mijn arm te zien. Ze is een schat, dat kind, maar allesbehalve dom.

'O, dit is voor je tante Kathleen,' zei ik.

Ze bleef vlak voor me staan met een ondeugende blik in haar ogen. 'Waarom heeft het dan cadeaupapier voor kinderen?' vroeg ze.

'Is dat zo?'

'Het is voor mij,' waagde ze.

'Wil je zeggen dat je tante Kathleen te oud is voor dit papier?' Ik keek zo onschuldig mogelijk.

Dat werkte bij Suzanne ook nooit. Ze keek ernaar en probeerde uit te vissen wat het was. Ze is niet zo'n kind dat het weggrist. Ze is voorzichtig, denkt na voor ze iets doet. Ik kon het niet verdragen om haar langer te laten wachten, dus gaf ik het aan haar. Ik moet toegeven dat ik zelf ook opgetogen was.

Ze scheurde het papier eraf, geflankeerd door haar vriendinnen. Ze werden allemaal groot, zag ik; de dunne beentjes en mollige wangen begonnen te verdwijnen. Ik moest mijn treurigheid onderdrukken bij de gedachte dat sommigen van hen zouden eindigen als Suzanne. Ontevreden, zeurend... trouweloos.

'Het is een sleutel,' zei ze verbaasd terwijl ze hem ophield. 'Ik begrijp het niet?'

'Een sleutel?' zei ik terwijl ik een verbaasde uitdrukking op mijn gezicht legde. 'Weet je het zeker?'

'Greg...'

'Weet je zeker dat je hem niet herkent?'

Ze schudde haar hoofd.

'Het is de sleutel van mijn garage.'

Ze keek nog steeds fronsend. Ze begreep het niet.

'Die bij de steiger. Verdorie, ik moet je cadeau daar hebben vergeten. Jij en je vriendinnen moeten maar gauw gaan kijken.'

Ze waren al joelend weg voor ik nog iets kon zeggen. Hun voeten joegen het zand op. Kathleen wierp me een vorsende blik toe, maar ik zei niets. Soms wil je gewoon van het moment genieten, en tegenwoordig krijg ik daar maar heel weinig gelegenheid voor.

Even later kwamen ze terughollen over het pad. 'Is het de boot? Is het de kleine boot?' Haar wangen zagen rood en haar haar hing verward om haar gezicht. De adem stokte in mijn keel. Ze leek zo op haar moeder.

'Heb je naar de naam gekeken?' vroeg ik.

'*Hannah's Glory*,' zei ze ademloos tegen haar tante Kathleen. 'Het is een blauw bootje en het heet *Hannah's Glory*. Is het echt voor mij?'

'Zeker weten, prinses,' zei ik. Die glimlach maakte mijn hele ellendige ochtend goed. Ze sloeg haar armpjes om me heen en ik omhelsde haar, niet in staat om mijn blijdschap te verbergen.

'Mogen we ermee het water op? Mag dat, tante K?'

'Nu niet, schat. Je moet je taart nog aansnijden. Maar je kunt er in de garage vast wel even in gaan zitten.'

Ik kon haar opgewonden gebabbel de hele weg over het pad horen.

'Een boot?' Kathleen draaide zich met een opgetrokken wenkbrauw naar me om toen Hannah buiten gehoorsafstand was. 'Heb je het er met Liza over gehad?'

'Eh... nog niet.' De kinderen huppelden terug naar mijn garage. 'Maar ik denk dat ik dadelijk de kans krijg.'

Ze liep met grote passen naar me toe met de verjaardagstaart, het hondje op haar hielen. Ze was mooi. Zoals altijd zag ze eruit of ze ergens anders naartoe had willen gaan maar op het laatste moment had besloten om even naar jou te gaan, als een gunst, snap je.

'Hallo. Ik heb dat stuk balein boven haar bed gehangen. Daar wilde ze het hebben.' Ze knikte groetend naar me. 'Het stinkt vreselijk. Ze heeft vier boeken over dolfijnen gekregen, twee over walvissen, en een video. Op deze manier kan ze straks haar eigen museum openen. Je hebt nog nooit een kamer met zo veel dolfijnenspullen gezien.' Ze rechtte haar rug. 'Waar zijn de kinderen naartoe?'

'Daar kun je het beter met Greg over hebben,' zei Kathleen. Ze liep weg, een hand opgeheven, alsof ze voorlopig niet in de buurt wilde zijn.

'Ze, eh... zijn naar mijn cadeau aan het kijken.'

Ze zette de taart op de tafel. 'O ja? Wat heb je gekocht?' Ze begon de plasticfolie van de sandwiches te halen.

'De oude Carter verkocht het. Een kleine roeiboot. Ik heb hem geschuurd en een lik verf gegeven. Hij is in prima staat.'

Het duurde even voor tot haar doordrong wat ik had gezegd. Ze staarde even naar de tafel en keek toen naar me op. 'Wat heb je voor haar gekocht?'

'Een bootje. Voor haarzelf. Ik dacht dat ze na een paar lessen wel met haar vriendinnen naar de tuimelaars kon gaan kijken.' De uitdrukking op haar gezicht bracht me een beetje van mijn stuk, dus voegde ik eraan toe: 'Uiteindelijk zal ze er toch een moeten hebben.'

Ze bracht haar handen naar haar mond, bijna alsof ze aan het bidden was. Ze zag er helemaal niet dankbaar uit.

'Greg?'

'Ja?'

'Ben je niet goed bij je hoofd?'

'Wat?'

'Je hebt een boot gekocht voor mijn dochter? Mijn dochter die het water niet op mag? Wat bezielde je in vredesnaam?' Haar stem klonk vernietigend.

Ik keek terug, niet in staat om te geloven dat ze zo kwaad was. 'Ik heb het kind alleen maar een verjaardagscadeautje gegeven.'

'Het is niet aan jou om dat te doen.'

'Ze woont bij het water. Al haar vriendinnen hebben een bootje. Waarom mag zij dat niet?'

‘Omdat ik tegen haar heb gezegd dat het niet mag.’

‘Waarom? Wat kan het voor kwaad? Ze moet het toch eens leren?’

‘Ze zal het leren als ik vind dat ze er klaar voor is.’

‘Ze is elf! Waarom ben je zo kwaad? Wat is nu eigenlijk écht het probleem?’ Toen ze geen antwoord gaf, gebaarde ik naar Hannah, die bij de deur van de garage stond. ‘Moet je haar zien, ze is dolblij. Ik hoorde haar tegen haar vriendinnen zeggen dat ze nog nooit zo’n mooi verjaardagscadeau had gehad.’

Ze wilde niet luisteren, maar stond tegen me te schreeuwen. ‘Ja! Dus nu moet ik de gemene moeder zijn die tegen haar zegt dat ze het niet mag aannemen. Je wordt bedankt, Greg.’

‘Zeg het dan niet. Laat haar het houden. Wij letten wel op.’

‘Wij?’

Op dat moment verscheen Mike. Ik had al een poos niet meer aan hem gedacht terwijl hij in mijn cabine lag te slapen. Maar nu stond hij daar, een beetje onhandig, met zijn koffers in zijn handen, zijn gezicht nog verkreukeld door de slaap. Ik had zin om te zeggen dat hij moest oprotten.

Niet dat Liza iets merkte. Ze bleef maar doorrazen. ‘Je had eerst mijn toestemming moeten vragen, Greg, voor je de liefde van een klein meisje wilde kopen met die vervloekte boot, het enige wat ze niet mag, zoals ik haar vijf jaar lang heb lopen vertellen.’

‘Het is maar een roeibootje. Geen speedboot die weet ik veel hoe snel kan!’ Ze maakte me kwaad. Het leek wel of ze me ervan beschuldigde dat ik het kind kwaad probeerde te doen.

‘Neem me niet kwalijk… kan ik…’

Ze stak een hand op terwijl ze me nog steeds aankeek. ‘Sodemieter op uit mijn leven! Ik heb je al tien keer gezegd dat ik geen relatie met je wil, eikel, en het feit dat je mijn dochter probeert te paaien verandert daar niets aan.’

We zwegen allemaal terwijl de woorden bezonken. Mensenkinderen, ze had geweten hoe dat zou aankomen.

‘Paaien?’ Ik kon het woord amper herhalen. ‘Paaien? Wat voor man denk je wel dat ik ben?’

‘Ga nu maar weg, Greg…’

‘Het spijt me dat ik stoor, maar…’

‘Mam?’

Hannah stond naast de Engelsman. Haar verjaardagsglimlach was verdwenen. Ze keek van mij naar haar moeder en weer terug. 'Waarom schreeuw je tegen Greg?' Ze sprak zacht en behoedzaam, alsof we haar bang hadden gemaakt.

Liza haalde diep adem.

'Ik, eh… kan iemand me zeggen waar de receptie is?' Mike keek alsof hij hier nog minder graag wilde zijn dan ik.

Opeens kreeg Liza onze extra gast in de gaten. Ze draaide zich naar hem om, haar gezicht nog rood van kwaadheid. 'Receptie? Dan moet u bij Kathleen zijn, daar. De vrouw in de blauwe bloes.'

Hij probeerde te glimlachen, mompelde iets over een Engels accent en verdween.

Hannah stond nog naast me. Toen ik even later haar trieste stemmetje hoorde, had ik zin om die moeder van haar een klap te geven.

'Dit betekent zeker dat ik de boot niet mag houden?'

Toen Liza zich naar me omdraaide, kreeg ik de volle laag van elke onaangename gedachte die ze ooit had gekoesterd. Het was geen prettig gevoel.

'Daar hebben we het nog wel over, schat,' zei ze.

'Liza.' Ik probeerde omwille van het kind mijn stem in bedwang te houden. 'Het is nooit mijn bedoeling geweest om…'

'Dat interesseert me niet,' onderbrak ze me. 'Hannah, zeg tegen je vriendinnen dat het tijd is voor de taart.' Toen Hannah bleef staan, zwaaide ze met een arm. 'Vooruit. En ik ga kijken of we de kaarsjes kunnen aansteken. Maar dat zal niet makkelijk zijn met deze bries.'

Ik legde een hand op Hannah's schouder. 'Je boot blijft in de garage op je wachten tot je eraan toe bent,' zei ik. Ik hoorde zelf hoe uitdagend mijn stem klonk. Toen liep ik weg, terwijl ik binnensmonds dingen mompelde waar ik niet trots op ben.

Yoshi wachtte me op bij de pick-up. 'Ga niet weg, Greg,' zei ze. 'Je weet hoe ze zich kan opwinden over dingen. Bederf Hannah's dag nou niet.' Ze hield nog steeds een goodiebag vast. Ze was uit de keuken komen rennen om me tegen te houden.

Ik was niet degene die het heeft bedorven, wilde ik zeggen. Ik was niet degene die koste wat kost mijn dochtertje het enige wat ze wilde, ontzegde. Ik was niet degene die deed of er niks raars was aan het kind d'r jeugd, maar die het nooit over familie had, behalve dan over

Kathleen. Ik was niet degene die drie of vier keer per jaar niet van haar af kon blijven en de volgende dag deed alsof ik iets vies onder haar schoen was. Ik weet wanneer iets mijn schuld is, en ik weet ook dat het soms helemaal niet mijn fout is.

'Zeg maar tegen haar dat ik eropuit moet met de boot,' zei ik, norser dan mijn bedoeling was. Naderhand voelde ik me rot. Tenslotte had het niets met Yoshi te maken.

Maar ik ging niet weg met de boot. Ik zou naar de eerste de beste bar gaan en drinken tot iemand zo vriendelijk was om me te vertellen dat de volgende dag was aangebroken.

5

Kathleen

Het is nu moeilijk voor te stellen, gezien de grootte van ons land, dat de walvisjacht ooit een van de belangrijkste industrieën van Australië was. Al in de negentiende eeuw kwamen schepen voor de jacht uit Groot-Brittannië, zetten een stel verbannen gevangenen bij ons af, vingen een paar walvissen en verkochten die terug aan ons in onze havens. Wat een ruil, zoals Nino zegt. Uiteindelijk werden de Aussies verstandig en gingen zelf walvissen vangen. Tenslotte kon je een walvis voor bijna alles gebruiken: de olie voor lampen, kaarsen en zeep, de baleinen voor korsetten, meubels, paraplu's en zwepen. Ik neem aan dat er in die tijd veel meer vraag was naar zwepen. Toen gingen ze meestal op jacht naar de zuidkaper. Het arme beest was het traagste dier op het zuidelijk halfrond, en eenmaal dood bleef het drijven, zodat ze het naar de kust konden slepen. Het had alleen maar nog makkelijker voor die jagers kunnen zijn als het dier zichzelf had geharpoeneerd en vervolgens naar de fabriek was gezwommen.

Ze zijn nu natuurlijk beschermd, de paar die er overgebleven zijn. Maar ik herinner me dat ik als meisje er een door twee kleine boten de baai in had zien slepen. Zelfs toen al vond ik dat het verkeerd was, toen ik zag hoe de enorme, gezwollen buik onelegant op de kust werd gesleept, hoe het dode oog mismoedig naar de hemel staarde alsof het wanhoopte over de onmenselijkheid van de mens. Zelf ving ik bijna alles – zelfs als klein meisje, zo pochte mijn vader, kon ik om het even welke vis aan de haak slaan, inhalen en van ingewanden ontdoen met een vaardigheid die bijna harteloos leek – maar de aanblik van die walvis bracht me in tranen.

Hier aan de oostkust had er niet die walviswaanzin geheerst als in het westen. Hier werden voor het einde van de oorlog minder walvissen gevangen, behalve in ons uithoekje. Misschien kwam het doordat je ze vanaf het vasteland kon zien, maar deze baai werd een basis voor walvisjagers. Onze schippers die toeristen meenemen om walvissen te gaan zien, hebben die naam geërfd. Toen ik een klein meisje was doodden ze de dieren vanuit kleine boten. Het leek een eerlijk gevecht en de vangst was niet groot. Maar toen werden ze inhalig.

Tussen 1950 en 1962 werden er ruim twaalfduizend bultrugwalvissen gedood en verwerkt in centrales zoals Norfolk Island en Moreton Island. Mensen werden rijk van walvisolie en -vlees, en de walvisjagers gebruikten steeds betere wapens om er meer te vangen. De schepen werden groter en sneller, en de vangst werd steeds groter en grimmiger. Tegen de tijd dat de jacht op bultrugwalvissen in Australische wateren werd verboden, gebruikten ze sonar, geweren en harpoenen die door een kanon werden gelanceerd. Oorlogstuig, zei mijn vader vol walging.

En natuurlijk doodden ze er te veel. Ze gingen tekeer op de oceanen tot er amper een bultrugwalvis over was, en intussen zetten ze zichzelf buitenspel. De walvisjagers gingen de een na de ander failliet, de verwerkingscentrales werden gesloten of omgebouwd om vis te verwerken. Het gebied verviel tot haveloze afzondering en de meesten van ons waren opgelucht. Mijn vader, die van de romantiek in de begintijd van de walvisjacht had gehouden, toen het tussen man en walvis ging in plaats van tussen walvis en door kanonnen afgevuurde explosieven, kocht de walvisverwerkende fabriek van Silver Bay op en maakte er het museum van. Tegenwoordig zwemmen er minder dan tweeduizend bultrugwalvissen langs ons op hun jaarlijkse trek, en volgens sommigen zullen de aantallen zich nooit meer herstellen.

Dit verhaal vertel ik af en toe aan de bemanningsleden, als ze het hebben over een grotere vloot of over meer passagiers, of over walvissen kijken als de toeristische attractie van de toekomst, de manier om Silver Bay weer tot leven te brengen.

Hierin schuilt een les voor ons allemaal. Maar ik geloof er geen barst van dat iemand luistert.

'Goedemiddag.'

'Middag?' Michael Dormer stond in de deuropening met het verdwaasde gezicht van iemand wiens biologische klok hem vertelde dat hij zich op het verkeerde halfrond bevond.

'Ik had net al een keer aangeklopt en een kop koffie buiten uw kamer gezet, maar toen ik die een uur later nog zag staan, heb ik u maar laten slapen.'

Hij keek alsof niet tot hem doordrong wat ik zei. Ik gunde hem even de tijd en gebaarde dat hij aan de keukentafel moest gaan zitten. Normaal gesproken laat ik mensen niet in de keuken zitten, maar ik had net de eetkamer in gereedheid gebracht voor het avondeten. Ik zette een bord met een mes voor hem neer. 'Ze zeggen dat het meestal een week duurt om goed te kunnen slapen. Bent u vaak wakker geworden?'

Hij woelde door zijn haar. Hij had zich niet geschoren en droeg een overhemd en een vrijetijdsbroek, nog steeds chiquer dan we in Silver Bay gewend waren, maar een stuk beter dan die formele kleding waarin hij was gekomen.

'Eén keer maar.' Hij glimlachte een beetje beschaamd. 'Maar dat duurde wel een uur of drie.'

Ik lachte en schonk koffie voor hem in. Hij had een prettig gezicht, die Michael Dormer, een gezicht waar enige zelfkennis uit sprak, een eigenschap die in veel van mijn gasten ontbreekt. 'Wilt u iets ontbijten? Ik maak graag wat voor u.'

'Om kwart voor één?' Hij keek naar de klok.

'Dan noemen we het een lunch. Ons geheimpje.' Ik had nog pannenkoekenbeslag in de koelkast. Die zou ik opdienen met bosbessen en gebakken eieren met spek.

Hij staarde even naar zijn koffie en onderdrukte een geeuw. Ik zei niets, maar schoof de krant naar hem toe. Ik wist dat zijn desoriëntatie na een beker cafeïne of twee wel zou afnemen. Ik ging kalm aan de slag, met een half oor luisterend naar de radio, en bedacht wat ik voor het avondeten moest bereiden. Hannah ging na school naar een vriendin en Liza at nauwelijks meer dan een muizenhapje, dus hoefde ik alleen rekening te houden met de gasten.

De pannenkoeken waren klaar. Dormer vrolijkte iets op toen ik een bord voor hem neerzette. 'Tjonge,' zei hij toen hij naar de stapel keek. 'Dank u.'

Ik denk dat hij weinig zelfgekookte maaltijden at. Die gasten zijn het dankbaarst.

Maar hij at zoals de meeste mannen hier, gretig en met een soort doelbewustheid. Dat zie ik weinig vrouwen doen. Mijn moeder zei vaak dat ik at als een man, maar ik geloof niet dat het een compliment was. Terwijl zijn hoofd over zijn bord gebogen was, had ik de kans om hem te bekijken. Hier komen niet vaak mannen van zijn leeftijd in hun eentje. Meestal hebben ze hun vrouw of vriendin bij zich. De vrijgezellen gaan naar drukkere plaatsen. Ik moet eigenlijk tot mijn schande toegeven dat ik naar hem keek zoals ik altijd kijk naar mannen die misschien geschikt zijn voor Liza. Hoe ze ook protesteert, ik heb de hoop nog niet opgegeven om haar aan iemand te koppelen. 'Walvissen blijven ook niet een heel leven samen,' zei ze dan minachtend. 'En je zegt altijd zelf, Kathleen, dat we moeten leren van de schepsels om ons heen.'

Dat meisje had op alles een antwoord. Toen ik een keer zei dat het goed zou zijn voor Hannah om een vaderfiguur in haar leven te hebben, keek ze me zo gepijnigd en verwijtend aan dat ik me meteen schaamde. Ik had het onderwerp nooit meer ter sprake gebracht.

Maar dat betekende niet dat ik niet kon blijven hopen.

'Dat was heerlijk. Werkelijk.'

'Graag gedaan, meneer Dormer.'

Hij glimlachte. 'Zeg alstublieft Mike.' Dus niet zo formeel als hij leek.

Ik ging tegenover hem zitten, gunde mezelf een koffiepauze en vulde zijn beker bij. 'Heb je plannen voor vandaag?' Ik wilde hem op de brochures in de gang attenderen, maar ik wist niet of hij het type was voor amusement en dagtripjes naar de theetuinen.

Hij keek naar zijn koffie. 'Ik wilde me eigenlijk gaan oriënteren. Mijn huurauto komt straks, dus er is niet veel wat ik kan doen tot die er is.'

'O, er is genoeg te zien als je een auto hebt. Maar je hebt gelijk. De bus die verderop stopt, gaat naar Port Stephens, maar voor de rest zou je niet ver komen. Zei je dat je hier met vakantie was?'

Vreemd, hij werd een beetje rood. 'Zoiets,' zei hij.

Ik ging er niet op door. Ik weet dat ik niet moet aandringen als iemand niet wil praten. Hij had misschien zo zijn redenen om hier te zijn... een verbroken relatie, een persoonlijke ambitie, een besluit dat op een eenzame plek genomen moest worden. Ik kan die mensen niet uitstaan die maar vragen blijven afvuren. Mike Dormer had me voor een week vooruitbetaald, me beleefd bedankt voor zijn ontbijt, en alleen al die twee dingen gaven hem recht op mijn beroepsbeleefdheid.

'Ik, eh, zal u niet verder ophouden,' zei hij terwijl hij zijn mes en vork netjes op zijn bord legde en opstond. 'Hartelijk dank, mevrouw Mostyn.'

'Kathleen.'

'Kathleen.'

Zonder er verder over na te denken ruimde ik zijn bord af.

Ik had andere gasten om me druk over te maken die week, namelijk een echtpaar van middelbare leeftijd dat hier hun vijfentwintigjarig huwelijk kwam vieren. Het zou onze eerste succesvolle boeking via de advertentie op internet zijn geweest als de *Moby*'s niet vol hadden gezeten, waardoor Liza gedwongen was hen mee de zee op te nemen. Dat alleen al zou haar uit haar humeur hebben gebracht – ze vertikte het om mee te doen aan 'dat hele internet-gebeuren' – maar de man klaagde ook nog eens over alles. De kamer was niet groot genoeg, de meubels waren armoedig, de douche stonk naar schimmel. Op zijn eerste twee ochtenden had hij de doos ontbijtgranen leeggemaakt, en toen ik de volgende dag een nieuwe doos had klaargezet, klaagde hij dat ik hem geen keus had gegeven. Als klap op de vuurpijl klaagde hij dat Liza te laat was vertrokken op hun tochtje om walvissen te zien, hoewel zij te laat op de steiger waren aangekomen omdat hij per se eerst het Museum van de Walvisjacht had willen zien en me het speciaal had laten openen. Het was in de prijs inbegrepen, snap je.

Zijn vrouw, een elegante vrouw met een onberispelijk uiterlijk – ik verwonder me altijd over de tijd en moeite die mensen overhebben voor dergelijke dingen – volgde hem en mompelde verontschuldigingen tegen iedereen die hij tegen de haren in streek. Het ademloze, samenzweerderige gemak waarmee ze het deed, wees erop dat het niets nieuws voor haar was. De reis was haar 'cadeautje' voor hun trouwdag, vertelde ze me verontschuldigend, waarbij ze een blik over haar schouder wierp naar haar man, die met opgetrokken schouders naar het hotel beende. Ik vroeg me af hoeveel jaar het had geduurd voor die diepe groeven in haar voorhoofd waren verschenen.

'Hij heeft het veel leuker gevonden dan de reis van vorig jaar,' zei ze, en ik legde meelevend een hand op haar arm.

'Wat een tiran,' zei Liza toen ze binnenkwam. 'Ik deed het voor haar, anders had ik ze niet meegenomen.'

We wisselden een blik. 'Je hebt haar vast een onvergetelijke dag bezorgd.'

'Nee, dat niet. Geen walvis te zien. Ik heb hun een extra uur gegeven, maar de zee leek wel leeg.'

'Misschien wisten ze het.'

'Ik had een echo gestuurd om ze te zeggen dat ze vandaag moesten ophoepelen.'

Soms kan ik in Liza haar moeder zien, mijn jongere zus. Ze is er in de manier waarop Liza haar hoofd schuin houdt als ze nadenkt, in haar smalle, sterke vingers, in haar glimlach als ze haar dochter ziet. Dan weet ik dat de aanwezigheid van mijn nicht hier, en die van Hannah, een zegen is. Het schept een elementair genoegen om het vervolg van een familielijn te zien, een vreugde die wij mensen zonder kinderen anders misschien niet hadden gekend. Het is die schok van herkenning als je niet alleen haar moeder, maar je oudoom Evan, je grootmoeder, of misschien zelfs jezelf ziet. Die glimp van een bekend voorhoofd, frons of glimlach zijn een kleine compensatie voor het verlies van mijn zus.

Liza heeft echter andere trekken die helemaal van haarzelf zijn, zoals haar waakzaamheid, de altijd aanwezige triestheid, het verbleekte witte litteken waar haar jukbeen overgaat in haar linkeroor.

Het had me niet moeten verbazen dat Nino Gaines al een paar dagen niet langs was geweest, niet na de manier waarop ik hem de laatste keer had weggestuurd. Maar zijn ongewone vertoon van onafhankelijkheid stak me. Ik wilde niet zo ver gaan om te zeggen dat ik hem miste, maar ik vond het een naar idee dat hij misschien in Barra Creek lelijke dingen over me dacht. Beter dan wie ook wist ik dat het leven te kort was om wrok jegens iemand te koesteren.

Na de lunch verpakte ik een citroencake in vetvrij papier, zette die op de passagiersstoel van mijn auto en reed naar zijn huis. Het was een prachtige dag. De lucht was zo helder dat je de bergen in de verte kon zien, en alle naalden aan de dennen langs de weg. Het was een heel droge zomer geweest, en toen ik dieper in het binnenland kwam, zag ik de roodachtige aarde, de magere paarden die geen gras hadden om te grazen en de tijd doodden door met hun staart naar de vliegen te slaan. De lucht was hier anders; stuifmeel en stofjes hingen onbeweeglijk in de lucht, de sfeer was benauwd en somber. Ik begrijp niet hoe mensen in het binnenland kunnen leven. Dat eindeloze bruin vind ik deprimerend, de contouren van heuvel en dal te onveranderlijk. Je raakt gewend aan de buien van de zee, als die van een echtgenoot, zo stel ik me voor. Door de jaren heen vind je ze niet altijd prettig, maar je weet niet anders.

Hij ging net naar binnen toen ik stopte. Hij draaide zich om naar het geluid van de motor, veegde zijn grote handen af aan de achterkant van zijn broek en raakte met een hand de rand van zijn hoed aan toen hij zag wie het was. Hij droeg een gewatteerd vest dat hij al in de jaren zeventig had toen zijn zoons werden geboren, daar durf ik op te zweren.

Ik aarzelde voor ik uitstapte. We hadden zelden ruzie en ik was niet helemaal zeker van mijn ontvangst. We stonden naar elkaar te turen en ik herinner me dat ik dacht hoe belachelijk we waren, twee broze oude skeletten die als tieners naar elkaar stonden te kijken.

'Kom je voor je bestelling?' vroeg hij, maar er was een twinkeling in zijn ogen en ik ontspande me. Een twinkeling die ik, als ik eerlijk ben, niet verdiende.

'Ik heb een cake voor je meegebracht,' zei ik terwijl ik die uit de auto pakte.

'Ik hoop dat het citroen is.'

'Waarom? Ga je hem anders teruggeven?'

'Misschien.'

'Ik wist niet dat je kieskeurig was, Nino Gaines. Koppig, gulzig en onbeleefd, ja. Maar niet kieskeurig.'

'Je hebt lippenstift op.'

'En vrijpostig.'

Hij grinnikte naar me en ik kon de glimlach op mijn gezicht niet tegenhouden. Dat vertellen ze je er niet bij, als je ouder wordt: dat je je dan nog steeds als een jonge dwaas kunt gedragen.

'Kom binnen, Kathleen. Ik zal zien of Koppig, Gulzig en Vrijpostig een kop thee voor ons willen zetten. Je ziet er trouwens heel leuk uit.'

De eerste keer dat Nino Gaines me ten huwelijk vroeg was ik negentien jaar oud, en de tweede keer negentien jaar en twee weken. De derde keer was tweeënveertig jaar later. Dat kwam niet door een slecht geheugen of gebrek aan hoffelijkheid aan zijn kant, maar omdat hij – de hoop op mij opgegeven – in de tussenliggende jaren was getrouwd met Jean. Hij ontmoette haar twee maanden nadat ik hem voor de tweede keer had afgewezen toen ze van boord van een bruidsschip ging in Woolloomoolloo, nadat ze van gedachten was veranderd over de soldaat met wie ze zou trouwen. Hij had op de kade staan wachten op een oude vriend. Zijn aandacht werd getrokken door haar wespentaille en scheve nylonkousen. Onverzettelijk als ze was wist ze hem aan de haak te slaan en nog geen twee maanden later had ze al een trouwring om haar vinger. Veel mensen vonden hen een vreemd stel – ze konden ruziemaken dat de stukken eraf vlogen – maar hij bracht haar naar zijn pas gekochte wijngaard in Barra Creek en ze bleven samen tot ze aan kanker stierf toen ze zevenenvijftig was. Je kon duidelijk zien dat ze, ondanks hun geruzie, goed bij elkaar pasten.

Ik kan haar haar vastberadenheid niet kwalijk nemen. Destijds was iedereen het erover eens dat Nino Gaines een van de knapste mannen van Silver Bay was, zelfs als hij een damesbadpak droeg. Dat deed hij elk jaar als de soldaten een show opvoerden voor de kinderen uit de buurt. Ik voelde me opgelaten toen hem werd opgedragen om als eerste mijn badpak te vragen. In de oorlogsjaren was ik een flink meisje, lang en met brede schouders; nu ben ik niet veel kleiner. Terwijl andere vrouwen gekrompen zijn en ruggen als vraagtekens en vergroeide gewrichten van de artritis en osteoporose hebben, loop ik nog steeds behoorlijk recht en heb ik sterke ledematen. Volgens mij komt het door het werk in het oude hotel met zijn acht slaapkamers en slechts sporadisch hulp. (De bemanningen zeggen dat kraakbeen van haaien nu beroemd is als conserveringsmiddel. Hun idee van een grapje.)

Toen ik Nino voor het eerst zag, stond ik achter de bar van het hotel. Hij kwam naar binnen in zijn luchtmachtuniform, keek zo aandachtig naar me dat ik begon te blozen, zag de ingelijste krantenfoto naast de planken hangen en vroeg: 'Bijt jij ook?'

Het waren niet de woorden die mijn vader ergerden, maar de knipoog waarmee ze gepaard gingen. Ik was nog zo onschuldig dat alles net zo snel over mijn hoofd vloog als de oorlogsvliegtuigen over Tomaree Point.

'Nee,' zei mijn vader vanachter zijn krant. 'Maar haar vader wel.'

'Die moet je in de gaten houden,' zei hij naderhand tegen mijn moeder. 'Een tong zo glad als een aal.' En tegen mij: 'Je blijft uit zijn buurt, begrepen?'

In die tijd nam ik zonder meer aan wat mijn vader zei. Ik beperkte mijn gesprekken met Nino Gaines tot een minimum, probeerde niet te veel te blozen als hij me complimentjes gaf over mijn jurken, en smoorde mijn lach als hij heimelijk grapjes tegen me maakte over de bar heen. Ik probeerde er niet op te letten dat hij elke avond kwam als hij geen dienst had, ook al was iedereen het erover eens dat je het beste uit kon gaan verderop aan de kust, een autoritje van twintig minuten. Mijn zusje Norah was toen pas vier (ik kan eerlijk zeggen dat haar komst nogal een verrassing was voor mijn ouders) en ze keek altijd naar hem op alsof hij een god was, hoofdzakelijk omdat hij haar altijd chocola en kauwgom gaf.

En toen vroeg Nino me ten huwelijk. Omdat ik mijn vaders strenge mening over soldaten kende, moest ik weigeren. Het zou misschien goed zijn gekomen, denk ik soms, als hij me de tweede keer niet in het bijzijn van mijn vader had gevraagd.

Toen Jean stierf, nu bijna vijftien jaar geleden, dacht ik dat Nino Gaines zou wegkwijnen. Dat had ik eerder gezien bij mannen van die leeftijd. Hun kleren worden slordig, ze vergeten zich te scheren, ze beginnen te teren op maaltijden uit een pakje. Ze zien er verloren uit, alsof ze steeds hopen dat iemand de leiding neemt en voor hen gaat zorgen. Zo was die generatie mannen opgevoed, zie je. Ze hebben nooit geleerd zelf iets te doen. Maar Frank en John John zorgden dat hij bezig bleef, dat hun vader niet alleen was. Ze zetten nieuwe projecten op met deze druif en die menging. Frank bleef thuis wonen en de vrouw van John John kwam twee keer per week voor hen koken. Ja, Nino Gaines hield zich beter dan wij allemaal hadden verwacht. Na ongeveer een jaar kon je nauwelijks aan hem merken dat hij zo'n klap te verwerken had gehad. Toen, op een avond met een lekkere fles shiraz merlot, vertrouwde hij me toe dat Jean twee weken voor haar dood tegen hem had gezegd dat ze hem vanuit de hemel om zijn oren zou slaan als hij in zijn eentje zou zitten treuren.

Er viel een lange stilte toen hij dat had gezegd. Ik keek op van mijn glas en hij zat strak naar me te staren. Die stilte voel ik nog branden als ik er te veel aan denk.

'Ze had groot gelijk,' zei ik terwijl ik zijn blik vermeed. 'Het zou dom zijn om te blijven kniezen. Zorg dat je eropuit gaat. Ga vrienden opzoeken in het noorden. Dat is het beste voor je.'

Naderhand zei hij nog andere dingen, maar daar praatten we niet meer over. Nino had nu al jaren geaccepteerd dat hij en ik nooit meer zouden zijn dan goede vrienden. Ik koesterde zijn vriendschap – waarschijnlijk meer dan hij wist – en de een werd zelden ergens voor uitgenodigd zonder de ander. We waren in een patroon gevallen van oppervlakkige vertrouwdheid, we draaiden om elkaar heen in een verbale dans die we gedeeltelijk deden omdat we allebei graag bekvechtten, en gedeeltelijk omdat we geen van beiden wisten hoe we anders het ietwat ongemakkelijke gevoel tussen ons moesten verbergen. Maar het was al een aantal jaren geleden dat we een diepgaand gesprek hadden gevoerd, en dat vonden we allebei prima.

'Frank was gisteren in de stad en daar kwam hij Cherry Dawson tegen,' zei hij.

Ik had naar zijn placemats zitten staren, waar afbeeldingen van monumenten in Londen op te zien waren. Hij legde ze nog steeds voor elke maaltijd op tafel, zoals Jean hem gevraagd zou hebben. Ze was overal aanwezig in dat huis, zelfs zo lang na haar dood nog. Ze had van zware, rijk versierde meubels gehouden, wat helemaal niet paste bij zijn persoonlijkheid. Het verbaasde me dat hij niet depressief werd van dat huis; het leek wel een rouwkamer. Ik was nog nooit in zijn zitkamer geweest met het fluwelen bankstel en de antimakassars zonder de hele boel eruit te willen gooien en met witte verf aan de slag te gaan.

'Werkt ze nog voor de gemeente?'

'Ja. Ze vertelde me dat Bullens oude oesterkwekerij is verkocht. Er gaan in het stadhuis heel wat wilde verhalen rond over wat ervoor in de plaats zal komen.'

Ik nam een slokje thee. Ik had ook een hekel aan de gebloemde theekopjes. Ik wilde steeds tegen hem zeggen dat ik liever een beker had, maar dan zou het net lijken of ik kritiek leverde op Jean. 'Het land ook?'

'Een flink stuk langs het strand, inclusief de oude broedplaats. Maar ik ben benieuwd naar de oesterbedden.'

'Wat kunnen ze doen met zo'n stuk onder water?'

'Daar ben ik juist benieuwd naar.'

Er was een tijd geweest dat Nino, voor hij in de wijn ging, met het idee had gespeeld om zelf een oesterkwekerij te beginnen. Hij had erover gedacht om het terrein van de Bullens over te nemen toen ze nog tegen de Japanse import probeerden op te boksen. Hij had mijn vader om advies gevraagd, maar pa had minachtend gezegd dat een man die zo weinig van de zee wist als Nino Gaines, dat maar uit zijn hoofd moest zetten. Ik denk dat hij ietwat van gedachten was veranderd toen Nino's wijngaarden een prijs voor Australische wijn wonnen, en nog meer toen zijn omzet voor het eerst in de richting van de zes cijfers ging, maar hij was er de man niet naar om dat toe te geven.

'Wil je die kwekerij nog steeds kopen?'

'Nee. Je vader had waarschijnlijk gelijk.' Hij dronk het laatste restje thee op en keek op zijn horloge. Elke avond klom hij op zijn quad om langs de wijngaarden te rijden, het irrigatiesysteem te inspecteren en de wijnstokken te controleren op schimmel en meeldauw. Nog steeds schepte hij genoegen in de wetenschap dat al het land dat hij kon zien, van hem was.

'De baai is niet voor veel geschikt. Er kan eigenlijk alleen maar weer een kwekerij komen.'

'Dat denk ik niet.' Nino schudde zijn hoofd.

Ik kreeg het gevoel dat hij meer wist dan hij losliet. 'Nou ja,' zei ik toen ik besefte dat hij me niet wijzer zou maken, 'ze moeten de vaargeul openlaten voor de boten, dus ik zie niet in waarom het voor de bemanningsleden veel verschil zou maken wat ze ermee willen doen. Dat is waar ook, heb ik je al verteld dat Hannah haar eerste walvis heeft gezien?'

'Heeft Liza haar eindelijk meegenomen?'

Ik trok een grimas. 'Nee, dus hou het voor je. Ze is op de *Moby Een* mee geweest met Yoshi en Greg. Ze was zo blij dat het me verbaasde dat Liza het niet merkte. Ik kwam om halfelf langs haar deur en ze was aan het meezingen met een bandje met walvisliederen.'

'Ze zal dat kind echt meer ruimte moeten geven,' zei hij. 'De puberjaren gaan komen. Als Liza haar te strak houdt, zal ze juist de andere kant op gaan.' Hij deed of hij aan een vislijn trok. 'Maar dat hoef ik jou niet te vertellen.'

Ik wierp een blik op de klok boven de schoorsteen en stond op. Ongemerkt was het al laat geworden. Ik had hem alleen maar een cake willen brengen.

'Het was fijn om je te zien, Kate.' Toen ik aanstalten maakte om weg te gaan, bukte hij zich om een kus op mijn wang te geven en ik hield zijn arm vast, wat een teken van mijn genegenheid kan zijn geweest, of een manier om hem op afstand te houden.

Mijn vader had gedacht dat hij zoals de rest was, zie je. Hij zwoer dat ze alleen maar achter mijn roem en het hotel aan zaten. Pas nu zet ik vraagtekens bij een man die zijn dochter niet kon laten geloven dat ze goed genoeg was om te worden bemind om wie ze was.

Toen ik terugkwam zaten ze al aan tafel. Liza had hen bediend en ze zaten op de bank met hun bier en bakjes warme patat. Yoshi en Lance waren aan het kaarten met truien aan en mutsen op tegen de koele zuidenwind. Niemand had er blijkbaar aan gedacht om de terraskachels aan te doen.

'De bestelling van de slager is gekomen,' zei Liza terwijl ze een hand opstak. Ze zat de plaatselijke krant te bestuderen. 'Ik wist niet wat je nu nodig had, dus ik heb alles in de koelkast gelegd.'

'Ik zal even controleren of het de goede bestelling is. De vorige keer had hij alles verkeerd geleverd,' zei ik. 'Goedemiddag, allemaal. Jullie zijn vroeg.'

'Eén school, te ver weg om goed te kunnen zien. Bij je vriendje geweest, mevrouw M?'

Greg keek naar mijn nicht terwijl hij sprak, maar Liza negeerde hem opzettelijk. Ik dacht dat ze waarschijnlijk nog steeds niets tegen hem had gezegd en ik kreeg bijna medelijden. Hij had het goed bedoeld, Greg, maar soms was hij zijn eigen grootste vijand.

Toen ik bij de deur kwam zag ik Mike Dormer in de gang staan bladeren in de krant die ik daar laat liggen voor de gasten. Hij keek op toen ik binnenkwam en knikte.

'En, is de auto er al?' Ik wilde mijn jas uittrekken, maar bedacht dat ik waarschijnlijk toch weer buiten terecht zou komen.

'Ja. Een...' Hij pakte de sleutels uit zijn zak. 'Een Holden.'

'Daar heb je wat aan. Voel je je wat meer mens?' Hij zag er nog steeds moe uit. Ik herinnerde me dat jetlag in golven toesloeg.

'Het komt wel goed. Ik vroeg me af... is het mogelijk om vanavond hier te eten?'

'Eet nu maar, als je wilt. Ik ga dadelijk soep inschenken voor de bemanningsleden. Pak je jas en eet mee.'

Ik zag zijn aarzeling. Ik weet niet waarom ik aandrong. Misschien kwam het doordat ik opeens zelf moe was en er niet aan moest denken om voor één gast een hele maaltijd te bereiden. Misschien wilde ik dat Liza een ander mannengezicht zag dan dat van Greg.

'Dit is Mike. Vanavond eet hij met ons mee.' Ze mompelden hallo.

Gregs blik was iets aandachtiger dan die van de anderen en zijn stem klonk iets luider toen Mike was gaan zitten, en zijn grappen iets jovialer.

Ik luisterde door het keukenraam terwijl ik in de soep roerde en moest bijna lachen omdat hij zo doorzichtig was.

Ik bracht het eten op twee dienbladen naar buiten. (Ik bied de bemanningsleden nooit een keus, anders zou ik de hele avond in de keuken staan.) Allemaal pakten ze een kom en een stuk brood terwijl ze me bedankten zonder op te kijken. Mike stond echter op en klom van de bank.

'Laat me even helpen,' zei hij terwijl hij het tweede dienblad aanpakte.

'Allemachtig,' zei Lance grinnikend. 'Je kunt wel merken dat je niet van hier komt.'

'Hartelijk dank, meneer Dormer,' zei ik terwijl ik naast hem ging zitten.

'Mike. Heel aardig van je.'

'Straks krijgt Kathleen nog verbeelding,' zei Greg.

Toen keek Liza op en ik zag dat ze naar Mike keek.

Hij leek zich opgelaten te voelen bij al die aandacht. Hij ging ook weer zitten en zag er misplaatst uit in zijn gestreken overhemd. Waarschijnlijk was hij niet jonger dan Greg, maar vergeleken bij hem was zijn huid vreemd rimpelloos. Door al die tijd dat hij in een kantoor zat, dacht ik.

'Heb je het niet koud in alleen een overhemd?' zei Yoshi terwijl ze zich vooroverboog. 'Het is bijna augustus.'

'Ik vind het best warm,' zei Mike. Hij keek om zich heen alsof hij naar de atmosfeer keek.

'Dat had jij ook toen je pas hier was, Liza.' Lance zwaaide met een vinger naar haar.

'Nu draagt ze thermisch ondergoed bij het zonnebaden.'

'Waar kom je oorspronkelijk vandaan?' vroeg Mike, maar Liza leek hem niet te hebben gehoord.

'Wat doe jij, Mike?' zei ik.

'Ik werk in de financiële sector,' zei hij.

'Financiën,' zei ik iets luider, want ik wilde dat Liza dat hoorde. Ik had zo het gevoel dat er niets was om je zorgen over te maken.

'Een jackeroo rijdt naar een bar,' zei Greg met verheven stem. 'Hij stijgt af, loopt naar de achterkant van zijn paard, tilt de staart op en kust zijn kont.'

'Greg,' waarschuwde ik.

'Een andere cowboy houdt hem staande als hij de bar binnenkomt. Hij zegt: "Neem me niet kwalijk, maar zag ik zonet dat je de kont van dat paard kuste?"'

'Greg,' zei ik geprikkeld.

'"Jazeker," zegt de jackeroo. "Mag ik vragen waarom?" zegt de cowboy. "Natuurlijk," zegt hij. "Ik heb gesprongen lippen."'

Hij keek om zich heen om te zien of hij ieders aandacht had. '"Worden ze daar beter van?" vraagt de cowboy. "Nee," zegt de jackeroo. "Maar het weerhoudt me er wel van ze steeds af te likken."' Hij sloeg op de tafel van pret. Terwijl Hannah giechelde, sloeg ik mijn ogen ten hemel.

'Wat smerig,' zei Yoshi. 'En je hebt die twee weken geleden al verteld.'

'En toen was hij niet leuker,' zei Lance.

Ik zag dat hun benen in elkaar verstrengeld waren onder de tafel. Ze dachten nog steeds dat niemand het wist.

'Weet je wat een jackeroo is, maat?' Greg boog zich over de tafel.

'Dat kan ik wel raden. De soep is heerlijk,' zei Mike en hij draaide zich naar mij om. 'Maak je die zelf?'

'Waarschijnlijk heeft ze hem zelf gevangen,' zei Greg.

'Wat vind je van Silver Bay?' Yoshi glimlachte naar Mike. 'Ben je vandaag buiten geweest?'

Hij zweeg even terwijl hij een hap brood opat. 'Ik ben niet veel verder gekomen dan de keuken van mevrouw Mostyn... Kathleen. Wat ik gezien heb lijkt me heel... leuk. En, eh... werken jullie allemaal op cruiseboten?'

'Walvisjagers,' zei Greg. 'In deze tijd van het jaar jagen we op bewegende blubber. Van de niet-menselijke variëteit.'

'Maar Greg is niet kieskeurig.'

'Jagen jullie op walvissen?' Mikes lepel bleef in de lucht hangen. 'Ik dacht dat dat verboden was.'

'We kijken naar walvissen,' kwam ik tussenbeide. 'Ze nemen toeristen mee om naar ze te kijken. Tussen nu en september trekken de bultrugwalvissen naar het noorden naar warmer water en ze komen niet ver van hier langs. Een paar maanden later komen ze weer langs op de terugweg.'

'We zijn moderne walvisjagers,' zei Lance. Mike keek verbaasd.

'Ik haat die uitdrukking,' zei Yoshi heftig. 'We klinken er harteloos door. We jagen niet op ze. We kijken vanaf een veilige afstand. Die uitdrukking geeft de verkeerde indruk.'

'Als het aan jou lag, Yosh, zouden we allemaal "erkende mariene waarnemers van cetaceeën" zijn, of hoe het ook mag heten.'

'*Megaptera novaeangliae*, om precies te zijn.'

'Ik heb er nooit over nagedacht,' zei Lance. 'Zo worden we hier altijd genoemd.'

'Ik dacht dat je daarvoor hier was,' zei ik tegen Mike. 'De meeste mensen komen hier om walvissen te zien.'

Hij keek naar zijn kom. 'Nou... ik zal beslist... Het lijkt me leuk om te doen.'

'Maar kijk uit als je met Greg meegaat,' zei Yoshi terwijl ze met haar brood langs de rand van haar kom veegde. 'Hij verliest wel eens een passagier. Per ongeluk natuurlijk.'

'Dat meisje sprong zelf. Idioot wicht,' wierp Greg tegen. 'Ik moest een reddingsboei overboord gooien.'

'Jaaa, maar waarom sprong ze?' zei Lance. 'Ze was bang dat ze, ahum, door Greg geharpoeneerd zou worden.'

Yoshi giechelde.

Greg wierp een blik op Liza. 'Dat is niet waar.'

'Hoe komt het dan dat ik je later haar nummer zag opschrijven?'

'Ik gaf haar míjn nummer,' zei hij langzaam, 'omdat ze zei dat ze me wel wilde meenemen naar een privéfeest.'

Er klonk luidruchtig gelach. Liza keek niet op. 'Ooo,' zei Lance. 'Een privéfeest. Zoals het privéfeest dat je in april voor die twee stewardessen gaf?'

Mike zat naar mijn nicht te kijken. Ze zei zoals gewoonlijk weinig, maar haar zwijgzaamheid had het tegenovergestelde effect van wat ze wilde bereiken. Ik probeerde haar door zijn ogen te zien: een nog steeds mooie vrouw die zowel jonger als ouder was dan haar tweeëndertig jaar, met haar haren strak achterovergekamd alsof het haar al heel lang niet meer kon schelen hoe ze eruitzag.

'En jij?' zei hij zacht terwijl hij zich over de tafel naar haar toe boog. 'Jaag jij ook op walvissen?'

'Ik jaag nergens op,' zei ze, en zelfs ik kon niets opmaken uit de uitdrukking op haar gezicht. 'Ik ga naar waar ze misschien zijn en hou afstand. Dat vind ik meestal het verstandigste.'

Terwijl hun blikken elkaar ontmoetten merkte ik dat Greg zat toe te kijken. Zijn blik volgde haar terwijl ze opstond en zei dat ze

Hannah, die allang van tafel was, moest halen. Vervolgens wendde hij zich tot Mike en ik hoopte dat alleen ik de vreugdeloosheid in zijn glimlach kon zien. 'Ja, dat is meestal het verstandigste wat Liza betreft,' zei hij met een grijns die zo breed en vriendelijk was als die van een haai. 'Afstand houden.'

6

Mike

De baai strekt zich uit rond een gebied van zes kilometer tussen Taree Point en Break Nose Island, een korte rit naar het noorden vanaf Port Stephens, een grote havenstad die geliefd is om de recreatieve activiteiten. Het water is helder en beschut, uitstekend geschikt voor watersport en, in de warmere maanden, om te zwemmen. Er is weinig tijverschil waardoor het veilig is om te baden, en er is een bloeiende maar beperkte nijverheid in het aanbieden van tochtjes om naar walvissen te kijken.

Silver Bay ligt op drie tot vier uur rijden van Sydney, grotendeels via een snelweg. De kust bestaat uit twee halve baaien. De ene, bij de noordelijkste punt, is vrijwel onontwikkeld en de andere, waar Silver Bay zelf ligt, op een korte rit ervandaan, of misschien op tien minuten lopen. Hier staat een aantal kleine huizen en winkels. De meeste klanten zijn inwoners van Sydney en Newcastle. Er is een…

Ik wist even niets te typen terwijl ik naar het scherm staarde.

…een bestaande onderneming die rijp is om opnieuw ontwikkeld te worden, en talloze gebouwen van weinig economische waarde. Het is zeer waarschijnlijk dat de eigenaars een behoorlijke finan-

ciële regeling voordelig zullen vinden voor henzelf en voor de plaatselijke economie.

Wat concurrentie betreft: er zijn geen plaatselijke hotels van enige grootte of status. Het enige hotel aan de baai is de helft van de oorspronkelijke grootte door een brand van enkele tientallen jaren geleden. Het wordt gedreven op basis van logies en ontbijt. Er zijn geen recreatieve faciliteiten en het zal geen concurrentie vormen, mocht de eigenaar niet willen verkopen.

Dit kan ik aan niemand presenteren, dacht ik. Het sloeg nergens op. En het deed er niet toe hoeveel feiten en cijfers ik had vergaard bij de plaatselijke planologische afdeling en Kamer van Koophandel, ik had nog steeds het gevoel dat ik schreef over iets waar ik niets van wist.

Eigenlijk had ik meteen na aankomst al ontdekt dat dit geen ongecompliceerd gebied was. Ik was gewend aan vierkante meters in de City, dure appartementen, afgebroken kantoorgebouwen uit de jaren zeventig die wachtten op een nieuwe keten fitnessclubs, nieuwe prestigieuze hoofdkantoren. Daar kon ik naar binnen gaan, ongemerkt rondkijken en de huuropbrengsten met verkoopprijzen vergelijken, het beschikbare inkomen van buurtbewoners opzoeken en daarna gewoon verdwijnen.

Vanaf het moment dat ik in Gregs met bierblikjes bezaaide pickup stapte, wist ik dat deze plek anders was.

Hier was ik me heel bewust van mijn zichtbaarheid. Zelfs in een trui en spijkerbroek had ik het gevoel dat het ontbreken van een zoutkorst mijn bedoelingen verraadde. En hoe leeg ook, de streek leek op de een of andere manier te bewoond, te veel beïnvloed door de bewoners. Het was een nieuwe ervaring voor me, maar ik kreeg het niet voor elkaar om een goed overzicht te krijgen.

Ik zuchtte, opende een nieuw document en begon in hoofdletters te typen: GEOGRAFIE, ECONOMISCH KLIMAAT, PLAATSELIJK BEDRIJFSLEVEN, CONCURRENTIE. Ik dacht met enige wrok aan mijn nieuwe sportwagen, die ik mezelf had beloofd als deze deal rond was; de auto die betaald en opgepoetst op het terrein van de autohandelaar op me wachtte. Ik keek op mijn horloge. Bijna twee uur zat ik hier en ik had drie alinea's in elkaar geflanst. Tijd voor een theepauze.

Kathleen Mostyn had me gegeven wat ze haar 'goede' kamer noemde. Andere gasten waren er pas uit vertrokken. De vorige avond had ze een dienblad gebracht met spullen om thee en koffie te zetten. Die had ze niet aan de vorige gasten gegeven, mompelde ze, omdat die 'ongetwijfeld zouden hebben geklaagd dat het water niet snel genoeg kookte'. Ze was zo'n vrouw die in Engeland directrice van een school zou zijn geweest, of misschien de leiding zou hebben van een landhuis. Zo'n vrouw van wie je denkt: ouderdom zal haar niet doen verdorren; een scherpe blik, druk bezig, nog helemaal bij de tijd. Ik mocht haar. Ik hou van sterke vrouwen, denk ik. Ik vind het makkelijker om niet voor twee te hoeven denken.

Mijn zus zou er ongetwijfeld andere theorieën over hebben.

Ik zette de ketel aan en stond bij het raam thee te zetten. De kamer was niet luxueus maar onverwacht comfortabel. Het tegenovergestelde van de dure hotelkamers waar ik anders in verblijf. De muren waren witgeschilderd en het houten tweepersoonsbed was opgemaakt met witte lakens en een blauw met wit gestreepte deken. Er stond een oude leren fauteuil en op de vloer lag een Perzisch tapijt dat ooit misschien waardevol was geweest. Ik werkte zittend op een keukenstoel aan een klein grenenhouten bureau. Toen ik zo om me heen keek in het Silver Bay Hotel, kreeg ik het idee dat Kathleen Whittier Mostyn lang geleden had besloten dat er veel te veel fantasie voor nodig was om behang te kiezen voor gasten, en ervoor had gekozen om alles wit te schilderen. 'Makkelijk schoon te houden, makkelijk bij te werken', hoorde ik haar al zeggen.

Ik had al snel ontdekt dat ik haar enige gast was die lang bleef. Het hotel straalde de sfeer uit dat het ooit chic was geweest, maar lang geleden had gekozen voor pragmatiek en vervolgens had besloten dat het toch niet veel gezelschap wilde. De meeste meubels waren gekozen uit praktisch oogpunt, niet om een esthetisch effect te bereiken. Aan de wanden hingen voornamelijk oude, sepiakleurige foto's van het hotel in zijn vroegere glorie, of neutrale waterverfschilderijen van de kust. Ik had ontdekt dat op schoorsteenmantels en planken vaak verzamelingen van kiezels en drijfhout lagen, iets wat in andere hotels op stilistische pretenties had gewezen, maar hier waren het waarschijnlijk dingen die gevonden waren en ergens moesten worden ondergebracht.

Mijn kamer bood rechtstreeks uitzicht op de baai, zonder zelfs maar een weg tussen het huis en het strand. De afgelopen nacht had ik met het raam open geslapen. Het geluid van de golven had me voor het eerst sinds maanden een goede nachtrust bezorgd, en tegen de ochtend was ik me vaag bewust van de pick-ups van de walvisjagers, van hun banden die sissend over het natte zand reden, en van de vissers die heen en weer liepen over de kiezels naar de steiger.

Toen ik Nessa vertelde over de omgeving, had ze gezegd dat ik een mazzelaar was en dat ze haar vader onomwonden de waarheid had gezegd omdat hij me had weggestuurd. 'Je gelooft niet hoeveel ik moet organiseren,' had ze gezegd met een beschuldigende klank in haar stem, alsof mijn aanwezigheid in Londen ook maar iets zou hebben geholpen.

'Weet je, we kunnen het anders doen,' waagde ik toen ze geen klachten meer wist te bedenken. 'We kunnen ergens naartoe vliegen en op een strand trouwen.'

De stilte die volgde duurde zo lang dat ik me begon af te vragen hoeveel het gesprek zou kosten.

'Na dit alles?' Haar stem klonk ongelovig. 'Na alles wat ik heb geregeld wil je gewoon ergens naartoe vliegen? Sinds wanneer heb jij hier een mening over?'

'Vergeet het maar.'

'Weet je hoe moeilijk dit is? Ik probeer én m'n werk te doen én dit alles te regelen en de helft van die stomme gasten heeft nog niet eens gereageerd op de uitnodiging. Zo onbeschoft. Ik zal zelf achter iedereen aan moeten lopen.'

'Het spijt me. Je weet dat ik er niet om heb gevraagd om hier te zijn. Ik werk zo hard ik kan aan deze deal en ik ben terug voor je het weet.'

Ze liet zich vermurwen. Uiteindelijk. Ze leek op te fleuren toen ik haar hielp herinneren dat het hier winter was. Nessa weet trouwens dat ik geen vakantiemens ben. Het is me nog nooit gelukt om een week op het strand te liggen. Binnen enkele dagen ga ik het binnenland in en zoek in de lokale kranten naar zakelijke mogelijkheden. 'Ik hou van je,' zei ze voor ze de verbinding verbrak. 'Werk hard, zodat je snel weer thuis bent.'

Maar het was moeilijk om te werken in een omgeving die samenspande om zelfs mij het tegenovergestelde te laten doen. De internetverbinding via de telefoonlijn was langzaam en grillig. De kranten kwamen pas in de middag. Intussen eiste het strand met de elegante bocht en het witte zand dat er op gelopen werd. De houten steiger smeekte om er op te gaan zitten en mijn blote benen in de zee te laten bungelen. De lange verbleekte tafel waar de bemanningen bij terugkomst aan gingen zitten met hun ijskoude bier en warme patat. Zelfs toen ik vanmorgen mijn werkoverhemd aantrok, werd ik niet gemotiveerd.

Ik opende een e-mail en typte.

Dennis, hoop dat alles goed met je gaat. Ben gisteren naar afd. Planologie gegaan en heb Reilly gesproken, zoals je hebt aangeraden. Hij leek de plannen wel te zien zitten en zei dat de enig mogelijke problemen

Ik schrok van een klop op de deur en sloeg mijn laptop dicht.

'Mag ik binnenkomen?'

Ik opende de deur en daar stond Hannah, de dochter van Liza McCullen. Ze stak een bord naar me toe met een sandwich erop. 'Tante K dacht dat u misschien wel trek zou hebben. Ze wist niet of u naar beneden wilde komen.'

Ik pakte het bord aan. Hoe kon het nu al lunchtijd zijn? 'Wat aardig van haar. Wil je haar voor me bedanken?'

Ze gluurde om de deur heen en zag mijn computer. 'Wat bent u aan het doen?'

'E-mails versturen.'

'Gaat dat via internet?'

'Zo ongeveer.'

'Ik wil zo graag een computer. Een heleboel kinderen op school hebben er een.' Ze bleef dralen, staande op één been. 'Wist u dat mijn tante op internet is? Ik hoorde haar het aan mijn moeder vertellen.'

'Ik denk dat een heleboel hotels op internet staan,' zei ik.

'Nee,' zei ze. 'Zíj is op internet. Zijzelf. Ze wil er niet meer over praten, maar ze was vroeger beroemd hier omdat ze haaien ving.' Ik probeerde me voor te stellen hoe de oude vrouw met een soort Jawsschepsel worstelde. Vreemd, maar dat kostte me minder moeite dan ik had verwacht.

Het kind bleef in de deuropening dralen. Ze had duidelijk geen haast om weg te gaan. Ze had dat magere, slungelige uiterlijk dat meisjes hebben vlak voordat ze volwassen worden; dat obscure dat je maanden of zelfs jaren ervan weerhoudt om te zien of ze schoonheden zullen worden, of dat hormonen en genen zullen samenzweren en zorgen dat die neus iets te groot wordt, of die kin iets te zwaar. Ik vermoedde dat het bij haar het eerste zou zijn.

Ik sloeg mijn ogen neer, voor het geval dat ze zou denken dat ik naar haar stond te staren. Ze leek erg op haar moeder.

'Meneer Dormer...'

'Mike.'

'Mike. Als je het niet te druk hebt, mag ik dan een keer op je computer? Ik wil echt graag die foto van mijn tante zien.'

De zon scheen nu vol op de baai. De schaduwen verdwenen en de paden en het zand reflecteerden het licht. Sinds ik op het vliegveld van Sydney was aangekomen, had ik me gevoeld als een vis op het droge. Het was fijn om iemand te horen vragen of ik iets wilde doen wat bekend terrein voor me was. 'Weet je wat,' zei ik, 'we kunnen nu gaan kijken.'

We bleven er bijna een uur zitten, en in die tijd kwam ik tot de conclusie dat ze een lief kind was. In sommige opzichten wat jong voor haar leeftijd – ze was veel minder geïnteresseerd in haar uiterlijk dan de kinderen in Londen die ik kende, of in popmuziek en dat soort dingen – maar toch had ze iets weemoedigs, en een volwassenheid die niet bij zo'n jong kind paste. Ik heb meestal niet zo veel met kinderen – ik weet nooit waar ik met ze over moet praten – maar ik merkte dat ik genoot van Hannah McCullens gezelschap.

Ze vroeg me over Londen, over mijn huis, of ik huisdieren had. Ze kwam er al snel achter dat ik ging trouwen, en ze keek me met haar grote, donkere, ernstige ogen aan toen ze serieus vroeg: 'Weet je zeker dat ze de juiste persoon is?'

Ik was enigszins van mijn stuk gebracht, maar ik vond dat ze een serieus antwoord verdiende. 'Dat denk ik wel. We zijn al een hele poos samen. We kennen elkaars sterke en zwakke punten.'

'Ben je aardig voor haar?'

Ik dacht even na. 'Ik hoop dat ik voor iedereen aardig ben.'

Ze lachte, een meer kinderlijke lach. 'Je líjkt me heel aardig,' gaf ze toe. Toen gingen we over tot belangrijker zaken: de computer. We zochten twee foto's op – en printten die – van de jonge vrouw in badpak met de haai, en nog een paar artikelen over haar door mensen die ze duidelijk nooit had ontmoet. We bekeken een website over een bekende jongensband, een toeristische site over Nieuw-Zeeland, en vervolgens een reeks feiten en cijfers over bultrugwalvissen die Hannah al uit haar hoofd kende, zei ze. Ik leerde dingen over walvissen die ik nooit vermoed had – dat hun longen het formaat hebben van een kleine auto, dat een pasgeboren kalf anderhalve ton weegt, dat walvissenmelk de consistentie heeft van kwark. Ik geef toe, dat laatste had ik niet per se hoeven weten.

'Ga je vaak met je moeder mee om naar de walvissen te kijken?'

'Dat mag ik niet,' zei ze. Ik hoorde een Australisch accent, en merkte op dat haar stem aan het einde van de zin iets omhoogging. 'Mijn moeder wil niet dat ik het water op ga.'

Opeens herinnerde ik me de felle woordenwisseling tussen Liza McCullen en Greg, toen ik hier pas was. Ik doe mijn best om buiten privézaken van anderen te blijven, maar ik herinnerde me vaag dat het iets te maken had met Hannah en een boot.

Ze haalde haar schouders op alsof ze zichzelf probeerde te overtuigen dat het haar niet kon schelen. 'Ze wil alleen maar dat er niets met me gebeurt. We...' Ze keek naar me op, alsof ze zich afvroeg of ze iets kon zeggen, maar toen veranderde ze blijkbaar van gedachten. 'Kunnen we ook foto's van Engeland vinden op je computer? Ik herinner me er wel iets van, maar niet veel.'

'Natuurlijk. Wat wil je zien?' Ik begon de woorden te typen.

Liza McCullen verscheen in de deuropening. 'Ik vroeg me al af waar je was,' zei ze. Ze keek van de een naar de ander, en door de manier waarop voelde ik me een beetje schuldig, alsof ik was betrapt op iets verkeerds. Een seconde later werd ik echt nijdig.

'Hannah heeft me een sandwich gebracht,' zei ik met enige nadruk. 'Toen vroeg ze of ze op mijn computer mocht.'

'Er zijn 23.100 webpagina's over bultrugwalvissen op internet,' zei Hannah triomfantelijk.

Liza verzachtte. 'En ik neem aan dat ze elke pagina wilde bekijken.' Er klonk iets van verontschuldiging in haar stem. 'Hannah, lieverd, kom mee en laat meneer Dormer nu met rust.'

Ze droeg dezelfde kleren als de laatste twee keer dat ik haar had gezien: een donkergroene spijkerbroek, een trui en een geel windjack. Haar haren waren net als eerder strak achterover geborsteld in een paardenstaart. De uiteinden waren wit verbleekt, hoewel haar natuurlijke kleur veel donkerder was. Ik dacht aan Nessa, die tijdens het eerste jaar van onze relatie een halfuur eerder opstond dan ik om haar haar en make-up te doen voor ik haar kon zien. Het had me bijna zes maanden gekost voor ik erachter kwam hoe ze met lipgloss op had kunnen slapen zonder vegen achter te laten op de kussensloop.

'Het spijt me als ze je heeft lastiggevallen,' zei ze zonder me rechtstreeks aan te kijken.

'Ze was helemaal niet lastig. Het was me een genoegen. Als je wilt, Hannah, breng ik de computer beneden en dan mag je die gebruiken als ik de deur uit ben.'

Hannah's ogen werden groot. 'Echt? Helemaal zelf? Mam! Dan kan ik alles doen voor mijn opdracht van school.'

Ik keek niet naar haar moeder. Ik vermoedde wat haar reactie zou zijn, en als ik haar niet aankeek kon ik die reactie niet erkennen. Tenslotte was het niets bijzonders. Ik trok de stekker uit het stopcontact nadat ik eerst al mijn met een wachtwoord beveiligde bestanden had afgesloten.

'Ga je nu dan weg?'

Iets was me te binnen geschoten. Iets wat Kathleen vanmorgen had gezegd.

'Ja,' zei ik terwijl ik de laptop in Hannah's armen legde. 'Als je moeder me wil meenemen.'

Gezien het feit dat de magere economie van Silver Bay bijna geheel afhankelijk was van toerisme, en dat volgens de cijfers van de plaatselijke overheid het gemiddelde maandsalaris nog geen duizend pond bedroeg, zou je hebben gedacht dat Liza McCullen blij zou zijn om iemand mee te nemen op een boottochtje. Je zou denken dat een vrouw wier boot voor bijna tweehonderd dollar was gerepareerd, die pas maandag weer klanten had en wier tante meerdere malen had verklaard dat ze blijer was op het water dan op het vasteland, de kans om iemand mee de zee op te nemen met beide handen zou aangrijpen. Vooral omdat ik het bedrag bood dat gelijkstond aan vier kaartjes, het minimum dat de boten blijkbaar nodig hadden om een tochtje lonend te maken.

'Ik ga vanmiddag niet weg,' zei ze met de handen diep in haar zakken.

'Waarom niet? Ik bied bijna honderdtachtig dollar. Dat is toch de moeite waard?'

'Ik ga vanmiddag niet weg.'

'Is er dan slecht weer op komst?'

'Tante K zei dat het mooi zou blijven,' zei Hannah.

'Weet u iets bijzonders over de walvissen? Zijn ze ergens anders naartoe? Ik zal mijn geld niet terugvragen als ze zich niet laten zien, mevrouw McCullen. Ik wil gewoon het water op.'

'Toe, mam. Dan kan ik Mikes computer gebruiken.' Ik kon een glimlach niet onderdrukken.

Ze wilde me nog steeds niet aankijken. 'Ik neem je niet mee. Zoek maar iemand anders.'

'De anderen hebben toch grote boten? Vol toeristen. Niets voor mij.'

'Ik zal Greg voor je bellen om te zien of hij vanmiddag gaat.'

'Is hij niet degene die mensen overboord laat vallen?'

Op dat punt kwam Kathleen aangelopen en ze bleef op de overloop staan terwijl ze met stille verbazing het tafereel in mijn kamer bekeek.

'Ik geef je wel een kaartje voor maandag,' zei Liza ten slotte. 'Dan neem ik nog drie mensen mee. Dat is leuker voor je.'

Om de een of andere reden begon ik er plezier in te krijgen. 'Nee, daar gaat het niet om,' zei ik. 'Ik ben niet sociaal ingesteld. En ik wil vanmiddag gaan.'

Uiteindelijk keek ze me aan en schudde haar hoofd, een beetje uitdagend. 'Nee,' zei ze.

Ik was me ervan bewust dat Kathleen getroffen was door iets aan deze scène. Ze stond achter Liza zonder iets te zeggen, maar ze keek aandachtig. 'Goed, driehonderd dollar,' zei ik terwijl ik het geld uit mijn portefeuille pakte. 'Dat is toch een volle boot? Ik betaal je driehonderd dollar en dan kun je me alles vertellen wat er te vertellen valt over walvissen.' Ik hoorde dat Hannah haar adem inhield.

Liza keek naar haar tante. Kathleen trok haar wenkbrauwen op.

Ik was me ervan bewust dat de sfeer in de kamer een vacuüm was geworden. 'Driehonderdvijftig,' zei ik.

Hannah giechelde.

Ik was niet van plan om toe te geven. Ik weet niet zeker wat me toen bezielde. Misschien was het verveling. Misschien kwam het door haar terughoudendheid. Misschien kwam het doordat Greg had geprobeerd me af te weren, waardoor ik nieuwsgierig was geworden. Maar ik moest en zou weg in die boot.

'Vijfhonderd dollar. Hier, contant.' Ik pakte de andere briefjes. Ik zwaaide er niet mee naar haar, maar hield ze in mijn gesloten hand.

Liza staarde me aan.

'En ik verwacht veel koffie en koekjes.'

Kathleen snoof.

'Het is jouw geld,' zei Liza uiteindelijk. 'Je moet schoenen met zachte zolen aantrekken en een warme trui, niet die stadse kleding van je. En ik vertrek over een kwartier.' Ze pakte het geld aan en stopte het in de zak van haar spijkerbroek. Haar zijdelingse blik vertelde me dat ze me krankzinnig vond.

Maar ik wist wat ik deed. Zoals Dennis altijd zegt: alles en iedereen heeft zijn prijs.

Liza's boot was de enige aan de steiger. Ze liep een paar passen voor me uit zonder iets te zeggen, behalve tegen de kleine hond. Ik had dus de gelegenheid om rond te kijken. Zelfs rond de steiger was er weinig in Silver Bay: een cafetaria; een souvenirwinkel met kennelijk weinig omzet, want de uitstalling in de etalage zat onder het stof; en een vismarkt in de richting van de stad, gevestigd in het modernste gebouw van de baai. Het had een eigen parkeerterrein en lag iets afgelegen, dus klanten die verse vis wilden zouden waarschijnlijk niet snel teruglopen om naar andere gelegenheden te gaan. Daar was duidelijk niet goed over nagedacht. Ik zou erop hebben gestaan dat de markt vlak tegenover de steiger kwam.

Er liepen maar weinig mensen, hoewel het een zaterdag was. Als er al toeristen waren, dan moesten die op het water zijn in de andere boten die op zoek gingen naar walvissen. De paar motels die ik langs de weg had gezien, adverteerden hun beschikbare kamers inclusief ontbijt, maar de baai zag eruit alsof ze niet veel verwachtten buiten het seizoen. Tegelijkertijd kreeg ik ook niet het gevoel dat dat een probleem was. Er viel niets te bekennen van de gemelijke, verlaten sfeer van een Engelse badplaats in de winter. Het heldere zonlicht gaf het geheel iets joviaals, en de bewoners leken ongewoon opgewekt.

Behalve Liza.

Ze had me bevolen aan boord te stappen en liet me staan kijken terwijl ze met monotone stem een veiligheidslijst doornam. Vervolgens vroeg ze, met tegenzin volgens mij, of ik wilde dat ze koffie ging zetten. 'Zeg maar waar het staat, dan doe ik het wel,' zei ik.

'Buig je knieën als je rondloopt en als je naar boven komt,' zei ze terwijl ze me haar rug toe draaide. 'En niet de meeuwen voeren. Dan maken ze duikvluchten op de passagiers en poepen ze alles onder.' Ze liep vlug de trap op en was verdwenen.

Op het benedendek stonden twee tafels en stoelen, met plastic overdekte banken en een glazen vitrine met chocola, video's en bandjes van walvissen en pillen tegen zeeziekte te koop. Een handgeschreven bordje waarschuwde klanten dat het verstandig was om hun drankjes niet te heet te maken omdat er vaak gemorst werd. Ik ging naar de plek waar koffie en thee kon worden gezet en maakte twee bekers koffie. Mijn aandacht viel op de opstaande randen van het buffet en de houders voor thee en koffie, die waarschijnlijk moesten voorkomen dat de kannen vielen bij hoge golfslag. Ik wilde niet te veel nadenken over het soort golven die kokendhete koffiepotten door de ruimte lieten vliegen, het soort waardoor Hannah blijkbaar aan wal moest blijven, maar toen werden de motoren gestart en moest ik me aan de zijkant vasthouden om mijn evenwicht te bewaren. We gingen met een flinke vaart richting zee.

Ik liep wankel de trap op naar de achterkant van de boot. Liza stond aan het roer, en haar hondje lag op de plank erachter, kennelijk een favoriet plekje. Ik overhandigde haar een beker en voelde de wind op mijn gezicht, proefde het zout op mijn lippen.

Dit hoort gewoon bij het werk, dacht ik, om goed te praten wat ik had gedaan. Maar het zou niet meevallen om dit te declareren.

Liza's blik was op de zee gericht, en ik vroeg me af waarom ze zo vastbesloten was geweest om me niet mee te nemen. Ik was me niet bewust dat ik haar op welke manier dan ook had beledigd. Maar ze leek iemand die instinctief in opstand kwam als ze dacht dat ze ergens toe werd gedwongen. En ik was heel vastberaden geweest.

'Hoe lang doe je dit al?' Ik moest mijn stem verheffen om boven de motor uit te komen.

'Vijf jaar. Bijna zes.'

'Doe je er goede zaken mee?'

'Voor ons doen wel.'

'Is dit jouw eigen boot?'

'Hij was van Kathleen, maar ze heeft hem aan mij gegeven.'

'Wat aardig van haar.' Ik kan de keren dat ik op een boot ben geweest op één hand tellen, dus ik was in alles geïnteresseerd. Ik vroeg haar naar de namen van bepaalde onderdelen, wat stuurboord en wat bakboord was (die haal ik altijd door elkaar), en hoe je de diverse instrumenten noemde. 'Wat is een boot van deze omvang waard?'

'Dat hangt af van de boot.'

'Hoeveel is deze waard?'

'Draait bij jou alles om geld?'

Het werd op een onvriendelijke toon gezegd, maar het gaf me even een onderbreking. Ik nam een slokje van mijn koffie en deed weer een poging. 'Kom je uit Engeland?'

'Heeft Hannah je dat verteld?'

'Nee, dat zeiden de, eh, bemanningsleden. Die middag aan tafel. En, nou ja, ik kan het horen.'

Ze dacht even na. 'Ja. Vroeger hebben we in Engeland gewoond.'

'Mis je het?'

'Nee.'

'Ben je speciaal naar hier gekomen?'

'Speciaal?'

'Om naar walvissen te kijken?'

'Dat niet.'

Deed ze tegen al haar klanten zo? Zeker een nare scheiding achter de rug, vermoedde ik. Misschien mocht ze mannen gewoon niet.

'Zie je veel walvissen?'

'Als ik naar de juiste plekken ga.'

'Is het een goede manier van leven?'

Ze haalde een hand van het roer en keek me argwanend aan. 'Je stelt wel veel vragen.'

Ik was vastbesloten om niet terug te bijten. Ik had zo'n idee dat ze niet van nature vijandig was. 'Je bent een uitzondering. Ik denk niet dat er veel vrouwelijke schippers zijn hier.'

'Hoe kun jij dat weten? Misschien zijn we wel met duizenden.' Ze liet een flauw glimlachje zien. 'Port Stephens staat er juist om bekend.'

Dit was wat voor haar doorging als humor, vermoedde ik.

'Goed, nu een vraag voor jou. Waarom heb je zo veel geld uitgegeven voor een boottochtje?'

Omdat het de enige manier was waarop ik je kon overhalen om me mee te nemen. Maar dat zei ik niet hardop. 'Had je het voor minder gedaan?' vroeg ik, van tactiek veranderend.

Ze lachte. 'Natuurlijk.'

Daarna veranderde er iets. Liza McCullen ontspande zich, of misschien was ze tot de conclusie gekomen dat ik niet zo verwerpelijk of bedreigend was als ze in eerste instantie had gedacht, en de kille sfeer loste op.

We zeiden niet veel. Ik zat op de houten bank achter haar en keek uit over zee, stilletjes genietend van de vaardigheid van iemand anders in iets waar ik niets van wist. Ze draaide aan het roer, controleerde de wijzerplaten, had radiocontact met een van de andere boten en gaf Milly de hond af en toe een koekje. Soms wees ze naar een stuk land of een schepsel dat interessant was. Maar ik zou je nu niet kunnen vertellen wat ze zei. Want hoewel ze niet de mooiste vrouw was die ik ooit had gezien, en ze niet meer aandacht leek te besteden aan haar uiterlijk dan aan hoe ze sprak, en hoewel ze de helft van de tijd met haar rug naar me toe stond, vond ik Liza McCullen ongebruikelijk fascinerend. Als ik niet al had geweten dat ze er gevoelig voor was, zou ik naar haar hebben gestaard. En dat is helemaal niets voor mij.

Nessa kan je vertellen dat ik weinig inzicht heb in psychologie. Het interesseert me eigenlijk niet waardoor het klikt tussen mensen als ik het niet hoef te weten, maar ik had nog nooit iemand ontmoet die zo vastbesloten was om zo weinig los te laten. Elk stukje informatie moest uit haar getrokken worden. Ze leek elke persoonlijke bekentenis te doen alsof ze eerst was gemarteld. Ik vroeg haar hoe ze haar koffie dronk en ze fronste haar wenkbrauwen alsof ik naar haar ondergoed had geïnformeerd. Toen ze zei: 'Geen suiker', leek het wel een biecht. En dat allemaal met een soort... melancholie?

'Lance zegt dat ze ongeveer vijf kilometer verderop een vrouwtje hebben gesignaleerd,' zei ze toen we zo'n halfuur op zee waren. 'Wil je nog verder?'

'Ja hoor,' zei ik. Ik was vergeten dat we op zoek waren naar walvissen. Als je niet gewend bent om op een oceaan te zitten, is het eerste wat je opvalt dat die zo enorm is. Het lijkt wel een landschap op zich. Als je zo ver op zee bent dat driekwart van je uitzicht alleen maar uit water bestaat, raakt je blik verloren in de beweging ervan, word je getrokken door een verlichte vlek waar de zon door een wolk schijnt, of door de plek in de verte waar witte schuimkoppen opspringen. Ik kan niet zeggen dat ik niet nerveus was – ik ben gewend aan vaste grond onder mijn voeten – maar toen ik eenmaal aan de deining gewend was, aan het spatten en kraken onder mijn voeten, begon ik de eenzaamheid prettig te vinden, de vrijheid van de boot om zich niet gehinderd door andere mensen voort te bewegen. Ik vond het prettig om te zien dat Liza's gezicht de gespannen waakzaamheid verloor en de openheid van de zee en de lucht verkreeg.

'Daar gaan we naartoe,' zei ze terwijl ze aan het roer draaide met een hand boven haar ogen tegen het felle licht. Ik kon net de vogels onderscheiden die duikvluchten maakten naar een stuk water waar met geen mogelijkheid iets te zien was. 'Dat betekent dat er vis is. En waar vis is, zijn vaak ook walvissen.'

Toen hadden we de anderen al gezien. Ze wees Gregs boot aan, die ongeveer net zo groot leek als die van haar, en verder weg een boot die ze de *Moby Twee* noemde.

'Daar!' zei ze. 'Spuit!'

'Wat moet ik spuiten?' vroeg ik. Daar moest ze om lachen.

'Dáár!'

Ik kon niet zien waar ze naartoe wees en kneep mijn ogen samen. Misschien onbewust pakte ze mijn arm en trok die naar zich toe.

'Kijk!' zei ze en probeerde me erlangs te laten kijken. 'We gaan wat dichterbij.'

Ik kon niets zien. Het zou frustrerend zijn geweest als ik de kinderlijke blijdschap op haar gezicht niet had gezien. Dit was een Liza McCullen die ik nog niet had gezien tijdens de zes dagen dat ik in het hotel logeerde. Een brede glimlach, een opgewekte klank in haar stem.

'O, wat is ze mooi. Ik durf te wedden dat ze ook een kalf bij zich heeft. Ik heb zo'n vermoeden...'

Het leek of ze haar eerdere koelheid naar me was vergeten. Ik hoorde haar op de radio: '*Ishmael* aan *Moby Twee*. Ons meisje is aan bakboord van jullie, ongeveer drie kilometer verderop. Ik heb zo'n vermoeden dat ze een kalf bij zich heeft, dus doe voorzichtig, oké?'

'*Moby Twee* aan *Ishmael*. Heb haar gezien, Liza. Zal een grote bocht maken.'

'We blijven op minstens honderd meter afstand,' legde ze uit. 'Daar maken we driehonderd van als er kalveren bij zijn. Het hangt allemaal af van de moeder. Sommige zijn nieuwsgierig; die brengen hun baby's mee om ons te zien, en dan is het anders. Maar ik vind altijd... ik moedig het niet graag aan.' Ze keek me recht aan. 'Je kunt niet garanderen dat de volgende boot net zo vriendelijk is. Goed! Daar gaan we!'

Ik hield me vast en de drie boten kwamen als in een zorgvuldige choreografie dichter bij elkaar, tot we zo dichtbij waren dat we de zwaaiende passagiers op elke boot konden onderscheiden. De zee was kalm toen de motoren werden afgezet, en ik stond naast Liza te wachten tot de walvis zich weer zou laten zien.

'Komt ze echt weer boven?'

Ik had het niet hoeven vragen. Toen die grote kop uit het water rees op nog geen tien meter van ons vandaan, ontsnapte onwillekeurig een 'wauw' aan mijn mond. Niet dat ik nooit een foto van een walvis heb gezien of niet had kunnen raden hoe die eruitzag. Maar zo'n enorm, onwaarschijnlijk schepsel in zijn eigen leefwereld te zien maakt een indruk die ik niet onder woorden kan brengen.

'Kijk!' schreeuwde Liza. 'Daar! Kijk omlaag!' En net zichtbaar, half schuilend onder zijn moeder, zag ik een flits grijs of blauw, het kalf. Ze zwommen twee keer langs onze boot, en toen hoorden we aan de uitroepen op de andere boten dat ze ook naar hen was gaan kijken.

Ik grijnsde als een idioot. Toen Liza naar me terug glimlachte, deed ze dat op een ietwat triomfantelijke manier, alsof ze zei: 'Zie je wel?', alsof er iets was wat zij wist. Toen de vreemd lange vin verscheen, lachte ze. 'Ze zwaait,' zei ze, en lachte nog harder toen ik mezelf erop betrapte dat ik voorzichtig terugzwaaide.

'Ze heeft haar buik omhoog, dat betekent dat ze zich op haar gemak voelt bij ons. Weet je dat zij en de baby die borstvinnen gebruiken om elkaar te strelen?'

Toen we zaten, zag Liza er nog twee in de verte. Ik was me vaag bewust van het radiocontact tussen de drie boten, de uitroepen van plezier om deze onverwachte figuurlijke buit. Toen ze zich weer naar me omdraaide, straalde haar gezicht. 'Wil je iets wonderbaarlijks horen?' zei ze opeens.

Ze ging vlug de pantry in en kwam terug met een vreemd uitziend ding aan een kabel. Ze stak het einde van de kabel in een soort bus aan de zijkant en gooide het ding in het water. 'Luister,' zei ze terwijl ze vlug op een paar knoppen drukte. 'Een hydrofoon. Misschien zijn er metgezellen in de buurt.'

Een paar minuten klonk er niets. Ik staarde over de zee, ik probeerde de walvis te zien en hoorde alleen maar het klotsen van het water tegen de zijkanten van de boot, de cirkelende vogels in de lucht en af en toe het praten van de passagiers op de andere boten. Toen klonk er opeens een zacht geweeklaag, langgerekt, bijna griezelig. Nog nooit had ik een dergelijk geluid gehoord. De rillingen liepen over mijn rug.

'Mooi, hè?'

Ik staarde haar aan. 'Is dat een walvis?'

'Een mannetje. Ze zingen allemaal hetzelfde lied, weet je. Daar hebben ze onderzoek naar gedaan. Het duurt achttien minuten en elk jaar zingen alle walvissen in de school hetzelfde lied. Als er een nieuw mannetje komt met een ander lied, pikken ze dat op. Kun je je voorstellen hoe ze het elkaar daar in het water leren?' Opeens zag ik Hannah in haar, haar gezicht stralend van opwinding bij het vooruitzicht dat ze mijn computer mocht gebruiken. Ik had me vergist toen ik zei dat Liza McCullen niet mooi was. Als ze glimlachte was ze prachtig.

De glimlach verdween. 'Krijg nou de...'

Het was een bonkend geluid, regelmatig, aanhoudend. Even vroeg ik me af of het een motor was, maar toen werd het luider en ik wist dat het niets met de microfoon te maken had. Twee grote boten kwamen om de punt heen, versierd met vlaggetjes en vol passagiers. Harde muziek klonk uit vier enorme luidsprekers op het bovenste dek, en zelfs van deze afstand was het gerinkel van glazen en het hysterische gelach van aangeschoten mensen te horen.

'Niet weer,' zei Liza. 'Dat lawaai is funest voor ze. Ze raken in de war, vooral de baby's. En er zijn te veel boten. Ze zal bang worden.' Ze ging naar de radio en rommelde met de schijf. '*Ishmael* aan *Discoschip* of hoe jullie ook mogen heten. Zet de muziek zachter. Het geluid is te hard. Horen jullie me? Het geluid is te hard.'

Terwijl we naar het statische gedreun luisterden, keek ik naar het water. Niets kwam nu boven het oppervlak. Boven het gedreun uit, dat steeds dichterbij kwam, was niets te horen.

Ze fronste haar wenkbrauwen toen ze besefte met welke snelheid de boot naderde. '*Ishmael* aan ongeïdentificeerde grote catamaran, oost-noordoost van Break Nose Island. Zet jullie motoren en muziek af. Jullie zijn dicht bij een walvis met jong, plus waarschijnlijk een mannetje. Jullie varen te snel, met het risico op een botsing, en jullie lawaai maakt ze bang. Horen jullie me?'

Ik bleef hulpeloos staan terwijl ze nog een paar keer contact met hen probeerde te krijgen. Het was onwaarschijnlijk dat ze iets boven het lawaai van die bas uit konden horen, dacht ik.

'*Ishmael* aan *Suzanne*. Greg, wil jij de kustwacht bellen? De politie? Vraag of ze een speedboot willen sturen. Ze zijn te dichtbij.'

'Begrepen, Liza. *Moby Twee* is omgedraaid om te kijken of ze hen uit hun koers kunnen brengen.'

'*Moby Twee* aan *Ishmael*. Ik kan onze walvissen niet zien, Liza. Ik kan alleen maar hopen dat ze de andere kant op gaan.'

'Wat kan ik doen?' vroeg ik. Ik had geen idee hoe belangrijk het was wat ze zei, maar er hing duidelijk ongerustheid in de lucht.

'Hou dit vast,' zei ze en liet me het roer beetpakken. Ze startte de motoren. 'Stuur naar die *Disco Billy* daar. Ik zeg wel wanneer je moet draaien. Ik zal zorgen dat we niets raken.'

Ze gaf me de kans niet om nee te zeggen. Ze holde naar beneden en kwam weer terug met een heleboel dingen onder haar jack. Ik zag een glimp van een megafoon, maar ik moest te veel op het roer letten om veel te kunnen opmerken. Het voelde onbekend aan in mijn handen en het was angstaanjagend om met zo'n vaart over de golven te scheren. Het hondje had de spanning gemerkt en stond jankend op.

We waren op een dertig meter van het schip vandaan toen Liza me opdracht gaf om er parallel aan te varen. Toen rende ze naar de voorkant en schreeuwde dat ik moest blijven waar ik was.

Ze leunde over de reling met de megafoon in haar hand. '*Night Star Twee*, jullie maken te veel lawaai en jullie varen te snel. Zet alstublieft die muziek zachter. Jullie bevinden je in een gebied met langstrekkende walvissen.'

De hemel weet hoe ze midden op de middag zo dronken konden zijn. De dansende gestalten op het bovenste dek deden me denken aan die vakanties voor jongeren waarbij het doel van dagtripjes is om ze zo dronken en onbekwaam mogelijk te krijgen. Bestond er een Australische versie van?

'*Night Star Twee*, we hebben de kustwacht en de Dienst Nationale Parken en Faunabescherming gewaarschuwd. Zet de muziek zachter en verlaat dit gebied meteen.'

Als er een stuurman was, dan luisterde hij niet. Een van de stewards, een jongeman in een poloshirt, stak zijn middelvinger op naar Liza en verdween. Even later klonk de muziek aanmerkelijk harder. Er klonk een vaag gejuich aan boord terwijl meer mensen begonnen te dansen. Liza staarde naar de boot en bukte zich. Vanaf waar ik stond kon ik niet meer zien wat ze deed. Ik keek naar de naam op de zijkant van het grote schip. Toen bedacht ik iets.

Ik trok mijn telefoon uit mijn zak toen de radio sissend tot leven kwam. 'Liza? Liza? Met Greg. De mensen van de Dienst zijn onderweg. Kom, laten we teruggaan. Met hoe minder we hier zijn, hoe beter het is voor de walvissen.'

Ik stopte mijn telefoon terug en keek even naar de ontvanger. Ik pakte hem op en kneep er behoedzaam in. 'Hallo?'

'Hallo?'

'*Suzanne* aan *Ishmael*, hoor je me?'

'Met, eh, Mike Dormer.'

Het bleef even stil en toen zei Greg: 'Wat doet ze aan de voorkant?'

'Ik weet het niet,' biechtte ik op.

Ik hoorde hem iets mompelen wat een vloek had kunnen zijn, en toen klonk er een explosie. Ik sprong naar de zijkant van de boot en zag nog net een enorme lichtflits de lucht in schieten op nog geen zes meter boven het schip.

Liza stond bij de voorsteven en laadde iets langs en duns in een soort lanceertoestel.

'Je gaat toch niet op ze schieten?' schreeuwde ik tegen haar. Maar ze leek me niet te horen. Mijn hart bonsde en ik zag mensen snel vluchten van het bovenste dek van het andere schip, hoorde ongeruste kreten en een man die vloekend tegen haar schreeuwde. De hond blafte woest. Toen zag ik Liza nog een lichtkogel laden, hoog in de lucht mikken en achteruit wankelen toen ze de kogel niet hoog genoeg boven hen afschoot.

Terwijl mijn oren tuitten en het discoschip eindelijk rechtsomkeert maakte en wegvoer, hoorde ik een andere stem over de radio, een schorre stem, vol ongeloof en bewondering. '*Moby Twee* aan *Ishmael*, *Moby Twee* aan *Ishmael*. Kolere, Liza, nu heb je echt een blunder begaan.'

7

Liza

Tegen de tijd dat we bij de steiger kwamen stond Kathleen al tegen me te schreeuwen, haar rechte lijf strak van verontwaardiging. Ik legde de *Ishmael* vast, hielp Milly op de kant en liep kordaat naar haar toe. 'Ik weet het,' zei ik.

Ze hief geërgerd haar handen op. 'Besef je wel wat je hebt gedaan? Ben je niet goed bij je hoofd, kind?'

Ik bleef staan en streek mijn haren uit mijn gezicht. 'Ik dacht er niet bij na.'

De ongerustheid op haar gezicht weerspiegelde die van mij. Ik kon mezelf wel een schop geven. Ik had aan niets anders gedacht in de twintig minuten die het ons kostte om terug naar de baai te varen. 'Ze hebben meteen de waterpolitie ingeschakeld, Liza. Wie weet zijn ze al onderweg naar hier.'

'Maar wat kunnen ze bewijzen?'

'Nou, je hebt de tweede bijvoorbeeld afgeschoten toen ze op de radio waren.'

Ik was een dwaas, ik wist het, en Kathleen wist het ook. Tegen alle regels voor veiligheid op zee, tegen alle gezonde verstand in had ik twee lichtkogels afgeschoten om de passagiers op dat schip bang te maken. Lichtkogels waren berucht omdat ze zo onvoorspelbaar waren. Als er een verkeerd terecht was gekomen... Als de reddingsbrigade de andere had gezien... Maar ook al wist ik dat het stom was geweest, hoe had ik anders die schepen weg kunnen krijgen? En hoe moest ik tegen mijn tante zeggen dat als ik een gewoon geweer had gehad in plaats van een luchtpistool met lichtkogels, ik op hen zou hebben geschoten?

Ik deed mijn ogen dicht. Pas toen ik ze weer opende, herinnerde ik me dat ik niet had gewacht tot Mike Dormer van boord was. Het geknars van zijn voetstappen op het grind kondigde zijn komst aan.

Zijn bruine haar was vochtig en in de war door de snelle terugtocht. Kathleens gezicht verzachtte. 'Ga vast naar binnen, Mike. Ik zal zo thee voor je zetten.'

Hij begon te protesteren.

'Ik meen het,' zei ze, en er lag een vastberaden klank in haar stem. 'We willen even alleen zijn.'

Ik voelde zijn blik op me. Toen ging hij met tegenzin een paar stappen opzij en aaide Milly, alsof hij helemaal niet weg wilde gaan.

'Wat moet ik doen?' fluisterde ik.

'Laten we niet overdrijven,' zei ze. 'Misschien krijg je alleen een waarschuwing.'

'Maar ze zullen mijn gegevens willen. Misschien is er wel een databank...'

Ik zag aan Kathleens gezicht dat ze daar al aan had gedacht. En er geen antwoord op had geweten. Ik voelde paniek opkomen in mijn borst. Ik wierp een blik achter me, waar de *Suzanne* en de *Moby Twee* aanlegden. 'Ik kan gewoon weggaan,' zei ik. Opeens had ik de wilde neiging om met Hannah en Milly in de auto te stappen. Maar het geluid van een andere motor trok mijn aandacht naar de overkant van de baai. Ik zag de bekende koplampen en het logo op de witte pick-up van de politie van New South Wales.

'O, in vredesnaam,' zei ik.

'Glimlach,' zei ze. 'Glimlach in vredesnaam en zeg dat het een ongeluk was.'

Er waren twee agenten. Ze stapten uit met de ontspannen houding die serieuze bedoelingen verdoezelde. Hun insignes glinsterden in de late middagzon. Ik was altijd overdreven voorzichtig geweest om me aan de Australische wet te houden en had zelfs nog nooit een bekeuring voor verkeerd parkeren gekregen, maar zelfs ik wist dat onwettig een lichtkogel afschieten op een ander schip geen slimme zet was.

'Goedemiddag, dames,' zei de langste man terwijl hij tegen zijn pet tikte. Hij bekeek ons, en liet zijn blik rusten op mijn windjack en de sleutels in mijn hand. 'Greg,' voegde hij eraan toe.

'Agent Trent,' zei mijn tante met een glimlach. 'Mooie middag, nietwaar?'

'Inderdaad,' zei hij instemmend. De vouwen op de mouwen van zijn blauwe overhemd waren messcherp. Hij gebaarde over de steiger naar de *Ishmael*. 'Is die van u?'

'Jazeker,' zei mijn tante voor ik iets kon zeggen. 'De *Ishmael*. Staat op mijn naam, al zeventien jaar.'

Hij keek naar haar en toen weer naar mij. 'We kregen een radiobericht van twee schepen dat er vanmiddag lichtkogels op ze zijn afgeschoten vanaf een boot die beantwoordt aan de beschrijving van uw boot. Kunt u me daar iets over vertellen?'

Ik wilde antwoorden, maar door de aanblik van dat blauwe uniform plakte mijn tong tegen mijn verhemelte. Ik was me vaag bewust van Mike Dormer, die op een paar meter afstand stond toe te kijken, en dat de politieman nu vlak voor me stond en op antwoord wachtte. 'Ik...'

Greg stond naast me. 'Ja, maat,' zei hij vastberaden terwijl hij zijn pet naar achter schoof. 'Dat was mijn schuld.'

De politieman draaide zich naar hem om.

'Ik was op zee met een groep om naar walvissen te kijken. Ik wist dat die kinderen lastig zouden zijn, maar ik hield ze niet genoeg in de gaten. Toen ik met mijn rug naar hen toe stond om te zien of er walvissen waren, staken die schoffies lichtkogels af.'

'Kinderen?' zei de agent sceptisch.

'Ik wist dat ik ze niet had moeten meenemen,' zei Greg, en hij zweeg even om een sigaret op te steken. 'Liza hier zei nog dat er problemen van zouden komen. Maar we willen graag alle kinderen walvissen en dolfijnen laten zien. Om ze kennis bij te brengen.' Zijn blik ontmoette de mijne even en wat ik erin zag, vervulde me met dankbaarheid en een beetje schaamte.

'Waarom hebben jullie de reddingsbrigade dan niet meegedeeld wat er was gebeurd? Voor hetzelfde geld hadden we voluit een reddingsactie op touw gezet.'

'Het spijt me. Ik wilde gewoon zo snel mogelijk terug zijn zodat ze niets anders konden uithalen. Ik had namelijk nog meer passagiers aan boord, ziet u...'

'Welke boot is ook weer van jou, Greg?'

Greg gebaarde. Onze boten waren allebei tegen de vijftien meter lang. Omdat ik hem had geholpen om zijn zelf aangebrachte graffiti te verwijderen, hadden ze een rand in dezelfde kleur.

'Goed, wat waren de namen van die kinderen?' De politieman pakte zijn aantekenboekje.

Kathleen kwam tussenbeide. 'We hebben geen passagierslijsten. Als we de gegevens moesten opschrijven van iedereen die we meenemen, zouden we nooit op het water komen.' Ze legde een hand op Trents arm. 'Hoor eens, agent, u weet dat we niet een of ander onbetrouwbaar bedrijf zijn. Mijn familie woont al meer dan zeventig jaar in deze baai. U gaat ons toch niet straffen voor de daden van een stel idioten?'

'Waarom zaten je lichtkogels niet achter slot en grendel, Greg? Die horen in een afgesloten kist te liggen als er benedendeks kinderen rondstruinen.'

Greg schudde zijn hoofd. 'Die schoffies hadden mijn sleutels uit mijn zak gehaald. Ik heb altijd een extra stel bij me, ziet u? Voor de zekerheid.'

Ik wist zeker dat de politieman er geen woord van geloofde. Hij keek fronsend van de een naar de ander en ik deed mijn best om verongelijkt te kijken in plaats van bang. Hij tuurde weer in zijn aantekenboekje en toen naar mij. 'Volgens de beller werd er door een vrouw op hen geschoten.'

'Lang haar,' zei Greg meteen. 'Tegenwoordig hou je ze niet meer uit elkaar. Stelletje hippies. Hoor eens, agent, het was mijn fout. Ik lette op het roer en het was mijn verantwoordelijkheid. Ik had beter moeten uitkijken. Maar er is toch niets ergs gebeurd?'

Ik probeerde kalm te ademen en bestudeerde een sneetje in mijn hand. Dan had ik iets te doen.

'Je weet toch dat het gebruik van lichtkogels als wapen een overtreding is van de Wapenwet, en gezien wordt als geweldpleging?'

'Dat heb ik ook tegen ze gezegd,' zei Greg. 'Had ik niet moeten doen, want zodra we terug waren gingen ze ervandoor.'

'Dat is tweeduizend dollar boete, twaalf maanden celstraf, of allebei. En daar bovenop kun je ook nog veroordeeld worden door de Maritieme Dienst.'

Greg keek berouwvol. Ik had hem nooit zo meegaand zien doen tegen een politieman.

'Dit kan beter niets met alcohol te maken hebben. Ik ben je waarschuwing in juni niet vergeten,' vervolgde de man.

'Agent, u mag me laten blazen, als u wilt. Ik raak geen druppel aan als ik werk.'

Opeens had ik met hem te doen. Ik voelde zijn vernedering, en daar was ik schuldig aan.

De twee agenten keken naar hun pick-up. De kleinste draaide zich om en liep erheen om een radioboodschap aan te nemen.

'Weet u wat,' zei Kathleen, 'zal ik thee gaan zetten? Dan kunt u besluiten wat u gaat doen terwijl de thee staat te trekken. Agent Trent, gebruikt u nog steeds suiker?'

Op dat punt kwam Mike Dormer dichterbij. Mijn hart sprong in mijn keel. Ga weg, zei ik in stilte tegen hem. Hij had geen idee van wat we hun hadden verteld. Als hij zijn mond opende en de waarheid uitflapte, hingen we allemaal.

'Mag ik iets zeggen?' vroeg hij.

'Niet nu, Mike,' zei Kathleen kordaat. 'We hebben het nogal druk.'

'Kom, agent,' zei Greg terwijl hij tussen Mike en de politieman ging staan. 'Ik werk aan elke test mee. Bloed, ademtest, wat dan ook.'

'Ik wilde de agent alleen iets vertellen,' zei Mike iets luider. Vol afschuw bedacht ik dat ik geen idee had hoe hij over mijn daad dacht. Tijdens de terugweg had ik geen woord tegen hem gezegd. Ik wilde zo snel mogelijk terug naar de kust, terwijl steeds door mijn hoofd gonsde wat ik had gedaan.

Kathleen was op dezelfde gedachte gekomen, dat kon ik zien.

Maar het was te laat. Hij haalde iets uit zijn zak.

'Ik denk niet dat je hierbij kunt helpen, Mike,' zei ze resoluut.

Maar hij leek haar niet te horen.

'Mike...' Ik voelde me misselijk worden.

'Toen we op zee waren,' zei hij, 'kwam er een soort feestboot heel dicht langs. Die maakte zo veel lawaai dat de walvissen bang moeten zijn geworden. Ik geloof dat er regels bestaan voor dat soort dingen?'

De eerste politieman sloeg zijn armen over elkaar. 'Dat klopt,' zei hij.

Mike glimlachte even. Hij hield zijn mobiele telefoon omhoog. Zijn Engelse accent verleende hem een soort vriendelijk gezag. 'Ik dacht dat u wel bewijs zou willen zien. Ik heb alles gefilmd met mijn telefoon. U kunt horen wat een lawaai het was.' Terwijl we met open mond toekeken, was op zijn kleine telefoon de *Night Star* te zien, de snelheid waarmee die voer, de feestgangers op het dek. Je kon het gedreun van de muziek horen. Zoiets had ik nog nooit gezien.

'De walvissen leken van streek. Niet dat ik een expert ben of zo,' zei Mike.

'Kijk,' zei ik terwijl ik naar het kleine scherm wees. 'U ziet dat de boot rond de landpunt is. We hebben geprobeerd de kustwacht te waarschuwen, maar ze waren er niet op tijd.' Mijn stem klonk hoog van opluchting.

'Ik kan u een kopie sturen,' zei Mike, 'voor het geval dat u het wilt gebruiken om iemand te vervolgen.'

De twee politiemannen bekeken de beelden verbijsterd. 'Ik weet niet waar u het naartoe moet sturen,' zei de een, 'maar geef ons uw telefoonnummer, dan laten we het u wel weten. Wie bent u?'

'O, gewoon een gast,' zei Mike. 'Michael Dormer. Hier op vakantie uit Engeland. Ik wil mijn paspoort wel even halen.' Hij stak een hand uit. Ik geloof niet dat veel mensen hier bereid zijn om de politie een hand te geven. De verbijsterde gezichten tijdens de handdruk wezen erop van niet.

'Dat is nu niet nodig. Zo, dan gaan we maar. Zorg wel dat jullie die lichtkogels achter slot en grendel leggen, mensen, anders krijgen jullie weer bezoek. En niet zo vriendschappelijk.'

'Twee sloten,' zei Greg en zwaaide met zijn sleutels.

'Dank u, heren,' zei Kathleen. Ze liep mee naar hun pick-up. Ik kon niets uitbrengen. Toen ze in de pick-up stapten en achteruitreden, ontsnapte een beverige zucht aan mijn borst en besefte ik dat ik stond te trillen op mijn benen.

'Dank je,' vormde ik met mijn mond naar Greg, en ik knikte naar

Mike. Toen moest ik vlug naar de achterkant van het huis rennen omdat ik geen woorden meer wist te vinden.

Er zijn veel dingen in Australië waar ik van hou. Ik ga het niet opsommen als een parodie op de Engelsman die nooit meer terugging, want het gaat niet om de gewone dingen zoals het weer, het licht of de weidsheid, hoewel die een pluspunt zijn. Het gaat niet om het lekkere eten en de wijn, of om het landschap of de kalme levensstijl, hoewel het er prettiger door is geworden om mijn dochter hier groot te brengen. Voor mij gaat het erom dat je in een rustige uithoek als Silver Bay je leven kunt leiden zonder dat iemand ook maar de minste aandacht aan je schenkt.

Ondanks onze gezamenlijke afkomst was ik er al snel achter dat Australiërs in vele opzichten anders zijn dan Britten. Ze nemen je zoals je bent, misschien omdat er geen klassensysteem is, dus geen zorgvuldige analyse van wat je plaats is ten opzichte van een nieuwkomer. Als je eerlijk bent tegen hen, zijn ze eerlijk tegen jou. Vanaf zowat de dag waarop ik bij Kathleen kwam met mijn uitgeputte dochter, kon ze me voorstellen als haar nicht, en ik zei hallo en zij zeiden hallo terug. Met amper een woord van uitleg werden we in de gemeenschap van Silver Bay opgenomen.

Het hielp dat ik deel uitmaakte van een zeevarende gemeenschap. De helft van de bemanningen was er tijdelijk, gewend om in het leven van mensen te komen en weer te vertrekken. De anderen hadden misschien hun eigen redenen om hier te zijn. Hoe dan ook, niemand stelde te veel vragen. En als je verkoos geen antwoord te geven op vragen die wel gesteld werden, nou, dan was dat blijkbaar ook best. Ik wist dat ik niet altijd voorzichtig genoeg was met het verbergen van mijn emoties, en ik was dankbaar dat de walvisbemanningen, met de intuïtie van de beste jagers, hadden begrepen dat sommige dingen beter onbesproken konden blijven. In de afgelopen vijf jaar had alleen Greg me willen uithoren over waarom ik uit Engeland was weggegaan. Ik was zo dronken toen we een soort intiem gesprek hadden, dat ik niet meer wist wat ik hem had verteld.

Ik had instinctief geraden dat Mike Dormer dat zou verstoren. Ik was in paniek geraakt toen ik hem allerlei vragen hoorde stellen aan Kathleen, over wie er in de baai werkten, hoe lang mensen meestal bleven, hoe lang we hier woonden. Hij had gezegd dat hij op vakantie was, maar ik heb een vakantieganger nog nooit zo veel gerichte vragen horen stellen.

Toen ik dat naderhand tegen Kathleen zei, antwoordde ze dat ik niet zo dramatisch moest doen. Na alle jaren dat we bij haar waren, was ze gaan geloven dat we altijd met rust gelaten zouden worden. Ze had gezegd dat ik het me maar inbeeldde, en haar blik vertelde me dat ze begreep waarom.

Maar ik vermoedde dat Mike mijn grenzen niet zou respecteren. Als ik een groep meeneem op de *Ishmael*, praten ze met elkaar. Als ik alleen ben met iemand, willen ze met mij praten. Ze willen vragen stellen, een deel van me mee naar huis nemen, samen met hun ervaring van een middag op zee. Daarom neem ik over het algemeen alleen groepen mee.

Zoals Greg heel goed wist. 'En, vanwaar dat gezellige uitje met jullie tweetjes?' Hij moest het weer bederven. We zaten op de bank in de vallende schemering te kijken hoe Hannah Milly achter stukjes blaaswier aan liet rennen op het strand. Mike Dormer was in zijn kamer en Kathleen was weer bier gaan halen. Hij sprak zo zacht dat Lance en Yoshi hem niet konden horen.

'Vanwege het geld, hoofdzakelijk.'

Greg vond duidelijk dat hij het recht had om door te vragen nu hij me gered had. Hij was zo doorzichtig. Ik trok de bundel bankbriefjes uit de zak van mijn spijkerbroek. 'Vijfhonderd,' zei ik. 'Voor één trip.'

Hij staarde ernaar. Dacht na voor hij iets zei, wat heel ongewoon is voor Greg. 'Waarom betaalt hij zo veel om met jou de zee op te kunnen?'

Daar hoefde ik niet op te antwoorden. Ik wist dat Greg hetzelfde zou hebben gedaan.

'Waar hebben jullie over gepraat?' vroeg hij.

'O, kom óp zeg.'

'Ik ben gewoon geïnteresseerd,' protesteerde hij. 'Hij komt hier opdagen, ziet eruit als een oplichter en smijt met geld. Wat moet dat allemaal?'

Ik haalde mijn schouders op. 'Dat weet ik niet en het kan me niet schelen. Laat die man met rust. Binnenkort is hij toch weg.'

'Dat is hem geraden. Ik mag hem niet.'

'Jij mag geen enkele nieuwkomer.'

'Ik mag geen nieuwkomers die jou lopen te paaien.'

Hannah kwam buiten adem en giechelend naar ons toe rennen. Milly liet zich aan mijn voeten vallen. 'Ze heeft in iets smerigs liggen rollen,' zei Hannah. 'Ze stinkt. Ik denk dat het misschien een dode krab was.'

'Heb je huiswerk?' Ik stak een hand uit om haar haren uit haar gezicht te strijken. Elke keer als ik nu naar haar keek, leek ze iets gegroeid te zijn, was haar gezicht iets veranderd. Het herinnerde me eraan dat ze zich op een dag van me zou losmaken. Gezien de band tussen ons wist ik nog niet hoe dat zou lopen.

'Een klein beetje. Dinsdag hebben we een proefwerk voor natuurwetenschappen.'

'Doe het nu. Dan ben je de verdere avond vrij.'

'Wat voor proefwerk?' vroeg Yoshi. 'Ga je boeken halen, dan help ik je als je wilt.'

Door de jaren heen had ik ontdekt dat de bemanningen zo veel vaardigheden hadden dat ze Hannah een volledige opleiding konden geven. Yoshi bijvoorbeeld had een graad in biologie en oceanologie, en Lance kon je alles vertellen wat je over het weer wilde weten. Enkelen van hen hadden haar dingen bijgebracht waarvan ik minder onder de indruk was, zoals Scottie, die haar had leren vloeken en een keer toen ik er niet was, had voorgesteld dat ze een trekje van zijn sigaret zou nemen. Lance had het gezien en hem een hoek verkocht. Mijn dochter heeft eigen talenten. Talenten die ze, zo vermoed ik, van mij heeft geërfd: hoe je mensen moet inschatten, hoe je je op de vlakte moest houden tot je zeker wist wie of wat ze waren, hoe je jezelf onzichtbaar kunt maken in een grote groep. Hoe je moet omgaan met verdriet.

Die les had ze veel te vroeg geleerd.

Yoshi ging naast haar zitten en terwijl het donker werd, ploeterden ze door iets wat met osmose te maken had. Yoshi legde alles veel beter uit dan ik. Maar ik had niet veel opleiding genoten, een fout die ik beslist niet door Hannah zou laten herhalen.

Greg leek te begrijpen dat ik geschokt was door de gebeurtenissen van die dag, en hij probeerde me aan het lachen te maken met verhalen over het ruziënde echtpaar bij hem aan boord. Hij had het niet over zijn ex of het lot van zijn boot; ik hoopte dat ze een beetje zou terugkrabbelen. Maar mijn blik gleed steeds naar de kustlijn terwijl ik wachtte tot die pick-up terug zou komen en die blauwe uniformen weer zouden uitstappen.

Greg boog zich naar me toe. 'Zin om vanavond naar mij te komen? Ik heb een hele stapel video's van iemand bij de werf. Nieuwe komische films. Misschien zit er iets bij wat je leuk vindt.' Hij klonk achteloos.

'Nee,' zei ik. 'Maar toch bedankt.'

'Het is maar een film,' zei hij.

'Het is nooit maar een film, Greg.'

'Een andere keer dan,' zei hij en zijn blik bleef op me rusten.

'Een andere keer,' gaf ik toe.

Mike Dormer kwam naar buiten toen het laatste licht verdween. De terraskachels brandden en Kathleen had baconsandwiches gemaakt van dikke plakken witbrood. Ik had niet veel trek en plukte aan een stukje bacon. Hannah zat tegen me aan, met een dikke das om tegen de opkomende kou. Haar steile donkere haar zat in een knotje. Ik kon de shampoo ruiken als ik mijn hoofd naar het hare boog.

Kathleen had hem een bord overhandigd en hij liep om de tafel heen naar de laatste vrije plaats. Hij had kennelijk gedoucht en een ander overhemd en trui aangetrokken. Door zijn schone, nette kleren viel hij op. De meesten van ons kunnen dagen achtereen dezelfde kleren dragen als die toch verborgen worden door windjacks en regenjassen. Hij keek naar mij en toen naar de anderen terwijl hij 'goedenavond' mompelde. Zijn accent deed me nog steeds opschrikken. We kregen niet veel Engelsen in Silver Bay, en het was al een aantal jaren geleden dat ik het accent van mijn eigen land had gehoord.

Hannah boog zich voorover. 'Heb je gezien wat ik heb geschreven?'

Hij hield zijn hoofd schuin.

'Op je computer. Ik heb een briefje voor je geschreven. Ik had dat gedaan wat jij had gezegd als je mensen wilt opzoeken.'

Hij pakte een sandwich.

'Ik heb tante K weer opgezocht. En toen jou.' Zijn hoofd schoot omhoog. 'Er is een foto van jou. Van je gezicht. En je bedrijf.'

Hij leek zich vreemd opgelaten te voelen. Let wel, ik voel mee met mensen die het niet prettig vinden als anderen in hun leven zitten te wroeten, en ik gaf Hannah een standje omdat ze zo had zitten snuffelen.

'Wat is het, maat?' zei Lance. 'Drugs? Handel in blanke slavinnen? We kunnen je deze snotneus hier voor een goede prijs verkopen. Met de hond erbij, als je wilt.'

Hannah porde Lance in zijn arm. 'Het ziet er eigenlijk saai uit,' zei ze lachend. 'Ik denk niet dat ik graag in een stad zou werken.'

'Ik denk,' zei Mike, die zich enigszins herstelde, 'dat je hier veel beter af bent.'

'Wat doe je eigenlijk?' vroeg Greg. Aan zijn agressieve toon merkte ik dat hij Mike de brutaliteit om met mij een boottochtje te maken, niet vergeven had. Op de een of andere manier gaf dat me het gevoel dat ik hem in bescherming moest nemen.

Mike nam een grote hap van zijn sandwich. 'Hoofdzakelijk research. Achtergrondinformatie voor financiële overeenkomsten.' Zijn stem klonk gesmoord door het eten.

'O,' zei Greg neerbuigend. 'Van dat saaie gedoe.'

'Is het je eigen bedrijf?' vroeg Hannah.

Mike schudde zijn hoofd. Zijn mond was blijkbaar te vol om te kunnen praten.

'Betaalt het goed?' vroeg Lance.

Mike had zijn mond leeg. 'Dat gaat wel,' zei hij.

Ik wachtte tot Hannah naar binnen was, en toen zei ik tegen hem: 'Hoor eens, het spijt me van vanmiddag. Als ik je heb laten schrikken, bedoel ik. Ik wist gewoon niet hoe ik die schepen kon laten weggaan. Maar het was stom. Ik heb overhaast gehandeld. Vooral met een passagier aan boord.'

Hij had een paar biertjes op en zag er ongeveer zo ontspannen uit als Mike Dormer ooit kon worden in mijn ogen. Zijn boord stond open boven zijn trui en hij had zijn mouwen opgerold. Hij leunde achterover in zijn stoel en staarde naar het zwarte niets waar de zee hoorde te zijn. De maan ging schuil achter de wolken en ik kon nog net zijn glimlach onderscheiden in het licht van de veranda.

'Het was nogal een verrassing,' zei hij. 'Ik dacht dat je ze ging harpoeneren.'

Door die glimlach vroeg ik me af hoe ik ooit had kunnen denken dat hij me tegenover de politie zou verraden. Maar zo ben ik: mijn standaardinstelling, zo je wilt, is argwanend. 'Deze keer niet,' zei ik, en hij grinnikte.

Hij was wel een goeie vent, die Mike. En het was lang geleden dat ik zo over een man had gedacht.

Mijn kamer lag aan de achterkant van het hotel, aan het einde van de gang, het verste punt van het gebouw, met slechts glas en hout tussen de oceaan en mij. Hannah's kamer lag ernaast, en in de vroege uurtjes kwam ze nog steeds, vaker dan we beiden willen toegeven, naar mij en dan kroop ze bij me in bed zoals ze had gedaan toen ze klein was. Dan kon ik mijn armen om haar heen slaan, dankbaar voor haar nabijheid en de zoete geur van haar huid. Ik sliep alleen goed als ik haar tegen me aan kon voelen. Dat zou ik nooit tegen haar gezegd hebben; ze had genoeg lasten te dragen zonder dat ik de verantwoordelijkheid voor mijn nachtrust bij haar legde. Maar door de manier waarop ze altijd in een diepe slaap viel, nog bijna voor ik mijn dekens over haar had getrokken, vermoedde ik dat hetzelfde voor haar gold.

Milly sliep tussen mij en het raam, uitgestrekt op het vloerkleed, en vanaf de eerste dag had ik met het raam open geslapen, gesust door het geluid van de zee, getroost door de talloze sterren aan de wolkeloze hemel. Nog nooit was een nacht zo koud geweest dat ik het raam helemaal had moeten sluiten. Daar, op de bovenverdieping, kon ik alleen zijn met mijn gedachten, en als ik alleen was, huilen zonder dat iemand me hoorde. Dat waren de enige keren dat ik mijn raam sloot, zodat geen geluid de walvisjagers of eventuele gasten beneden kon bereiken. Maar het omgekeerde was ook waar. Zoals de oostenwind mijn gesmoorde snikken meevoerde, zo droeg de zachte bries uit het westen hun woorden en gelach naar mijn raam. En zo kwam het dat ik, toen ik mijn trui uittrok en daar half aangekleed stond, Gregs stem hoorde. Die klonk een beetje dronken door het bier, en de warmte was eruit verdwenen. 'Je bereikt niets bij haar,' zei hij met nadruk. 'Ik wacht al vier jaar op haar en ik kan je wel zeggen dat niemand dichterbij is gekomen dan ik.'

Het duurde even voor ik begreep dat hij het over mij had. En ik werd zo kwaad om zijn arrogantie, dat hij durfde aan te nemen dat hij recht op me had, dat hij dit tegen een vreemde kon zeggen, dat ik me moest bedwingen om me niet weer aan te kleden, naar beneden te gaan en het hem te zeggen.

Maar ik deed het niet. Ik was te geschokt door de gebeurtenissen van die dag om weer ruzie te maken. Ik lag wakker, vervloekte Greg Donohoe en probeerde niet te denken aan dingen die konden worden opgerakeld door een Engels accent.

Pas na ruim een uur besefte ik dat ik het antwoord van Mike Dormer niet had gehoord.

8

Kathleen

Hij dacht dat ik het niet kon zien. Hij besefte niet dat het van hem af straalde zodra hij naar haar keek. Ik had hem kunnen waarschuwen, hem zeggen dat wat Greg had gezegd, gedeeltelijk waar was. Maar wat had het voor zin? Mensen horen wat ze willen horen. En ik ben nog nooit een man tegengekomen die niet dacht dat hij de wereld op zijn kop kon zetten als hij iets maar graag genoeg wilde.

Maar toch keek ik iets aandachtiger naar meneer Michael Dormer uit Londen, Engeland, bij het vooruitzicht dat hij een oogje op mijn nicht had. Ik probeerde uit onschuldige opmerkingen iets over zijn karakter op te maken, trachtte iets meer van hem te weten te komen. Hannah had gezegd dat hij in de City werkte, en uit het weinige dat hij me had verteld bleek niets bijzonders. Sommige mensen zouden misschien onder de indruk zijn geweest van het feit dat hij duidelijk geld had, maar dat had hier nooit veel voorgesteld en betekende voor mij al helemaal weinig. Door mijn werk in het hotel had ik gezien wat voor effect geld kan hebben op een karakter, en dat is vaak niet prettig. Nee, Mike Dormer leek aardig, was altijd beleefd, en had altijd tijd voor Hannah, hoe onbelangrijk haar vraag ook was, en al die dingen waren in zijn voordeel. Hij was knap, in mijn ogen tenminste – niet dat dat veel zegt, volgens Hannah – en ondanks zijn bedaarde, inschikkelijke houding liet hij niet over zich lopen. Dat had ik gemerkt toen onlangs laat op een avond Greg had geprobeerd hem te waarschuwen om mijn nicht met rust te laten. 'Bedankt voor je advies,' had hij geantwoord. Ik stond in het donker van de deuropening, niet zeker of ik een uitbarsting moest verwachten. Maar hij vervolgde, met dat accent van hem: 'Je vindt het toch niet erg als ik het negeer, want mijn privéleven gaat jou niets aan.' En tot mijn verbazing was Greg – misschien net zo op het verkeerde been gebracht als ik – afgedropen.

Hij zag er nog steeds uit als een vis op het droge, zelfs na bijna drie weken in Silver Bay. Zijn kraag zat wat losser en hij had een windjack gekocht. Maar als hij bij de walvisjagers zat, en dat was bijna elke avond, leek hij nog steeds net zomin op zijn plek als ik in de directiekamer van een of andere firma in de City zou zijn geweest.

O, hij deed wel zijn best. Hij reageerde gemoedelijk op hun grapjes, accepteerde hun twijfelachtige plagerijtjes, en kocht meer dan zijn aandeel aan bier. En als hij dacht dat niemand keek, staarde hij naar mijn nicht.

Maar iets aan Mike hinderde me. Ik had het gevoel dat hij niet open was tegen ons. Er ontbrak iets waardoor ik me niet op mijn gemak voelde. Waarom zou een alleenstaande jongeman zo'n lange tijd doorbrengen in een stil badplaatsje als het onze? Waarom had hij het nooit over zijn familie? Hij had me op een ochtend verteld dat hij niet getrouwd was en geen kinderen had, en was daarna beleefd van onderwerp veranderd. Ik heb gemerkt dat de meeste mannen, vooral succesvolle mannen, maar al te graag bereid zijn om over zichzelf te praten, maar hij leek ons helemaal niets over zichzelf te willen vertellen.

Toen zag ik hem op een middag in het gemeentekantoor. Ik was in de stad om een nieuwe schooljurk voor Hannah op te halen. Liza had die dag twee boottrips en kon niet weg. Toen ik voor de bank stond nadat ik wat contant geld had opgenomen om de jurk te betalen, zag ik hem met twee treden tegelijk de trap af komen met een grote map onder zijn arm.

Op zich zou dat me niet gestoord hebben. Op de benedenverdieping zit het bureau voor toerisme, en daar gaan veel van mijn gasten naartoe, vaak op mijn aandringen. Ik kan het niet goed uitleggen, maar hij leek oprechter en dynamischer dan in het hotel. En de uitdrukking op zijn gezicht toen hij me zag... Ik weet wanneer iemand zich betrapt voelt, en dat was duidelijk te zien.

Hij herstelde zich snel, stak met grote passen de straat over, maakte een babbeltje over wat hij in de stad had gezien en vroeg waar je het beste ansichtkaarten kon kopen. Maar ik was er niet helemaal gerust op. Ik kreeg opeens het gevoel dat Mike iets te verbergen had.

Nino zei dat ik overdreef. Hij wist iets van Liza's voorgeschiedenis – zoveel als hij moest weten – en vond me overbezorgd. 'Ze is een volwassen vrouw,' zei hij. 'En heel anders dan toen ze hier pas was. Ze is tweeëndertig!' En hij had gelijk. Ik kan de waarheid van Nino's woorden zien in de foto's die zij en mijn zus me gestuurd hebben, haar levensverhaal van de afgelopen vijftien jaar.

Een levensverhaal in foto's is niet ongewoon. Wat wel ongewoon was, was hoe Liza's uiterlijk zo duidelijk haar omstandigheden weerspiegelde. Je kon het zien aan haar grote ogen nadat mijn zus, haar moeder, was gestorven. Een jaar later droeg ze opvallende, donkere make-up waar ze zich blijkbaar achter kon verschuilen en ze leek inderdaad een vreemde voor me. Het was moeilijk te geloven dat het meisje dat me lange brieven had gestuurd over pony's en hoe moeilijk het in de vierde klas was, het kind dat hier had gelogeerd en radslagen maakte over de steiger, zich onder die camouflage bevond.

Toen, enkele jaren later, zag ik iets anders: de verzachting en kwetsbaarheid van het moederschap. Daar was ze, trots, uitgeput, vlak na de bevalling, met haar haren in bezwete plukken om haar gezicht. En later toen Hannah een peuter was en Liza haar bolle wangetjes kuste in zo'n pasfotohokje. Toen ze Steven ontmoette bleven de foto's weg. Op de enige foto die ik van die periode heb en die ik nooit heb willen ophangen, staat hij zelfingenomen met een arm om haar schouders, kennelijk trots dat hij vader was. Nino vond dat ik wat dat betrof ook overdreef. 'Ze ziet er mooi uit,' zei hij. 'Verzorgd, chic gekleed.' Maar voor mij zijn haar ogen versluierd, geven ze niets weg.

We hebben geen foto's uit de tijd dat ze hier kwam. Wat zou dat voor nut hebben gehad?

En wat zou nu, vijf jaar later, een foto van haar laten zien? Een wijzere, sterkere vrouw. Iemand die misschien nog niet in het reine was gekomen met het verleden, maar wier karakter vastbesloten is dat te ontduiken.

Een goede moeder. Een moedig, liefhebbend persoon, maar triester, meer op haar hoede dan ik had gewild. Dat zou op haar foto te zien zijn. Als ze ons toestond om er een te maken.

De volgende ochtend, toen Hannah en Liza aan de keukentafel zaten te ontbijten, kwam een leverancier. Zoals alle bestelauto's kwam die van hem slippend tot stilstand in het grind buiten. Terwijl hij hoorbaar op zijn kauwgom kauwde, gaf hij me een doos die aan Mike was geadresseerd, en ik ondertekende het ontvangstbewijs. Tegen de tijd dat Mike naar beneden kwam – hij at tegenwoordig meestal met ons in de keuken – was Hannah een en al nieuwsgierigheid.

'Je hebt een pakketje!' kondigde ze aan toen hij in de keuken kwam. 'Het is vanmorgen gekomen.'

Hij pakte de doos en ging zitten. Hij had een trui aan van de zachtste wol die ik ooit had gezien. Ik onderdrukte de neiging om te vragen of het kasjmier was. 'Sneller dan ik had verwacht,' merkte hij op. Hij gaf het aan Liza. 'Voor jou,' zei hij.

Ik vrees dat de blik die ze hem schonk vol argwaan was. 'Wat?'

'Voor jou,' zei hij.

'Wat is dit?' vroeg ze terwijl ze ernaar keek alsof ze het niet wilde aanraken. Ze had haar haar nog niet in een paardenstaart gedaan en het viel om haar wangen, waardoor haar gezicht verborgen werd. Of misschien was dat de bedoeling.

'Maak open, mam,' zei Hannah. 'Of ik doe het wel, als je dat wilt.' Ze stak haar hand uit en Liza liet het uit haar vingers glijden.

Terwijl ik brood sneed, viel Hannah aan op het plastic omhulsel en porde met haar mes in de stukjes die niet los wilden laten. Even later scheurde ze het papier eraf en bekeek de kartonnen doos eronder.

'Het is een mobiele telefoon!' verkondigde ze.

'Met de mogelijkheid om video-opnamen te maken,' zei Mike en wees daarbij naar de afbeelding. 'Net zoals die van mij. Ik dacht dat je hem wel kon gebruiken om die schepen te filmen.'

Liza staarde naar het zilverkleurige apparaatje; het leek zo klein dat je, zo leek het mij, geen nummer kon intoetsen zonder de punt van een potlood en een microscoop. Na een heel lange tijd zei ze: 'Hoe duur was het?'

Hij smeerde boter op een snee geroosterd brood. 'Maak je daar maar niet druk om.'

'Ik kan het niet aannemen,' zei ze. 'Het moet een vermogen hebben gekost.'

'Kun je er films mee opnemen?' Hannah zocht al in de doos naar de handleiding.

Mike glimlachte. 'Het kostte echt niets. Een poos terug heb ik zaken gedaan met het bedrijf dat ze produceert. Ze wilden me er graag eentje sturen.' Hij klopte op zijn zak. 'Zo ben ik ook aan die van mij gekomen.'

Hannah was onder de indruk. 'Sturen mensen je vaak gratis dingen?'

'Dat heet zakendoen,' zei hij.

'Kun je krijgen wat je wilt?'

'Meestal krijg je iets als degene die het geeft denkt dat hij er op een dag iets voor terugkrijgt,' zei hij, en voegde er vlug aan toe: 'In het bedrijfsleven, bedoel ik.'

Ik dacht na over die zin toen ik de melk voor hem neerzette, iets harder dan mijn bedoeling was geweest. Ik probeerde niet aan onze ontmoeting van de vorige dag te denken.

'Weet je wat,' zei hij toen Liza de telefoon nog steeds niet had aangeraakt. 'Beschouw het als een leentoestel, als je dat liever wilt. Gebruik hem tijdens het seizoen van de walvistrek. Het stond me niet aan wat ik die dag heb gezien, en ik zou het fijn vinden om te weten dat je wat meer tegen die lui kunt beginnen.'

Ik kon merken dat dit een overtuigend argument was voor mijn nicht. Hij had natuurlijk geraden dat ze zich een dergelijk apparaat nooit had kunnen veroorloven, ook al had ze het hele seizoen twee volle boten per dag.

Uiteindelijk pakte ze voorzichtig de telefoon uit Hannah's hand. 'Ik zou de beelden rechtstreeks naar Nationale Parken kunnen sturen,' zei ze terwijl ze hem in haar hand omdraaide.

'Zodra je ziet dat iemand iets verkeerds doet,' zei hij. 'Mag ik nog wat koffie, Kathleen?'

'Niet alleen de discoschepen, maar van alles. Vissen die verward zijn geraakt in vislijnen. Ik kan hem aan andere boten uitlenen als ik hem niet gebruik.'

'Ik kan de dolfijnen in de baai filmen en dat op school laten zien. Als je me naar ze meeneemt, bedoel ik.' Hannah keek naar haar moeder, maar Liza zat nog naar de kleine telefoon te staren.

'Ik weet niet wat ik moet zeggen,' zei ze ten slotte.

'Het is niets,' zei Mike afwerend. 'Echt niet. Je hoeft er niets meer over te zeggen.' En alsof hij dat wilde benadrukken, pakte hij de krant en begon te lezen.

Maar net zo goed als ik kon merken dat hij de letters voor hem niet zag, zo had ik mijn eigen idee over die telefoon. En dat werd later die dag bevestigd toen ik zijn bed opmaakte en het bonnetje vond. Het toestel was besteld in Australië via een internetsite, en had meer gekost dan dit hotel in een week omzette.

Die dag dat Liza en Hannah hier aankwamen, legde ik de drie uur durende rit naar het vliegveld van Sydney af om hen op te halen. Toen we terug waren in het hotel, ging Liza op mijn bed liggen en stond negen dagen niet meer op.

Tegen de derde dag was ik zo ongerust dat ik de dokter liet komen. Het leek wel of ze in een soort coma lag. Ze at niet, sliep niet, nam slechts af en toe een slokje van de thee met suiker die ik op het nachtkastje had gezet, en vertikte het om ook maar één vraag te beantwoorden. Meestal lag ze op haar zij naar de muur te staren, licht transpirerend in de middaghitte, haar blonde haar slap, met een snee op haar gezicht en een grote blauwe plek aan de zijkant van haar arm. Dokter Armstrong praatte tegen haar, verklaarde haar over het algemeen gezond en zei dat het misschien een virus was, of mogelijk een neurose, en dat ze rust moest houden.

Ik was waarschijnlijk alleen maar opgelucht dat ze niet hier was gekomen om te sterven, maar ze maakte het er niet makkelijker op voor me. Hannah was pas zes, angstig en aanhankelijk, geneigd tot huilbuien, en vaak liep ze 's nachts huilend door de gangen. Dat was niet verwonderlijk na een reis van een dag en twee nachten naar een plek die ze niet kende, en waar ze werd verzorgd door een oude vrouw die ze nog nooit had ontmoet. Het was hoogzomer en ze kreeg uitslag van de hitte, werd van top tot teen gestoken door muggen en begreep niet waarom ze niet buiten mocht rondrennen van me. Ik was bang voor de zon op haar lichte huid, bang om haar te dicht bij het water te laten, bang dat ze niet meer terug zou komen.

Als ik haar niet in het oog hield, als ik werd afgeleid door een huishoudelijk karwei, sloop ze naar boven en klampte zich als een aapje vast aan haar moeder, alsof ze haar weer tot leven kon omhelzen. 's Avonds kon ze hartverscheurend huilen. Ik herinner me dat ik mijn zus in de hemel heb aangeroepen en haar heb gevraagd wat ik in hemelsnaam moest doen met deze nazaten van haar.

Op de negende dag had ik er genoeg van. Ik was uitgeput van het zorgen voor de gasten en dit kind dat voortdurend in tranen was, dat niet kon uitleggen wat er aan de hand was, net zoals ik niets aan haar kon uitleggen. Ik wilde mijn bed terug en een moment van rust. Ik had nooit zelf een gezin gehad, dus ik was niet gewend aan de chaos die kinderen veroorzaken, aan hun eindeloze wisselende buien en eisen, en ik werd chagrijnig.

In dat stadium begon ik zelfs te denken dat het door drugs kwam. Liza was zo afwezig, zo bleek en teruggetrokken. Het kon van alles zijn, had ik geconcludeerd met enige gêne; we hadden de afgelopen jaren zo weinig contact gehad. Goed, dacht ik. Als ze me hiermee opzadelde, dan zou ze het onder ogen moeten zien. Ze zou zich aan mijn regels moeten houden.

'Sta op,' riep ik tegen haar terwijl ik het raam opende en een beker verse thee naast haar zette. Toen ze niet reageerde, trok ik de dekens weg en probeerde niet te huiveren toen ik zag hoe pijnlijk mager ze was. 'Vooruit, Liza, het is een mooie dag en het wordt tijd dat je opstaat. Je dochter heeft je nodig en ik moet ook verder.'

Ik weet nog dat ze haar hoofd omdraaide, haar ogen donker van afschuwelijke herinneringen, en dat mijn vastberadenheid wegsmolt. Ik ging op het muffe bed zitten en pakte haar hand tussen mijn handen.

'Wat is er, Liza?' vroeg ik zacht. 'Wat is er aan de hand?'

En toen ze het vertelde, trok ik haar tegen me aan en hield haar zo stevig vast dat mijn knokkels wit werden, met mijn blik op de horizon gericht toen ze eindelijk, meer dan negentienduizend kilometer en een paar honderd uur later, begon te huilen.

Die avond na tien uur hoorden we dat er een babywalvis was aangespoeld. Yoshi had me die middag via de radio meegedeeld dat ze een vrouwtjeswalvis hadden gezien die helemaal van streek was. Ze zwom heen en weer bij de ingang van de baai. Zij en Lance waren heel dichtbij gekomen, maar ze konden niet zien wat er aan de hand was. De walvis zag er niet ziek uit en ze zagen geen netten aan haar vastgehaakt zitten die haar snijwonden hadden kunnen bezorgen. Ze bleef maar zwemmen, waarbij ze een vreemde, onregelmatige weg volgde. Het was abnormaal gedrag voor een walvis tijdens de trek. Die avond, toen ze de zee op gingen met een groep werknemers van een verzekeringsbedrijf uit Newcastle, ontdekten ze het aangespoelde kalf.

'Dat is het kalf dat we eerder hebben gezien,' zei Liza terwijl ze ophing. 'Dat weet ik zeker.'

We zaten in de keuken; het was een kille avond en Mike was naar de zitkamer gegaan om bij het vuur de krant te lezen.

'Kan ik helpen?' zei hij toen hij ons in de grote hal onze jacks en laarzen zag aantrekken.

'Wil je hier blijven, zodat Hannah niet alleen is? Zeg niet tegen haar wat er aan de hand is als ze wakker wordt.'

Het verbaasde me dat Liza het aan hem vroeg. Ze had sinds haar komst hier nooit een oppas gevraagd. Maar we moesten zo vlug mogelijk weg en ik denk dat ze tot dezelfde conclusie was gekomen over zijn karakter als ik. 'Het kan een poos duren voor we terugkomen,' zei ik terwijl ik een klopje op zijn arm gaf. 'Je hoeft niet op te blijven. En laat in geen geval Milly naar buiten. Die arme walvis heeft al genoeg te verduren zonder een hond die om hem heen rent.'

Hij keek ons na toen we in de pick-up klommen. Ik had het idee dat hij liever was meegegaan om te helpen. De hele rit langs de kustweg zag ik zijn silhouet in de deuropening staan.

Niets is zo hartverscheurend als de aanblik van een aangespoelde babywalvis. Goddank heb ik het in mijn ruim zeventig jaar maar twee keer gezien. De baby lag op het zand. Hij was misschien twee meter lang, vreemd en kwetsbaar, en toch heel bekend. De zee trok er zacht aan, alsof de golven hem probeerden over te halen om naar huis te gaan. Hij kon niet ouder dan een paar maanden zijn.

'Ik heb de autoriteiten gewaarschuwd,' zei Greg, die er al was. Hij probeerde te voorkomen dat het dier te diep in het grind op de kust werd gezogen. Het was niet langer toegestaan om een walvis zonder officiële hulp te verplaatsen. Als hij ziek was kon je meer kwaad dan goed doen. En als weldoeners hem in de richting van de zee draaiden, kon hij een hele school roepen. Dan zouden die de volgende dag zelf stranden in afschuwelijk grote aantallen, alsof ze met hem mee wilden lijden. 'Misschien is hij ziek,' zei Greg. 'Hij is behoorlijk zwak.' Zijn spijkerbroek was tot halverwege zijn benen nat. 'Hij krijgt vast nog moedermelk, en zonder dat houdt hij het niet lang vol. Volgens mij ligt hij hier al een paar uur.'

Het kalf lag op zijn zij, met zijn neus naar de kust, de ogen halfgesloten alsof hij peinsde over zijn ellende. Hij zag er zielig uit, nog te ongevormd om alleen te zijn in deze omgeving.

'Hij is niet aangespoeld omdat hij ziek is. Het komt door die rotschepen,' siste Liza, terwijl ze haar emmer pakte en naar de zee liep om hem te vullen. 'Die muziek is zo hard dat ze hun gevoel voor richting verliezen. De kleintjes hebben geen schijn van kans.'

Er was geen kunstlicht langs onze kustweg, en we werkten met ons drieën bijna een uur lang zonder iets te zeggen, wachtend op de mensen van de Nationale Parken of de kustwacht. Het licht van onze zaklampen wiebelde heen en weer terwijl we naar zee en weer terug liepen om het dier nat te houden. We deden zo zachtjes mogelijk. De grootte van een walvis kan een bedrieglijke indruk geven van zijn kracht. In werkelijkheid kan zo'n groot schepsel net zo makkelijk het leven verliezen als een goudvis in een kom.

'Vooruit, jongen,' fluisterde Liza als ze af en toe in het zand knielde om over zijn kop te aaien. 'Hou vol, we halen een brancard voor je. Je moeder wacht op je.'

We vermoedden dat het zo was. Zo om het halfuur hoorden we een plons, die weerkaatste tegen de met dennen bedekte heuvels. Misschien het geluid dat ze in de zee aan het zoeken was en probeerde hoe dichtbij ze kon komen. Het was vreselijk om de smart van de moeder te horen. Ik probeerde er niet naar te luisteren. Ik was bang dat de moeder in haar wanhoop zelf zou aanspoelen.

Drie keer belde Greg op, en ik reed een keer de weg op om de kustwacht te alarmeren. Maar pas na middernacht kwamen de mensen van Nationale Parken en Faunabescherming. De lijnen waren blijkbaar verstoord. De verkeerde locatie was doorgegeven. Iemand was verdwenen met de enige beschikbare brancard. Liza hoorde hun verklaringen amper, en zei: 'We moeten hem in het water zien te krijgen. Vlug. We weten dat zijn moeder er nog is.'

'We zullen proberen hem drijvende te krijgen,' zeiden ze, en ze rolden de baby op de dolfijnbrancard. Toen, kreunend van de inspanning, liepen ze ermee het water in, blijkbaar zonder acht te slaan op de ijzige kou van de golven. Ik keek terwijl ze overlegden of ze hem op een van de boten zouden leggen om hem naar zijn moeder te brengen, maar de man van Nationale Parken zei dat hij niet wist of het kalf sterk genoeg was om die rompslomp te overleven, laat staan om te zwemmen. En ze waren bang dat de moeder zich door de boot bedreigd zou voelen en weg zou zwemmen.

'Als we hem kunnen stabiliseren,' mompelde iemand, 'dan kunnen we hem misschien verder weg de baai in brengen.'

Ze draaiden het kalf zacht heen en weer opdat het zijn evenwicht in het water terug zou vinden, dat het kwijt moest zijn geraakt in de tijd op het strand. Na een uurtje gingen ze dieper. Liza en Greg stonden nu tot hun borst in het water, zonder duikerpak, en spoorden het kleine dier rillend aan om naar zijn moeder te zwemmen. Liza's tanden klapperden en ik had het ook ijskoud.

Maar de baby bewoog zich niet.

'Goed, dan duwen we hem er niet af,' zei een van de mannen toen ze de hoop hadden opgegeven dat hij ging zwemmen. 'We blijven hier een poos staan, dan kan hij tot zich laten doordringen waar hij is terwijl hij gesteund wordt. Misschien heeft hij meer tijd nodig om zich te oriënteren.'

Zelfs half ondersteund door water is een babywalvis ontzettend zwaar. Vanaf de kust keek ik, met Yoshi naast me, hoe ze daar met hun vieren stonden. Liza zette zich met haar smalle schouders schrap tegen het gewicht en fluisterde bemoedigende woordjes tegen het kalf om hem aan te sporen terug te zwemmen naar zijn moeder.

Het was inmiddels bijna twee uur en het was ons allemaal duidelijk dat het kalf er slecht aan toe was. Het leek uitgeput; zijn ademhaling was onregelmatig en zijn oog ging af en toe dicht. Misschien was het al eerder ziek geweest, dacht ik. Misschien wist de moeder het, maar kon ze het niet loslaten.

Ik weet niet hoe lang ze bleven staan. De nacht kreeg iets vreemd tijdloos; de uren kropen voorbij in een waas van kou, gemompel en toenemende wanhoop. Twee auto's kwamen langs, aangetrokken door het licht van de zaklampen. In een ervan zaten ginnegappende jongelui die uitstapten en hulp aanboden. We bedankten hen en stuurden hen weg. Het laatste waar het arme dier behoefte aan had, was aan een stel dronken tieners. Yoshi en ik gingen koffiezetten op de *Moby Een*, en toen gingen zij en Lance helpen zodat iedereen een kwartier pauze kon nemen om zich op te warmen met een beker hete koffie. Maar de nacht sleepte zich voort en ik leende een jack om dat over mijn eigen jack aan te trekken. De botten van oude mensen hebben om de een of andere reden veel meer last van kou.

Toen hoorden we het: een afschuwelijk, zwak geluid uit zee, een vreemd gejammer en geloei, het zeldzame geluid van een walvislied boven water.

'Het is zijn moeder!' riep Liza. 'Ze roept hem.'

Yoshi schudde haar hoofd. 'De vrouwtjes zingen niet,' zei ze. 'Het zal wel een mannetje zijn.'

'Hoe vaak heb jij met je hoofd boven water een walvis horen zingen?' wilde Liza weten. 'Het is de moeder, dat weet ik zeker.'

Yoshi ging er niet op door. Uiteindelijk zei ze: 'Volgens studies vergezelt een zanger de moeder en kind op een afstand. Als begeleider. Misschien heeft hij ze gezocht.'

'Dat heeft deze kleine blijkbaar niet geholpen,' zei een van de mannen van Nationale Parken terwijl we op het vochtige zand gingen zitten. 'Hij lijkt niet de energie te hebben om te vechten.'

Naast me schudde Liza haar hoofd. Haar vingers waren blauw van de kou. 'Hij moet! Hij is gewoon gedesoriënteerd. Als we hem de tijd gunnen, komt hij er misschien achter waar zijn moeder is. Dat hij haar kan horen moet toch iets betekenen?'

Maar geen van ons wist hoeveel het kleine kalf nog kon horen. In mijn ogen leek het arme dier halfdood, en hij snakte zichtbaar naar lucht. Ik wist niet meer waarom ze het in het water hielden. Intussen kon ik nauwelijks op mijn benen blijven staan. Ik mag dan een sterk gestel hebben maar ik ben te oud om de hele nacht op te blijven, en ik merkte dat als ik ging zitten, waar Yoshi steeds op aandrong, ik steeds even wegdoezelde, om weer wakker te schrikken door een heftige discussie een paar meter verderop.

Want dat is het ergste als een walvis strandt: het lijkt wel of ze ervoor gekozen hebben om te sterven. En wij onwetende mensen verlengen hun lijden door ertegen te vechten. Elke keer als er een wordt gered, elke keer als er een triomfantelijk naar zee zwemt, worden we steeds zekerder dat we het goed hebben gedaan, dat we moeten vechten om ze te redden. Maar als we ze eens met rust zouden laten? Als de dood van de baby onvermijdelijk was? En als we hem met rust hadden gelaten, zou de moeder dan zijn gekomen om hem zelf het water in te duwen? Ik had gehoord dat het wel eens was gebeurd. De gedachte dat we misschien hadden bijgedragen aan het lijden van het dier was te afschuwelijk, en ik zette het uit mijn hoofd en probeerde te denken aan huishoudelijke zaken zoals Hannah's sportschoenen, een kapotte waterkoker, de laatste keer dat ik de boekhouding had gedaan. Ik vermoed dat ik af en toe ben weggedoezeld.

Ten slotte, toen de zon opkwam over de punt, schrok ik echt wakker toen een van de mannen van Nationale Parken aankondigde dat er geen hoop meer was. 'We moeten euthanasie plegen,' zei hij terwijl hij in zijn ogen wreef. 'Als we het uitstellen, riskeren we dat de moeder komt en zelf strandt.'

'Maar hij leeft nog,' zei Liza. In het zwakke licht zag ze er grauw en uitgeput uit. Ze rilde in haar natte kleren, maar weigerde droge kleren aan te nemen van Yoshi, omdat die toch weer nat zouden worden als ze weer het water in ging. 'Zolang er leven is...'

Greg sloeg een arm om haar schouders en trok haar even tegen zich aan. Zijn ogen waren roodomrand en zijn gezicht zat onder de stoppels. 'We hebben alles gedaan wat we konden doen, Liza. We mogen de moeder niet in gevaar brengen.'

'Maar hij is niet ziek!' riep ze. 'Het komt gewoon door die rotboten. Als we hem naar zijn moeder kunnen brengen, komt het wel goed.'

'Nee.' De man van Nationale Parken legde een hand op de rug van de baby. 'We hebben hem acht uur lang in het water gehouden, naar dieper water gebracht en weer naar het ondiepe, en hij heeft zich nauwelijks bewogen. Hij is te jong om door mensen grootgebracht te worden en hij is te zwak om naar zee te zwemmen. Als we hem dieper in het water brengen zal hij verdrinken en daar wil ik niet aan meewerken. Het spijt me, jongens, maar hij gaat nergens naartoe.'

'Wat een ellende,' zei Lance. Yoshi, die hij tegen zich aan had getrokken, begon te huilen. Ik vocht zelf tegen mijn tranen.

'Nog een halfuur,' smeekte Liza en ze aaide over de huid van de baby. 'Nog een halfuurtje maar. Als we hem terug kunnen krijgen bij zijn moeder... Zij zou het toch weten als hij het niet kan redden? Dan was ze nu wel weggegaan.'

Ik moest mijn blik afwenden. Ik kon niet verdragen wat ik in haar stem hoorde. De man liep naar zijn truck. 'Zijn moeder kan hem nu niet meer helpen. Het spijt me.'

'Laat hem dan bij haar sterven,' smeekte Liza. 'Laat hem niet alleen doodgaan. We kunnen hem naar haar toe brengen.'

'Dat kan ik niet doen. Ook al zou hij niet in shock raken door de boottocht, dan is er nog geen garantie dat ze ons in de buurt laat komen. Misschien raakt ze dan nog meer gestrest door ons.'

Toen ging ik weg, om bij Hannah te zijn als ze wakker werd en naar school moest, en gedeeltelijk om niet de aanblik mee te maken die ik ondraaglijk vond. Ik ben blij dat ik de twee injecties niet heb zien inbrengen, en de frustratie van de man van Nationale Parken toen ze de baby niet in slaap wisten te brengen. Het kostte hem nog twintig minuten om een geweer te vinden, maar Yoshi vertelde me naderhand dat nog voor ze de loop tegen het hoofd van de baby zetten, het arme kleine schepsel zacht en gorgelend uitademde en stierf. Toen huilden ze allemaal, rillend in de ochtendmist. Zelfs de grote kerel van Nationale Parken, die zei dat dit de tweede keer in twee weken was dat hij naar een aangespoelde walvis was geroepen.

Maar, om Yoshi's woorden te gebruiken, Liza was helemaal over de rooie. Ze had zo gehuild dat ze bijna begon te hyperventileren, en Greg had haar moeten vasthouden omdat hij bang was dat ze gekke dingen zou gaan doen. Ze was in het water gegaan met uitgestrekte armen en had verontschuldigingen geschreeuwd naar de moeder, alsof zij persoonlijk had gefaald. Ze had zo gehuild toen ze het dode lichaam met een zeil bedekten om het tegen nieuwsgierige blikken van voorbijgangers te beschermen, dat de mannen van Nationale Parken zachtjes aan Lance hadden gevraagd of ze, je weet wel, misschien niet goed bij haar hoofd was.

Toen, zei Yoshi, was Liza iets gekalmeerd. Greg had haar een flink glas cognac gegeven. (Hij had een fles in het dashboardkastje van zijn pick-up.) Terwijl Lance en Yoshi uitgeput een dutje deden, had ze er nog een paar gedronken. En toen, na nog een paar, terwijl de zon opkwam boven Silver Bay en op het lichaam op het strand scheen en de onschuldige schoonheid eromheen, terwijl de kreten vervaagden die naar we hoopten niet afkomstig waren van de moeder, was Liza onvast in de pick-up geklommen en mee naar Greg gereden.

9

Mike

Die vervloekte jetlag. Het was even na zes uur 's ochtends en ik was wakker op een nare manier. Ik dacht aan het gesprek dat ik zojuist met Dennis in Engeland had gehad. Ik probeerde mezelf in te prenten dat ik de dingen niet voelde die ik, daar was ik wel zeker van, niet hóórde te voelen.

Ik hoefde niet te raden wat er was gebeurd. Kort na vier uur was ik wakker geworden en was een tijd wakker blijven liggen, terwijl mijn gedachten boosaardig rondspookten in het donker. Uiteindelijk stond ik op, merkte dat het hotel nog leeg was op Hannah en mij na, en liep door de verlaten kamers. Uiteindelijk kwam ik terug in de mijne met een verrekijker van Kathleen, en richtte die uit de zijkant van het erkerraam. Ik kon nog net het flakkeren van zaklampen onderscheiden, het af en toe oplichten van het tafereel op het strand door de koplampen van een auto. In flitsende poelen van licht had ik Greg en de andere walvisjagers het water in en uit zien waden en even later herkende ik Liza aan de kleur van haar jack. Ze zat op het zand, en twee kerels stonden te praten naast iets wat op een zeil leek.

Ik vervloekte de jetlag en zei tegen mezelf dat je daar last van kon blijven houden, ook al had je meer dan een week heel goed geslapen. Op dat punt had ik het gordijn dichtgetrokken, koffie gezet en de opwelling onderdrukt om weer naar buiten te kijken. Er is iets fascinerends aan een drama over leven of dood, ook al gaat het om een dier. Maar de neiging om te kijken gaf me altijd een onaangenaam gevoel, alsof mijn belangstelling wees op een tekortkoming in mijn karakter, op uitbuiting en kilheid.

Daarbij riep het hele idee van mensen ongezien gadeslaan de associatie op met geheimen, en dat leidde tot denken aan dingen die ik Vanessa niet had verteld... dingen die nog steeds groter dreigden te worden, en me te overspoelen met het bewijs van mijn trouweloosheid. In Silver Bay was ik er grotendeels in geslaagd mijn eigen handelwijze te vergeten, die letterlijk en figuurlijk achter me te laten dankzij de fysieke afstand en andere tijdzones. Het hielp dat ik half en half het gevoel had dat ik hier het leven van iemand anders leidde. Maar in de stille uren voor de dageraad was er niets om me af te leiden. Dan kon ik niet ontsnappen aan de waarheid over mezelf.

Toen, voor ik nog langer kon peinzen over deze en andere dergelijke dingen die opkwamen in de kleine uurtjes, had Dennis gebeld, kennelijk zonder aan het tijdverschil te denken. Hij kon zijn woede nauwelijks bedwingen over het feit dat hij gedwongen het bed moest houden, en stond erop dat ik elk gesprek, elke stap die ik had gezet om het project rond te krijgen, in detail vertelde. Hij was altijd al moeilijk gerust te stellen, maar bijna onmogelijk als hij in zo'n bui was. Als hij op kantoor zo was, verdwenen we naar zogenaamde vergaderingen en hielden we ons gedeisd tot hij, als een orkaan, was uitgeraasd. Hij was een man van uitersten. Negentig procent van de tijd kon hij allerhartelijkst en vrolijk zijn, een persoon door wie je een betere versie van jezelf werd, die je resultaten liet behalen die je niet voor mogelijk had gehouden. Dat was een van de redenen waarom ik voor en met hem wilde werken. Maar de rest van de tijd kon hij gewoonweg een rotvent zijn.

'Heb je de bouwvergunning geregeld?' wilde hij weten.

'Zo snel werkt het hier niet.' Ik wrong mijn pen tussen mijn vingers en vroeg me af waarom deze man, die in theorie enkel een zakenpartner was, mijn gelijke, me kon laten zweten als een puber, zelfs met een afstand van bijna twintigduizend kilometer tussen ons. 'Dat heb ik je al gezegd voor ik vertrok.'

'Je weet dat ik dat niet wil horen. Ik wil dat het rond is, Mike.'

'Er kunnen zich wat problemen voordoen met de... ecologische kant van alles.'

'Wat moet dat in hemelsnaam betekenen?'

'Het is mogelijk dat de watersportactiviteiten misschien beschouwd kunnen worden als... iets wat een negatieve invloed heeft op het zeeleven hier.'

'Het is een baai!' sputterde hij tegen. 'Een baai waarin schepen, oesterbedden, speedboten en noem maar op zijn geweest. Al meer dan honderd jaar. Hoe kan het beetje recreatie dat wij uitbaten op een klein stukje kustlijn ergens invloed op hebben?'

'We kunnen wat tegenstand ontmoeten van de walvisboten.'

'Walvisboten? Wat zijn dat, een stel linzenvretende Greenpeace-aanhangers?'

'Het gaat om de belangrijkste toeristische attractie in de baai.'

'Wat doen die lui dan de hele dag?'

Ik keek naar het toestel. 'Eh... walvissen bekijken?'

'Precies. En waarin bekijken ze de walvissen?'

'In boten.'

'Jachten? Roeiboten?'

'Motorboten.' Ik begreep al waar hij heen wilde.

Toen ik weer uit het raam keek was iedereen, zelfs de walvis, verdwenen.

Kort daarna hoorde ik de hordeur, en toen ik de trap afliep stond Kathleen in de hal haar natte jas uit te trekken. In het bleke ochtendlicht zag ze er uitgeput uit, ouder en brozer dan twaalf uur geleden. Ze bewoog zich onhandig door haar vermoeidheid. Liza was niet bij haar.

'Zal ik je jas aannemen?' zei ik.

Ze wimpelde me af. 'Loop me niet te betuttelen.' Aan haar stem kon ik het lot van de babywalvis raden. 'Waar is Hannah?'

'Ze slaapt nog.' Dat kon je niet zeggen van Liza's hond, die aan de deur had gekrabbeld en gejankt vanaf het moment dat ze weggingen.

Kathleen knikte. 'Dank je,' zei ze. Ze stond met gebogen schouders. Voor het eerst zag ik haar als een oude vrouw. 'Ik ga een pot thee zetten. Wil je ook?'

Ik vermoedde dat de dood van de babywalvis ongewoon was en dat ze daarom zo geschokt was, hoewel het me verbaasde dat iemand die zo beroemd was vanwege het doden van een haai, zo'n verdriet kon hebben om een ander zeedier. En terwijl ik hierover peinsde, zittend aan de keukentafel omdat Kathleen de thee zelf wilde zetten, besefte ik dat ik wachtte op het geluid van de voordeur, het geritsel van Liza's oliejas tegen de wand als ze binnenkwam en haar sleutels in de schaal op de haltafel liet vallen.

'Het arme ding,' zei ze toen ze eindelijk ging zitten. 'Hij had geen schijn van kans. We hadden hem meteen moeten afschieten.'

Ik dronk twee bekers thee voor ik de moed had om iets te zeggen. Ten slotte probeerde ik achteloos te klinken. Ik merkte op dat Liza blijkbaar had besloten om vroeg met de *Ishmael* weg te gaan, en nog bijna voor ik de woorden had uitgesproken wierp Kathleen me een blik toe die zei dat het geen zin had om te doen alsof. 'Ze is bij Greg,' zei ze.

De woorden bleven in de lucht hangen.

'Ik wist niet dat ze een stel waren.' Mijn stem klonk hoog en onoprecht.

'Dat zijn ze niet,' zei ze vermoeid. En toen, op een toon alsof het iets uitlegde: 'Ze vatte de dood van het kalf heel persoonlijk op.'

Er viel een lange stilte. Ik hield mijn blik op mijn beker gericht en probeerde mijn gedachten niet te laten afdwalen. 'Maar er was toch niets wat ze had kunnen doen?' zei ik. Het was een gemeenplaats. Ik kon niet begrijpen waarom een dode walvis betekende dat ze met Greg naar bed moest.

'Luister, Mike, Liza heeft vijf jaar geleden een kind verloren, vlak voor ze hier kwam wonen. Dit is haar manier om ermee om te gaan.' Ze liet haar stem dalen, trok haar beker naar zich toe en nam een slokje. Ik zag dat haar handen groot waren, en grof als die van een arbeider, niet zacht en teder zoals die van mijn moeder. 'Helaas houdt dat in dat die arme dwaas een of twee keer per jaar gesterkt wordt in het idee dat hij de rest van het jaar ook een kans maakt.'

Terwijl ik dit nieuws verwerkte stond ze op, steunend op haar handpalmen, en kondigde met een nauwelijks onderdrukte geeuw aan dat ze Hannah wakker moest maken. De abrupte manier waarop ze van onderwerp veranderde, vertelde me dat ze niet langer over het onderwerp wilde praten. In het licht dat door het keukenraam naar binnen viel leek haar huid bleek, heel anders dan de gezonde kleur die ze altijd had. Ik vroeg me af wat ze had doorgemaakt op het strand. Het was makkelijk om te vergeten hoe oud ze was.

'Ik rij haar wel naar school als je wilt,' zei ik. 'Ik heb toch geen andere plannen.' Opeens wist ik dat ik iets te doen moest hebben waardoor ik mijn eigen gedachten kon ontlopen. Ik had behoefte aan Hannah's opgewekte gepraat over hitparades, lessen technologie en schoolmaaltijden. Ik wilde ergens naartoe in mijn auto. Ik wilde dit huis uit. 'Kathleen, heb je me gehoord? Ik breng haar wel.'

'Weet je het zeker?' Aan haar dankbare blik toen ik mijn sleutels ging halen, kon ik zien hoe moe Kathleen Whittier Mostyn, legendarische haaienvisser en schijnbaar onvermoeibare gastvrouw, in werkelijkheid was.

Het is heel goed mogelijk dat ik op papier meer een rokkenjager – zoals mijn zus zou zeggen – lijk dan ik daadwerkelijk ben. Maar eigenlijk had ik in de afgelopen vier jaar, terwijl ik een relatie had met Vanessa, zelfs nog nooit een ander meisje gekust, tot die avond met Tina. Dat wil niet zeggen dat ik er nooit aan had gedacht. Tenslotte ben ik ook maar een mens. Maar tot de avond van het bedrijfsfeestje had alleen al de gedachte om Vanessa te bedriegen zo onmogelijk, zo onwaarschijnlijk geleken, dat zelfs toen ik Tina's slanke, harde lichaam tegen me aan drukte en haar handen in de voorkant van mijn broek woelden, ik eigenlijk hardop had willen lachen om het belachelijke idee dat het werkelijk plaatsvond.

Ik ontmoette Vanessa Beaker bij Beaker Holdings, waar ze een tijdelijke baan had op de afdeling Marketing, en hoewel veel mensen iets anders vermoedden, gingen we al een paar weken met elkaar uit voor ik de betekenis van haar achternaam ontdekte. Toen ik erachter kwam wie ze was, overwoog ik de relatie te beëindigen; ik wilde mijn baan niet kwijt, en had al gezien hoe ik een carrière kon bouwen binnen het bedrijf. En het leek me het risico niet waard om dat te riskeren door een relatie waarvan ik niet eens zeker was.

Maar ik had mijn nieuwe vriendin onderschat. Ze zei dat ik niet zo belachelijk moest doen, vertelde haar vader waar ik bij was dat we een relatie hadden, en voegde eraan toe dat het hem niets aanging of we wel of niet bij elkaar zouden blijven. Naderhand deelde ze me mee dat ze wist dat ik De Ware was. Toen glimlachte ze naar me op een manier die zei dat de mogelijkheid dat ik zou schrikken van een dergelijke verklaring, niet eens de moeite van het overwegen waard was.

En ik nam het ook amper in overweging. Mijn zus Monica zei dat ik lui was in relaties; ik vond het leuk dat aantrekkelijke vrouwen achter me aan zaten, en ik had maar één keer zelf een einde moeten maken aan een relatie. Vanessa was knap, soms mooi, opgewekt, zelfverzekerd en intelligent. Ze zei elke dag tegen me dat ze van me hield, hoewel ik het ook zou hebben geweten als ze dat niet hardop gezegd had, want ze was thuis altijd een en al aandacht voor me, had een ongecompliceerd verlangen naar seks, en stak eindeloos veel tijd en energie in mijn uiterlijk en welzijn. Ik vond het niet erg; dan hoefde ik het niet te doen. En ik vertrouwde op haar mening. Ze was intelligent, zoals ik al zei, en ze had dezelfde aanleg voor zaken als haar vader.

Ik wist niet waarom ik mijn relatie tegenover mijn zus moest verdedigen, maar ik deed het wel. Vaak. Ze zei dat Vanessa te 'bekakt en overdreven vrolijk' was. Ze zei dat ik waarschijnlijk zou trouwen met eenieder, wie dan ook, die dezelfde moeite deed als Vanessa, die mijn leven op die manier makkelijk maakte. Ze zei dat ik nooit werkelijk verliefd was geweest omdat ik nooit gekwetst was geweest. Ik zei dat ik haar versie van een relatie meer op masochisme vond lijken.

Mijn zus had al vijftien maanden geen relatie meer gehad. Ze zei dat ze op een leeftijd kwam waarop geschikte mannen haar 'te ingewikkeld' vonden.

'Wat wil je?' zei ze toen ik haar opbelde.

'Hallo, lieve broer. Ik heb je gemist,' zei ik. 'Hoe gaat het aan de andere kant van de planeet? Hoe gaat het met je carrièredoorbraak?'

'Bel je me om te vertellen dat je gaat emigreren? Betaal je mijn reis als ik op bezoek kom? Koop een businessclassticket voor me en dan deel ik het wel mee aan mam en pap.'

Ik hoorde dat een sigaret werd opgestoken. Op de achtergrond klonk het gekwebbel van een tv. Ik keek op mijn horloge om te berekenen hoe laat het thuis was. 'Ik dacht dat je gestopt was,' zei ik.

'Dat ben ik ook,' zei ze terwijl ze luidruchtig rook uitblies. 'Het zal wel aan de lijn liggen. En, wat wil je?'

Eerlijk gezegd wist ik het niet. 'Gewoon met iemand praten.'

Daar stond ze van te kijken. Ik had naar mijn zus toe nog nooit eerder blijk gegeven van enige emotionele behoefte.

'Gaat het?'

'Ja, best. Alleen... het was een rare nacht. Een babywalvis stierf bij het hotel, en... dat bracht me even van slag.'

'Wauw. Een babywalvis? Heeft iemand hem gedood?'

'Dat niet. Hij was aangespoeld.'

'Ja, daar heb ik wel eens over gehoord. Raar.' Ik hoorde haar een trek nemen. 'Heb je er foto's van? Misschien interessant voor een artikel.'

'Laat je werk er even buiten, Monica.'

'Doe jij niet zo nep. En, hebben jullie allemaal geprobeerd hem weer in het water te krijgen?'

'Ik niet.'

'Je wilde zeker niet dat je designerbroek vies werd.'

Opeens ergerde ik me aan haar opmerkelijke onvermogen om ooit eens aardig en open tegen me te doen in plaats van gevat en sarcastisch. 'We zijn geen veertien meer, als je dat nog niet wist,' wilde ik schreeuwen. Maar ik zei alleen: 'O, laat ook maar. Ik ga ophangen.'

'Mike? Hé, Mike, sorry. Oké?'

'We praten een andere keer wel.' Ik had Vanessa moeten bellen. Maar ik wist waarom ik het niet had gedaan.

'Mike, niet boos zijn. Het spijt me, oké? Wat... waarover had je willen bellen?'

Dat was het hem juist: ik wist het niet. Ik bleef bijna vijf minuten zo zitten voordat ik besefte dat ik het echt niet wist.

Ik zag haar over de kustweg lopen, een halfuur nadat ik terug was van mijn rit naar Hannah's school. De hond kefte van blijdschap. Ze was duidelijk uitgeput en haar gezicht was heel bleek. De pijpen van haar spijkerbroek waren nat en zaten onder het zand. Toen ze me op het uiteinde van de steiger bij het strand zag zitten, veranderde de uitdrukking op haar gezicht niet. Ze bleef op een paar meter van me vandaan staan met een hand boven haar ogen tegen de ochtendzon. Ze wankelde even, en ik vroeg me af of ze aangeschoten was. Ik keek nu anders naar haar, wetende wat ik wist. Het leek of Liza McCullen een andere dimensie had gekregen.

'Wil je met me mee naar de supermarkt rijden?'

Door het zonlicht kon ik haar gezicht bijna niet onderscheiden. 'Rij jij?'

'Jij kunt wel rijden, als je het schakelen van die Holden onder de knie hebt. Kathleen is te moe om vandaag boodschappen te doen. Ze heeft haar slaap nodig.'

Meer dan deze vorm van een uitnodiging zou ik niet krijgen, dus ging ik naar binnen om mijn autosleutels te halen.

In de ogen van Britten hebben Australische supermarkten een heel rijk assortiment, met een veelheid aan kleurig fruit en groenten, afgewisseld met buitenissige lekkernijen die je alleen daar vindt, zoals Violet Crumbles, een chocoladereep met een vulling van krokante toffee, en Green's Pannenkoekenmix. Thuis was ik niet echt betrokken bij het hele proces van 'boodschappen doen'; Vanessa regelde het, of ik klikte op haar verzoek de optie 'bestellijst herhalen' aan op onze internetsupermarkt, en dan werd alles thuisbezorgd, netjes verpakt in van een kleurencode voorziene plastic zakken, gemerkt 'Diepvries', 'Koelkast' en 'Provisiekast', alsof ook maar iemand in Londen een provisiekast had. Maar terwijl we door deze enorme Australische supermarkt liepen, vond ik het leuk om al die nieuwe artikelen te bestuderen, en rekende ik de prijs steeds om in Engelse ponden, alsof ik enig idee had wat de prijs in Engeland was!

Liza liep door de gangpaden en ze mikte artikelen in de grote winkelwagen met het zelfvertrouwen van iemand die dit regelmatig deed. Aan haar bedreven, snelle bewegingen had je niet kunnen zien dat ze de hele nacht op was geweest.

'Is er nog iets dat jij specifiek nodig hebt?' riep ze over haar schouder. 'Als je tenminste van plan bent langer te blijven.' Uit haar stem viel niet op te maken of dat ook maar enig verschil voor haar maakte.

'Ik vind alles best,' zei ik terwijl ik een pak crackers terugzette op het schap. Ik dacht aan de talloze manieren waarop die opmerking waar was.

Toen ze ging afrekenen, zag ik dat ze in haar zakken moest zoeken naar genoeg contant geld – verfrommelde briefjes, munten – om aan het eindbedrag te komen. Ik wilde bijspringen, maar door haar waarschuwende blik bleef mijn hand in mijn zak op mijn portefeuille zitten. Ik deed of ik een zakdoek had willen pakken en snoot zo demonstratief mijn neus dat de vrouw achter me vol afschuw terugdeinsde.

Terwijl ik toekeek, schoof ik in gedachten de puzzelstukjes op een nieuwe plek en dacht na over wat nu logisch leek. Haar onvermogen om haar nog levende kind op het water te laten varen. Haar melancholie. Misschien was het kind verdronken. Misschien was het een baby geweest. Misschien had ze tegelijkertijd een echtgenoot verloren. Ik besefte hoe weinig vragen ik haar had gesteld. Hoe weinig vragen ik ooit iemand had gesteld, nu ik erover nadacht. Misschien had Dennis Beaker wel een tweede gezin. Misschien was Tina Kennedy twee jaar geleden uitgetreden uit een klooster. Ik had mensen altijd kritiekloos geaccepteerd. Nu vroeg ik me opeens af wat me allemaal misschien ontgaan was.

Liza McCullen had een kind gehad dat was gestorven. Ze was drie jaar jonger dan ik, en opeens had ik, naast haar, het gevoel alsof ik de levenservaring en zelfkennis van een amoebe had.

We waren al twintig minuten op de terugweg voor we weer iets zeiden.

We reden langs het gemeentekantoor en ik dacht aan het project en aan mijn gesprek met Dennis. Ik dacht ook aan iets wat Kathleen me enkele dagen geleden had verteld: dat de enige reden waarom het gebied rond Silver Bay tot ontwikkeling was gekomen, was dat de geallieerden daar een basis hadden gebouwd. Ze kon zich de tijd herinneren dat hier alleen haar hotel, een paar huizen en een winkel hadden gestaan. Ze zei het met een zekere voldoening, alsof ze daar de voorkeur aan had gegeven. Ik wist dat ik toen iets had moeten zeggen. Dat ik het niet deed, kwam deels door lafheid, denk ik. Ik wist hoe zij, en de anderen, zouden reageren. Ik vond hen aardig. En de gedachte dat ze mij niet aardig zouden vinden… zat me dwars.

En toen, na Liza, de lichtkogels en de babywalvis, was ik niet langer overtuigd dat het plan wel zo goed was als we ons hadden voorgesteld. Er moet een manier zijn, dacht ik, om de twee behoeften op elkaar af te stemmen: die van ons voorgenomen hotel en die van de walvisjagers. Maar tot ik dat had uitgewerkt, wilde ik het met niemand bespreken. Niet met Liza of Kathleen. Of met Dennis, hoe kwaad hij ook zou worden over mijn veronderstelde misleiding. Ik zat achter het stuur en deed mijn best me op de weg te concentreren, me scherp bewust van Liza naast me. Hoe ze plukjes van haar haren met haar rechterhand in elkaar draaide als haar gedachten ver afdwaalden.

Ik probeerde steeds te bedenken wat ik kon zeggen, maar ik wilde haar niet de kans geven om zich achter lege beleefdheden te verschuilen. Ik had het vreemde gevoel dat ze me een verklaring schuldig was. En ik dacht er steeds aan hoe Greg die avond naar me zou grijnzen, nauwelijks verhulde opmerkingen zou maken over hun nacht samen, alsof hij gelijk had gehad toen hij me waarschuwde dat ik uit haar buurt moest blijven. In alle rangen en standen had ik mannen als hij meegemaakt: charismatisch, luidruchtig, met een kinderlijke wens om in het middelpunt van de belangstelling te staan. Ik vind het onbegrijpelijk dat ze altijd de aardigste vrouwen weten aan te trekken, en die meestal uiteindelijk slecht behandelden. Ik zag in gedachten hoe hij naast Liza op de bank zou zitten, met een bezitterige arm om haar schouders, in de veronderstelling dat hij een kans maakte, zoals Kathleen had gezegd. Maar misschien maakte hij meer kans dan zij dacht. Wie wist wat er achter de keuzes ligt die een mens maakt? Liza vond hem tenslotte leuk genoeg om met hem naar bed te gaan. Meer dan eens.

Maar waarom hij? Waarom die dronken, vrouwen versierende, bier zuipende loser?

We waren halverwege de kustweg, met het hotel in zicht, toen ze begon te praten. Er lagen twee boten aangemeerd bij de Walvissteiger, de *Moby Een* en de *Ishmael.* Ik herkende ze inmiddels allebei, en dat gaf me een vreemd gevoel van voldoening. De zon stond hoog aan de hemel en deed het blauwe water glinsteren. De dichte naaldbossen die de heuvels bedekten, hadden een onnatuurlijk weelderige groene kleur. Elke keer als ik naar dit beeld keek, vond ik het op een afbeelding in een vakantiebrochure lijken.

'Je weet zeker wel wat er vannacht is gebeurd,' zei ze zonder naar me te kijken.

'Dat zijn mijn zaken niet,' zei ik.

'Nee,' beaamde ze. 'Dat is zo.'

Ik zette het linkerknipperlicht aan en reed langzaam over de oprit naar het hotel. Opeens wenste ik dat we niet al zo dichtbij waren. Tot mijn ongeloof zag ik op het dashboardklokje dat het lunchtijd was. Het leek wel of ik al een hele dag achter de rug had.

Toen ze weer sprak, klonk haar stem weloverwogen. 'Ik ken Greg al heel lang. Hij... nou ja, ik ken hem goed genoeg om te weten dat het hem niet uitmaakt. Dat het niets heeft te betekenen.'

Ik parkeerde de auto. We bleven zwijgend zitten terwijl de motor met een tikkend geluid afkoelde, en we peinsden allebei over het belangrijke besef dat ze het nodig had gevonden om het me te vertellen.

'Je tante heeft me verteld over je kind. Ik vind het heel erg voor je.'

Met een ruk draaide ze haar hoofd naar me toe. Ik zag dat haar ogen roodomrand waren. Misschien kwam het door slaapgebrek, of misschien door heel lang huilen. 'Dat had ze niet moeten doen.'

Ik wist niet wat ik moest zeggen.

Dus boog ik me voorover, pakte het uitgeputte, mooie gezicht van Liza McCullen tussen mijn handen en kuste haar. De hemel weet waarom. Wat me werkelijk verbaasde, was dat ze me terug kuste.

10

Hannah

Lara nam me mee op haar boot. Die heette *Baby Dreamer* en had een praamboeg en een dwarsligger, een bank die over het midden liep, en hij was net als een bermudazeilboot uitgerust met een grootzeil en een fok. Het leken net twee driehoeken, de ene groter dan de andere, en ze had een vlaggetje waaraan ze kon zien uit welke richting de wind kwam.

Ze leerde me op te loeven en weer overstag te gaan, het belangrijkste bij zeilen, en om dat te doen moet je zowel het roer, de zeilen als het gewicht van degenen aan boord gebruiken. Lara en ik moesten ons gewicht van de ene kant van de boot naar de andere verplaatsen, waardoor we moesten lachen, en Lara deed soms of ze overboord zou vallen. Maar ik werd niet bang, want ik wist dat ze een grapje maakte.

Dat had ik niet aan mijn moeder verteld. Maar Lara's moeder wist het wel – ze hield ons in het oog vanaf haar huis – en ik droeg een reddingsvest dat ze nog had liggen. Mijn moeder zegt nooit veel tegen de andere moeders, dus ik dacht dat ik er wel mee weg zou komen.

Iedereen in Lara's familie vaart. Zij deed het al sinds ze een baby was, en in haar zitkamer hangt een foto van haar, nog steeds met een luier aan, waarop ze met haar mollige handjes het roer vasthoudt en iemand anders zijn of haar armen om haar middel heeft geslagen. Ze kan zich herinneren dat ze op hun jacht had geslapen toen ze nog heel klein was, en haar moeder zei dat ze nu zo slecht kon slapen omdat ze gewend was door het water in slaap te worden gewiegd.

Lara heeft een cursus gevolgd in Salamander Bay en ze weet alles wat je moet weten om te kunnen zeilen. Er zijn een heleboel hoeken waarop je boot in de wind kan zeilen, ook als je de wind op kop hebt waardoor je achteruit kunt worden gedreven, en als hij op de zijkant zit, en dan kun je het snelste zeilen. Ze zei dat zodra mijn moeder het goedvindt dat ik de *Hannah's Glory* mag gebruiken, we de cursus in Salamander Bay kunnen volgen waar ze je leren oefenen met zeilen met één zeil of zonder kielzwaard. Die cursussen zijn in de schoolvakanties en het is cool om je eigen boot mee te brengen in plaats van om de beurt in die van de school te oefenen. Sinds mijn verjaardag heb ik een paar keer aan mam gevraagd of ik het bootje van Greg mag gebruiken, maar ze zei gewoon nee, op een toon die aangaf dat ze het er niet eens over wilde hebben. Maar tante K zei, laat het maar aan mij over, en als we slim deden zou mijn moeder wel bijdraaien. Ze zei dat het net als vissen was: je moest leren om stil en geduldig te zijn, want pas dan kon je binnenhalen wat je wilde.

Het was best warm, zelfs op het water, en we hadden alleen maar een trui aan. Van Lara's moeder moesten we altijd ons reddingsvest dragen en die hielden ons warm, dus hadden we geen jacks nodig. De zee was kalm en we mochten langs de dichtstbijzijnde boeien langs de kust, zolang we maar niet bij de scheepvaartroute kwamen. Lara doet altijd wat haar moeder zegt. Ze zei dat haar vader iemand kende die in het vaarwater van de schepen was gekomen en die bijna onder een containerschip werd gezogen omdat ze niet hadden uitgekeken.

Bij de punt kwamen de dolfijnen naar ons toe. We waren even gestopt om onze chocola te eten en ik herkende Plu en haar baby van de foto's op de *Moby Een*, en ik liet Lara haar rugvin zien, die precies op de onderkant van een paraplu leek. Haar baby was zo schattig dat Lara bijna moest huilen. We waren er zeker van dat ze wisten dat wij het waren. Ze kwamen niet altijd naar de walvisjagers toe, maar dit was de derde keer dat ik meeging met Lara, en de dolfijnen kwamen altijd naar ons toe. Het lijkt altijd of ze glimlachen. We bleven een uurtje zo dobberen bij de punt, praatten tegen ze en keken hoe ze speelden. De baby van Plu was een centimeter of tien gegroeid sinds ik haar de laatste keer had gezien, en Plu kwam zo dichtbij dat we haar neus konden aaien, ook al moest ze hebben geweten dat we geen vis bij ons hadden. Ik kon het niet laten om haar te aaien, ook al zei Yoshi dat we de dolfijnen nooit moesten aanmoedigen om te dichtbij te komen, anders dachten ze misschien dat alle mensen aardig voor ze zouden zijn. Ze vertelde dat vorig jaar iemand zomaar, zonder reden, een dolfijn had doodgestoken verderop aan de kust. Ze gingen gewoon het water op met een jetski en staken hem dood met een mes. Ik moest huilen, want ik kon alleen maar denken aan die arme dolfijn die met zijn lieve, glimlachende snuit naar de jetski zwom omdat hij dacht dat hij een nieuwe vriend had gevonden. Uiteindelijk huilde ik zo erg dat Yoshi mijn moeder moest halen om me te kalmeren.

Dolfijnen waren Letty's lievelingsdieren. Op haar kaptafel stonden er vier in verschillende kleuren kristal, die ze op haar vijfde verjaardag had gekregen. Ik zette ze altijd anders, en dan werd ze kwaad omdat ik aan haar spullen had gezeten. We maakten vaak ruzie omdat ze maar veertien maanden jonger was dan ik, en mam zei dat we als twee druppels water op elkaar leken. Soms denk ik nog steeds aan onze ruzies en dan voel ik me heel naar, want als ik had geweten wat er zou gebeuren, zou ik elke dag hebben geprobeerd om aardig tegen haar te zijn. Ik zeg 'proberen' omdat het moeilijk is om elke dag aardig te zijn tegen iedereen. Zelfs mijn moeder werkt me af en toe op de zenuwen, maar tegen haar ben ik altijd aardig omdat ik weet dat ze nog verdrietig is, en omdat ik alles ben wat ze nog heeft. Ik heb de kristallen dolfijnen nog. Een ervan lijkt een beetje op Plu, dus heb ik haar Plu gedoopt, en van de kleinste van de andere heb ik haar baby gemaakt, ook al klopt de grootte niet echt. Maar ik bewaar ze in een doos omdat ze nu kostbaar zijn. En omdat alles weer naar boven komt als ik ze eruit haal.

Toen ze ze voorzichtig oppakte zei Lara: 'Denk je vaak aan je zus?'

Ik lag onder mijn bed iets in een tijdschrift te zoeken wat ik haar wilde laten zien, dus ik denk niet dat ze me zag knikken. 'Ik praat niet over haar omdat mijn moeder dan zo verdrietig wordt,' zei ik terwijl ik onder het bed uit kroop en probeerde mijn hoofd niet te stoten. 'Maar ik mis haar nog steeds.' Meer kon ik niet zeggen. Dat vond ik nog te moeilijk.

'Ik heb een hekel aan mijn zus,' zei ze. 'Ze is een kreng. Ik zou veel liever enig kind zijn.'

Ik kon het haar niet goed uitleggen, maar ik zal altijd een zus hebben. Omdat Letty niet meer leeft ben ik nog geen enig kind, alleen de helft van wat ik was.

Donderdag vroeg mam me voor de derde keer die week of ik Mike zijn ontbijt wilde brengen.

'Kun jij dat niet doen?' zei ik. 'Ik ben nog niet klaar met mijn haar.' Het was echt vervelend, want ik maak graag vlechten in mijn haar als ik naar school ga, en als je wordt gestoord krijgen ze van die dikke stukken in het midden. Tante K zegt dat haar oude vingers te stijf zijn om te kunnen vlechten, en mam doet nooit iets aan haar eigen haar, dus ben ik de enige die het kan.

'Nee,' zei ze. Dus dat was het. En ze liet zijn dienblad voor mijn deur staan.

Ze deed heel raar. Ik wist niet of het kwam omdat ze hem niet mocht, maar ze wil niet langer buiten zitten bij de rest, en de paar keer dat ze het wel deed, negeerde ze hem. Terwijl hij elke avond buiten zat alsof hij op haar wachtte. Ik zei tegen Lara dat ik het heel kinderachtig vond, net als sommige meisjes in de klas die doen of ze je niet zien terwijl je vlak voor hen staat.

'Ben je kwaad op Mike?' vroeg ik ten slotte aan mijn moeder.

Ze keek geschokt. 'Nee, waarom vraag je dat?'

'Je doet altijd zo kwaad tegen hem.'

Ze begon aan haar haren te frummelen. 'Ik ben niet kwaad, schat. Ik vind het alleen beter om een gepaste afstand te bewaren naar de gasten toe,' zei ze. Naderhand hoorde ik haar en tante K in de keuken praten, toen ze dachten dat ik televisie aan het kijken was. De walvisjagers zaten buiten en mam wilde niet bij hen gaan zitten, al moesten ze nodig met elkaar praten over een prijsverhoging van de kaartjes. De prijs van de brandstof was weer gestegen. Ze hadden het altijd over de brandstofprijzen.

'Ik snap niet waarom je je zo druk maakt over alles,' zei tante K.

'Wie zegt dat ik me druk maak?'

'En dat stukje uit mijn bord dan?'

Ik hoorde dat het bord werd neergezet en toen mompelde mam: 'Sorry.'

'Liza, lieverd, je kunt je niet blijven verstoppen.'

'Waarom niet? We zijn toch gelukkig zo? Het gaat toch goed?' Tante Kathleen zei niets.

'Ik kan het niet, ja? Het is gewoon geen goed idee.'

'En Greg wel?'

Greg mag Mike niet. Hij noemde hem een 'klootzak' toen tante Kathleen met hem aan het praten was en hij dacht dat niemand het kon horen.

Mam klonk heel gespannen toen ze zei: 'Ik vind het gewoon beter als Hannah en ik ervoor zorgen dat we met niemand... omgang hebben.' Toen liep ze weg. En mijn tante maakte dat snuivende geluid.

Ik zocht 'omgang hebben' op in het woordenboek. Er stond: 'geslachtelijke omgang/verkering hebben met iemand'. Ik liet het aan tante K zien om te vragen welke het was, maar ze zei alleen dat het over het algemeen een goede omschrijving was.

Op school hadden ze het over het schoolreisje. Soms leken ze het over niets anders te hebben, ook al duurde het nog maanden voor het zover was, en soms zei onze lerares dat niemand ergens naartoe zou gaan als we niet beter ons best deden. We zaten allemaal op de lange bank op het schoolplein en Katie Taylor vroeg me of ik meeging en ik zei: misschien niet. Ik wilde niets zeggen omdat zij iemand is die altijd de boel verdraait, dus natuurlijk ging ze staan waar iedereen bij was en zei: 'Waarom niet? Hebben jullie niet genoeg geld?'

'Het gaat niet om het geld,' zei ik, en ik bloosde omdat ik niet kon zeggen wat dan wel de reden was.

'Waarom dan? Iedereen uit onze klas gaat.' Zoals altijd had ze twee roze vlekken bij haar oren omdat haar moeder haar haren te strak trekt als ze er clips in doet. Volgens Lara is ze daarom altijd zo gemeen.

'Niet iedereen,' zei Lara.

'Iedereen behalve de sukkels.'

'Ik ga niet mee omdat we ergens anders naartoe gaan,' zei ik voordat ik goed had nagedacht. 'We gaan zelf op reis.'

Lara knikte, alsof ze dat al heel lang wist. 'Terug naar Engeland?'

'Misschien. Of naar de Northern Territory.'

'Dus je weet het niet eens?'

'Haar moeder moet er nog over nadenken,' zei Lara. Ze kan een stem opzetten die je waarschuwt dat er niet met haar te spotten valt. 'Wees toch niet zo'n bemoeial, Katie. Het gaat je niets aan waar ze naartoe gaan.'

Later gaf Lara me een arm toen we naar haar huis liepen. Mijn moeder zou me daar na het eten afhalen, zoals elke dinsdag, en Lara zei altijd dat het grappig was dat ik het bij haar thuis leuk vond en zij juist bij mij. Ik vind het leuk dat haar familie zo druk en vrolijk is, zelfs als ze tegen elkaar tekeergaan, en ik vind het leuk dat haar vader haar altijd plaagt, haar voetzolen tegen zijn borstelige kin wrijft en haar 'Katje' noemt. Soms denk ik aan hem als Lance me 'Snotneus' noemt, maar dat is niet hetzelfde. Ik zou nooit met Lance kunnen knuffelen zoals Lara met haar vader. Toen Lara's vader een keer mijn voeten pakte en die langs zijn kin wreef, voelde ik me opgelaten, net of iedereen deed of ik erbij hoorde omdat ik zelf geen vader heb. Lara zei dat ze het bij mij leuk vond omdat niemand in je kamer kwam en in je spullen snuffelde, en omdat tante K ons altijd de sleutel van het Museum van de Walvisjacht gaf en we daar mochten rondlopen zonder dat ze kwam kijken wat we uitvoerden. Tante K wist dat we nooit iets kapot zouden maken, zei ze, omdat we zo braaf waren. De liefste meisjes die ze kende. Ik heb haar niet verteld over de keer dat Lara een sigaret van haar moeder had gepikt en we die in een hoekje achter de *Maui II* rookten tot we misselijk werden.

'Hannah,' zei Lara toen we op de hoek van haar straat waren, en haar stem klonk echt aardig, alsof ze me ervan wilde overtuigen dat ze nog steeds mijn beste vriendin was. 'Gaat het echt om het geld? Dat je niet mee kunt naar Nieuw-Zeeland?'

Ik beet op mijn nagel. 'Het is nogal ingewikkeld.'

'Je bent mijn beste vriendin,' zei ze. 'Ik zal het nooit doorvertellen, wat het ook is.'

'Dat weet ik.' Ik kneep even in haar arm. Ik had er echt graag met haar over willen praten. Maar ik was er zelf nog niet helemaal uit. Ik wist alleen wat mijn moeder tegen me had gezegd, dat we nooit weg konden uit Australië en dat ik dat tegen niemand mocht zeggen, ook niet waarom niet.

En de volgende dag begon Katie Taylor er weer over. Ze zei dat ik niet mee kon omdat het Silver Bay Hotel failliet was. Toen zei ze dat volgens haar tante K de babywalvis had vermoord, net als die haai, want het stond in de krant en iedereen wist ervan. Ze zei dat als ik een vader had gehad, ik misschien wel mee had gekund op schoolreisjes, en toen vroeg ze me hoe hij heette omdat ze wist dat ik het niet mocht zeggen, en toen lachte ze op die gemene manier van haar, en Lara ging naar haar toe en duwde haar weg. Katie pakte haar hand en boog haar vingers achterover, en ze begonnen te vechten tot mevrouw Sherborne er een eind aan maakte.

'Ze is een stom kind,' zei Lara tegen me toen we naar de wc liepen. Ze spuugde op de vloer omdat een paar haren van Katie in haar mond terecht waren gekomen. 'Je moet gewoon niet op haar letten.'

Maar dat was het juist. Opeens was ik niet kwaad op Katie of die stomme vriendinnen van haar, maar op mijn moeder. Omdat ik alleen maar wilde doen wat alle anderen deden. Ik heb goede cijfers en ik praat nooit over dingen waar ik niet over mag praten, en zelfs bijna nooit over Letty, omdat ik de gevoelens van anderen niet mag kwetsen. Dus als we het geld konden krijgen voor het schoolreisje naar Nieuw-Zeeland, zoals tante K had gezegd, en als echt iedereen uit mijn klas ging – zelfs David Dobbs, die nog in zijn bed plast en een moeder heeft die dingen jat uit winkels – waarom was ik altijd degene die werd overgeslagen? Waarom was ik degene die altijd nee moest zeggen?

Als je niet meerekent waar we vandaan kwamen, ben ik de enige van mijn klas die nooit verder is geweest dan de Blue Mountains.

Ik was nog steeds kwaad toen ik naar huis ging. Mijn moeder haalde me af en ik zei er bijna iets over, maar ze was zo in gedachten over iets anders, dat ze niet merkte hoe stil ik was. En toen herinnerde ik me dat dat vreselijke gezin nog steeds in het hotel logeerde met die twee jongens die naar me keken alsof ik gek was. En toen werd ik nog kwader.

'Heb je huiswerk?' vroeg ze toen we voor het hotel stopten. Milly was op mijn moeders zaklamp aan het kauwen op de achterbank en dat wist ik de hele tijd al, maar ik had haar gewoon haar gang laten gaan.

'Nee,' zei ik terwijl ik uitstapte voor ze het kon controleren. Ik wist dat ze naar me keek, maar ik kon nog steeds horen wat Katie had gezegd en ik wilde een poos alleen zijn in mijn kamer.

Toen ik naar boven ging, zag ik dat de deur van Mike openstond. Hij was aan de telefoon en ik aarzelde even, niet zeker of ik moest wachten tot hij klaar was.

Ik denk dat hij voelde dat ik er was, want hij draaide zich vlug om. 'Een S94. Ja, dat is het. En hij zei dat we daardoor honderd procent meer kans hadden.' Hij wierp een blik op mij. 'Goed... ik kan nu niet praten, Dennis. Ik bel je wel terug.' Hij legde de telefoon neer en glimlachte breed naar me. 'Hallo! Hoe gaat het?'

'Vreselijk,' zei ik terwijl ik mijn schooltas op de vloer liet vallen. 'Ik heb een hekel aan iedereen.' Ik stond er zelf van te kijken dat ik dat zei. Gewoonlijk zeg ik zulke dingen niet. Maar ik vond het wel een opluchting.

Hij probeerde niet om me te bedaren, of tegen me te zeggen dat het eigenlijk niet waar was wat ik zei. Dat doet mijn tante altijd, alsof ik niet eens weet wat ik voel. Hij knikte alleen. 'Af en toe heb ik ook zo'n dag.'

'Vandaag?'

Hij fronste. 'Wat is er vandaag?'

'Is vandaag zo'n vreselijke, afschuwelijke dag?'

Hij dacht even na en schudde toen zijn hoofd. Toen hij lachte vond ik hem bijna net zo knap als Greg.

'Nee,' zei hij. 'Tegenwoordig zijn de meeste dagen wel prettig. Hier.' Hij gebaarde dat ik moest gaan zitten. 'Vrolijk je hier een beetje van op? Ik heb mijzelf de taak opgelegd om alle Australische koekjes uit te proberen.'

Toen hij zijn la opende, zag ik dat hij al mijn lievelingskoekjes had: Vo-Vo's, Anzacs, Chocolade Tim Tams en Arnott's Mint Slices. 'Straks word je nog dik,' waarschuwde ik hem.

'Welnee. De meeste ochtenden ga ik hardlopen,' zei hij. 'Mijn stofwisseling is prima. En mensen maken zich trouwens veel te druk om dat soort dingen.'

Hij schonk thee in voor zichzelf, ging op de leren stoel zitten en ik mocht achter zijn computer. Hij liet me een programma zien waarop je foto's kon veranderen, dus voor de grap maakten we op de foto van tante K en de haai een grote grijns op de snuit van de haai, en op een andere gaf ik tante K een snor en heel grote voeten en hield ze een bord vast waarop ik schreef: 'Haaienvrouw Tandpasta... voor een echt witte glimlach!'

Net toen ik ermee klaar was, voelde ik dat hij naar me keek. Dat kun je doen, iemand laten omdraaien als je maar lang genoeg naar hem kijkt. Ik voelde hem naar mijn achterhoofd kijken, dus draaide ik me vlug om en ik had gelijk.

'Had je een broer of een zus?' vroeg hij. 'Die is overleden, bedoel ik.'

Ik was zo van slag dat ik iemand dit hoorde uitspreken, dat ik bijna mijn Chocolade Tim Tam uitspuugde. Geen enkele volwassene heeft het over Letty. Niet zo rechtstreeks. Tante K krijgt zo'n gepijnigde uitdrukking op haar gezicht als ik haar naam noem, alsof ze het niet kan verdragen, en mijn moeder wordt zo verdrietig als ik over haar begin, dat ik liever zwijg.

'Een zus,' zei ik na een poos. 'Ze heette Letty.' Toen hij niet geschokt leek, of keek alsof ik maar moest zwijgen, zei ik: 'Ze stierf toen ze vijf was, bij een auto-ongeluk.'

Hij haalde even zijn schouders op. 'Wat erg,' zei hij. 'Dat spijt me echt voor je.'

Opeens wilde ik echt gaan huilen. Niemand heeft dat ooit tegen me gezegd. Niemand heeft er ooit bij stilgestaan hoe het voor mij was om mijn zusje te verliezen, of gezegd dat het erg was voor mij. Niemand vraagt me of ik haar mis, of ik het idee heb dat het mijn schuld was. Het lijkt wel of mijn gevoelens niet belangrijk zijn omdat ik nog zo jong ben. Ik heb ze wel gehoord. Ze zeggen: 'Kinderen zijn veerkrachtig. Ze komt er wel overheen.' En: 'Het ergste wat je kan overkomen is je kind verliezen.' Maar ze zeggen nooit: 'Arme Hannah, dat ze degene die haar het liefste was, moest verliezen.' Ze zeggen nooit: 'Goed, Hannah. Laten we het over Letty hebben. Laten we praten over alles wat je van haar mist, en alles wat je verdrietig maakt.' Maar ik vond niet dat ik dit tegen hem kon zeggen. Het zit te diep vanbinnen, ergens waar het het beste verborgen kan blijven.

Dus toen de tranen kwamen, deed ik of ik van streek was door het schoolreisje, en ik vertelde hem dat Katie Taylor me had gepest, en over het geld en dat ik de enige uit de hele klas was die niet mee kon. En dat lukte me zo goed dat ik niet meer aan Letty hoefde te denken, alleen aan het schoolreisje en hoe erg het was dat iedereen naar Nieuw-Zeeland ging zonder mij en dat ik daarom moest huilen.

Mike gaf me zijn zakdoek en deed of hij buiten iets interessants zag terwijl ik probeerde te kalmeren. Hij bleef zwijgend zitten tot ik was opgehouden met snotteren en toen boog hij zich voorover, keek me recht in de ogen en zei: 'Goed, Hannah McCullen, ik zal je een zakelijk voorstel doen.'

Mike Dormer vroeg of ik foto's wilde maken van de baai. Hij kocht drie wegwerpcamera's voor me en zei dat hij me een dollar zou geven voor elke goede foto. Hij zei dat als hij naar huis ging, zijn vrienden zouden willen weten wat hij had uitgespookt en hij was slecht in foto's maken, dus moest ik dat doen, van de hele baai, dan kon hij hun laten zien waar hij was geweest en wat de mooiste plekken waren. Vervolgens vroeg hij of ik hem een lijst wilde geven van alles wat goed was aan mijn school en aan Silver Bay, en alles wat er verbeterd moest worden.

'Zoals dat onze bus kapotging en we geen nieuwe hebben? Of dat onze bibliotheek nog steeds in een keet zit?'

'Precies,' zei hij terwijl hij me een blocnote gaf. 'Niet wie je aardig vindt op school, of over dat vervelende kind dat je heeft gepest, maar een echt onderzoek.'

Hij zei dat hij me een goed salaris zou geven, afhankelijk van hoe goed ik het deed. 'Maar ik wil echt iets professioneels,' zei hij. 'Geen onzinverhaal. Denk je dat je het kan?'

Ik knikte, want het leek me fantastisch om geld te verdienen. Mike zei dat als ik hard genoeg werkte, er geen enkele reden was waarom ik niet mee zou kunnen naar Nieuw-Zeeland.

'Maar hoe lang blijf je dan nog?' vroeg ik. Ik probeerde uit te rekenen hoeveel tijd ik had om het geld te verdienen en of mam, als ik haar had laten zien dat ik genoeg had, zou vinden dat ze niet langer kon weigeren. En hij zei dat zijn vertrek een onvoorspelbare factor was. Ik wilde hem eigenlijk vragen wat dat betekende, maar ik wilde ook niet dat hij dacht dat ik dom was, dus knikte ik weer, net zoals wanneer Yoshi begint over dingen die ik niet begrijp.

Daarna liet ik tante K de foto's zien van haar en de haai die we hadden bewerkt. Ze sloeg haar ogen ten hemel en zei dat God het haar nooit zou laten vergeten.

Het rare is dat ik me die avond gelukkig voelde. Als ik regelrecht naar mijn kamer was gegaan zoals ik van plan was, dan weet ik zeker dat ik me de hele avond verdrietig had gevoeld, maar het was gezellig. Het leek wel een feestje.

De gasten waren die avond weg, dus hoefde ik niet die jongens met hun sproeten en stomme blikken te zien als ik langs de zitkamer liep. Lance had een weddenschap gewonnen bij de paardenrennen en trakteerde iedereen op pizza's die hij liet bezorgen. Hij zei tegen tante Kathleen dat ze voor deze ene keer eens zelf bediend zou worden, en Mike mocht dan een gast zijn, maar hij hoorde inmiddels bij het meubilair, dus over hem hoefde ze zich niet druk te maken. En toen niemand keek leek Mike stilletjes blij te lachen omdat ze vonden dat hij nu bij het meubilair hoorde en daarna mocht ik alle salami van zijn pizza eten omdat ik die zo lekker vind.

Richard en Tom van de andere *Moby* kwamen bij ons zitten en zeiden dat ze die middag vijf walvissen bij Break Nose Island hadden gezien, en dat een Amerikaanse toerist aan boord daar zo blij mee was dat hij hun elk een fooi van vijftig dollar had gegeven. Toen kwam meneer Gaines met wijn die volgens tante Kathleen veel te goed was voor ons, maar ze opende de twee flessen toch en toen begonnen ze over Vroeger. Daar hebben ze het vaak over als ze bij elkaar zijn.

Greg was er niet. De anderen zeiden dat hij al vier dagen niet met zijn boot de zee op was geweest. Tante K zei dat dit kon gebeuren als iemand het uitmaakte met je. Ik vroeg haar waar hij was, en ze zei: waarschijnlijk op de bodem van een fles. De eerste keer dat ze dat ooit gezegd had tegen me vond ik het grappig omdat er in heel Australië geen fles groot genoeg was waar een volwassen man in paste, en Greg al helemaal niet omdat hij zo lang was.

Het was een koude avond, maar alle terraskachels brandden en we zaten allemaal op de bank, behalve Lance en Yoshi, die samen in de grote stoel zaten. Tante Kathleen en meneer Gaines zaten op twee rieten stoelen met kussens omdat tante Kathleen zei dat ze op hun leeftijd wel wat comfort verdienden. Mijn moeder zat naast me, en toen ik mijn glas leeg had vertelde ik haar over Mikes zakelijke voorstel. Haar gezicht kreeg die uitdrukking zoals wanneer ze me iets wil verbieden, en mijn pizza werd opeens droog in mijn mond.

'Geld betalen? Je betaalt haar om foto's te maken?'

Mike nam een slokje wijn. 'Je denkt toch niet dat ik geld voor niets geef?'

'Je bent net zo erg als Greg,' zei ze, niet op een vriendelijke manier.

'Ik ben helemaal niet zoals Greg, en dat weet je.'

'Gebruik haar niet, Mike,' fluisterde ze alsof ik haar niet kon horen. 'Gebruik haar niet om mij te paaien, want dat werkt niet.'

Mike leek helemaal niet onder de indruk. 'Ik doe het niet voor jou. Ik doe het omdat Hannah een heel leuk kind is en omdat ik wat klusjes gedaan moet hebben. Als ik het haar niet had gevraagd, dan had ik het iemand anders moeten vragen, en eerlijk gezegd werk ik liever met Hannah samen.'

Hij beet een groot stuk af van zijn pizza, en toen hij weer sprak was het met volle mond. Ik probeerde er niet aan te denken dat ik een heel leuk kind was. Ik dacht dat ik misschien een beetje verliefd op Mike aan het worden was.

'Dat is trouwens best arrogant gedacht,' zei hij kauwend. 'Wie zegt dat ik je wíl paaien?'

Er viel even een korte stilte waarin mam hem heel scherp aankeek. Toen zag ik haar mond trillen, alsof ze niet wilde glimlachen maar er niets aan kon doen. Ik ontspande me, want als ze niet wilde dat ik het geld verdiende, zou ze het meteen gezegd hebben.

Ze staarde naar haar vingers, alsof ze over iets nadacht. 'Waar zijn die foto's voor?' vroeg ze.

Mike likte zijn vingers af. 'Dat kan ik je niet vertellen. Het is vertrouwelijk. Hannah, geen woord,' zei hij. Maar hij glimlachte ook.

'Ze kan goed fotograferen,' zei ze.

'Dat zal wel moeten. Ze rekent een tarief dat ver boven de marktprijs ligt.'

'Hoeveel betaal je haar?'

'Dat is ook vertrouwelijke informatie.' Hij knipoogde naar me. 'Als je bedoelt dat je onder de prijs van je eigen dochter wilt gaan zitten, dan wil ik graag horen wat je te bieden hebt.'

Ik begreep niet waar ze het over hadden, maar ze leken opgewekt, dus maakte ik me geen zorgen meer. Ik probeerde in te schatten of ik wat van Mikes bier kon pikken zonder dat mam het zag.

'En hoe lang blijf je dus?' vroeg ze.

Net toen hij wilde antwoorden, zagen we koplampen naderen langs de kustweg. We zwegen terwijl ze dichterbij kwamen en probeerden te zien wie het was. Gregs pick-up heeft mistlampen aan de voorkant, dus we wisten dat hij het niet was.

'Dat zullen de bookmakers zijn,' zei meneer Gaines en boog zich naar Lance toe. 'Ze komen zeggen dat je laatste paard zijn race heeft uitgelopen.'

Lance, die zijn mond vol had, hief zijn bierflesje naar hem op, als een saluut.

Maar het was een taxi. Toen die voor de oprit stopte, stond tante Kathleen op vanachter de tafel en mompelde dat het altijd hetzelfde liedje was. 'Ik heb geen eten meer,' zei ze. 'Ik hoop dat ze geen maaltijd verwachten.'

'En?' zei mam terwijl ze zich naar Mike omdraaide. 'Je hebt nog geen antwoord gegeven op mijn vraag.'

Ik wachtte ook, want ik wilde het weten. Maar tante Kathleen, die terug kwam lopen over de oprit, leidde me af. Achter haar liep een vrouw, nog jong, met heel steil blond haar en een zachtroze vest om haar schouders geslagen. Ze droeg hoge hakken met lovertjes, alsof ze naar een feest ging, en onder het lopen glinsterden ze in het licht van het hotel. Tante K liep met opgetrokken wenkbrauwen naar Mike en zette de koffer voor hem neer. 'Er is iemand voor je,' zei ze.

'Pap heeft me vrijaf gegeven,' zei het meisje.

Ik voelde dat Mike naast me opstond. Ik hoorde dat hij scherp zijn adem inhield.

'Ik ben gekomen om je te helpen. Dan noemen we het gewoon een vroege huwelijksreis.'

11

Mike

Het was raar. Je denkt aan alle manieren waarop je na een lange scheiding je geliefde hoort te begroeten – naar elkaar toe rennen, eindeloos kussen, elkaar omhelzen en aanraken. Er lijkt een aanvaard protocol te zijn voor belangrijke reünies, een soort emotionele ontlading, een bevestiging van wat je voor elkaar betekent. Het enige wat door me heen ging toen ik Vanessa zag was dat rare gevoel dat ik kreeg toen ik nog een kind was, als je bij een vriendje thuis bent en je moeder komt je halen terwijl je nog wilt blijven.

Ik voelde me schuldig over het ontbreken van wat ik wist dat ze had verwacht, wat ik van mezelf had verwacht, en ze pikte het meteen op. Zoals ik al had gezegd, mijn vriendin is niet dom.

'Ik dacht dat je blij zou zijn,' zei ze toen we later op de avond naast elkaar lagen. Dat was nog zoiets raars: we raakten elkaar niet aan.

'Dat ben ik ook,' zei ik. 'Het is hier gewoon moeilijk geweest. Ik ging zo op in mijn werk dat ik opzettelijk niet heb gedacht aan alles wat met thuis te maken had.'

'Dat blijkt,' zei ze droog.

Ik sloot mijn ogen in het donker. 'Ik ben nooit goed geweest met verrassingen. Dat weet je. Het was onvermijdelijk dat ik je zou teleurstellen.'

Uit haar zwijgen bleek dat ze het op dat punt in elk geval met me eens was.

Het waren waarschijnlijk de pijnlijkste twintig minuten van onze hele relatie geweest. Ze had daar gestaan voor de walvisjagers, gekleed als een model uit een modetijdschrift, en keek van de een naar de ander terwijl tot haar doordrong wat een grote vergissing ze had begaan, en haar zorgvuldig bestudeerde glimlach verdween.

Kathleen was naar binnen gegaan om iets te drinken voor haar te halen. Naast me had Hannah van de gelegenheid gebruikgemaakt om stiekem een slok uit iemands bierflesje te nemen. Meneer Gaines had met veel misbaar haar zijn stoel aangeboden en veegde demonstratief het kussen af alsof ze nog uitzonderlijker was dan in werkelijkheid. En al die tijd zat Lance grapjes te maken dat ik een stiekeme vent was en hij bleef er zo lang op doorgaan dat ik Vanessa's zelfvertrouwen zag beginnen te wankelen, en zag hoe de realisatie bij haar opkwam hoe klein haar aanwezigheid in mijn leven was geweest al die tijd dat ik in Australië zat.

En Liza had aan de andere kant van me gezeten, haar gezicht onleesbaar als een Japans masker, terwijl haar ogen koel dit onvoorziene element registreerden. Ik had haar terzijde willen nemen om het uit te leggen, maar dat was onmogelijk. Na een minuut of tien stelde ze zich koel maar vriendelijk voor aan Vanessa en gaf haar een hand. Vervolgens zei ze dat iedereen haar moest excuseren maar dat zij en Hannah naar binnen gingen omdat Hannah morgen weer naar school moest.

Haar aanwezigheid aan het andere uiteinde van de gang voelde aan als iets radioactiefs.

Dus, verscheidene uren later, voelde ik me een beetje wrevelig en daar schaamde ik me voor. Het was vreemd om Vanessa in die kamer te hebben. Hij was zo helemaal van mij geworden dat ze een herinnering leek aan een ander leven. Ik was gewend geraakt aan de eenvoud ervan, en vond de vrijheid om zonder alle spullen van thuis te leven zelfs bevrijdend. Nu Vanessa hier was, met haar bij elkaar passende koffers, haar talloze schoenen, de rijen crèmes en smeerseltjes, haar aanwezigheid, was alles uit balans geraakt. Het herinnerde me aan mijn leven in Londen. En ik vroeg me af of ik daar wel zo gelukkig was geweest als ik had gedacht.

Ik voelde me kleingeestig dat die gedachte zelfs maar in me opgekomen was. Ik draaide me op mijn zij en legde een hand op Vanessa's buik, die bedekt was met iets zijdeachtigs. 'Hoor eens,' zei ik, proberend haar gerust te stellen. 'Het is gewoon een beetje vreemd omdat zij niets van de plannen weten. Je aanwezigheid hier maakt het iets ingewikkelder.'

'Je lijkt nogal... betrokken te zijn geraakt,' zei ze.

Ik bleef heel stil liggen en probeerde in te schatten wat ze bedoelde.

Toen ging ze verder: 'Het zal wel niet anders kunnen omdat het hier zo klein is. Dat je de mensen leert kennen, bedoel ik.'

'Het...' Ik aarzelde. 'Het is geen doorsnee zakenhotel.'

'Dat heb ik gezien.'

'Het is echt een familiehotel.'

'Ze lijken aardig.'

'Dat zijn ze ook. Het is heel anders dan wat ik gewend ben... wat wij gewend zijn.'

'Je zag eruit alsof je je thuis voelde.' Ze ging verliggen, en het bed kraakte. 'Het was heel raar om naar je toe te lopen terwijl je tussen al die mensen zat, in je spijkerbroek en je vissersjack of wat het ook mag zijn. Ik voelde me echt een buitenstaander. Zelfs tegenover jou.'

Ze ging zitten en zwaaide haar benen over de rand van het bed, zodat ze met haar rug naar me toe zat. In het donker kon ik nog net haar silhouet zien, en dat haar haar in de war zat omdat ze erop had gelegen. Dat gaf me een vreemd vertederd gevoel. Ik zag Vanessa niet vaak met slordig haar.

'Het is zo raar geweest zonder jou,' zei ze.

Ik ging weer tegen de kussens liggen. 'Ik zou hier niet zijn als je vader dat ongeluk niet had gehad.'

'Het is pas drieënhalve week, maar het leek wel jaren.' Ik zag dat ze haar hoofd schuin hield. 'Ik dacht dat je vaker zou bellen.'

'Het is hier nacht als het daar dag is, dat weet je.'

'Je had me te allen tijde kunnen bellen.' Haar parfum rook sterk. Tot nu toe had de kamer alleen naar zeelucht geroken.

'Het is voor zaken, Ness. Je weet hoe het gaat. Je weet hoe ik ben.'

Ze wendde zich af. 'Ja. Sorry. Ik weet niet wat me bezielt. Ik voelde me alleen een beetje...'

'Het komt door de jetlag,' zei ik, lichtelijk van mijn stuk door die aarzeling. Dat was niets voor haar. Vanessa was zeker van alles. Dat was een van de dingen die ik zo prettig vond. 'Ik heb me nog dagen na mijn aankomst raar gevoeld.' Het idee dat ik haar van streek kon maken was nog erger. Ik heb me nooit verantwoordelijk gevoeld voor Vanessa's geluk. Het stond me niet aan dat ik er meer verantwoordelijk voor was dan ik had geweten.

Ik stak een hand naar haar uit om haar te overreden weer te gaan liggen. Misschien zouden we ons minder als vreemden voelen als we gingen vrijen. Maar ze ontweek me, stond in een vloeiende beweging op en liep om het bed heen naar het raam. De maan stond hoog aan de hemel en de nacht was helder, dus je kon de hele baai zien. De zee glinsterde betoverend, de lichten van boten in de verte stuurden laddertjes van licht over de inktzwarte golven in onze richting, en om de baai heen waren de schaduwachtige heuvels donker van geheimen.

'Het is prachtig,' zei ze zacht. 'Dat had je ook gezegd.'

'Jij bent prachtig,' zei ik. Ze was als iets in een film, afgetekend tegen het maanlicht, de rondingen van haar lichaam vaag zichtbaar door de dunne stof heen.

Het zit goed, zei ik stilzwijgend tegen mezelf. Als ik dit voor haar kan voelen zit het goed. Dat andere was een dwaalspoor.

Ze draaide zich half naar me om. Dit is de vrouw die mijn echtgenote zal worden, zei ik in mezelf. Dit is de vrouw van wie ik tot mijn dood zal houden. Ze keek naar me en opeens voelde ik hoop dat alles goed zou komen.

'En, hoever zijn we met de bouwvergunning?' vroeg ze.

Zoals ik Vanessa vertelde, waren er wat problemen met het plan voor het project. De vorige dag had ik uren doorgebracht op de planologische afdeling van de gemeente, had de diverse formulieren doorgenomen die ingevuld moesten worden en had met de relevante personen gesproken. In de afgelopen weken had ik contact gehad met meneer Reilly, die de hoogste positie op de planologische ladder innam. Ik mocht hem wel. Hij was een lange man met sproeten, en aan de uitdrukking op zijn gezicht was te zien dat hij vrijwel alle soorten aanvragen had gezien die er bestonden. Ik was behoedzaam te werk gegaan, had duidelijk gemaakt dat we uiteraard zouden overwegen onze plannen aan te passen waar hij dat nodig achtte. Ik had respect getoond, me bewust dat ik niet wilde dat hij ons zou beschouwen als buitenlanders die het alleen te doen was om de exploitatie van zijn gebied. Maar zo was het eigenlijk wel, denk ik.

Tot op zekere hoogte had mijn benadering succes. Tijdens enkele gesprekken zei hij dat de opzet hem aansprak, de werkgelegenheid en het potentieel voor herstel in een gebied dat van oudsher economisch zwak was. De voordelen voor de winkels en handel bevielen hem, en ik had de nadruk gelegd op de positieve uitwerking die dergelijke projecten konden hebben op de plaatselijke economie. Daarvoor haalde ik voorbeelden aan van andere vakantieoorden aan de oostkust van Australië. De architectuur paste bij de streek. De materialen zouden ter plaatse worden gekocht. Het bureau voor toerisme had zijn goedkeuring uitgesproken. Ik was aan een website begonnen over het project die de plaatselijke bevolking kon bekijken als ze vragen hadden of in aanmerking wilden komen voor een baan als het zou doorgaan. Op dat punt haalde hij ironisch een wenkbrauw op, alsof ik iets te ver was gegaan. Maar, zo gaf hij toe, ik had mijn huiswerk gedaan.

Wat hem niet aanstond, en waar ik al bang voor was, was het potentiële effect op het milieu. Het ging niet alleen om het lawaai en de ontwrichting door het bouwproces, vooral in een gebied dat zo dicht bij de nationale parken lag, zei hij, maar de mensen in Silver Bay hadden een uitgesproken mening over een beperkte toegang tot hun wateren. Hij zei dat een poging om een parelkwekerij te beginnen in een naburige baai enorm veel tegenstand had gekregen en dat het project niet was doorgegaan.

'Het verschil tussen ons project en dat van hen,' zei ik, 'is dat de werkgelegenheid en andere voordelen veel groter zijn.'

Reilly was niet gek. 'Tot op zekere hoogte,' zei hij. 'Maar we hebben dit soort dingen eerder gezien, en u kunt niet zeggen dat de winst teruggepompt zal worden in de gemeenschap. Hier zitten financieringsmaatschappijen achter. Britse financieringsmaatschappijen. Zij zullen hun winst willen. Jullie zullen afhankelijk zijn van aandeelhouders. Dat is niet bepaald de gemeenschap een dienst bewijzen.'

Ik gebaarde naar de plannen. 'Meneer Reilly, u weet net zo goed als ik dat u de vooruitgang niet tegen kunt houden. Dit is een eersteklas stuk kust, de perfecte omgeving voor gezinnen op vakantie… Australische gezinnen. We willen dat alleen helpen ontwikkelen.'

Hij zuchtte, vouwde zijn vingers in elkaar en wees toen naar het document. 'Mike… mag ik je Mike noemen? Je moet begrijpen dat alles hier de laatste paar jaar is veranderd. Ja, het voorgestelde project valt binnen het kader van wat als acceptabel wordt beschouwd, maar we moeten nu rekening houden met andere overwegingen.

'Zoals, hoe zorg je ervoor dat de invloed op het milieu minimaal is? Je hebt me nog geen geruststellend antwoord gegeven. Dit gebied wordt zich steeds meer bewust van de walvis- en dolfijnenpopulatie, en de mensen staan afwijzend tegenover alles wat hen schade kan berokkenen. Op economisch gebied zijn ze op zich een steeds groter wordende toeristische attractie.'

'Wij zijn de parelvissers niet. Wij zouden geen grote stukken afbakenen in het water,' zei ik.

'Maar jullie maken een deel wel onbruikbaar.'

'Dat zou alleen gelden voor dezelfde activiteiten waar toeristen normaal aan deelnemen, niets op grote schaal en niets controversieels.'

'Maar dat is het nu juist. Wij krijgen dat soort toeristen hier niet, in elk geval niet in Silver Bay. Ze kunnen zwemmen, met een roeiboot het water op, maar een waterscooter gebruiken, jetskiën en waterskiën is veel luidruchtiger, dat maakt inbreuk.'

'Meneer Reilly, u weet net zo goed dat een aantrekkelijk gebied als dit projectontwikkelaars blijft aantrekken. Als u ons weigert, maakt dat alleen maar ruimte voor de volgende die zich aan zal melden.'

Hij legde zijn pen neer en keek me aan met een mengeling van ergernis en sympathie. 'Luister man, wij zijn hier absoluut voorstanders van een project dat de plaatselijke gemeenschap vooruit zal helpen. We weten dat we de werkgelegenheid en de infrastructuur nodig hebben. Maar de bewoners van de zee, de wilde dieren om ons heen, mogen niet het sluitstuk van de rekening vormen. Ons plan van aanpak is niet die van Europese steden, waar ze eerst bouwen en dan later eens kijken wat voor effect dat heeft op het milieu. Wij zien dat als één geheel. En je zult nooit steun vinden in de plaatselijke gemeenschap als je niet eerst een oplossing vindt voor het milieuvraagstuk.'

'Dat is prima, meneer Reilly,' zei ik terwijl ik mijn papieren verzamelde. 'Heel prijzenswaardig. Maar ik zou meer sympathie hebben voor uw argument als ik deze week niet had gezien dat twee walvissen halfdood werden getreiterd door toeristen op discoschepen, en die leken door niemand in uw gebied op het matje te worden geroepen. U kunt me wel vertellen dat mijn project een negatief effect zal hebben, maar de dreiging voor de walvissen is er al, veel erger dan ook maar iets uit ons voorstel. En voor zover ik het kan bekijken, doet niemand er iets aan. Ons voorstel is een beperkt project. We zijn bereid om zo veel mogelijk rekening te houden met het milieu, experts te raadplegen en indien nodig vergunningen aan te vragen. Maar u kunt niet beweren dat uw gebied uitblinkt in milieuvriendelijkheid, want ik heb die dode babywalvis gezien, en wat zijn dood heeft veroorzaakt. Ik ben naar de walvissen gaan kijken en, hoe vervelend ik het ook vind om het te zeggen, dat is op zich al een inbreuk.'

'Dat weet je niet.'

'En u weet niet of een paar waterskiërs een walvistrek beïnvloeden die al eeuwen plaatsvindt. Dat moet uitgezocht worden.'

'Ik zal het bespreken,' zei hij. 'Maar kijk er niet van op als er een openbare inspraakavond komt. Mensen krijgen lucht van deze plannen en er zijn er al een paar die nijdig beginnen te worden.'

Ik was in een rothumeur teruggegaan naar mijn hotelkamer en had Dennis gebeld, met leedvermaak toen ik het tijdverschil uitrekende en ontdekte hoe kort hij pas geslapen had. Nadat ik de resultaten van mijn gesprek had samengevat, merkte ik tot mijn teleurstelling dat hij in minder dan geen tijd vanuit diepe slaap naar scherpe zakenman kon omschakelen. 'Het is ingewikkeld, Dennis. Ik kan niet doen alsof het niet zo is. Maar ik kwam op een radicaal idee. Als we de watersport eens vergeten en er meer een kuuroord van maken? We kunnen ons er echt op uitleven, het als iets uit de *Vogue* maken. Waar beroemdheden naartoe gaan.'

'Maar de watersport is juist het unieke verkoopargument van dit project, het belangrijkste pluspunt!' beet Dennis me toe. 'Daarom heeft de participatiemaatschappij belangstelling. Het móét juist over sport gaan, over fit blijven. Het gaat om algehele lichaamsbeweging, voor zowel mannen als vrouwen. Het ultieme, luxe ontspanningsgevoel. Zijn het die vervloekte wollen sokken weer met hun walvissen? Wat hebben ze gezegd?'

'Niets. Ze weten het nog niet.'

'Wat is je probleem dan?'

'Ik wil dat dit op alle terreinen werkt.'

'Wat bedoel je nou eigenlijk?'

'Dennis, we zouden veel meer medewerking krijgen als er geen risico was dat er iets met de dieren in zee gebeurt.'

'We zouden veel meer medewerking krijgen als jij je werk naar behoren deed en benadrukte wat een fantastische gelegenheid dit is voor een arme streek, hoeveel geld iedereen eraan kan verdienen.'

'Het gaat niet alleen om geld...'

'Het gaat altíjd om geld.'

'Goed. Maar het is gewoon zo dat als je hier bent, je ook een idee krijgt van...' – ik streek met een hand door mijn haar – '...van het belang van de walvissen.'

Het bleef even stil voor hij weer sprak. 'Het. Belang. Van. De. Walvissen.'

Ik zette me schrap.

'Mike, dit is niet wat ik van jou verwacht te horen. Hiervoor heb ik je geen promotie gegeven. Dit is niet wat ik wéns te horen terwijl ik in Engeland gedwongen ben op mijn kont te zitten in afwachting van nieuws over een luxe hotelproject van honderddertig miljoen pond waarvoor je nog steeds geen bouwvergunning hebt, al zit je al drie weken in Australië. We moeten die bouwvergunning hebben, en wel zo snel mogelijk. We moeten binnen enkele maanden met de bouw beginnen. Dus praat met die walvisknuffelaars van je en ga je walvislied maar zingen, geef Reilly wat geld of laat een foto van hem maken met een of andere stripdanseres of wat er ook voor nodig is, maar bel me binnen achtenveertig uur met een concreet plan dat ik Vallance Equity kan aanbieden als ze maandag op de stoep staan. Begrepen? Anders zijn de walvissen niet de enige die gaan zitten janken.'

Hij haalde diep en beverig adem. Ik was blij dat er zoveel duizenden kilometers tussen ons zaten. 'Je wilde een partner worden, bewijs dan dat je het kunt. Of anders, ook al hou ik van je alsof je mijn eigen zoon bent, zul je de afdruk van mijn spreekwoordelijke linkerlaars op je achterwerk afgedrukt zien staan. Met al je vooruitzichten in het bedrijf erbij. Gesnopen?'

Duidelijker dan dat kon hij het inderdaad niet zeggen. Ik leunde achterover in mijn stoel, sloot mijn ogen en dacht aan alles waarvoor ik de afgelopen jaren had gewerkt, alles waar ik naar had uitgekeken. Toen dacht ik aan wat Hannah me over haar schoolbus had verteld. En dat er geen bibliotheek was op school. 'Goed,' zei ik. 'Er is nog een mogelijkheid. Weet je dat ik het een keer over iets heb gehad dat een S94 heet?'

Zoals Reilly me had uitgelegd, werkte het zo: voor elk toeristisch project in het gebied van Silver Bay verwachtte de gemeente vijftig procent financiële bijdrage van de projectontwikkelaars voor de extra druk op plaatselijke voorzieningen: wegen, parkeren, recreatieve voorzieningen, brandweer en hulpdiensten, dat soort dingen. Dat was niet nieuw voor me. Bij andere projecten waren we soortgelijke voorwaarden tegengekomen, en ik had gemerkt dat er meestal een clausule was, zoals in het geval van Silver Bay, die je ervan ontsloeg als het project voldoende in het voordeel van de gemeenschap werd geacht. Gewoonlijk wist ik er onderuit te komen op basis van mijn research. Dat was Dennis ook gelukt, maar hij had gezinspeeld op smeergeld en bedrijven die lucratieve bouwcontracten kregen. 'Er zijn meer manieren om iets voor elkaar te krijgen,' zei hij vaak, waarbij hij zijn handen tegen elkaar sloeg. En iedereen had zijn prijs.

Het gemeentelijk document was een grondig stuk research. Het behandelde niet alleen een toekomstverwachting van het aantal inwoners, maar ook de kosten van alle voorzieningen die nodig zouden zijn. Ik begon ze door te worstelen, berekende de kosten voor ons project en probeerde die punten te belichten die het gunstigste effect zouden hebben op de bevolking.

Aanhoudende groei in de ontwikkeling van toeristische accommodatie in zowel het hele gebied van de gemeente als het traditionele randgebied aan de kust, zal een toenemende vraag naar het verlenen van gemeentelijke diensten tot gevolg hebben. De vraag naar de diensten varieert met de categorie van en het verblijf in de toeristische accommodatie, maar er is een toenemende vraag, boven die van de permanente inwoners…

Ik had naar het papier zitten staren terwijl ik nadacht. Maar toen ik het S94-document bestudeerde, had ik gezien dat we dit konden omdraaien. Als ons bedrijf eens meer en hoger bood dan het bijdrageniveau en bijvoorbeeld zorgde voor een nieuwe bibliotheek op de school van Silver Bay, of een nieuwe schoolbus, of dat het Museum van de Walvisjacht werd opgeknapt?

Tijdens ons gesprek had Reilly geluisterd met het gezicht van iemand die het allemaal al wel eens eerder had gehoord. Waarschijnlijk had hij door de jaren heen veel van dergelijke benaderingen gehad en er net zo veel afgewezen als goedgekeurd. Maar Beaker Holdings zou niet, zoals de meeste projectontwikkelaars, proberen om weg te komen met het minimum aan tegemoetkoming aan de bevolking om zijn vakantieoord te bouwen. In plaats daarvan zouden ze zich presenteren als een rolmodel voor verantwoordelijke projectontwikkeling. Ze zouden meer geven dan werd vereist. Ze zouden royaal en vindingrijk zijn, en met een beetje geluk konden we dit project gebruiken als rolmodel voor het volgende. De eerlijkheid gebiedt te zeggen dat de voorziene onkosten voor de plaatselijke overheid niet het opwindendste leesmateriaal ter wereld is, maar die middag, nog voor Hannah naar boven was gekomen en mijn aandacht vroeg, was ik zo opgewonden geraakt over een gemeentelijk financieel document als je maar kon zijn.

Vanessa sliep de volgende ochtend uit tot na elf uur. Toen het licht werd bleef ik nog een poosje naast haar liggen terwijl ik naar haar gezicht keek en zag hoe ze onbewust ging verliggen onder het laken. Toen mijn gedachten te gecompliceerd werden, stond ik op zonder haar wakker te maken. Iets na halfacht sloop ik naar beneden, ging naar buiten en rende de acht kilometer over de kustweg en terug, genietend van de vochtige kilte van de ochtendlucht en het besef van stilte en isolement dat alleen hardlopen je kan geven.

Ik rende langer en sneller dan ik meestal doe, en trok onderweg steeds meer kleren uit, maar ik voelde me niet veel vermoeider. Ik had de fysieke inspanning nodig, de tijd om na te denken. Terwijl ik over het pad rende dat het plaveisel van het strand scheidde, zag ik het nieuwe vakantieoord voor me, misschien met wat goedkope behuizing voor het personeel. Australië, zo had ik ontdekt, had hetzelfde probleem als Engeland met de betaalbaarheid van huizen. Misschien konden we watersportwinkels en cafetaria's bieden. Misschien, als de winst genoeg was, een medisch centrum. Op de terugweg probeerde ik niet naar het Silver Bay Hotel te kijken. Als het project doorging, zou het op zijn best overschaduwd worden en op zijn ergst afgebroken.

Twee keer staken mensen van wie ik de gezichten nu herkende – vissers, mensen die hun hond uitlieten – hun hand op ter begroeting, en terwijl ik terugzwaaide vroeg ik me af wat ze van mijn plannen zouden vinden. Voor hen was ik niet de Engelse vreemdeling, de vis op het droge, de stiekeme verloofde, de bemoeial, de vent die vriendinnen van anderen inpikte. Terwijl ik een lijstje met dringende telefoontjes doornam – naar Dennis, naar de financiële afdeling, naar Reilly voor een nieuwe afspraak – dacht ik weer aan die zwaaiende mensen en vroeg ik mezelf af: naar wíé zwaaien ze eigenlijk?

Ergens op de kustweg langs Silver Bay kreeg ik een helder moment. Maandenlang was ik geobsedeerd geweest door dit project, had ik er alleen maar aan gedacht in associatie met mijn carrière en mijn bedrijf. Nu was ik geconfronteerd met de potentiële kosten. En ik zag in dat het me niet meer in de eerste plaats te doen was om geld en ambitie, maar om iets wat veel moeilijker was: een succesvol compromis. Ik wilde dat Kathleen en Liza net zo gelukkig waren met het resultaat als de bikkelharde mensen van de financieringsmaatschappij. Ik wilde dat de walvissen en dolfijnen hun leven ongestoord konden voortzetten. Of in elk geval zo ongestoord als mogelijk is bij dieren die in de nabijheid van de mens leven. Ik wist nog niet hoe, maar met mijn hoofd vol natuurreservaten en musea kreeg ik het gevoel dat ik eindelijk vat op iets begon te krijgen.

Om halfnegen was ik terug, nat van het zweet, verdoofd door het vele nadenken, en ik hoopte dat ik kon ontbijten zonder iemand tegen te komen. Tot mijn schande moet ik bekennen dat ik mijn terugkeer zo had uitgekiend dat die samenviel met het tijdstip waarop Liza Hannah naar school bracht en ik de meeste kans had om een leeg huis aan te treffen.

Maar Kathleen zat nog aan de keukentafel terwijl ze allang klaar was met haar ontbijt. Haar grijze haar was achterover gebonden en een donkerblauwe trui kondigde het begin van de winter aan. Ze had de tafel voor me gedekt met een placemat, koffie en cornflakes. Ernaast was demonstratief voor nog iemand gedekt. 'Die heb je goed stil weten te houden,' merkte ze op achter haar krant terwijl ik ging zitten.

Hoe kon ik tegen haar zeggen dat het net leek alsof ik het was vergeten?

12

Greg

Je zou het litteken op Liza McCullens gezicht nooit hebben opgemerkt als je niet heel dicht bij haar was geweest en met je hand over haar wang had gestreken en haar haren achter haar oor had geduwd. Het was nu erg verbleekt – een flink aantal jaren oud, vermoedde ik – en bijna vier centimeter lang, iets verheven en parelwit. Een beetje kartelig, alsof ze het nooit goed had laten hechten. De helft van de tijd droeg ze haar honkbalpet, dus dat deel van haar gezicht was altijd in de schaduw. Als de pet af was, hingen haar haren altijd in strengen om haar gezicht omdat het door de wind uit haar paardenstaart werd geblazen. Als ze lachte, kon je het amper zien door de rimpels die de zee en de zon in haar ooghoeken hadden veroorzaakt.

Maar ik zag het. En zelfs zonder het litteken zou je hebben geweten dat er iets vreemds was aan Liza.

Toen ik haar voor het eerst zag leek ze wel een geest. Dat klinkt misschien een beetje overdreven, maar ik zweer dat je bijna door haar heen kon kijken. Ze leek wel zeemist, alsof ze in de lucht wilde verdampen. 'Dit is mijn nicht,' zei Kathleen toen we op een middag allemaal op ons bier zaten te wachten, alsof dit alles was wat er gezegd zou worden over de komst van iemand van wier bestaan bijna niemand van ons ooit gehoord had. 'En dit is haar dochter, Hannah. Ze komen uit Engeland en ze komen hier wonen.'

Ik zei hallo. Een paar van de andere walvisjagers zeiden me na, en Liza knikte op een vreemde manier hallo, zonder iemand aan te kijken. Ze was helemaal op door de jetlag. Ik had het kind een paar dagen geleden gezien, zich vastklampend aan Kathleens hand, en ik had gedacht dat ze van een van de gasten was. Het was nogal een schok om te ontdekken dat ze niet alleen familie van Kathleen was, maar dat er al die tijd nog iemand was geweest.

Ik bekeek haar – ze was blond en had lange benen, precies mijn type – maar ze stelde toen niet veel voor. Ze was bleek, met grote, donkere kringen onder haar ogen, en haar haren hingen als een gordijn om haar gezicht. Ik was eerder nieuwsgierig dan, je weet wel, geïnteresseerd.

Maar Hannah... ik was dol op Hannah vanaf het moment dat ik haar zag, en ik ben er vrij zeker van dat ze mij ook aardig vond. Ze stond half achter Kathleen verscholen, met grote, bruine ogen, en ze zag eruit alsof ze zou omvallen en doodgaan van angst als iemand boe! tegen haar zou zeggen. Dus knielde ik neer – ze was toen nog een klein kind – en ik zei: 'Hallo, Hannah. Heeft tante Kathleen je al verteld wat er vlak buiten je kamer is?'

Kathleen wierp me een scherpe blik toe, alsof ik zou zeggen dat het een monster was of zoiets. Ik negeerde haar en zei: 'Dolfijnen. In het water daar in de baai. Ze zijn heel slim en speels. Als je goed uit je raam kijkt, kun je ze vast zien. En weet je wat? Ze zijn zo slim dat ze waarschijnlijk hun neus boven het water uitsteken om naar jou te kijken.'

'De baai zit er vol van,' zei Kathleen.

'Heb je ooit een dolfijn van dichtbij gezien?'

Ze schudde haar hoofdje. Maar ik had haar aandacht.

'Ze zijn prachtig. Ze spelen met ons als we met de boot het water op gaan. Ze springen om ons heen en zwemmen onder de boot door. Net zo slim als jij en ik. En heel nieuwsgierig. Ze komen kijken wat we doen. Er zijn scholen die al dertig, veertig jaar in deze baai hebben geleefd. Nietwaar, Kathleen?'

De oude vrouw knikte.

'Als je wilt, zal ik je een keer meenemen om ze te zien,' zei ik.

'Nee,' klonk een stem.

Ik kwam overeind. Kathleens nicht was tot leven gekomen. 'Nee,' zei ze met een strak gezicht. 'Ze mag niet op het water.'

'Ze is heel veilig bij mij,' zei ik. 'Vraag het maar aan Kathleen. Ik neem al bijna vijftien jaar mensen mee op tochtjes naar de dolfijnen. Behalve Kathleen verzorgen ik en de *Moby*'s het langste de boottochten. En de kinderen dragen altijd een reddingsvest. Toch, Kathleen?'

Maar Kathleen leek zichzelf niet. 'Iedereen heeft tijd nodig om ergens te wennen. Later bedenken we wel leuke dingen die Hannah kan doen. Het heeft geen haast.'

Er viel een vreemde stilte. Liza staarde naar me alsof ze wilde zeggen: waag het eens om andere tochtjes voor te stellen. Het leek wel alsof ik iets afschuwelijks had geopperd tegen het kleine meisje. Kathleen glimlachte naar me, alsof ze hen wilde verontschuldigen. Ik had haar nog nooit zo uit haar doen gezien.

Ik ben een simpele vent die niet zijn neus in andermans zaken steekt. Ik besloot maar eens vroeg naar huis te gaan naar mijn vrouw. Dat was natuurlijk nog voor ze het aanlegde met haar fitnessinstructeur.

'Leuk je te ontmoeten, Hannah. Kijk maar goed uit naar die dolfijnen,' zei ik tegen haar terwijl ik tegen mijn pet tikte. Ze schonk me een glimlachje dat me alles om me heen deed vergeten. Liza McCullen leek al te zijn vergeten dat ik er was.

'Hé, Greggy, heb je dit gezien?'

Ik zat in MacIver's Seafood Bar en Grill, vijf minuten lopen van de Walvissteiger, en probeerde mijn hoofdpijn te verdrijven met een stuk gebak en koffie. Ik zag het als een compromis tussen het ontbijt, dat ik had gemist, en de lunch, die ik zelden nuttigde. Het was nauwelijks de moeite waard geweest om naar huis te gaan; ik was vertrokken nadat Del, de eigenaar, me even na twee uur die nacht buiten had gezet, om terug te keren zodra ik uit de douche was.

Het was stil in de bar. De zon wierp lange schaduwen over de baai en de stevige winterbries hield de toeristen die er nog waren weg van het water, dus kwam hij naar me toe en ging zitten terwijl hij de krant over de tafel naar me toe schoof.

'Wat?' Ik had moeite om scherp te kunnen zien.

'De voorpagina. Over dat grote project dat ze willen ontwikkelen in Silver Bay.'

'Waar heb je het over?' Ik trok de krant naar me toe en las vluchtig het voorpagina-artikel onder de kop: 'Grote stimulans toerisme voor de stad'. Er stond dat een ontwikkelingsproject van miljoenen dollars was goedgekeurd voor het land langs de baai vanaf Kathleens hotel. Een groot internationaal bedrijf had een bouwvergunning gekregen voor de ontwikkeling na een ongekende reeks aanbiedingen om het karakter van de stad en het zeeleven veilig te stellen.

Vallance Equity, de financiers achter het plan, hebben een voorstel ingediend waarin een nieuw Museum over Walvissen is voorzien om bij toeristen het bewustzijn te bevorderen van het zeeleven bij Port Stephens, walvisvriendelijke watersport met alle instructies om walvissen veilig te stellen, en een reeks bijkomende schenkingen in de vorm van een nieuwe bibliotheek en een schoolbus voor de lagere school van Silver Bay.

'We hopen dat dit slechts het begin is van een vruchtbare samenwerking met de plaatselijke gemeenschap,' zei Dennis Beaker van Beaker Holdings, een van de in Engeland gevestigde projectontwikkelaars. 'We willen de relatie versterken om een criterium voor verantwoordelijk bouwen in het gebied te leveren.'

De burgemeester van Silver Bay, Don Brown, zei: 'We hebben lang en diep nagedacht over de geschiktheid van dit project. Maar na een langdurig planningproces zullen we de werkgelegenheid en de voordelen voor de infrastructuur die het nieuwe hotelcomplex zal brengen, graag verwelkomen. Maar bovenal verwelkomen we de verantwoordelijkheid en aandacht van de bedrijven wat onze wateren betreft.'

'"En bovenal verwelkomen we het aanzienlijke bedrag aan smeergeld dat ik in mijn achterzak heb",' zei Del spottend. 'Weet Kathleen hier al van?'

'Geen idee. Ik... ik ben er een paar dagen niet geweest.'

'Nou,' zei Del, 'ik denk dat ze het nu wel weet.' Hij gooide zijn theedoek over zijn schouder en drentelde terug naar de grill, waar een hamburger in vlammen op aan het gaan was.

'Walvisvriendelijke watersport?' zei ik. 'Wat is in vredesnaam walvisvriendelijke watersport?'

'Misschien gaan ze de beesten leren om synchroon te zwemmen,' grinnikte Del, 'of leren ze waterskiërs voort te trekken.'

Mijn hoofd begon helder te worden. 'Dit is een fucking ramp,' zei ik terwijl ik verder las. 'Ze hebben het oude terrein van Bullen en het water eromheen opgekocht.'

Del zei niets en draaide zijn hamburgers om.

Ik bleef doorlezen. 'Straks hebben we nog toestemming nodig om de boten het water op te krijgen. Dit is niet te geloven.'

'Greg, je kunt niet zeggen dat de stad geen zaken nodig heeft.'

'Vind je?' Opeens zag ik de Bar en Grill door de ogen van een bezoeker. Het linoleum was nog nooit vernieuwd in de vijftien jaar dat ik in Silver Bay woonde, en de tafels en stoelen waren eerder comfortabel dan stijlvol. Maar zo vonden we het prettig. Zo vond *ík* het prettig.

Naderhand liep ik naar het kassahokje. Leonie, een studente, bemande die deze winter. Je kon gewoonlijk altijd wel een tiener vinden die dol op dolfijnen was en hier voor een schijntje wilde werken.

'Je hebt er vier vanmiddag,' zei ze terwijl ze met een formulier zwaaide. 'Een familie van zes op woensdagochtend en twee op vrijdag, maar ik heb gezegd dat ik dat moet bevestigen omdat de weersvoorspellingen niet zo best zijn.'

Ik knikte, bijna zonder haar te zien.

'O, Greg,' zei ze. 'Liza komt vanmiddag. Ze wil jou en de anderen spreken over dat project. Ik geloof dat ze een beetje ongerust is.'

'Ze is niet de enige,' zei ik. Ik stak een peuk op en ging in mijn pick-up zitten.

De eerste keer dat Liza McCullen en ik met elkaar naar bed gingen was ze zo dronken dat ik tot op de dag van vandaag niet zeker weet of ze zich naderhand nog wel herinnerde wat we gedaan hadden. Dat was ongeveer een jaar nadat ze hier kwam. Ze was iets warmer geworden – nou ja, misschien is 'ontdooid' een betere term – maar ze was nog steeds koel tegen iedereen. Niet iemand om echt een gesprek mee te voeren. Ze ging inmiddels mee met Kathleen op de *Ishmael.* Kathleen leerde haar varen als de kleine op school was, en hoe meer tijd ze op het water doorbracht, hoe opgewekter ze werd. Ik maakte een paar grapjes, zoals dat ze concurrentie begon te worden, maar Kathleen wierp me een nijdige blik toe. Toen maakte ik een grapje over de Haaienvrouw en vroeg ze of ik die armetierige dollars van me niet ergens in een andere bar kon uitgeven. Ik geloof dat ze een grapje maakte.

Tegen die tijd praatte Liza af en toe tegen me. Soms ging ze 's avonds buiten zitten bij mij en de andere walvisjagers – Ned Durrikin en dat Franse meisje met de snor voeren op de *Moby Twee* en zei af en toe wat. 'Hoi', 'ja', of 'dank je'. Het leek wel of je bloed uit een steen moest persen.

Ik maakte altijd grapjes tegen haar. Tegen die tijd begon ik wat voor haar te voelen – ik maak graag een meisje aan het lachen – en ik kon het niet uitstaan dat ik op sommige avonden amper een glimlachje uit haar kon krijgen. Ik sloofde me zo uit tegen haar dat, als ik eerlijk ben, rond die tijd Suzanne er genoeg van kreeg. Ik bleef de hele avond bij Kathleen buiten zitten, dronk een paar biertjes en voor je het wist kwam ik aangeschoten thuis, waar Suzanne zat te wachten met een gezicht als een oorwurm en het eten zo verkoold was dat je ermee had kunnen tekenen.

Maar op een avond kon je merken dat er iets anders was. Liza was niet naar buiten gekomen en Kathleen was stilletjes en zei dat ze binnen bleef. Dus ging ik naar binnen. Ze zat in de keuken en ik ging aan de tafel zitten. Ik zei niets over het feit dat ze een foto zat te bekijken, want toen ik binnenkwam stopte ze hem vlug in de zak van haar jack, alsof ze niet wilde dat iemand hem zag. Haar ogen waren helemaal rood, alsof ze had gehuild. Voor de verandering wist ik mijn grote mond eens te houden, want ik had het gevoel dat er iets anders was en dat het in mijn voordeel zou werken als ik voorzichtig was.

Nadat ze een poos zo had gezeten en ik probeerde niet te gaan verzitten (als kind al had ik een hekel aan stilzitten), keek ze naar me op met grote ogen die zo triest stonden dat ze zelfs mij bijna aan het huilen brachten, en zei: 'Greg, wil je me helpen om dronken te worden? Ik bedoel, écht dronken?'

'Nou,' zei ik. Ik sloeg op mijn knieën. 'Geen man in heel Silver Bay die dat beter kan.' Zonder iets tegen Kathleen te zeggen, liepen we naar de weg, stapten in mijn pick-up en reden naar Del. Daar ging ze zitten en sloeg glazen Jim Beam achterover alsof haar leven ervan afhing.

We gingen weg tegen sluitingstijd, en in dit stadium was ze zo ver heen dat ze amper nog kon staan. Ze had geen vervelende dronk, zoals Suzanne, die dan begon te zingen en te schelden. Dat stond niet leuk bij een vrouw, zei ik dan, en zelfs niet bij een kwade dronkaard. Liza gedroeg zich of wat haar dwarszat, vanbinnen aan haar vrat.

'Niet dronken genoeg,' mompelde ze terwijl ik haar in de pick-up duwde. 'Moet meer hebben.'

'De bars zijn nu dicht,' zei ik. 'Aan deze kant van Newcastle is er niet één meer open.'

'Kathleen,' zei ze. 'We kunnen bij Kathleen gaan drinken.'

Ik geloofde niet dat de oude Haaienvrouw het erg op prijs zou stellen als we in het holst van de nacht haar bar gingen plunderen, maar ja, het was mijn beslissing niet.

Het was nog steeds zo warm dat je kleren aan je lijf plakten, en we gingen buiten zitten met ons bier. In het maanlicht zag ik het zweet op haar huid glinsteren. Alles leek vreemd die nacht, alsof de sfeer geladen was en er elk moment iets kon gebeuren. Zo'n nacht waarin het opeens kon gaan stormen op zee. Ik luisterde naar de golven die op het strand uiteenspatten, en naar de krekels, en probeerde niet te denken aan het meisje naast me dat grote slokken van haar bier nam. Ik herinner me dat we op een bepaald moment onze schoenen hadden uitgetrokken en dat een van ons op het idee kwam om te gaan pootjebaden. Ik herinner me dat ze zo hysterisch lachte dat ik niet kon zeggen of ze niet in werkelijkheid huilde. En toen ze onder de steiger haar evenwicht verloor, viel ze tegen me aan en ik herinner me nog steeds de smaak van haar lippen toen ze de mijne zocht. Jim Beam en wanhoop, zei ik in mezelf. Geen fijne combinatie.

Niet dat dit me tegenhield.

De tweede keer was een maand of zes later. Suzanne en ik waren een poosje uit elkaar en ze logeerde bij haar zus in Newcastle. Liza was nog erger dronken geworden en ik moest haar haren naar achteren houden terwijl ze overgaf. Pas daarna was ze in staat om weer in de pick-up terug te komen. Dat weerhield haar er niet van om bij mij thuis een fles van meneer Gaines' beste shiraz leeg te drinken. Ze was een rare; de hele week broodnuchter, maar af en toe leek ze vastbesloten om zich helemaal ongans te drinken. Die nacht werd ik wakker omdat ik haar naast me in bed hoorde huilen. Ze lag met haar rug naar me toe met haar handen voor haar gezicht, en haar schouders schokten.

'Heb ik je pijn gedaan?' Ik was versuft van de slaap. Het is niet leuk als je een meisje hoort huilen nadat je haar hebt verwend, als je begrijpt wat ik bedoel. 'Liza? Wat is er?'

Toen ik haar schouder aanraakte drong tot me door dat ze sliep. Daar schrok ik een beetje van, en ik riep haar naam en schudde haar bij de schouders.

'Wat?' zei ze. En toen ze om zich heen keek: 'Waar ben ik?'

'Je huilde,' zei ik. 'In je slaap. Ik... ik dacht dat het door mij kwam.'

Ze was al uit bed en pakte haar spijkerbroek. Als ik zelf niet zo dronken was geweest, had ik het een belediging gevonden. 'Hé, niet zo'n haast. Je hoeft nergens naartoe. Ik wilde alleen kijken of alles in orde was met je.' Ik zag de witte flits van haar beha toen ze die over haar armen aantrok.

'Het heeft niets met jou te maken, Greg. Het spijt me, maar ik moet weg.'

Ze was net een man. Ze leek op mij, hoe ik was als ik de bloemetjes buitenzette voordat ik Suzanne ontmoette, en wakker werd naast iemand van wie ik niet wist hoe snel ik er vandaan moest komen.

Tien minuten nadat ze weg was, drong tot me door dat ze niet met de auto was. Maar toen ik beneden kwam, was ze allang weg. Ik dacht dat ze de halve weg moest hebben gerend om thuis te komen. Dat deed ze gewoon, alsof ze geen angst kende. ('Waarom zou ze?' merkte Kathleen cryptisch op toen ik het haar vroeg. 'Het ergste is toch al gebeurd.')

De volgende dag, toen ik naast haar op de bank ging zitten, gedroeg ze zich alsof er niets was gebeurd.

Dat heeft ze me nog vier keer aangedaan. Niet één keer zijn we naar bed geweest als ze nuchter was. Als ik er minder goed had uitgezien, zou ik me zorgen hebben gemaakt, denk ik.

Ik had eigenlijk kwaad moeten worden, maar dat kon je niet bij Liza. Ze had iets. Iemand als zij had ik nog nooit meegemaakt.

Toen ze me eindelijk over het kind vertelde, was ze nuchter. En ze zei dat ik het nooit aan iemand mocht vertellen. Ze wilde geen vragen beantwoorden. Vertelde niet eens hoe de kleine was gestorven. Ze vertelde het alleen omdat ik kwaad was geworden en haar op de man af had gevraagd waarom ze altijd zo dronken moest worden om met me naar bed te gaan.

'Ik word niet dronken om met je naar bed te gaan,' zei ze. 'Ik word dronken om te vergeten. Met jou naar bed gaan is daar een bijproduct van.' Zo bot als wat, alsof het me niet kon kwetsen. 'En stel geen vragen aan Hannah.' Ze keek of ze nu al spijt had dat ze me het had verteld, en dat vond ik nogal ver gaan. 'Ik wil niet dat je dingen oprakelt. Ze hoeft er niet aan herinnerd te worden.'

'Tering, je hebt geen hoge dunk van me, hè.'

'Dat is het niet. Ik ben alleen voorzichtig.' Ze balde haar handen tot twee strakke vuisten. 'Tegenwoordig ben ik alleen maar voorzichtig.'

Del wilde zijn zaak wel beschikbaar stellen als locatie voor de vergadering – hij wist dat zo'n groep niet op een droogje zou zitten – maar hij zei van tevoren ronduit tegen me dat hij niet tegen het nieuwe bouwproject was. Met zijn Bar en Grill op een steenworp afstand zou hij een kapitaal kunnen verdienen, zei hij terwijl hij zijn handen aan zijn schort afveegde. Alsof de clientèle waar ze het over hadden bij zo'n goedkope eettent als MacIver's zou komen lunchen. Ik wist dat ik die rotzak toch niet kon overhalen, maar ik vermoedde terecht dat zijn schuldgevoel me een gratis broodje bacon zou opleveren, en dat at ik buiten op en spoelde het weg met een kop lekker sterke koffie.

Ik had het bericht doorgegeven en enkele hoteleigenaars uit de buurt, vissers, de walvisjagers, mensen die er waarschijnlijk door getroffen zouden worden, kwamen. We zaten en stonden buiten MacIver's te wachten. Sommige mensen hadden de krant met het artikel bij zich. Sommigen stonden tegen elkaar te mompelen, anderen praatten gewoon, alsof de stad niet op het punt stond om totaal te veranderen.

Ik zei niets tegen Liza toen ze kwam en ze leek geen haast te hebben om met mij te praten. Maar ik zwaaide naar Hannah, die naast me kwam zitten. 'Je boot is nog in de garage,' zei ik zacht, want ik wilde haar zien glimlachen.

'Zullen alle dolfijnen wegtrekken?' vroeg ze.

Kathleen was gekomen en legde een hand op haar schouder. 'Ze zullen vast wel ergere dingen hebben meegemaakt,' zei ze. 'In de oorlog hadden we oorlogsschepen in de baai, vlogen er bommenwerpers over en voeren er onderzeeërs, maar toch hadden we dolfijnen. Maak je geen zorgen.'

'Ze zijn toch slim? Ze zullen wel uit de weg weten te blijven.'

'Slimmer dan de meeste mensen hier,' zei Kathleen.

Het beviel me niet hoe ze zijdelings naar mij keek toen ze dat zei.

Lance stond op en begon te praten. We waren het er allemaal over eens geweest dat hij beter was in dat soort dingen. Ik had altijd een hekel gehad aan iets in het openbaar zeggen, en we wisten allemaal dat Liza liever doodging dan de aandacht te trekken. Hij zei dat hij wilde aannemen dat het bouwproject op economisch gebied gunstig was voor de stad, maar dat de watersportschool het risico zou lopen om de grootste toeristische attractie te vernietigen: de aanwezigheid van walvissen en dolfijnen. 'Ik neem aan dat een heleboel van jullie het niet kan schelen, maar dit is het enige wat Silver Bay onderscheidt van een heleboel andere vakantiebestemmingen, en de meesten weten dat als de toeristen op onze boten meevaren, ze onderweg naar huis vaak naar de cafetaria's en winkels gaan. Of ze logeren in onze hotels en motels.'

Er klonk instemmend gemompel.

'Bij dit project draait het om buitenlands geld,' zei hij. 'Ja, er zullen wat banen komen, maar je kunt er donder op zeggen dat de winst niet in Silver Bay blijft. Zelfs niet in New South Wales. Buitenlandse investering betekent winst voor buitenlanders. En we kennen niet eens de volledige aard van dit project. Als het eigen cafetaria's en bars heeft, nou, dan verliezen jullie net zoveel als jullie winnen.'

'Het kan toch de verkoop in de winter stimuleren?' klonk een stem achterin.

'Tegen welke prijs? Als de walvissen en dolfijnen wegtrekken, valt er niets meer te verkopen in de winter,' zei Lance. 'Wees eerlijk.

Hoeveel mensen zouden hier in juni, juli en augustus komen als de Walvissteiger er niet was? Nou?'

Het bleef stil.

Naast me zat Hannah de krant te lezen. Dat kind wordt zo snel groot dat ze kan autorijden voor je het weet, dat zweer ik.

'Greg,' zei ze fronsend.

'Wat is er, lieverd?' fluisterde ik. 'Moet ik iets te eten voor je halen?'

'Dat is het bedrijf van Mike.' Haar vinger wees naar een gedrukte naam. 'Beaker Holdings. Zijn foto stond op hun website.'

Het duurde even voor tot me doordrong wat ze zei, en nog langer voor tot me doordrong wat het betekende. 'Beaker Holdings,' las ik. 'Weet je het zeker, lieverd?'

'Ja, heel zeker. Betekent het dat Mike Silver Bay heeft gekocht?' De rest van die bijeenkomst kon ik me nauwelijks inhouden. Ik beheerste me terwijl Lance een petitie organiseerde. Ik slaagde erin mijn hand op te steken toen ze allemaal stemden om bij de man van planologie een klacht in te dienen. En toen iedereen zijn eigen weg ging, vroeg ik aan Kathleen of ze wist of Mike in het hotel was.

'Hij is in zijn kamer,' zei ze. 'Ik geloof dat zijn vriendin is gaan winkelen. Ze snoof. 'Die is blijkbaar dol op winkelen.' Ze keek naar me op. 'Greg? Gaat het?'

'Wil je Liza halen?' zei ik, terwijl ik probeerde in het bijzijn van de kleine de woede uit mijn stem te houden. 'Er is iets wat jullie moeten weten.'

Het had me achttien maanden gekost om Liza McCullen in mijn bed te krijgen en we waren bijna twee jaar verder voor ze me genoeg vertrouwde om dat over haar dochter aan me te vertellen.

Daarom kon ik niet geloven wat ik zag toen ik op de dag nadat het walviskalf was gestorven, naar het hotel reed om haar sleutels terug te brengen die ze met haar gewoonlijke haast bij me had achtergelaten. Daarom ben ik sindsdien niet meer naar het hotel gegaan. Omdat de aanblik in mijn geheugen brandde, me folterde, hoeveel bier ik ook door mijn keel goot: de aanblik van haar op het parkeerterrein van het hotel, in de armen van die Engelsman terwijl ze net uit mijn bed was gestapt.

Hij bleek in de keuken te zitten, waar alleen Kathleens familie ooit komt, alsof hij het recht had. Toen we in de deuropening stonden, keek hij op. Hij had in een oude reisgids zitten lezen en droeg een duur overhemd. Alleen al bij de aanblik van hem kreeg ik zin om hem in elkaar te slaan.

Het duurde een paar seconden voor het tot hem doordrong. Maar meer tijd gaf Liza hem niet. Ze smeet de krant voor hem op tafel.

'Dus zo doe jij dus je research?'

Hij keek naar de kop en trok letterlijk wit weg. Ik heb het nooit eerder zien gebeuren, maar de kleur trok zo snel uit hem weg dat ik bijna naar de grond keek voor het geval dat zich daar een plas bloed begon te vormen.

'Je zit hier bijna een maand in ons hotel vriendjes te maken, vragen te stellen, tegen mijn dochter te flemen, en al die tijd was je van plan ons te ruïneren?'

Hij staarde naar de voorpagina.

'Uitgerekend jij! Hoe kon je, Mike, terwijl je dit wist? Hoe kon je het doen?'

Ik had haar nog nooit zo kwaad gezien. Ze was laaiend. Haar haren stonden zowat overeind.

Hij stond op. 'Liza, laat me het uitleggen...'

'Uitleggen? Wat uitleggen? Dat je hier bent gekomen onder het mom van een vakantie terwijl je al die tijd met de gemeente hebt zitten konkelen om ons te vernietigen?'

'Het zal jullie of de walvissen niet vernietigen. Ik heb ervoor gezorgd dat al die voorzorgsmaatregelen er kwamen.'

Toen lachte ze, een hol, waanzinnig geluid. Ik moet toegeven dat ze inmiddels nogal angstaanjagend was.

'Voorzorgsmaatregelen! Hoe valt een vervloekt watersportcentrum midden in onze wateren te rijmen met voorzorgsmaatregelen? Er zullen speedboten rondracen met waterskiërs, er komen jetski's, noem maar op. Weet je wat dat betekent voor de walvissen?'

'Wat is daar erger aan dan wat jullie doen? Het zijn maar bootmotoren. Ze zullen niet in de buurt van het gebied komen waar de trek plaatsvindt. Er komen regels. Voorlichting.'

'Regels? Wat weet jij ervan? Denk je dat een knul van achttien op een jetski het over regels wil hebben?' Ze beefde van woede. 'Je hebt gezien hoe we hebben geprobeerd die babywalvis te redden, en nu sta je daar te beweren dat dat idiote watersportcentrum van je niets zal aantasten? En wat nog erger is, je haalde mijn dochter over om je te vertellen wat het hardste nodig was, zodat je zoete broodjes kon bakken bij de planologische afdeling om ze over de streep te trekken.'

'Ik dacht dat het goed zou zijn,' wierp hij tegen. 'Ze zei dat die dingen nodig waren.'

'Het waren dingen die jíj nodig had om die lui van de planologische afdeling aan jouw kant te krijgen. Je bent walgelijk, weet je dat? Walgelijk.'

'Het is mijn besluit niet,' zei hij hulpeloos. 'Ik heb mijn best gedaan om te zorgen dat het in ieders voordeel zou zijn.'

'Je hebt je best gedaan om je zakken te vullen,' zei ik. Ik deed een stap naar hem toe en hij zette zich schrap, alsof hij zich voorbereidde op een klap.

Liza draaide zich om, nu in tranen. Ze schudde haar hoofd en zei bitter: 'Alles wat je hebt gezegd was een leugen, blijkbaar. Álles.'

Voor het eerst keek hij kwaad. 'Nee,' zei hij met nadruk terwijl hij een hand uitstak. 'Niet alles. Ik wilde met je praten. Dat wil ik nog steeds, maar...'

Ze schudde zijn hand van zich af alsof hij giftig was. 'Denk je werkelijk dat jij ook maar íéts te zeggen hebt wat ik wil horen?'

'Het spijt me. Ik wilde vertellen over het bouwproject,' zei hij. 'Maar ik moest het eerst uitwerken. Toen ik eenmaal besefte wat de walvissen voor jullie betekenen, wilde ik een manier zoeken om iedereen tevreden te stellen.'

'Nou, gefeliciteerd, hoor!' beet ze hem toe. 'Ik hoop dat jij tevreden bent, want dit zal ons ruïneren, en de walvissen erbij. Maar nou ja, als je investeerders hun winst maar krijgen, dan ben ik blij dat jij tevreden bent.'

Toen bood ik aan hem in elkaar te slaan.

'O, doe toch niet zo stom,' zei ze, en met een smalend gebaar dat voor ons allebei bestemd leek te zijn, liep ze langs me heen de keuken uit.

In de gang stond een blond meisje met dure kleren en een handtasje dat ze tegen haar borst geklemd hield. Ze deed een stap opzij om Liza langs te laten.

‘Is alles in orde?’ vroeg ze.

Weer eentje uit Engeland. Dat is zeker de vriendin, dacht ik. Te goed voor kerels als hij.

‘Ik krijg je nog wel, maat,’ zei ik tegen hem terwijl ik met mijn vinger naar zijn gezicht prikte. ‘Denk maar niet dat ik ook maar iets vergeet.’

‘O, hou toch op, Greg,’ zei Kathleen vermoeid, en ze duwde me de keuken uit. Alsof het mijn schuld was. Alsof iets van dit alles fucking míjn schuld was.

‘Vanessa, kom maar zitten. Ik zal een pot thee zetten.’

13

Kathleen

Newcastle Observer, 11 april 1939

De grootste grijze bakerhaai die ooit in New South Wales is binnengehaald, is gevangen in een vissersplaats ten noorden van Port Stephens... door een meisje van zeventien.

Kathleen Whittier Mostyn, dochter van Angus Mostyn, eigenaar van het Silver Bay Hotel, heeft het dier woensdagmiddag uit de zee bij Break Nose Island binnengehaald. Zonder enige hulp, in een roeiboot, terwijl haar vader even naar het hotel was teruggekeerd om eten te halen.

Hij zei: 'Ik was werkelijk geschrokken toen Kathleen me haar vangst liet zien. We haalden hem direct de kant op en belden naar de juiste autoriteiten, omdat ik vermoedde dat ze een of ander record had gebroken.'

Een woordvoerder van de visserij bevestigde dat dit de grootste haai was die ooit in de omgeving was gevangen. 'Dit is een aanzienlijke prestatie voor een jongedame,' zei de heer Saul Thompson. 'Zelfs een bonafide sportvisser zou moeite hebben gehad om de haai binnen te halen.'

De haai is al een echte attractie geworden. Sportvissers en dagjesmensen leggen flinke afstanden af om het schepsel te zien. Meneer Mostyn is van plan het te laten opzetten en in het hotel te zetten als bewijs van de grote vangst van zijn dochter. 'We moeten alleen nog een muur vinden die sterk genoeg is,' zei hij gekscherend.

Volgens het hotelpersoneel zijn de reserveringen verdriedubbeld sinds het nieuws van juffrouw Mostyns vangst bekend werd. En de vestiging van een record zal beslist de reputatie van het gebied als ideale plek voor sportvissen versterken.

Ik stofte het glas af en hing het knipsel weer aan de muur, naast de foto's van de opgezette haai. Het opzetten was niet erg succesvol geweest. Ik vermoed dat mijn vader zo'n haast had om hem tentoon te stellen, dat hij het niet had laten doen door een kundig iemand. Het dier was uit elkaar gevallen toen het van het hotel naar het museum werd overgebracht. Het vulsel liep uit de naden rond de vinnen en langs de staart. Uiteindelijk gaven we het op en zetten hem bij het vuilnis. Op de dag dat de vuilnismannen kwamen keek ik geamuseerd uit het raam.

Het droeg er ook niet toe bij dat bijna iedere bezoeker het beest aanraakte. Een opgezette haai heeft iets waardoor mensen hem willen aanraken. Misschien door de gedachte dat je onder normale omstandigheden nooit zo dichtbij kon komen zonder dat je een ledemaat kwijtraakt of wordt verscheurd. Misschien omdat het mensen een vreemd gevoel van macht geeft. Misschien koesteren we allemaal wel een perverse behoefte om dicht bij dingen te komen die ons kunnen vernietigen.

Ik keek opzettelijk weg van de foto's en ging lichtjes met de plumeau over de andere voorwerpen en snuisterijen, waarbij ik het museum zag door de ogen van toeristen die geïnteresseerd zouden zijn in een eersteklas watersportcentrum. Of, zoals in de krant stond, een 'echt' museum over walvissen en dolfijnen. In tien dagen was er geen bezoeker meer geweest. Eigenlijk kan ik het ze niet kwalijk nemen, dacht ik terwijl ik voorzichtig een harpoen terughing aan zijn haken. Het was steeds minder een museum als wel een hoop oude visgraten in een krakkemikkige schuur. Ik hield het alleen maar in stand omwille van mijn vader.

Het hele stel zat buiten bij het hotel onder het genot van bier en patat luidruchtig hun mening te geven over hoe ze de bouwvergunning konden tegengaan. Ik had er niet bij willen zitten. Ik had geen zin om medeleven te veinzen voor nog niet begane misdaden tegen de vrije schepsels in de zee. Mijn eigen gevoelens, mijn eigen bedenkingen, waren heel anders dan die van hen.

Ik hoorde de deur knarsen en draaide me om. Daar stond Mike Dormer. Hij stond tegen het licht, dus was zijn gezicht moeilijk te zien. Ik wenkte hem.

'Ik ben hier nog niet geweest,' zei hij terwijl hij om zich heen keek en zijn ogen aan de duisternis gewend raakten. Zijn handen waren diep in zijn zakken gestoken, en zijn normaal rechte houding was nu gebogen en verontschuldigend.

'Nee,' beaamde ik. 'Dat klopt.'

Hij liep langzaam rond, starend naar de balken waarvan oude vislijnen, netten en boeien en overalls van walvisjagers uit de jaren dertig hingen. Hij leek geïnteresseerd in alles, op een manier die ik zelden zag bij echte bezoekers.

'Deze foto ken ik,' zei hij toen hij voor het krantenknipsel bleef staan.

'Ach ja... Eén ding dat we werkelijk van je weten, Mike, is dat je heel goed je huiswerk doet.'

Het kwam er scherper uit dan mijn bedoeling was, maar ik was moe en nog steeds uit het lood geslagen omdat hij zo lang onder mijn dak was en ik hem niet door had gehad.

'Het spijt me,' zei hij. 'Dat verdiende ik.'

Ik snoof en begon de souvenirs op de schragentafel af te stoffen, naast de oude kassa. Ze leken opeens goedkoop en meelijwekkend: sleutelringen met walvissen, dolfijnen in plastic ballen, ansichtkaarten en theedoeken met grijnzende zeedieren erop. Kindersouvenirs. Wat had het voor zin nu er toch geen kinderen meer kwamen?

'Kathleen, ik weet dat je misschien geen zin hebt om nu met me te praten, maar ik wil je iets zeggen. Het is belangrijk voor me dat je het begrijpt.'

'O, ik begrijp het heus wel.'

'Nee. Ik wilde het zeggen,' zei hij. 'Echt waar. Ik ben hier gekomen in de verwachting dat het een simpel uit te werken projectvoorstel zou zijn. Ik dacht dat ik zo weer terug naar Engeland zou gaan, dat ik ging bouwen in een leeg gebied waar niemand problemen mee zou hebben. Toen ik eenmaal besefte dat dit niet het geval was, probeerde ik een oplossing te bedenken die mijn baas in Engeland tevreden zou stellen en jullie hier ook. Ik moest zo veel mogelijk zien uit te vissen.'

'Dat had je aan ons kunnen vragen. Misschien hadden we iets kunnen bijdragen. Vooral omdat ik al meer dan zeventig jaar in het gebied woon.'

'Dat weet ik nu.'

Ik zag met een perverse voldoening dat zijn schoenen er gehavend uitzagen. 'Maar toen ik jullie eenmaal leerde kennen, was dat onmogelijk.'

'Vooral Liza,' zei ik. Noem het een gok.

'Ja,' zei hij. 'Ja, en Liza.'

'Nou, Mike, voor een rustige man als jij heb je hier een flinke indruk gemaakt.' Ik bleef afstoffen omdat ik niet wist wat ik anders moest doen. Ik wilde niet voor hem blijven staan. We zwegen een poosje terwijl ik met mijn rug naar hem toe stond. Ik voelde dat hij naar me keek.

'In elk geval,' zei hij met een kuchje, 'besef ik dat dit alles waarschijnlijk verandert. Ik heb wat gebeld. Verderop is een hotel waar ik... we, terecht kunnen. We vertrekken vanmiddag. Ik wilde alleen zeggen dat het me heel erg spijt, en dat je het me moet laten weten als ik iets kan doen om, nou ja, de gevolgen van dit bouwproject te verzachten.'

Ik zweeg met mijn plumeau opgeheven in mijn hand en draaide me naar hem om. Toen ik sprak klonk mijn stem ongewoon luid in de spelonkachtige ruimte. 'Hoe verzacht je het om zeep helpen van een zeventigjarig familiebedrijf, Mike?' vroeg ik.

Toen keek hij ontredderd, zoals ik al had verwacht.

'Zal ik je eens wat zeggen? Ik geef geen barst om het hotel, wat je misschien ook denkt. Gebouwen op zich zijn niet erg belangrijk voor me, en dit is al jaren aan het vervallen. Ik maak me niet eens zo druk om de baai. En de walvissen en de dolfijnen. Ik hoop dat de bemoeials die het nu voor ze opnemen, zullen zorgen dat er niets met ze gebeurt.'

Ik verplaatste mijn gewicht op mijn andere been en deed de plumeau over in de andere hand. 'Maar je moet iets weten, Mike Dormer. Als je deze plek vernietigt, vernietig je Hannah's veiligheid. Dit is de enige plek ter wereld waar ze zich geen zorgen hoeft te maken, waar ze veilig en onberoerd kan opgroeien. Meer kan ik er niet over zeggen, maar je moet het weten. Je handelwijze zal ons kleine meisje raken. En dat kan ik je niet vergeven.'

'Maar... maar waarom zouden jullie hier weg moeten?'

'Hoe kunnen we ons veroorloven om in een hotel zonder gasten te wonen?'

'Wie zegt dat jullie geen gasten krijgen? Dit is heel anders dan wat ze in gedachten hebben voor het nieuwe complex. Er zullen altijd gasten zijn voor een hotel als dit.'

'Als er hiernaast honderdvijftig kamers met eigen badkamer en satelliettelevisie zijn? En winteraanbiedingen van drie nachten voor de prijs van twee, en een verwarmd binnenzwembad? Dat dacht ik niet. Het enige wat hier in ons voordeel was, was de afzondering. Mensen die hier kwamen wilden ergens achteraf zitten. Ze wilden 's avonds de zee horen en het geruis van gras in de duinen en verder niets. Ze wilden geen karaoke-avond horen in de Bultrug Lounge en het geluid van een stuk of vijftig auto's die in hun achteruit het parkeerterrein op- en afrijden, op weg naar het *all you can eat* buffet. Toen nou, Mike, jij hebt met harde cijfers te maken, met commercieel onderzoek. Vertel jij me dan hoe een hotel als dit draaiende kan blijven.'

Hij wilde iets zeggen, maar schudde toen zwijgend zijn hoofd.

'Ga terug naar je bazen, Mike. Zeg dat je hebt gedaan wat ze wilden. Je hebt de koop bezegeld, of hoe jullie dat in de City ook zeggen.'

Ik stond op het punt om in tranen uit te barsten en dat maakte me zo kwaad dat ik weer moest gaan afstoffen opdat hij mijn gezicht niet kon zien. Zesenzeventig jaar, en op het punt om te huilen als een puber. Maar ik kon er niets aan doen. Steeds als ik eraan dacht dat Liza en Hannah zouden verdwijnen, dat ze ergens ver weg van hier weer helemaal opnieuw moesten beginnen, benam het me de adem.

Ik had eigenlijk verwacht dat hij weg zou gaan, zo lang stond ik al met mijn rug naar hem toe. Maar toen ik me omdraaide stond hij er nog steeds. Hij keek peinzend naar de vloer.

Eindelijk hief hij zijn hoofd op. 'Ik zal het teruggedraaid krijgen,' zei hij. 'Ik weet nog niet precies hoe, Kathleen, maar ik zal zorgen dat het in orde komt.'

Ik zal wel ongelovig hebben gekeken, want hij deed een stap naar me toe. 'Ik beloof het, Kathleen. Ik zal zorgen dat het weer in orde komt.'

Toen draaide hij zich om en liep met zijn handen diep in zijn zakken terug naar het huis.

De volgende dag zette ik Hannah af bij school en nam toen de weg het binnenland in om Nino Gaines op te zoeken. Hij was een van de weinige mensen met wie ik eerlijk over geld kon praten. Als ik zou proberen om Liza duidelijk te maken hoe weinig er was, zou ze nog ongeruster worden, en ik had altijd verborgen gehouden hoe weinig haar boottochtjes naar de dolfijnen bijdroegen aan de kosten van ons huishouden.

'Hoeveel heb je dan?' We zaten in zijn kantoor. Door het raam kon ik de rijen wijnstokken zien die nu kaal waren, als bataljons kale takken onder een ongewoon grijze lucht. Achter hem waren boeken over wijn en een ingelijste poster van de eerste supermarktadvertentie waar zijn shiraz op stond. Ik vond het prettig in Nino's kantoor. Het straalde een gezonde zaak uit, vernieuwing en succes, ondanks zijn gevorderde leeftijd.

Ik krabbelde wat cijfers op de blocnote voor me en schoof die naar hem toe. Het klinkt misschien raar, maar ik ben opgevoed met de gedachte dat het onbeleefd is om over geld te praten, en zelfs op mijn leeftijd kost het me moeite om het hardop te zeggen. 'Dat is de bruto winst. En dat is de bruto omzet. We kunnen ervan leven. Maar als ik een nieuw dak of iets dergelijks nodig heb, zou ik de boot moeten verkopen.'

'Zo krap dus?'

'Ja, zo krap.'

Nino was nogal verbaasd. Ik denk dat hij voorheen had aangenomen dat ik nog steeds een flink appeltje voor de dorst had. Toen wij elkaar ontmoetten was mijn vader immers een grote naam in deze streek geweest. Maar, zo legde ik hem uit, er waren vijftig jaar voorbijgegaan sinds de hoogtijdagen van het hotel. En tien jaar sinds het

Silver Bay een voortdurende stroom gasten had gehad. Belasting, reparaties en de kosten van de zorg voor nog twee mensen – van wie de ene een eindeloze voorraad schoenen, boeken en kleren nodig had – hadden het weinige opgeslokt dat ik opzij had gezet.

Nino nam een slok thee. Frank had eerder een dienblad gebracht met een schaal koekjes. Het feit dat hij de koekjes op een kanten onderleggertje had gezet, deed mij met een hernieuwde blik naar Nino's ongetrouwde zoon kijken, hoewel Nino leek te denken dat Frank het ter ere van mij had gedaan.

'Wil je dat ik in het hotel investeer zodat jij een en ander kunt renoveren? De kamers opknappen? Satelliettelevisie installeren? Ik loop al een aardig tijdje mee. Ik zou het leuk vinden om geld in iets nieuws te steken.' Hij grinnikte. 'Belangenspreiding. Daar moet ik me op richten volgens mijn boekhouder. Jij kunt voor mijn belangenspreiding zorgen.'

'Wat heeft het voor zin, Nino? Je weet net zo goed als ik dat zodra dat monster er komt bij de steiger, we ons amper nog een schuur achter in hun tuin kunnen veroorloven.'

'Red je het niet met het geld van de boottochtjes? Liza zal er toch wel vaker op uit gaan als er meer mensen zijn? Misschien kun je in een tweede boot investeren. Die kun je door iemand anders laten bemannen.'

'Maar dat is het hem juist. Ze blijft niet als er meer mensen komen. Ze... dan wordt ze nerveus. Ze heeft een rustige omgeving nodig.' Dat klonk zelfs in mijn eigen oren heel zwak. Ik was al lang geleden opgehouden met het raadsel dat mijn nicht was te verklaren.

We bleven zwijgend zitten terwijl Nino dit verwerkte. Ik dronk mijn kopje leeg en zette het op het dienblad.

Toen boog hij zich over zijn bureau. 'Goed, Kate. Je weet dat ik nooit mijn neus in andermans zaken heb gestoken, maar nu ga ik het vragen.' Hij liet zijn stem dalen. 'Waar is Liza in hemelsnaam voor op de vlucht?'

Toen kwamen de tranen en ik besefte tot mijn afschuw dat ik ze niet kon tegenhouden. De snikken deden mijn borst en schouders schokken alsof ik een marionet aan touwtjes was. Ik denk dat ik niet meer zo heb gehuild sinds ik een kind was, maar ik kon niet ophouden. Ik wilde mijn meisjes zo graag beschermen, maar Mike Dormer en zijn idiote slinkse plannen hadden me doen beseffen hoe kwetsbaar ze waren. Hoe makkelijk ons veronderstelde vluchtoord aan het einde van de baai tot splinters kon worden gereduceerd.

Toen ik me weer een beetje wist te beheersen, keek ik hem aan.

Zijn glimlach was vol medeleven, zijn blik bezorgd. 'Je kunt het me zeker niet vertellen?'

Ik legde mijn hoofd in mijn handen.

'Het moet iets heel ergs zijn, anders was je niet zo van streek.'

'Je mag niet slecht over haar denken,' mompelde ik door mijn vingers heen. Een zachte, versleten zakdoek werd ertussen gepropt en ik veegde niet erg elegant mijn ogen af. 'Niemand heeft meer geleden dan zij.'

'Maak je niet druk. Ik weet wat ik van je meisjes heb gezien en ik weet dat in geen van beiden ook maar enig kwaad steekt. Ik zal er niet meer naar vragen, Kate. Ik dacht alleen dat het je misschien een beetje zou opluchten als je het aan iemand zou vertellen, wat het ook mag zijn.'

Toen pakte ik zijn sterke, oude hand. Hij hield die van mij stevig vast met zijn grote knokkels op de mijne, en daar putte ik veel troost uit, meer dan ik had gedacht.

Zo bleven we een poos zitten, luisterend naar het tikken van de klok op de schoorsteenmantel, terwijl de onbekende warmte van zijn huid door mijn eigen hand geabsorbeerd werd. Ik besefte dat ik niet naar huis wilde. Ik had de kracht niet om Liza gerust te stellen. Zij was bijna buiten zichzelf van ongerustheid. Ik wilde niet aardig zijn tegen Mike Dormer en zijn modepop van een vriendin terwijl ik moest denken aan wat ze me hadden aangedaan. Ik wilde niet eens hun rekening opmaken. Ik wilde gewoon in deze stille kamer blijven in het stille dal, terwijl er iemand voor me zorgde.

'Je kunt hier komen.' Zijn stem was voorzichtig.

'Dat kan ik niet, Nino.'

'Waarom niet?'

'Dat heb ik gezegd. Ik kan de meisjes niet in de steek laten.'

'Ik bedoelde jij én de meisjes. Waarom niet? Ruimte genoeg. Nog steeds dicht in de buurt bij Hannah's school, als je een ritje niet erg vindt. Moet je dit grote oude huis zien. Deze kamers zouden het heerlijk vinden om weer jongelui te zien. Het enige wat Frank hier houdt is dat hij me niet alleen wil laten.'

Ik zei niets. Het duizelde me.

'Kom bij me wonen. We kunnen het zo regelen als jij wilt. Jij in een eigen kamer, of...'

Hij keek me aandachtig aan, en in zijn ogen met de zware oogleden zag ik een glimp van de brutale jonge vliegenier van vijftig jaar geleden. 'Ik zal het je niet meer vragen. Maar ik weet dat het ons beiden gelukkig zou maken. En ik zou helpen om de meisjes te beschermen tegen wat het ook is waar je zo ongerust over bent. Ik zit hier in een vergeten uithoek. Zelfs die vervloekte postbode kan ons de helft van de tijd niet vinden.'

Ondanks alles moest ik lachen. Zoals ik al eerder zei, Nino Gaines heeft dat altijd gekund, me laten lachen.

Toen werd zijn greep strakker. 'Ik weet dat je van me houdt, Kathleen.' Toen ik niets zei, vervolgde hij: 'Ik kan me die avond herinneren. Elke minuut. En ik weet wat het betekende.'

Met een ruk hief ik mijn hoofd op. 'Zwijg over die avond,' snauwde ik.

'Wil je daarom niet met me trouwen? Omdat je je schuldig voelt? Kate, het was één avond, twintig jaar geleden. Een heleboel echtgenoten hebben zich slechter gedragen. Het was één avond, een avond die we niet zouden herhalen, daar waren we het over eens.'

Ik schudde mijn hoofd.

'En dat hebben we toch ook niet gedaan? Ik was een goede echtgenoot voor Jean en dat weet je.'

O, en of ik het wist. Ik had er meer dan de helft van mijn leven aan gedacht.

'Waarom dan? Jean zei tegen me, met haar laatste adem, dat ze wilde dat ik gelukkig was. Ze zei bijna met zoveel woorden dat jij en ik moesten trouwen. Wat houdt ons in hemelsnaam tegen? Wat houdt jou tegen?'

Ik moest opstaan om weg te gaan. Ik zwaaide even naar hem terwijl ik mijn andere hand voor mijn mond hield en onvast naar mijn auto liep.

Ik kon hem niet de waarheid vertellen. Dat wat Jean tegen hem had gezegd inderdaad een boodschap was, maar een boodschap voor mij. Via hem vertelde ze me dat ze het had geweten, dat ze het al die jaren erna had geweten. En die vrouw begreep dat ik door deze wetenschap me voor de rest van mijn leven schuldig zou voelen. Jean Gaines had ons beiden beter gekend dan Nino dacht.

Die avond ging ik niet bij de bemanningsleden zitten. Ik vermoedde terecht dat hun verontwaardiging een lange avond tot gevolg zou hebben, en ik liet Liza bedienen met de smoes dat ik hoofdpijn had. Toen ging ik in mijn kantoortje achter de keuken zitten, waar ik de rekeningen van de gasten uitwerkte, en staarde naar de jaren van grootboeken, de rekeningen waarin de geschiedenis van het hotel was vastgelegd. De jaren 1946 tot 1960 waren dikke boeken, waaruit de populariteit van het hotel was op te maken. Af en toe sloeg ik ze open en dan keek ik naar de perkamentachtige rekeningen voor stukken vlees, geïmporteerde cognac en sigaren, bewijzen van de manier waarop een goede vangst van de dag werd gevierd. Mijn vader had elk reçu bewaard, een gewoonte die ik heb doorgezet. Toen waren de zeeën nog vol, klonk luid gelach in de lounge en was ons leven eenvoudig, ons grootste doel het einde van de oorlog te vieren en onze nieuwe welvaart erna.

Het boek van vorig jaar was nog geen anderhalve centimeter dik. Ik liet mijn hand over de in leer gebonden delen glijden waarbij mijn vingers de afnemende diktes registreerden. Toen keek ik op naar de foto van mijn moeder en vader; ze keken plechtig op me neer in hun trouwkleding. Ik vroeg me af wat ze van mijn netelige positie gevonden zouden hebben. Nino had gezegd dat ik kon verkopen aan de bouwers van het nieuwe hotel. Dat ik de prijs kon opdrijven door middel van de juiste onderhandelaar. Misschien kreeg ik genoeg om ergens opnieuw te beginnen. Maar ik was te oud om op huizenjacht te gaan, te oud om wat er van mijn leven overbleef in een bungalowtje te stouwen. Ik wilde niet mijn weg zien te vinden in nieuwe medische centra en supermarkten, om beleefdheden uit te wisselen met nieuwe buren. Mijn leven bestond uit deze muren, deze boeken. Alles wat ooit iets voor me betekend had was hier. Terwijl ik naar die boeken staarde, besefte ik dat ik dit huis meer nodig had dan ik had toegegeven.

Ik ben geen drinker, maar die avond pakte ik uit de la van mijn vaders bureau zijn oude zilveren heupflacon en stond mezelf een scheutje whisky toe.

Het was bijna kwart over tien toen Liza op de deur klopte. 'Hoe gaat het met je hoofdpijn?' vroeg ze terwijl ze de deur achter zich sloot.

'Goed.' Ik klapte het rekeningenboek dicht, hopend dat het leek of ik had gewerkt. Dat deed geen kwaad. Maar ik had pijn. Alles aan me voelde zwaar aan.

'Mike Dormer is net binnengekomen en regelrecht naar boven gegaan. Hij gedraagt zich alsof hij niet van plan is te vertrekken. Het leek me dat je beter even met hem kon praten.'

'Ik heb gezegd dat hij kon blijven,' zei ik kalm terwijl ik opstond en het boek terugzette op de plank.

'Wát heb je gedaan?'

'Je hebt me gehoord.'

'Maar waarom? We willen hem toch niet in de buurt hebben?'

Ik keek niet naar haar. Dat hoefde niet. Ik hoorde aan haar ontzette toon dat haar gezicht rood van kwaadheid zou zijn. 'Hij heeft betaald tot het einde van de maand.'

'Geef hem dan zijn geld terug.'

'Denk je dat ik dat geld kan weggooien?' snauwde ik tegen haar. 'Ik bereken hem drie keer zoveel als anderen.'

'Het gaat niet om het geld, Kathleen.'

'Daar gaat het wél om, Liza. Om geld. Omdat we elke laatste penny nodig zullen hebben, en dat betekent dat elke gast die hier wil blijven, welkom is, ook al doet het mijn bloed stollen.'

Ze was geschokt. 'Maar denk eens aan wat hij heeft gedaan,' zei ze.

'Tweehonderdvijftig dollar per nacht, Liza, daar denk ik aan. En nog meer voor de maaltijden van de vriendin. Vertel me eens hoe we anders aan dat geld moeten komen?'

'De bemanningsleden. Ze zijn elke avond hier.'

'Hoeveel denk je dat ik aan hen verdien? Een paar cent per flesje bier. Een dollar of zo per maaltijd. Denk je echt dat ik een normaal bedrag kan vragen terwijl ik weet dat de helft van hen van gratis koekjes leeft? Is het je nou echt niet opgevallen dat Yoshi ons de helft van de tijd niet eens kan betalen?'

'Maar hij doet ons de das om. En jij laat hem daar in je beste kamer zitten terwijl het gebeurt.'

'Wat gebeurd is, is gebeurd, Liza. Of dat hotel wel of niet doorgaat, is niet aan ons. We moeten alleen zo veel mogelijk proberen te verdienen nu wij nog een hotel hebben.'

'En de principes kunnen overboord?'

'We kunnen ons geen principes veroorloven, Liza, en dat is een feit. Niet als we schoenen willen kopen voor Hannah's school.'

Ik wist wat ze eigenlijk bedoelde, wat we geen van beiden hardop konden zeggen. Hoe kon ik de man onderdak geven die had gebroken wat er nog van haar hart over was? Hoe kon ik van haar eisen dat ze hem en dat meisje door haar eigen huis moest zien lopen, pronkend met hun relatie?

We keken elkaar nijdig aan. Ik was buiten adem en ik legde een hand op het bureau om mijn evenwicht te bewaren. Haar mond stond strak van pijn en verontwaardiging.

'Zal ik je eens wat zeggen, Kathleen? Soms begrijp ik je werkelijk niet.'

'Nou, dat hoef je ook niet,' zei ik kortaf, terwijl ik deed alsof ik mijn bureau wilde opruimen. 'Bemoei jij je maar met je eigen zaken en laat mijn hotel aan mij over.'

Ik geloof dat we in de vijf jaar dat ze hier woonde nog nooit ruzie hadden gehad, en ik merkte dat het ons beiden had geschokt. Ik voelde die heupflacon naar me roepen, maar ik wilde hem niet pakken waar ze bij was. Ik wilde niet dat ze mijn voorbeeld zou volgen en dronken werd, wat weer tot een rampzalig samenzijn met Greg zou leiden.

Uiteindelijk draaide ze zich kwaad om en ging weg zonder nog iets te zeggen.

Ik had mijn tong wel af kunnen bijten. Ik kon haar niet de waarheid over mijn besluit vertellen. Ze zou nog niet de geringste suggestie willen horen van wat volgens mij de waarheid was. Omdat het niet alleen om geld ging. Omdat ik beter dan wie ook begreep hoe die jongeman in deze situatie verzeild was geraakt. En belangrijker nog, het ging om lokaas. En ondanks alles wat er was gebeurd, wist ik instinctief dat we de beste kans hadden om ons te handhaven als we Mike Dormer in onze buurt hielden.

14

Mike

De mensen die hun honden uitlieten zwaaiden niet meer naar me. Op de eerste ochtend dat ik langs hen rende, dacht ik dat ze me niet gezien hadden. Misschien had ik mijn wollen muts te ver over mijn voorhoofd getrokken. Ik was gewend geraakt aan onze dagelijkse groet, en ik merkte dat ik zocht naar bekende gezichten. Maar op de tweede ochtend, toen ik mijn hand opstak en ze zich afwendden, besefte ik dat ik niet langer anoniem was, maar in sommige stukken van Silver Bay publieke vijand nummer één.

Hetzelfde gold bij de garage toen ik ging tanken, bij de kassa van de supermarkt en in de kleine cafetaria bij de steiger, toen ik daar koffie wilde bestellen. Het duurde bijna veertig minuten en ik moest er meerdere malen om vragen voor ik de koffie kreeg.

Vanessa was optimistisch. 'O, je strijkt altijd wel iemand tegen de haren in,' zei ze afwijzend. 'Herinner je je de verbouwing van dat schoolcomplex in Oost-Londen nog? De mensen in de flats ertegenover wilden er niets van weten tot ze ontdekten hoeveel hun flats in waarde stegen.'

Maar dat was anders geweest, wilde ik tegen haar zeggen. Het kon me niet schelen hoe die mensen over me dachten. En daarbij hoefde Vanessa niet de confrontatie aan te gaan met Liza, die wist te doen alsof ik niet langer bestond terwijl ze me tegelijkertijd met een ijzige rancune behandelde.

Tijdens de enige keer dat zij en ik alleen waren in de keuken – Vanessa was boven – had ik gezegd: 'Ik heb tegen je tante gezegd dat ik zal proberen om het terug te draaien. Het spijt me.'

Haar blik bracht me tot zwijgen. 'Wat spijt je, Mike? Dat je hier onder valse voorwendselen hebt gelogeerd, dat je op het punt staat ons te ruïneren, of dat je een dubbelhartige klo–'

'Jij zei dat je geen relatie wilde.'

'Jij hebt mij niet verteld dat je er al een had.' Toen ze dit had gezegd, kwam er een gesloten uitdrukking op haar gezicht, alsof ze vond dat ze te veel had onthuld. Maar ik wist wat ze had gevoeld. Dat moment in de auto was steeds weer door mijn gedachten gegaan alsof er een filmbandje in mijn hoofd zat. Ik had woord voor woord kunnen herhalen wat we tegen elkaar hadden gezegd. Dan werd ik herinnerd aan mijn eigen dubbelhartigheid in zo veel opzichten, en op dat punt belde ik meestal Dennis op of ging ik administratief werk doen dat met het project te maken had. Dat is het mooie van zakendoen: het is een toevluchtsoord voor talloze praktische problemen. Je weet altijd waar je aan toe bent.

Ik vertelde Vanessa waarom ik het niet langer eens was met de plannen voor het project. Ze geloofde me niet, dus nam ik haar met nog een groepje andere toeristen mee op de *Moby Een* en liet haar de dolfijnen zien. Yoshi en Lance waren beleefd, maar ik voelde een bijna fysiek onbehagen bij het ontbreken van gezellige praatjes, en ik miste de scherpe beledigingen van Lance. Ik was niet langer een van hen. Dat wist ik, en zij wisten het ook.

Dat gevoel van stilzwijgende afkeuring achtervolgde me door de hele baai, tot ik er zelfs van overtuigd was dat de Koreaanse toeristen op het bovendek wisten wat ik op mijn geweten had. 'Ik kan net zo goed een harpoen ter hand nemen en een etiketje "walvismoordenaar" opplakken,' zei ik toen de stilte me te veel werd.

Vanessa zei dat ik overgevoelig was. 'Wat kan het je schelen wat ze denken?' zei ze. 'Over een paar dagen hoef je niemand van hen meer te zien.'

'Het kan me heel veel schelen omdat ik het goed wil afwikkelen,' zei ik. 'En ik denk dat het kan. In ethisch en in commercieel opzicht.'

Ik wist dat ik Vanessa aan mijn kant moest hebben als we Dennis wilden overtuigen dat de plannen veranderd moesten worden.

'Ethische zaken?' Ze trok een wenkbrauw op, maar ze wimpelde het niet af als een slecht idee.

Toen, als in antwoord op mijn smeekbede, opende de zee zich. Yoshi's stem klonk door het omroepsysteem, vol opwinding zoals altijd als er een walvis in de buurt was. 'Dames en heren,' zei ze. 'Als u door de ramen aan bakboord kijkt – dat is links voor degenen die dat nog niet weten – kunt u nog net een bultrug zien. Misschien komt ze onze richting uit, dus zetten we de motoren af en hopen we dat ze dichterbij komt.'

Er klonk opgewonden gepraat op het bovendek. Ik trok mijn das over mijn kin en wees naar waar ik een spuit had gezien. Ik keek naar Vanessa's gezicht, want ik wist dat dit een cruciaal moment was, en ik hoopte dat de walvis zou weten wat goed voor haar was en indruk zou maken op Vanessa.

Toen, als bij afspraak, kwam het dier op nog geen twaalf meter van ons vandaan boven water. De grote prehistorische kop draaide zich om terwijl het lijf terug plonsde in het water. Net als ik hield ze haar adem in en haar gezicht werd verzacht door een kinderlijke blijdschap. Heel even zag ik in haar het meisje van wie ik had gehouden voor ik naar hier was vertrokken. Ik pakte haar hand en kneep erin. Ze kneep terug.

'Zie je wat ik bedoel?' zei ik. 'Zie je dat dit onmogelijk is?'

'Maar de plannen gaan door,' zei ze toen ze met moeite haar blik afwendde. 'Daar heb jij voor gezorgd.'

'Ik kan niet met mezelf leven,' zei ik. 'Ik heb gezien wat er kan gebeuren en ik wil niet verantwoordelijk zijn als dit hier verpest wordt.'

We keken toe terwijl de walvis weer aan de oppervlakte kwam, deze keer verder weg, en weer onder de golven verdween, niet langer afgeleid door de eigen nieuwsgierigheid maar gedreven om de reis naar het noorden te vervolgen. De toeristen om ons heen hingen over de reling in de hoop dat het dier zich nogmaals zou laten zien. Toen trokken ze zich terug op de plastic stoelen en banken terwijl ze de opnamen op hun camera's met elkaar vergeleken. Ik dacht aan Lance, beneden ons in de stuurhut, die een zucht van verlichting zou slaken omdat dit tochtje succesvol was verlopen. Misschien zouden hij en Yoshi het hebben over de route van het dier, en via de radio met de andere boten praten en uitrekenen waar ze nu naartoe zouden gaan. Als Vanessa het begrijpt, dacht ik, dan hebben we een kans om dit te laten slagen.

Ik stond op en keek 360 graden rond, terwijl ik de kustlijn in de verte in me opnam, de reeks onbewoonde eilandjes die net schildwachten leken voor het grotere stuk land erachter. Boven ons cirkelden en doken vogels, en ik probeerde me de namen ervan te herinneren die de bemanningen me hadden verteld: visarenden, jan-van-genten, zeearenden met hun witte borst. Om ons heen rees en daalde de zee, glinsterend aan de ene kant, donkerder en blijkbaar minder meegaand aan de andere kant. Ik voelde me hier niet langer een buitenstaander. Ondanks hun gebrek aan geld, hun onzekere levensstijl en hun dieet van goedkope koekjes, benijdde ik de walvisjagers.

Toen begon Vanessa te praten. Haar muts was diep over haar voorhoofd getrokken, dus kon ik haar gezicht niet goed zien. 'Mike?'

Ik draaide me naar haar om. Ze droeg de diamanten oorknopjes die ik haar voor haar dertigste verjaardag had gegeven.

'Ik weet dat er iets aan de hand is,' begon ze behoedzaam. 'Ik weet dat ik een deel van je kwijt ben. Maar ik zal doen of dit allemaal niet is gebeurd, ik zal doen of alles nog goed is tussen jou en mij, en dat dit een soort vreemde reactie is op de schok dat je gaat trouwen.'

Mijn hart sloeg een slag over. 'Nessa,' zei ik. 'Er is niets gebeurd...' Maar ze legde me met een handgebaar het zwijgen op.

Ze keek me aan en ik haatte mezelf om de pijn die ik in haar ogen zag.

'Ik wil niet dat je het uitlegt,' zei ze. 'Je moet je niet verplicht voelen me iets te vertellen. Als je denkt dat het verder goed kan gaan, dat je van me kunt houden en me trouw kunt blijven, dan wil ik dat we doorgaan zoals voorheen. Ik wil dat we gaan trouwen, dit vergeten en doorgaan met ons leven.'

De motoren werden weer gestart. Ik voelde de trillingen onder mijn voeten en toen, terwijl de boot draaide, nam de wind toe en Lance zei iets door de intercom, dus wist ik niet of ze nog iets zei.

Ze draaide zich om naar de zee en zette haar kraag op. 'Goed?' zei ze. En toen weer: 'Goed?'

'Goed,' zei ik, en ik kwam naar haar toe. Ze stond toe dat ik haar omhelsde. Zoals ik al zei, mijn vriendin is een intelligente vrouw.

In de vijf dagen voor we naar Sydney terug zouden reizen, brachten Vanessa en ik de tijd grotendeels door in onze kamer. We waren niet bezig met wat Kathleen en Liza waarschijnlijk vermoedden, maar zaten boven mijn laptop te bedenken hoe we de plannen konden veranderen op een manier die haar vader en de investeerders tevreden zou stellen. Dat was geen makkelijke taak.

'Als we maar een uniek verkoopargument kunnen vinden, dan lukt het ons,' zei ze.

Ik was blij dat ze op de hoogte was van marktonderzoek.

'Zonder watersport is deze plek uniek door de walvissen. We moeten een manier vinden om ze erbij te betrekken zonder de plaatselijke walvisjagers in de kou te zetten. Dan kunnen we niet zelf iets op touw zetten, wat mijn eerste keus zou zijn. Er moet een andere manier zijn om toegang te kunnen krijgen tot de zeedieren.' Ze had contact gezocht met de mensen van Nationale Parken en Faunabescherming om met hen over de dolfijnen te praten, maar ze hadden gezegd dat ze nog meer contact tussen toeristen en de dieren niet wilden aanmoedigen.

'Misschien iets helemaal anders. Een soort platform bij de monding van de baai, met een gedeelte waar je onder water kunt kijken.'

'Te duur. En daar zullen de mensen van de boten waarschijnlijk bezwaar tegen hebben. We kunnen een nieuwe steiger bouwen met een restaurant boven en een uitkijkpost beneden.'

'Wat krijg je dan eigenlijk te zien, zo dicht bij de kust?' Ze sabbelde op het uiteinde van haar pen. 'We kunnen een radicaal nieuw idee voor een kuuroord uitwerken.'

'Dat zag je vader niet zitten.'

'Of we kunnen de plannen schrappen en een andere locatie zoeken. Ik zie geen manier om het hotel in de huidige vorm winstgevend te maken zonder watersport. Er is gewoon niets anders te doen. Niet voor het duurdere segment.'

'Tennis?' opperde ik. 'Paardrijden?'

'Een nieuwe locatie,' zei ze. 'We hebben vijf dagen om een nieuwe plek aan de kust te vinden voor een project van honderddertig miljoen Engelse ponden.'

We keken elkaar aan en begonnen te lachen. Door het hardop te zeggen klonk het nog belachelijker dan het in feite was.

Maar Vanessa Beaker was niet voor niets een dochter van haar vader. Binnen een uur nadat we hadden besloten dat dit de manier was, zat ze al aan de telefoon met Kathleens oude telefoonboek, en nog geen vier uur later had ze waarschijnlijk iedere makelaar tussen Cairns en Melbourne gesproken.

'Kunt u me wat foto's e-mailen?' Tussen de gesprekken aan mijn eigen telefoon in hoorde ik steeds weer hetzelfde verzoek, en de andere vragen.

'Kunt u me zeggen of het water beschermd gebied is?'

'Zijn er zeezoogdieren of andere inheemse soorten waarop een nieuw te bouwen project een nadelige invloed kan hebben?'

'Zouden ze het eventueel willen verkopen?'

'Zijn ze bereid om te onderhandelen?'

Tegen het einde van de tweede dag hadden we twee mogelijke terreinen op het oog. Het ene was een bestaand hotel met grond op een uur rijden van Brisbane. De pluspunten waren een eigen, beschutte baai die zonder klachten werd gebruikt voor watersport. Maar het was er niet half zo mooi als Silver Bay, en er stonden al meerdere vijfsterrenhotels. Het andere, op een halfuur van Bundaberg gelegen, was toegankelijker, maar ook bijna drie keer zo duur.

'Dat zal paps niet leuk vinden,' zei ze. Toen schonk ze me een brede glimlach. 'Maar alles valt te regelen, nietwaar? Als we het maar proberen? Ik bedoel, moet je zien hoever we al zijn gekomen.'

'Jij,' zei ik vol genegenheid terwijl ik haar haren uit haar gezicht streek, 'bent onbetaalbaar.'

'Als je dat maar weet,' zei ze. Misschien beeldde ik me de scherpe klank in haar stem maar in.

Die avond vrijden we voor het eerst sinds ze naar Silver Bay was gekomen. Gezien ons vroegere fysieke verlangen naar elkaar kan ik niet verklaren waarom dat niet eerder was gebeurd, maar de sfeer was te vreemd geweest. Geen van beiden was zoals vroeger zeker geweest van de reactie van de ander. We hadden deze onzekerheid verborgen achter verklaringen dat we zo moe waren, of dat we te veel wijn hadden gedronken. We waren zogenaamd in beslag genomen door onze boeken. Zelf was ik me er heel erg van bewust hoe dun de muren van het hotel waren.

We waren uit eten gegaan in de stad en liepen langzaam hand in hand terug langs de baai. De wijn, het maanlicht en het feit dat ik Silver Bay misschien had gered van het noodlot dat ik zelf had veroorzaakt, hielpen de vreemde weerstand glad te strijken die ik de afgelopen tijd voelde als Vanessa en ik elkaar omhelsden.

Ik had het bijna verpest, zei ik tegen mezelf terwijl we zwijgend verder slenterden, maar niet helemaal. We zouden dit project redden, we zouden de walvissen redden en ook onze relatie. We hadden nieuwe dingen van elkaar leren begrijpen. Ik had een tweede kans gekregen.

In mijn kamer hadden we het licht uit gelaten en zonder iets te zeggen onze kleren uitgetrokken, alsof we door middel van telepathie hadden besloten dat deze avond hét moment was. We kwamen naar elkaar toe. Ik richtte me op de weelderige schoonheid van Vanessa's silhouet en ik dacht alleen maar aan fysieke gevoelens toen we op het oude bed gingen liggen, huid tegen huid, terwijl haar handen vaardig naar me tastten en ze zachte geluidjes van genot uitte. Ik liet mijn handen over haar borsten, haar huid glijden en verborg mijn gezicht in haar haren. Ik herinnerde me haar geur, hoe haar rondingen aanvoelden onder mijn vingertoppen. En ten slotte stortte ik me in haar, alles vergetend, en stond mezelf toe om wanhopig naar adem te snakken toen de bevrijding kwam.

En naderhand bleven we zwijgend liggen terwijl iets zwaars en melancholieks in het donker om ons heen neerdaalde.

'Goed?' vroeg ik terwijl ik haar hand pakte.

'Ja,' zei ze na een poos. 'Het was heerlijk.'

Ik staarde omhoog in het donker, luisterend naar de golven die op het strand uiteenspatten, naar het geluid van een autoportier dat in de verte dichtsloeg en een motor die werd gestart, en dacht aan wat er had ontbroken, zoals ik vanbinnen wist. Aan wat ik was kwijtgeraakt.

We vertrokken op zaterdag. Ik ging vroeg naar beneden en betaalde de rekening aan Kathleen. Ik betaalde de helft contant, omdat ik vermoedde dat ze daar meer aan had dan aan een creditcard. 'Ik neem wel contact op,' zei ik. 'Het ziet er goed uit. Echt.'

Ze keek me aan. 'Dat hoop ik,' zei ze. Ze stopte het geld in een blik onder het bureau zonder het na te tellen. Ik hoopte dat het een teken was, hoe klein ook, dat ze me weer vertrouwde. Ik voelde me uitgelaten van opluchting en vertrouwen dat er iets goeds kon gebeuren.

'Is... is Liza er?' vroeg ik toen ik merkte dat ze er niet zelf over zou beginnen.

'Ze is weg op de *Ishmael*,' zei ze.

'Doe haar de groeten van me.' Ik probeerde om niet zo opgelaten te klinken als ik me voelde. Ik was me er heel erg van bewust dat Vanessa naar beneden was gekomen en nu achter me stond.

Kathleen zei niets, maar gaf Vanessa een hand. 'Dag,' zei ze. 'En veel succes met het huwelijk.'

Dat kon je op meerdere manieren opvatten, dacht ik terwijl ik naar boven ging om de koffers te halen, en geen daarvan zette mij in een goed licht. Ik had meteen weer naar beneden willen gaan, maar toen ik langs de gang met de familiekamers liep, hoorde ik muziek. Hannah was er nog. Ze had nauwelijks nog iets tegen me gezegd sinds het project aan het licht was gekomen, en de zwijgzaamheid van dat kind had me meer dan wat ook overtuigd van mijn falen.

Ik liep naar haar kamer en klopte aan. Na een poos deed ze open en luide muziek weerklonk in de ruimte achter haar.

'Ik wilde even gedag zeggen,' zei ik.

Ze gaf geen antwoord.

'O ja, en ik wilde je dit geven.' Ik stak een envelop naar haar uit. 'Je salaris. De foto's waren heel mooi.'

Ze wierp er een blik op. Toen ze sprak klonk haar stem een heel klein beetje verontschuldigend. 'Mijn moeder heeft gezegd dat ik geen geld van je mag aannemen.'

'Goed,' zei ik, terwijl ik minder opgelaten probeerde te klinken dan ik me voelde. 'Nou, ik zal het op de tafel in de hal laten liggen, en als je het echt niet mag aannemen, hoop ik dat je het aan een goed doel voor de dolfijnen zult geven. Ik weet dat je dol op ze bent.'

Ik hoorde Vanessa's mobiele telefoon gaan beneden en ik knikte, alsof dat mijn excuus was om weg te gaan.

Hannah stond in de deuropening en bestudeerde me. 'Waarom heb je tegen ons gelogen, Mike?'

Ik deed een stap naar haar toe. 'Dat weet ik niet,' zei ik. 'Ik denk dat ik een grote fout heb gemaakt en ik probeer die goed te maken.'

Ze sloeg haar ogen neer.

'Volwassen mensen maken ook fouten,' zei ik. 'Maar ik probeer het goed te maken. Ik hoop... ik hoop dat je me gelooft.'

Ze hief haar hoofd op en ineens zag ik op haar gezicht dat ze deze les al heel lang geleden had geleerd, dat wat ik had gedaan haar alleen maar had gesterkt in haar idee dat volwassen mensen tekortschoten en haar eigen onschuldige leven bedierven.

We bleven even staan, de patser uit de City en het kleine meisje. Ik haalde diep adem, en bijna instinctief stak ik een hand uit. Na een hele poos nam ze die aan.

'En je telefoon?' riep ze opeens toen ik al boven aan de trap stond. 'We hebben je telefoon nog.'

'Hou die maar,' zei ik, dankbaar dat ik haar iets kon aanbieden, dat ik misschien íéts in haar ogen kon goedmaken. 'Doe er iets goeds mee, Hannah. Dat meen ik.'

Vanessa zat al in de Holden te wachten. Ze droeg wat ze haar reiskleding noemde: een mantelpakje van kreukvrije stof, met een schone blouse en een wollen vest boven in haar weekendtas, om zich te verkleden zodra we op Heathrow kwamen. Ik had met enig vermaak gevraagd met wie ze een afspraak had, en ze had gezegd dat zij niet ook een slons hoefde te worden omdat ik toevallig niet langer om mijn uiterlijk gaf. Ik denk dat ze op mijn spijkerbroek doelde, die ik tegenwoordig meestal droeg. Hij zat inmiddels lekker, en ik vond het eigenlijk overbodig om een pak aan te trekken voor een vliegreis.

'Nou, dag dan maar,' zei Kathleen met haar armen over elkaar geslagen terwijl ze meeliep naar de Holden. Ze was een heel andere Kathleen dan die me vijf weken geleden had verwelkomd.

'Tot ziens,' zei ik. Ik deed geen poging om haar een hand te geven. Iets aan die over elkaar geslagen armen vertelde me dat het een nutteloze poging zou zijn. 'Ik zal je niet teleurstellen, Kathleen,' zei ik zacht, en ze wierp haar hoofd in de nek, alsof dat het enige gebaar was dat ze me wilde gunnen.

Ze had gezegd dat Liza weg was op de *Ishmael*. Ergens dacht ik dat het maar het beste was als ik haar nooit meer zou zien. Zoals ze al had gezegd: wat kon ik nog tegen haar zeggen wat ze zou willen horen?

Maar toen we langs de Walvissteiger reden, keek ik in de achteruitkijkspiegel. Op het eind van de steiger stond een magere blonde vrouw, duidelijk afgetekend tegen de glinsterende zee. Haar handen waren diep in haar zakken gestoken en haar hond lag aan haar voeten. Ze keek onze witte auto na terwijl die langzaam maar zeker wegreed over de kustweg.

De terugvlucht was zo vervelend als een vlucht van vierentwintig uur altijd is. We zaten naast elkaar, kibbelend over de juiste terminals, ruilden vliegtuigmaaltijden waar we geen trek in hadden en keken naar films die ik me niet kan herinneren, maar ik was blij met de afleiding. Ik viel in slaap, en toen ik wakker werd zag ik vaag dat Vanessa naast me een lijst met bedragen zat door te nemen. Weer was ik dankbaar dat ze me wilde steunen.

We landden om zes uur in de ochtend, maar toen we door de paspoortcontrole waren, was het al bijna zeven uur.

Het was druk op Heathrow, chaotisch en grijs, zelfs op dat tijdstip en zelfs tijdens wat als zomer werd beschreven. Iedereen voelt zich rot als ze terugkomen uit het buitenland, hield ik mezelf voor terwijl ik over mijn stijve nek wreef. We liepen naar de bagageband. Dat hoort bij het reizen, net zoals vertragingen en smerige maaltijden in een vliegtuig.

Uiteraard duurde het een hele tijd voor de bagage er was. Volgens een op bepaald niet verontschuldigende toon gesproken aankondiging was er vanwege gebrek aan personeel slechts één team dat de bagage van de vier vluchten in het afgelopen uur moest sorteren, en dat we – heel zwak uitgedrukt – ‘enige vertraging’ konden verwachten.

‘Ik zou een moord doen voor een kop koffie,’ zei Vanessa. ‘Er zal toch wel ergens een cafetaria zijn?’

‘Ik moet naar de wc,’ zei ik. Ze zag er uitgeput uit, zelfs met haar zorgvuldig gekamde haren en opnieuw aangebrachte make-up. Ze kon nooit goed slapen in een vliegtuig. ‘Er zijn pas koffiepunten na de douane. Let jij op de koffers?’

Ik liep weg, vlugger dan had gepast bij mijn vermoeidheid. In de laatste maand was ik gewend geraakt om alleen te zijn, en de afgelopen week, met Vanessa bijna de hele tijd bij me, viel me zwaar. En het was nog moeilijker omdat haast niemand nog met ons wilde praten. Het was praktisch onmogelijk geworden om buiten te zitten bij de walvisjagers. Niet dat ik in de verleiding kwam. Ik was bang dat Greg met zijn grillige buien Vanessa zou confronteren met wat hij vermoedde. We hadden dat wat onuitgesproken was, doorstaan. Ik wist niet of we een dergelijke berusting konden opbrengen als ons de waarheid werd voorgelegd.

De korte wandeling over het knerpende linoleum van Heathrow markeerde het feit dat ik sinds acht dagen weer eens alleen was, en dat was een opluchting. Ik had juist gehandeld, hield ik mezelf voor, terwijl ik me schaamde voor dergelijke trouweloze gedachten. En ik ga doen wat juist is.

Even later kwam ik terug, mijn gezicht nog nat omdat ik het onder de kraan had gestoken. Toen ik dichterbij kwam, zag ik dat de band met de bagage nog draaide. Vanessa had onze koffers er nog niet vanaf gepakt, hoewel ik ze eenzaam zag ronddraaien op de band.

'Je bent zeker moe,' zei ik terwijl ik me haastte om de koffers te pakken.

Maar toen ik me omdraaide met de koffers – mijn vriendin was beslist niet iemand die ooit zou leren met weinig bagage te reizen – keek Vanessa naar haar mobiele telefoon. 'Toch niet je vader,' zei ik vermoeid. 'Niet nu al?' Gunde hij ons niet eens de tijd om naar huis te gaan en te douchen? Ik zag op tegen wat een heel moeilijk gesprek zou zijn, zelfs in aanwezigheid van Vanessa, en ik wilde de tijd om me erop voor te bereiden.

'Nee,' zei ze, en haar gezicht was ongewoon wit. 'Nee, het was jouw telefoon. Een sms'je. Van Tina.' Ze duwde het bericht onder mijn neus en liep weg, terwijl ze het restant van haar bagage langzaam door liet draaien op de band.

De eerstvolgende keer dat ik haar zag was bijna achtentwintig uur later, toen ik op kantoor kwam voor een beslissend gesprek met Dennis. Hij was weer op de been, en met zijn herstelde fysieke mobiliteit leek zijn energie een soort waanzinnige scherpte te hebben gekregen.

'Wat is er aan de hand, knul?' zei hij steeds terwijl hij naar mijn dossier vol brieven over de planning graaide. 'Wat is er aan de hand?'

Het kantoor kwam vreemd op me over. De City was zo lawaaiig en druk dat ik mezelf er niet van kon overtuigen dat ik alleen maar gedesoriënteerd was door de jetlag. Als ik mijn ogen sloot, kon ik de serene horizon van Silver Bay zien. Als ik ze opende, zag ik grijze trottoirs, smerige goten, en bus 141 die paarse uitlaatgassen uitstootte. En dan het kantoor. Beaker Holdings, dat eens vertrouwder voor me was dan mijn eigen huis, leek nu een afschrikwekkende betonkolos. Ik bleef aarzelend staan en hield mezelf voor dat ik in Australië last had gehad van jetlag en dat ik daar nu in Engeland natuurlijk ook weer last van had.

En toen was Dennis er en kreeg ik geen kans meer om aan ook maar iets te denken.

'Wat is er aan de hand? Ben je blij met je grote slag? De financiers zijn heel gelukkig, dat kan ik je wel vertellen. Zo gelukkig als de omstandigheden maar toelaten.' Doordat hij zich een poos niet had kunnen bewegen, was hij dik geworden en zijn gezicht zag rood, vergeleken bij de tanige, verwaaide figuren bij wie ik de afgelopen maand had doorgebracht.

'Je ziet er vreselijk uit,' zei hij. 'Laten we eerst eens voor koffie zorgen. Ik zal die door een van de meisjes laten halen. Niet dat oplosspul van hier.'

In de korte tijd dat hij de vergaderkamer had verlaten, ging ik naast Vanessa zitten. Ze had geweigerd me aan te kijken, en nu zat ze voor een blanco schrijfblok. Ze droeg een mantelpakje, wat ze haar power dressing noemde.

'Het spijt me,' mompelde ik. 'Het is niet wat het lijkt. Echt niet. Laten we voor straks afspreken, dan kan ik het uitleggen.'

'Niet wat het lijkt,' zei ze terwijl ze krabbeltjes tekende op het blok. 'Dat welkomstberichtje lijkt me anders overduidelijk.'

'Nessa, toe. Je wilde mijn telefoontjes niet beantwoorden. Geef me in elk geval vijf minuten. Hierna. Vijf minuten.'

'Goed,' zei ze ten slotte.

'Fijn. Dank je.' Ik kneep even in haar arm en zette me toen schrap voor wat ging komen.

Hij luisterde aandachtig toen ik in het kort omschreef wat ik had gedaan toen ik in Australië was. Hij en Darren, onze accountant, en Ed, het hoofd Projecten, maakten aantekeningen terwijl ik mijn overwegingen beschreef met betrekking tot de ecologische gevolgen. Ik vertelde waarom ik me had vergist door voor de S94 te kiezen, en waarom de plannen nog steeds een averechtse uitwerking konden hebben voor ons als er een openbaar onderzoek kwam, net als bij de parelkwekerij.

'De conclusie,' zei ik, 'is dat hoewel ik het idee voor ons project en de unieke verkoopargumenten ervan' – hier keek ik even naar Vanessa – 'nog steeds juist vind, ons bestaande plan verkeerd is om alle volgende redenen.' Ik overhandigde de pagina's die ik vanmorgen had geprint: de lijst met alternatieve plekken en de kostenverdeling die het veranderen van ons plan met zich mee zou brengen. 'We hebben de nieuwe locaties al vastgesteld, we hebben met de makelaars gesproken, en ik denk na mijn research dat dit veel betere opties zijn wat betreft mogelijke nadelige publiciteit en onze nieuwe unieke aantrekkingskracht: die van verantwoordelijke, diervriendelijke projectontwikkeling.'

Ik gebaarde naar de tafel. 'Vanessa is mee geweest. Ze heeft die dieren in levenden lijve gezien, ze heeft de leefomgeving van de walvissen gezien en meegemaakt hoe sterk de gevoelens voor de dieren zijn. Ze is het ermee eens dat de beste manier vooruit voor dit bedrijf een van de twee andere opties is. Ik weet dat er tijdboetes komen en dat we het bestaande terrein moeten verkopen, maar ik geloof dat, als je me meeneemt naar Vallance, ik ze kan overhalen om het ook zo te bezien.'

'Mensenkinderen,' zei Dennis terwijl hij de cijfers bestudeerde. 'Dat is nogal een verandering die je voorstelt.' Hij zoog op zijn tanden en bladerde door de laatste papieren. 'Dat zal bijna twintig procent van het totale budget kosten.'

Ik merkte hoopvol dat hij het niet meteen van de hand wees. 'Maar door op een bestaande plek te bouwen, zijn we de kosten van de S94 kwijt. Als je naar kolom drie kijkt, zie je dat het eindtotaal niet veel meer is. Dit is een minder riskante optie. Echt.'

'Minder riskant, hè?' Dennis wendde zich tot Vanessa. 'Alles opzij gooien, hè? Vind je echt dat we het hele project naar een andere plek moeten verplaatsen?'

Ze keek hem aan en toen draaide ze zich langzaam naar mij om. Haar gezicht had een koude uitdrukking. 'Nee,' zei ze. 'Ik heb er goed over nagedacht. Ik vind dat we moeten doorgaan met wat we hebben.'

15

Liza

Vandaag zag ik een walvis, een van de laatste van het seizoen. Ze kwam helemaal naar de boot met haar kalf en ze lagen aan stuurboord in het heldere blauwe water naar ons te kijken alsof ze niets beters te doen hadden. Ze was dichterbij dan zou moeten, zo dichtbij dat ik elk detail van de 'vingerafdruk' van de moeder, het patroon op haar staartvin, kon zien, zo dichtbij dat ik het kalf stil en blij, half beschermd onder de buik van de moeder kon zien. De klanten waren dolgelukkig. Ze slaakten uitroepen, maakten foto's en video-opnamen, en zeiden dat het een ervaring was die hun leven had veranderd, iets wat ze nooit zouden vergeten. Ze zeiden dat ze hadden gehoord dat ik goed was in walvissen vinden en nu ze gezien hadden dat het waar was, zouden ze me bij al hun vrienden aanbevelen. Maar ik kon geen glimlach opbrengen. Ik wilde tegen de walvis schreeuwen dat ze haar baby moest meenemen, ver weg van hier. Ik zag steeds dat aangespoelde kalf voor me op het strand, bedekt met een stuk zeil. Ik wilde niet dat ze zo veel vertrouwen in ons had.

Ik had niet geschokt moeten zijn door wat Mike had gedaan. Maar ik was het wel. Ik had werkelijk gedacht, na alles wat ik heb meegemaakt, dat ik iemand als hij meteen door zou hebben. En de wetenschap dat ik gefaald had, knaagde aan me, maakte me wakker uit het beetje slaap dat ik kon vinden. Die wetenschap bespotte me zodra ik wakker werd en voegde zich bij het koor van andere stemmen die me vertelden dat ik meestal de verkeerde dingen had gedaan.

De primitieve woede destijds was op mezelf gericht, denk ik, omdat ik zo stom was geweest. Omdat ik ons allemaal als een slaapwandelaar in gevaar had gebracht. En misschien omdat ik mezelf had toegestaan te dromen, hoe kort ook, dat mijn leven misschien een andere wending zou krijgen dan die waar ik me al zo lang bij had neergelegd.

Maar ik was kwaad op bijna iedereen. Op Mike omdat hij tegen ons had gelogen, op de afdeling Planologie omdat ze zijn voorstel hadden aangenomen zonder aan de walvissen te denken, op Kathleen omdat ze hem liet blijven zodat ik moest aanzien dat zijn geparfumeerde handlangster door mijn huis wandelde en met haar verlovingsring pronkte en deed of het allemaal niet belangrijk was, en op Greg omdat... nou ja, omdat hij zo idioot deed. Hij kwam elke dag, half woedend op me en half wachtend tot ik het hem zou vergeven. Elke keer als we elkaar zagen, eindigde het in ruzie. Ik denk dat we allebei een poos helemaal van streek waren en dat geen van ons de energie kon opbrengen om aardig te zijn.

Ik weet niet waarom – zo had ik me een hele poos niet gevoeld – maar in de eerste week dat Mike en zijn vriendin in het hotel bleven, kostte het me moeite om uit bed te komen. Toen was hij weg. En dat maakte het er op de een of andere manier niet beter op.

Hannah had het door. Ze had me, een beetje uitdagend, verteld dat Mike haar voor de foto's had betaald. Ze liet me de bruine envelop met bankbiljetten zien, en voor ik iets kon zeggen kondigde ze aan dat ze het geld aan de Nationale Parken zou geven om aangespoelde zeedieren te helpen redden. Ze had hen gesproken, zei ze, en de inhoud van de envelop was meer dan genoeg om nog een dolfijnenbrancard te kopen. Hoe kon ik dat weigeren? Ik wist dat mijn dochter diep vanbinnen Mike wilde verdedigen, en daardoor haatte ik hem nog meer.

Ze leek verdrietig. Ze vroeg niet meer naar de schoolreis naar Nieuw-Zeeland en bracht veel tijd door in haar kamer. Toen ik vroeg of er iets was, zei ze heel beleefd dat alles in orde was, op een manier waardoor ik kon merken dat mijn aanwezigheid niet gewenst was. Maar ik miste mijn dochter. 's Nachts, als ze (nog steeds) naar mijn kamer sloop, hield ik haar slapende lijfje vast alsof ik het wilde goedmaken voor alle keren dat ze overdag niet meer in mijn buurt wilde zijn. Dus al met al waren we die winter een ontwrichte familie. De walvisjagers bleven vaak weg 's avonds, alsof het samen buiten zitten hen te veel deed denken aan wat misschien verloren zou gaan. Yoshi, zo vertelde Lance me, rookte als een schoorsteen en dacht eraan om haar academische carrière weer op te pakken. Gregs ex had eindelijk haar aanspraak op de *Suzanne* laten varen, maar hij gedroeg zich niet alsof dit een overwinning was. Ik denk dat hij, omdat hij niet langer met haar hoefde te ruziën over de boot, te veel tijd kreeg om na te denken over wat hij kwijt was, en zelfbeschouwing was niets voor hem.

Eind augustus begonnen ze het terrein van de Bullens af te breken. In de nacht werd er een hek met prikkeldraad omheen gezet; aannemers van buiten de stad met hun grote gele machines als prehistorische dieren kwamen de boel aan stukken klauwen. Nog geen tweeënzeventig uur later was het hek verdwenen en restte er niets dan een afgegraven stuk grond waar ooit het huis en de schuren hadden gestaan. Als ik de baai in en uit voer, leek het een groot litteken, een trieste O van protest.

Om alles nog somberder te maken, was de lucht ongewoon grauw en levenloos. Een door grijs omgeven badplaats is iets waar de vreugde uit is gezogen. Het aantal gasten werd minder, de motels lieten hun prijzen zakken om in het weekend mensen te lokken. We hielden ons allemaal gedeisd en probeerden niet te veel aan alles te denken. En al die tijd bleven die boten rondvaren. Het leek wel of ze over het hotelcomplex hadden gehoord en vonden dat het open seizoen was. Twee keer toen ik bij Break Nose Island was, kwamen die driedekkers langs de kust tuffen, vol dronken mensen, en met oorverdovende muziek. Een ervan zei in de plaatselijke krant zelfs van zichzelf dat hij 'voor alle opwinding zorgde die een tochtje walvissen kijken kon bieden'. Toen ik naar de krant had gebeld en precies had gezegd wat ik van ze dacht dat ze die advertentie hadden geplaatst, zei Kathleen zonder omwegen tegen me dat ik nog een maagzweer zou krijgen als ik zo doorging.

Vreemd, maar ze leek zich te hebben verzoend met ons lot. Hoe dan ook, sinds onze discussie in haar kantoor die avond hebben we het er bijna niet meer over gehad. Ik begreep niet waarom ze zo bereid was om Mike ongestraft te laten gaan, en ze liet er niets over los. Elke nacht lag Kathleen in haar hoek van het huis terwijl ik wakker lag in mijn kamertje aan het einde van de gang, luisterend naar de zee en me afvragend hoelang ik dat geluid nog kon horen voor Hannah en ik onvermijdelijk onze biezen moesten pakken.

Begin september kondigde de gemeente aan dat er een inspraakavond zou komen en dat iedereen de gelegenheid zou krijgen om zijn zegje te doen. Er waren maar weinig mensen in Silver Bay die nog hoopten dat onze mening een verschil zou maken; in de afgelopen jaren hadden we veel van dergelijke projecten in en rond de diverse baaien zien bouwen, en negen van de tien keer werden die doorgezet ondanks de felste protesten. Gezien de zogenaamde voordelen die Mikes bedrijf aanbood, dacht ik niet dat deze inspraakavond meer zou zijn dan een formaliteit.

En de tegenstand was trouwens verre van rechtlijnig. Het was een onderwerp geworden dat de stad verdeelde. Sommige mensen beschuldigden ons, walvisjagers, ervan dat we het lot van de walvissen overdreven. Een groter aantal interesseerde het helemaal niets. Weer andere mensen wezen erop dat wat wij deden al een verstoring op zich was. Dat was moeilijk te weerleggen, vooral omdat andere boten met minder strenge gedragscodes steeds vaker onze wateren als open bezit beschouwden. De eigenaren van cafetaria's en boetieks hadden belang bij een grotere, drukkere stad en dat kon ik me wel indenken, hoe onwaarschijnlijk dat ook klinkt. We moesten allemaal de kost verdienen en ik wist beter dan de meeste mensen dat sommige seizoenen zwaarder waren dan andere.

Dan had je de walvisjagers, de vissers en degenen die gewoon genoten van de aanwezigheid van dolfijnen en walvissen, en anderen die niet wilden dat onze rustige baai druk en luidruchtig werd zoals al die plaatsen die mensen als wij koste wat kost wilden vermijden. Maar het leek alsof onze stemmen niet echt meetelden. Alsof wij waarschijnlijk niet gehoord zouden worden.

De kranten brachten met een ongezond genoegen verslag uit van het debat (het was het beste verhaal dat ze hadden sinds de grote cafébrand in 1984). Ze wezen de beschuldigingen van vooringenomenheid af die ze van beide kanten te horen kregen, en vroegen regelmatig aan de planologen, ontwikkelaars en gemeenteambtenaren om hun positie te rechtvaardigen, zo vaak dat zelfs zij schoon genoeg moesten hebben van hun eigen stem. Twee keer zag ik de naam van Mike vermeld staan, en ondanks alles las ik wat hij had gezegd. Beide keren had hij het over een compromis. Beide keren hoorde ik zijn stem in mijn hoofd, zo duidelijk alsof hij het hardop had gezegd, en ik vroeg me af hoe iemand tegelijkertijd zo veel kon zeggen en het zo weinig kon menen.

Ik zal je iets vertellen over de bultruggen. Toen ik er voor het eerst een zag, was ik een kind van acht. Ik was op vakantie en aan het vissen met mijn tante Kathleen en mijn moeder, die niet van vissen hield maar niet wilde dat ik alleen met mijn tante in de boot zat. Haar grote zus Kathleen, zei ze als grapje, was in staat om alles te vergeten als ze een grote vis aan de haak had, en ze wilde niet dat ik overboord zou vallen terwijl Kathleen er een binnenhaalde. Ik vermoed nu dat ze gewoon een excuus wilde om tijd door te brengen met haar zus; toen woonden ze al jaren elk op een ander continent en de afstand deed beiden verdriet.

Ik vond die vakanties heerlijk. Ik hield van het gevoel van veiligheid, van het horen bij een familie waarvan ik het bestaan niet had geweten. Ik had geen vader in Engeland; mijn moeder noemde Ray McCullen 'onverantwoordelijk', en mijn tante noemde hem iets ergers tot mijn moeder haar hoofd schudde, alsof het iets was wat niet in bijzijn van anderen gezegd mocht worden. Ik was grootgebracht door vrouwen, door mijn moeder in Engeland en, toen ons het geld werd gestuurd, door tante Kathleen en mijn grootmoeder in Australië. Kathleens moeder, mijn grootmoeder, was een vage herinnering, in tegenstelling tot die aan Kathleen, die heel scherpomlijnd was. Mijn grootmoeder was zo'n vrouw met weinig interesses, die kookte en een gezin grootbracht en toen die plichten eenmaal waren vervuld, een beetje verloren leek. Een vrouw van haar tijd, zei Kathleen altijd. Mijn weinige herinneringen aan haar dateren van mijn twee bezoeken als kind, en betreffen een welwillende, vage aanwezigheid in de achterkamers van het hotel, verdiept in soapseries op televisie, of mij vragen stellend die niet bij mijn leeftijd pasten.

Kathleen, zo zei iedereen die oud genoeg was om het zich te kunnen herinneren, was echt een dochter van haar vader. Ze was altijd bezig, maakte vis schoon of nam me stiekem mee naar het lege Museum van de Walvisjacht, dat voor een kind van acht het toppunt van vrijheid leek. Mijn moeder, die ruim vijftien jaar jonger was, leek altijd de oudste van de twee, tot in de puntjes gekleed en gekapt en met onberispelijke make-up. Kathleen, met haar versleten lange broek en ongeborstelde haren, pittige taalgebruik en haar verhalen over haaien, was een openbaring voor me. Haar bijna goddelijke status werd bevestigd tijdens ons tweede bezoek toen ze me mee uit vissen nam met mijn moeder, en een onverwachte bezoeker zich bij ons voegde.

Ze had net uitgelegd wat het verschil was tussen de verschillende kunstvliegen in haar tas en bevestigde ze aan haar vislijn toen op nog geen drie meter van ons vandaan een enorme zwart met witte kop boven water kwam, bijna zonder geluid te maken. De adem stokte in mijn keel en mijn hart bonsde zo luid dat ik dacht dat het angstaanjagende schepsel het zou horen.

'Tante Kathleen,' fluisterde ik. Mijn moeder lag op een bank te slapen met haar gestifte lippen iets open. Ik herinner me dat ik me even afvroeg of je niet beter in slaap kon zijn als je stierf, omdat je dan niet wist wat er was gebeurd.

'Wat... wat is dat?'

Ik dacht echt dat we opgegeten zouden worden. Ik kon zien wat volgens mij zijn tanden waren en een groot, berekenend oog. Ik had de oude gravures van kwaadaardige zeedieren gezien, de kapotte *Maui II* in het museum, een herinnering aan wat de woede van de natuur kon aanrichten bij de mens. Dit enorme schepsel leek ons in te schatten, alsof we een aanlokkelijk hapje waren.

Maar mijn tante wierp een blik achter zich en hield zich toen weer bezig met haar lokaas. 'Dat is maar een bultrug, lieverd. Schenk er geen aandacht aan, hij is gewoon nieuwsgierig. Dadelijk gaat hij vanzelf weg.'

Ze schonk er net zo weinig aandacht aan als aan een zeemeeuw. En inderdaad, een poosje later gleed de enorme kop weer onder de golven en was de walvis verdwenen.

Dat vind ik zo mooi aan ze: ondanks hun omvang, hun spierkracht, hun angstwekkende voorkomen, behoren ze tot de goedaardigste schepsels. Ze komen kijken en dan gaan ze weg. Als ze je niet mogen, zijn hun signalen heel duidelijk. Als ze vinden dat de dolfijnen iets te veel aandacht krijgen van onze passagiers, komen ze een stukje de baai in om ze jaloers af te leiden. Vaak zit er iets kinderlijks in hun gedrag, iets ondeugends. Het lijkt of ze het niet kunnen laten om te komen kijken wat er allemaal gebeurt.

Vele jaren geleden noemden de vroegere walvisjagers bultruggen 'de vrolijke walvis', vanwege hun gedrag, en toen ik vijf jaar geleden toeristen begon mee te nemen op boottochtjes, ontdekte ik dat die bijnaam klopte. De ene dag riep ik de andere walvisjagers op via de radio en zag ik een walvis ondersteboven zwemmen op het wateroppervlak met een wuivende vin. De andere dag zag ik er een helemaal uit het water springen met een draai van 360 graden, als een bovenmaatse ballerina die een pirouette maakte van plezier.

Ik weet wel zeker dat ik nooit als 'vrolijk' bestempeld kan worden, maar Kathleen zei een keer tegen me dat ze vermoedde dat ik zo'n band had met de walvissen omdat ze solitair zijn. Er is geen band tussen mannetjes en vrouwtjes, in elk geval geen langdurige. De mannetjes spelen nauwelijks een ouderlijke rol. Ze zei er niet bij dat de vrouwtjes niet monogaam zijn – dat hoefde toen niet meer – maar ze zijn bewonderenswaardige moeders. Ik heb gezien dat een bultrug het risico nam te stranden om te proberen haar baby naar dieper water te duwen. Ik heb de liederen gehoord over liefde en verlies die de stilte in de diepste delen van de oceaan verbreken, en ik heb meegehuild. In die liederen hoor je alle vreugde en pijn van een moeder wier geluk afhangt van haar kind.

Nadat Letty was gestorven volgde een periode waarin ik dacht dat ik nooit meer geluk zou kennen. Er is geen element van verlossing aan het verlies van een kind, geen waardevolle les die je eruit kunt leren. Het is te groot, te overweldigend, te donker om onder woorden te kunnen brengen. Het is een overweldigende fysieke pijn, schokkend in intensiteit, en steeds als je denkt dat je iets vooruit bent gegaan, komt het weer aanzwellen als een vloedgolf en word je weer overspoeld.

Als je jezelf de schuld kunt geven voor de dood van dat kind, zijn er nog minder dagen dat je je hoofd boven water kunt houden.

Destijds kostte het me moeite om me te herinneren dat ik twee dochters had. Nu kan ik Hannah bedanken voor mijn bestaan, maar in de weken nadat we hier waren gekomen was ik zo verloren dat ik haar niets kon geven. Geen geruststelling, geen fysieke troost, geen liefde. Ik was ergens opgesloten waar niets me kon aanraken; mijn zenuwuiteinden bezorgden me een verzengende pijn, en het was er zo afschuwelijk dat ik ergens denk dat ik haar ervoor wilde behoeden om te dichtbij te komen.

Toen zag ik de zee als mijn enige mogelijkheid om bevrijding te voelen. Ik beschouwde het niet als iets moois of een voortdurende geruststelling, maar zoals een alcoholist een geheime voorraad drank beziet: als iets wat er is en wat je verlichting belooft.

Want Letty's afwezigheid bood geen kans op verlichting, niet in enig wakend moment en niet tijdens mijn onrustige, door nachtmerries geteisterde slaap. Ik voelde haar tegen me aan liggen, rook de honingachtige geur van haar haren en werd schreeuwend wakker elke keer dat het opnieuw tot me doordrong waar ze echt lag. Ik hoorde haar stem in de stilte. Mijn hoofd galmde van de laatste hartverscheurende kreten van onze scheiding. Er was een gat in mijn armen waar ik haar gewicht had moeten voelen, een gat dat ondanks de aanwezigheid van mijn andere dochter uitgroeide tot een peilloze afgrond.

Kathleen is niet gek. Ze moest mijn bedoelingen hebben geraden toen ik belangstelling toonde voor die boot. Door mijn depressie had ik niet in de gaten hoe doorzichtig ik was. Op een middag, toen we met ons tweeën het anker lieten vallen bij de punt, wendde ze zich af en zei: 'Doe het maar.'

Ik had naar haar rug gestaard. Het was een mooie middag en ik herinner me dat ik afwezig bedacht dat ze geen zonnebrandcrème op had gedaan. 'Doe wat?'

'Spring maar. Dat was je toch van plan?'

Ik had gedacht dat ik gevoelloos was geworden, maar het leek wel of ze me een schop in mijn maag had gegeven.

Ze draaide zich om en keek me met een scherpe blik aan. 'Je vindt het toch niet erg als ik niet kijk? Ik wil niet tegen je dochter moeten liegen over wat er met haar moeder is gebeurd. Als ik niet kijk, kan ik doen of je overboord bent gevallen.'

Toen ontsnapte een hoestend geluid aan mijn keel. Lucht werd hijgend uitgestoten en ik kon niets uitbrengen.

'Dat kleine meisje heeft te veel doorgemaakt,' vervolgde Kathleen. 'Als ze weet dat je niet genoeg van haar hield om voor haar te hier blijven, betekent dat het einde voor haar. Dus als je het wilt doen, doe het dan terwijl mijn rug naar je toegekeerd is. Ik wil niet de volgende zes maanden in de zenuwen zitten over hoe ik haar ertegen moet beschermen.'

Ik schudde onbewust mijn hoofd. Ik kon niets zeggen, maar mijn hoofd bewoog langzaam van links naar rechts alsof ik tegen haar zei, tegen mezelf zei, dat ik niet ging doen wat ze had voorspeld. Dat ik op de een of andere manier het besluit nam om te leven. En nog terwijl mijn lichaam dat besluit voor me nam, dacht een deeltje van me: maar hoe moet ik leven? Hoe kan iemand bestaan met zo veel pijn? Heel even leek het vooruitzicht om door te gaan met dat alles in me, overweldigend.

Toen zagen we ze. Zeven walvissen, hun lijven glad van zeewater terwijl ze om Kathleens boot oprezen en zich terug lieten vallen. Hun bewegingen hadden een soort sierlijk ritme, een vloeiende continuïteit die ons vertelde over hun reis. Nadat ze hun cirkel om de boot hadden voltooid, doken ze onder water. Ze kwamen elk weer heel even boven en verdwenen toen onder de golven.

Dat spektakel leidde me af van de wanhopigste gedachten die ik ooit had gehad. Maar naderhand, toen we thuis waren en ik mijn arme, nog levende, treurende kind in mijn armen nam, zag ik in dat er een boodschap stak in wat ik had gezien, al was ik sceptisch wat 'tekens' betrof. Het had te maken met leven, dood en de cirkel der dingen, de nietigheid van dingen, misschien de wetenschap dat alles voorbij zal gaan. Op een dag zal ik herenigd zijn met mijn Letty, hoewel ik niet langer verwacht dat ik de keus heb wanneer dat zal zijn.

Als God bestaat, zegt Hannah soms tegen me als we alleen zijn in het donker, dan zal Hij het begrijpen. Hij zal weten dat ik een goed mens ben. En dan hou ik mijn dochter dicht tegen me aan en denk ik dat misschien, heel misschien, haar bestaan alleen al bewijs vormt dat dat misschien waar is.

Sinds die dag op de boot heeft het me nooit moeite gekost om de bultruggen te vinden. Kathleen zei altijd dat ik ze kon ruiken en, hoe vreemd het ook klinkt, daar stak enige waarheid in. Ik leek gewoon te weten waar ze waren. Ik ging mijn neus achterna en hoe vaak het ook onmogelijk leek als ik naar die golven staarde in de hoop dat er een in een neus of een vin zou veranderen, negen van de tien keer lieten ze zich aan me zien.

Maar tegen het einde van die winter gebeurde er iets vreemds. Om te beginnen het slaan. Als een walvis een waarschuwing stuurt naar mensen of naar andere walvissen, slaat hij met zijn staartvin heen en weer door het water, of soms plat op het water. Dan ontstaat er een lawaai dat kilometers ver weerkaatst. We zien het niet vaak gebeuren – we proberen de walvissen niet van streek te maken – maar opeens leek ik het te zien bij elke bultrug die boven water kwam.

Toen, minstens twee weken vroeger dan verwacht volgens het trekpatroon, verdwenen ze. Misschien kwam het door alle boten; misschien hadden ze op de een of andere manier aangevoeld dat er veranderingen kwamen en kozen ze ervoor om ons niet meer te vereren met hun aanwezigheid. Hoe dan ook, degenen onder ons die vanaf de Walvissteiger werkten, vonden het steeds moeilijker ze op te sporen, zelfs in een periode waarin er wel twee of drie tijdens een boottochtje boven water hadden moeten komen. In het begin wilden we het niet aan elkaar toegeven. Het was een erekwestie om de walvissen te kunnen vinden, en alleen figuren als Mitchell Dray volgden in het kielzog van de anderen. Toen we met elkaar praatten, merkte ieder van ons dat onze ervaring niet uniek was. Half september ging het zo slecht dat beide *Moby*'s overgingen op tochtjes naar dolfijnen in de baai. Dat bracht minder op, maar de klanten werden niet meer zo vaak teleurgesteld en, wat belangrijker was, dan hoefden ze hun geld niet terug te krijgen.

Vervolgens leken de dolfijnen ook te verdwijnen. Er bleven er zo weinig over dat we de paar die nog bleven stuk voor stuk herkenden, en we waren ons bewust van het risico dat we ze lastigvielen. Toen het bijna oktober was, was ik nog de enige die er elke dag met de boot op uit ging, meer vanwege een onbestemd gevoel van hoop dan dat ik iets verwachtte. De zee, donker en golvend om me heen, leek anders, zelfs op mooie dagen. Ik voelde de afwezigheid van de walvissen, zoals ik de afwezigheid voelde van alle dingen die me dierbaar waren geweest. Ik kon niet geloven dat zo veel zeedieren ons gewoon in de steek zouden laten, dat ze in een opwelling eeuwenoud gedrag zouden veranderen. En, gekwetst door de gebeurtenissen van de afgelopen weken, misschien een beetje van slag door het verlies, betrapte ik me erop dat ik op een dag dat ik alleen de zee op was gegaan, naar ze stond te schreeuwen. Ik stond aan het roer en mijn stem weerkaatste tegen de golven, genegeerd door de schepsels die misschien onder me zwommen en zich schuilhielden voor een steeds onvriendelijker wereld.

'Wat moet ik in hemelsnaam doen?' schreeuwde ik, tot Milly op de brug kwam staan en ongerust begon te janken. Maar ik wist dat het ergens mijn schuld was, dat ik tekort was geschoten tegenover de dieren van de zee, net zoals ik tekort was geschoten ten opzichte van mijn kinderen. En mijn vraag verdween, meegevoerd door de wind: 'Wat moet ik doen?'

Op de laatste donderdag van september om vier uur in de middag belde John John op om te zeggen dat meneer Gaines een hartaanval had gehad. Mijn tante Kathleen was een sterke vrouw. Ze noemden haar niet voor niets de Haaienvrouw. Dit was de eerste keer dat ik haar had zien huilen.

16

Mike

Monica's logeerkamer was alleen in de meest ruime zin van het woord een logeerkamer. Hij was totaal niet ingesteld op gasten en het was alleen maar een slaapkamer omdat er een opklapbed was, afgezien van veertien kartonnen dozen, twee elektrische gitaren, een mountainbike, negenenveertig paar schoenen, een ladekast uit 1960, posters van rockbandjes waar ik nog nooit van had gehoord, en de speelgoedtreinset uit mijn kinderjaren.

'Ik maak wel ruimte,' had ze beloofd toen ik tot de conclusie was gekomen dat het financieel gezien geen zin had om in een hotel te blijven en voorzichtig had laten vallen of ik bij haar kon intrekken. Maar in Monica's wereld hield dat niet in dat er dozen werden weggehaald of dat zelfs maar de fiets naar de gemeenschappelijke gang verhuisde, enkel dat er twee vuilniszakken met kleren werden verplaatst zodat er net ruimte was om het opklapbed uit te klappen.

Daar lag ik elke nacht terwijl de veren door de schuimrubbermatras heen in mijn rug prikten en de geur van de leren schoenen van mijn zus de stoffige kamer doordrong terwijl ik als een boeteling nadacht over de puinhoop die ik had gemaakt van wat eerst een goed leven had geleken.

Ik had een ex-verloofde wier haat voor mij alleen werd overtroffen door haar vastberadenheid om in haar eentje het nieuwe hotel tot stand te brengen waarvan ik het bestaan niet wilde. Ik had geen huis, omdat ze me in een getypte brief liet weten dat ze op zijn minst van me verwachtte dat ik mijn helft door haar zou laten uitkopen. Hetzelfde gold voor de auto. Ze had me de marktwaarde beloofd, hoewel ik niet de moeite had genomen om te controleren wat die was. Ik had gewoon ingestemd. Het leek nu niet meer relevant, en als zij zich prettiger voelde als ze me een paar duizend kon ontfutselen, nou, dan ging ze haar gang maar.

Op mijn werk speelde ik een bijrol. Ik had weliswaar op papier mijn positie als partner behouden, maar werd niet langer geraadpleegd over andere deals, laat staan dat ik gerespecteerd werd, zelfs niet meer door de secretaressen. Op het moment dat Vanessa me tijdens de vergadering over het Silver Bay-project had tegengesproken, was mijn gezag volledig ondermijnd. Ik merkte dat er cruciale 'vergaderingen' in de pub plaatsvonden waarvoor ik op de een of andere manier niet was uitgenodigd, dat voor mij bestemde boodschappen bij andere mensen terechtkwamen. Dennis negeerde me. Zelfs Tina, misschien vanwege mijn afgenomen status, vond me niet meer aantrekkelijk. Door dat alles hield ik twee keuzes over: vechten voor mijn baan en over iedereen heen lopen die me in de weg stond om zo weer De Grote Pik op kantoor te worden, zoals Dennis het zo bloemrijk verwoordde; of weggaan en met mijn reputatie, of wat ervan was overgebleven, naar een concurrent gaan. In geen van beide had ik zin.

Het ergste van alles was dat ik de vergaderingen met Vallance moest bijwonen, de documentatie moest lezen en op duizenden kilometers afstand het langzame maar gestage proces moest aanzien dat Silver Bay en de bewoners van het Silver Bay Hotel zou ruïneren. Het vervallen terrein van de Bullens was al met de grond gelijkgemaakt. Er kwam een inspraakavond die, zo werd ons verzekerd, niets zou voorstellen. Ik wist dat Dennis me alleen maar als partner aanhield vanwege Vallance. Als hij een sleutelfiguur van zijn team op dit cruciale moment zou kwijtraken, zouden ze zich wel eens kunnen bedenken.

Ik wist ook dat ik scherper moest worden als ik het beroepshalve wilde overleven. Maar ik was niet in staat om mijn analytisch vermogen toe te passen op de staat van mijn carrière, omdat ik verlamd was door besluiteloosheid en schuld.

En elke nacht weer lag ik slapeloos op het uitklapbed, omgeven door de brokstukken van andermans leven, wachtend tot mijn eigen leven weer vorm begon te krijgen.

Eén ding was duidelijk: Vanessa had me losgelaten op het moment dat ze had gezegd dat ze wilde doorgaan met het project. Toen ze me aankeek was elk laatste restje liefde verdwenen, en was ik ontnuchterd door de mate van haar wrok.

'Kolere. Je kunt het haar niet kwalijk nemen.' Monica gaf me een glas wijn. Een van de vele voorwaarden voor mijn verblijf was dat ik een ladekast in elkaar moest zetten die ze een paar weken geleden had gekocht, dus zat ik tussen stapels board en plastic zakjes met te weinig schroeven. Om de taak goed te volbrengen had ik al meerdere glazen geleden moeten stoppen met drinken.

Die maand sloeg ik aardig wat achterover. Ik was zelfs een groot gedeelte van de tijd dronken. Niet dat iemand het merkte. Ik was niet zoals Greg, luidruchtig, recalcitrant, veeleisend. Ik was een subtiele dronkaard. De derde dubbele whisky ging discreet naar binnen. Het glas wijn werd anderhalve fles. Niet dat ik van nature zo verslavingsgevoelig was, maar een verbroken relatie gaat niet samen met een mannelijk gedragspatroon. Wij hebben geen groepen vrienden die ons opbeuren en eindeloos de handelingen van onze voormalige partner analyseren. Wij hebben niets met aromatherapie en geurkaarsen om onszelf te 'verwennen', en we halen geen inspiratie uit verhalen in tijdschriften waardoor we ons beter voelen. We gaan naar de pub of zitten in ons eentje voor de televisie met een paar borrels.

'Ik neem het haar ook niet kwalijk,' zei ik. 'Ik weet dat het allemaal aan mij ligt.'

'Mijn broer de serienaaier? Let op die schroef, dadelijk ben je hem kwijt.'

'Ik ben geen serienaaier.'

'Tonger dan.' Ze grinnikte. 'De serietonger.' Ik moest ook lachen. Het klonk zo belachelijk.

'Kijk,' zei ze, en wees met haar sigaret naar me. Ze zat met gekruiste benen op een kleed. 'Kijk, zie je wel? Je kunt niet zo veel van haar hebben gehouden, anders was je nu helemaal van slag. Ik zei toch dat ik gelijk had?'

'Je bent harteloos,' zei ik beschuldigend.

Maar misschien had ze inderdaad gelijk. Toegegeven, ik voelde me rot, en schuldig, maar ik wist dat ik niet dronk omdat ik Vanessa kwijt was. Ik dronk omdat ik niet langer wist wie ik was. Ik had niet alleen materiële dingen verloren – de flat, mijn auto, mijn positie bij Beaker Holdings – maar de dingen die ik dacht die mij karakteriseerden: mijn analytische vaardigheden, mijn ambitie, mijn strategische kijk om deals rond te krijgen. Mijn honger. Ik wist niet of ik de karaktertrekjes die zich onlangs aan me hadden geopenbaard, wel zo prettig vond.

En ik dronk omdat steeds één gedachte de boventoon voerde: dat ik zonder het te willen de levens had vernietigd van drie mensen die niet de mogelijkheid hadden om terug te vechten. 'Wat moet ik doen, Monica? Hoe kan ik voorkomen dat het gebeurt?' Ik liet de schroevendraaier op de vloer vallen.

'Wat maakt het uit?' zei ze, ze pakte de schroevendraaier op en bestudeerde de instructies. 'Je raakt je baan kwijt als het niet doorgaat.'

Ik staarde naar de stukken hout voor me, die er niet eens als hout uitzagen, en vervolgens naar de kleine, wanordelijke flat waar het geluid van verkeer door de muren drong. Ik had heimwee.

'Omdat het gewoon zo is,' zei ik.

'Mikey, wat is er in hemelsnaam gebeurd daar? Je vertrok als de grote meneer en je kwam terug als een hoopje ellende.'

Dus vertelde ik het. Alles. En het rare was dat ik tijdens het vertellen besefte wat er aan de hand was. Het kostte me twee uur en nog een paar glazen wijn, maar ik zat bij mijn zus in haar slordige flatje in Stockwell en praatte tot diep in de nacht. Ik vertelde over Kathleen en het hotel, over Hannah, Liza en de walvisjagers, en terwijl ik sprak kwamen hun gezichten tot leven voor me en had ik even het gevoel dat ik daar weer was in die open ruimte met alleen het geluid van de zee in mijn oren en de zoute bries op mijn huid. Ik vertelde over de dood van Letty en de babywalvis, en het geluid dat ik had gehoord toen Liza de microfoon in het water had laten zakken. En toen ik bij het gedeelte kwam waarin ik de magere, blonde gestalte in mijn achteruitkijkspiegel had zien verdwijnen, begreep ik het.

'Ik ben verliefd,' zei ik. De woorden glipten zomaar uit mijn mond. Ik leunde verdwaasd tegen de bank en zei het nogmaals. 'Mensenkinderen, ik ben verliefd.'

'Halleluja,' zei mijn zus terwijl ze haar sigaret uitdrukte. 'Mag ik dan nu naar bed? Ik zit al sinds je hier bent te wachten tot dat tot je door zou dringen.'

Als Dennis Beaker geeuwde, maakte hij hetzelfde geluid als een grote hond zodra je die 's morgens ziet. Het was een oprecht geluid, onmogelijk om na te doen, en dat was vreemd omdat ik wist dat geeuwen een tactiek van hem was als ondergeschikten of concurrerende firma's presentaties hielden, of als iemand iets wilde zeggen wat hij niet wenste te horen. En dat gebeurde vaak.

Nu zat hij achterovergeleund in zijn leren stoel en geeuwde zo uitgebreid dat ik de vullingen in zijn bovenkaak kon zien. 'Sorry, Mike. Wat wilde je zeggen?'

Ik stond voor hem en zei op effen toon: 'Ik neem ontslag.' Ik had een hele speech geoefend en die tijdens slapeloze uren bijgeschaafd, maar uiteindelijk waren daarvan slechts die drie woorden belangrijk.

'Wat?'

'Ik heb het opgesteld in een brief. Ik neem ontslag.'

Dennis' gegeeuw verdween als sneeuw voor de zon. Hij keek me aan vanonder gefronste wenkbrauwen en leunde toen weer achterover. 'Doe niet zo belachelijk,' zei hij. 'In de lente komt de deal met Carter. Daar heb jij vanaf het begin aan gewerkt.'

Ik haalde mijn schouders op. 'Carter interesseert me niet,' zei ik. 'Ik hoop dat je me meteen wilt laten gaan. Desnoods mag je mijn salaris houden.'

'Loop niet te klieren, Mikey. Daar heb ik geen tijd voor.'

'Ik ben heel serieus.'

'Vanmiddag praten we wel verder. Vooruit, wegwezen. Ik verwacht een telefoontje uit Tokio.'

'Dan ben ik hier niet meer.'

Toen zag hij dat ik het meende. Hij keek geërgerd, alsof ik iets aan het uitproberen was. 'Gaat het om geld? Ik heb toch al gezegd dat je in januari een salarisaanpassing krijgt.'

'Het gaat niet om geld.'

'En we komen met een betere particuliere ziektekostenverzekering. Met een veel grotere dekking. Plastische chirurgie, als je die zou willen. Je hoeft niet eens een eigen bijdrage te betalen.'

De kraag van mijn overhemd benauwde me, en ik weerstond de opwelling om mijn das af te doen en de kraag losser te maken.

'Gaat het om Vanessa? Denk je dat ik je weg wil hebben?'

'Je wilt me weg hebben, maar het gaat niet om Vanessa. Luister... ik weet dat je niet wilt dat ik wegga nu Vallance nog in dubio staat.'

'Wie zegt dat Vallance in dubio staat?'

'Ik ben niet gek, Dennis. Ik zie het heus wel.'

Hij pakte zijn pen. Hij liet zijn blik door de kamer dwalen alsof hij over iets nadacht. Toen richtte hij zijn blik op mij en hij knikte met tegenzin. 'O, ga toch zitten. Het ziet er zo slordig uit als je daar zo staat.'

Londen zag er die herfst niet mooi uit. Er hingen dreigende lage wolken en de regen viel in buien en kroop omhoog via mijn broekspijpen in de plassen op de oneffen trottoirs. Soms leken de wolken zo laag boven de gebouwen te hangen dat ik er bijna claustrofobie van kreeg. Maar misschien was dat in alle jaargetijden zo geweest, gezien de weinige momenten dat ik buiten was, peinsde ik. In de wintermaanden nam ik af en toe een overjas mee en in de zomer droeg ik misschien een dunner overhemd, maar er konden jaren voorbij zijn gegaan zonder dat ik me ook maar iets hoefde aan te passen omdat ik toch elke dag zat opgesloten achter dubbel glas en met airco, en naar en van mijn werk ging met de ondergrondse of een taxi.

Ik ging zitten. Buiten hoorde ik claxons en iets van geruzie. Normaal gesproken zag Dennis graag een flink opstootje en hield hij meteen op met wat hij ook aan het doen was om naar buiten te turen. Nu bestudeerde hij zijn handen. Wachtend, nadenkend.

'Dennis, het spijt me van Vanessa,' zei ik uiteindelijk, de stilte doorbrekend. 'Het is nooit mijn bedoeling geweest om haar te kwetsen.'

Toen veranderde zijn houding. Zijn schouders ontspanden en hij boog zich naar me toe terwijl de uitdrukking op zijn gezicht verzachtte. 'Ze komt er wel overheen,' zei hij. 'Ze zal een beter iemand vinden. Ik zou kwader op je moeten zijn omdat ze mijn dochter is, maar ik weet heel goed wat een brutaaltje Tina is. Ze heeft mij ook een paar keer in de verleiding gebracht. Ik heb het alleen maar niet gewaagd omdat Vanessa's moeder vrijwel al onze bezittingen op haar naam heeft staan.' Hij grinnikte. 'En daarbij heeft ze me gezegd dat ze van mijn ballen een presse-papier zal maken als ik haar ooit iets probeer te flikken.'

Hij slaakte een diepe zucht en gooide zijn pen naar me. 'Kolere, Mike. Hoe heeft het zover kunnen komen?'

Ik ving de pen op en legde die voor hem op het bureau. 'Ik kan geen deel uitmaken van dit project, Dennis. Dat heb ik al gezegd.'

'Voor een paar van die rotvissen?'

'Het gaat niet alleen om de walvissen, maar om alles. We... we zullen levens verwoesten.'

'Dat heeft je voorheen nooit tegengehouden.'

'Misschien had dat het wel moeten doen.'

'Je kunt mensen niet behoeden voor vooruitgang. Dat weet je.'

'Wie zegt dat dit vooruitgang is? En hoe dan ook, sommige mensen hebben bescherming nodig.'

'Het is maar een hotel, Mike, geen kernafvalverwerkingsfabriek.'

'Maakt weinig verschil wat de gevolgen betreft.'

Ik kon zien dat hij zijn oren niet kon geloven. Hij schudde zijn hoofd en trok met zijn pen streepjes op zijn aantekenblok bij de telefoon. Toen keek hij me aan. 'Doe het niet, Mike. Ik geef toe dat ik je buiten dingen heb gehouden sinds je terugkeer, maar je was opeens zo'n brave sukkel geworden. Ik kan je niet vertrouwen als je niet honderd procent achter me staat.'

'Dat doe ik, Dennis, alleen niet bij dit project.'

'Je weet dat we al te ver gevorderd zijn om het nog terug te draaien.'

'Dat zijn we niet. We hebben twee andere locaties gevonden. Beide commercieel haalbaar, dat weet je.'

'Die zijn duurder.'

'Niet als we de kosten van de S94 kwijt zijn. Dat heb ik berekend.'

'Het gaat door, of je het wilt of niet.' Hij klonk eerder verontschuldigend dan halsstarrig, en opeens begreep ik dat het niet om de zaken ging, maar om Vanessa. Hij kon het mij vergeven, maar het was te veel gevraagd om zijn dochter publiekelijk te ondermijnen.

'Het spijt me, Mike. Maar het gaat door volgens de plannen.'

Ik schudde spijtig mijn hoofd. 'Dan zal ik mijn ontslag moeten nemen.' Ik stond op en stak mijn hand uit. 'Het spijt me echt, Dennis. Meer dan je weet.'

Toen hij me geen hand wilde geven, liep ik naar de deur.

Zijn stem, verheven van ergernis, achtervolgde me. 'Dit is gewoonweg belachelijk. Je kunt geen goede carrière opgeven voor een paar vissen. Kom nou toch, knul. We zijn toch vrienden? We kunnen dit te boven komen.'

Ik aarzelde bij de deur. Het was vreemd, maar in zijn stem hoorde ik wat ik voelde: bijna meer spijt dan ik had gehad toen Vanessa en ik uit elkaar gingen. 'Het spijt me,' zei ik.

Toen ik de deur opende, zei hij: 'Je gaat me niet in de wielen rijden, Mike.' Het was meer een verzoek dan een verklaring. 'Ga als je dat wilt, maar probeer niet mijn deal te verpesten.'

Ik had gehoopt dat hij het niet zou vragen. 'Ik kan het niet door laten gaan zonder iets te doen,' zei ik terwijl ik met moeite slikte.

'Ik zal je kapotmaken als het nodig is.' Hij knikte, om er zeker van te zijn dat ik de boodschap had begrepen.

'Dat weet ik.'

'Ik zal je in de hele City voor lul zetten. Dan krijg je nergens meer een behoorlijke baan.'

'Dat weet ik.'

'Denk niet dat ik me zal inhouden. Je weet waartoe ik in staat ben.'

Ik knikte. Dat wist ik beter dan wie ook. We keken elkaar aan.

'O, fuckzooi!' Dennis liep naar me toe en omhelsde me, tot Tina's stem via de intercom aankondigde dat zijn telefoontje uit Tokio er was.

Ik had met Monica afgesproken in een bar in de buurt van haar kantoor bij de krant. Ze was er even tussenuit gegaan, maar zei dat ze tot laat zou overwerken om een verhaal te volgen. Nog steeds piekerend over mijn gesprek met Dennis had ik haar, meer uit beleefdheid dan uit belangstelling, gevraagd waar het verhaal over ging, en ze had iets vaags gemompeld over landbouwfraude en Europese subsidies, en toen keek ze opeens kwaad.

'Ik heb een hekel aan verhalen over financiën,' sputterde ze. 'Je breekt je weken het hoofd over de cijfers, en als het verhaal verschijnt interesseert het niemand een bal, omdat er geen persoonlijke elementen in zitten.'

'Zal ik helpen?' opperde ik. 'Ik ben weliswaar geen accountant, maar ik weet wel hoe een spreadsheet in elkaar zit.'

Ze leek een beetje verbaasd. 'Misschien.' Er kwam een glimlachje op haar gezicht. 'Als ik het niet meer zie zitten, neem ik het wel mee naar huis en dan kun jij er eens naar kijken.'

Ik moest toegeven dat een van de onverwachte voordelen van mijn ingestorte privéleven was dat mijn zus en ik, tot onze wederzijdse verbazing, hadden ontdekt dat we elkaar wel aardig vonden. Ik vond nog steeds dat ze veel te sarcastisch, ambitieus en chaotisch was, en dat ze een vreselijke smaak had wat mannen betrof. Maar inmiddels begreep ik dat onder het sarcasme onzekerheid schuilging, en dat haar ambitie voortkwam uit het feit dat haar oudere broer schijnbaar zonder enige moeite carrière maakte en dat onze ouders, zo ontdekte ik met enige schaamte, dat succes meedogenloos en zonder nadenken tegen haar hadden gebruikt. Nu vermoedde ik dat ze liever een vriend had gewild dan ze wilde erkennen, en dat hoe langer ze op zichzelf woonde, hoe minder waarschijnlijk het werd dat ze iemand toe zou laten. Als we zo'n hechte band bleven houden, als we deze deur open zouden houden, dan zou ik dat gesprek met haar voeren. Ooit.

'Heb je de foto's meegebracht?'

Ik haalde het mapje uit mijn zak. Ze bekeek ze terwijl ze de foto's in het licht hield. 'Ik heb erover nagedacht, en je doet er het beste aan om publiciteit te zoeken. Je kunt ervan uitgaan dat Vallance geen nadelige publiciteit wil, dus moet je een effectief boegbeeld hebben die tegen het plan is, een woordvoerder, en vervolgens moet je op zowel lokaal als nationaal niveau te werk gaan.'

'Hoe bedoel je dat?'

'Op lokaal niveau met brochures, posters en via plaatselijke kranten. Op nationaal, of zelfs internationaal niveau moet je zorgen voor speciale elementen waardoor je misschien de televisie haalt. Betrek er een paar experts op het gebied van dieren in het wild bij, of maak gebruik van nieuwe research. Dat moet je kunnen vinden. Is er ook niet een vereniging voor walvisbescherming die je kan helpen?'

Ik begon aantekeningen te maken. Dit was een Monica die ik nog niet eerder had meegemaakt, en haar kennis was waardevol. 'Walvisbescherming,' mompelde ik. 'Ook voor dolfijnen?'

Ze hield een van de foto's op die Hannah had gemaakt, van Liza op de Walvissteiger. Ze lachte met haar hoofd schuin naar de camera, zoals ze vaak naar haar dochter glimlachte, vol warmte en liefde. Tegen haar gewoonte in hingen haar haren los en de hond keek vol aanbidding naar haar op. Ik wist hoe dat voelde.

'Is zij het?'

Ik knikte, even tot zwijgen gebracht.

'Ze is knap. Lijkt een beetje op dat meisje in dat programma over wilde dieren op televisie.'

Ik had geen idee waar ze het over had.

Ze schoof de foto's naar me toe en tikte op de bovenste. 'Je moet haar overhalen om campagne te voeren. Ze ziet er goed uit en de meeste mensen verwachten de een of andere aftandse wereldverbeteraar. Ik kan wel een artikeltje aan haar wijden. Zet haar en de oude vrouw bij elkaar, dan maak je meer kans. Misschien moet je zoiets proberen als die rubriek 'Familiewaarden' in de *Sunday Times*. Je zei toch dat er oude krantenartikelen over haar zijn?'

'Die kan ik wel via internet krijgen, denk ik.'

'Als er sindsdien niet meer over haar is geschreven, dan kan het een goed stuk worden. Had ik het al over lokale radioprogramma's gehad? O, man. Goed, om te beginnen moet je een persbericht hebben, iets wat naar alle media kan worden gestuurd met al je contactgegevens. En dan, broertje, moet je hard worden. Je moet er vechtend uit zien te komen.'

'Ik?'

Ze keek naar me op.

'Ik vroeg me af hoe zíj het konden doen.'

'Help je niet mee?'

'Nou, ik zal zien wat ik vanaf hier kan doen.'

Het gezicht van mijn zus was een toonbeeld van teleurstelling. De barman vroeg of een van ons nog iets wilde drinken, en heel even deed ze of ze hem niet had gehoord. Toen keek ze op haar horloge en weigerde. 'En hij hoeft ook niets meer,' zei ze met een knikje naar mij.

'Nee?'

'Je zei dat je verliefd op haar was,' zei ze beschuldigend toen de barman weg was.

'Dat wil niet zeggen dat zij verliefd op mij is,' zei ik terwijl ik mijn glas leegdronk. 'Ik heb zelfs begrepen dat ze van me walgt.'

Mijn zus trok haar wenkbrauwen op. Dat deed me denken aan toen we nog kinderen waren. Het getuigde van haar superioriteit, dat je niets aan jongens had. Het vertelde me dat ik het alweer mis had en dat dit niets nieuws was. Net zoals vroeger had ik direct zin om haar op de grond te gooien en op haar te gaan zitten om te voorkomen dat ze liet blijken dat zij de baas was.

Maar, hoe ergerlijk ook, deze keer moest ik accepteren dat ze gelijk had.

Ze leunde achterover op haar barkruk en sloeg haar armen over elkaar. 'Mikey, waarom zit je daar nog?'

'Omdat ik een stomme vent ben die nog geen besluit kan nemen als zijn leven op het spel staat?'

Mijn zus schudde haar hoofd.

'Welnee,' zei ze met een grijns. 'Je hebt al een besluit genomen. Je bent alleen te stom om het zelf te beseffen.'

Voor het eerst sinds ik volwassen was, informeerde ik niet naar vluchten. Ik woog geen beenruimte af tegen kosten, vergeleek geen te behalen airmiles met de kwaliteit van de maaltijden aan boord. Ik boekte de eerste de beste vlucht naar Sydney. Vervolgens, voor ik te veel kon nadenken, pakte ik de hoogstnodige spullen in een koffer en mijn zus reed me naar het vliegveld.

'Je doet er goed aan,' zei ze terwijl ze bijna met genegenheid mijn jasje rechttrok. We stonden op de plaats waar passagiers konden worden afgezet. 'Echt waar. Heel goed.'

'Ze wil toch niet met me praten,' zei ik.

'Dan zul je er een keer je best voor moeten doen, Mikey.'

Tijdens de vlucht werd ik steeds nerveuzer. Toen we een tussenlanding maakten in Hongkong om bij te tanken, was ik zo zenuwachtig dat ik het niet alleen kon toeschrijven aan het tijdverschil. Ik probeerde steeds te denken aan wat ik zou zeggen als ik haar zag, maar geen enkel woord leek voldoende. Mijn aanwezigheid zelf zou al niet voldoende zijn. Nu Monica duizenden kilometers achter me was, vervlogen mijn vage dromen over een gloedvolle hereniging als sporen van vliegtuigbrandstof in een heldere lucht.

Ik had niet gedaan wat ik Kathleen had beloofd, namelijk het project tegenhouden. Het ging nu zelfs sneller vooruit dan ooit. Ondanks mijn gevoelens voor Liza was ik nog steeds een dubbelhartige hufter. Als Tina niet dat sms'je had gestuurd, zou ik dan hebben gebroken met Vanessa? Ik kon mezelf voor de gek houden dat het toch zou zijn gebeurd, maar ik leek zo weinig greep te hebben op mijn eigen gevoelens dat ik het niet als een absolute waarheid kon beschouwen. De gemompelde woorden die ik had geoefend voor Liza werden overstemd door verschillende stemmen. Ik hoorde die van Hannah, zo helder als een zilveren bel: 'Mike, waarom heb je tegen ons gelogen?' Toen haar moeder, die beschuldigend tegen me zei dat alles wat ik had gezegd, alles wat ik was geweest, een leugen was. Ik dacht aan Vanessa's grauwe gezicht toen ze het berichtje op mijn mobiele telefoon had gezien, en wist dat ik nooit meer iemand zo wilde kwetsen.

Tijdens die vlucht naar het oosten had ik voor het einde van de eerste film aan boord ontdekt dat ik geen idee had waarmee ik bezig was. Het was onwaarschijnlijk dat Kathleen en Liza mijn hulp zouden willen, ook al had ik geweten wat ik moest doen om het project tegen te gaan. Weinig mensen in de stad zouden me verwelkomen. Ik wist niet eens zeker waar ik zou logeren.

Ik dronk veel tijdens de vlucht, ondanks wat mijn zus tegen me had gezegd, gedeeltelijk omdat het de enige manier was om me te kunnen ontspannen, en gedeeltelijk omdat ik iets te doen had met mijn handen als ik slokjes wijn nam. Af en toe viel ik in een onrustige slaap om met een schok weer wakker te worden, en ik voelde de knoop in mijn maag steeds groter worden naarmate de vlucht vorderde.

Zo'n dertig uur later stapte ik uit de huurauto waarin ik naar Silver Bay was gereden, stond in het heldere zonlicht en onderdrukte de bijna onweerstaanbare opwelling om weer in de auto te stappen en terug te rijden naar het vliegveld.

De enige keer dat ik mijn moeder zag huilen, was toen ze haar geliefde porseleinen herderinnetje naar het hoofd van mijn vader gooide.

Het ging natuurlijk kapot; geen enkel teer voorwerp kon een dergelijke val overleven. Maar toen het kapot viel, zakte ze neer op de vloer, hield de stukken in haar hand en huilde alsof ze een vreselijk ongeluk had gezien. Ik herinner me dat ik in de deuropening stond en geschokt was door de wanhoop van mijn moeder, die immers niets voor haar was, en er tegelijkertijd door werd afgestoten. Mijn vader stond met een bebloede slaap bij de bank en zei niets. Alsof hij aanvaardde dat het zijn schuld was.

Hij had een klein constructiebedrijf dat mijn ouders op een hippieachtige manier hadden gedreven. Iedereen had er iets in te zeggen en ze deden hun best om de winst te delen. Tien jaar lang had dat verrassend goed gewerkt. Het bedrijf groeide. Mijn ouders werden ambitieuzer en besloten een tweede filiaal te openen, op ongeveer een uur rijden. Wij zouden ook verhuizen. Omdat al hun geld werd teruggestopt in de zaak, konden ze tot hun grote vreugde een landhuis huren voor een schijntje, omdat het zo verwaarloosd was. Het warmwatersysteem was grillig en de helft van de kamers was te vochtig om in te kunnen wonen, maar dat was in de tijd dat niet-gemoderniseerde huizen zoals dit niet ongewoon waren en centrale verwarming niet noodzakelijk werd geacht. Mijn zus en ik vonden het er heerlijk. We zwierven vijf jaar lang door de bossen, kampeerden in de ongebruikte vleugels van het huis en vonden het niet erg dat het steeds vochtiger werd en het aantal bewoonbare kamers verminderde. Mijn ouders hadden het te druk met de zaak om meer te doen dan de noodzakelijkste reparaties.

Uiteindelijk kondigden de eigenaars aan dat ze het contract voor het volgende jaar niet zouden verlengen. Geen ramp, merkte mijn vader op. Het werd waarschijnlijk tijd dat we een eigen huis kochten.

Toen werden ze gewezen op de kleine lettertjes van het contract. Mijn vader had een 'vernieuwen en repareren'-clausule getekend. Hij had ingestemd om het huis te herstellen in een staat die het in geen tientallen jaren had gekend. 'Doe niet zo belachelijk,' wierp mijn vader tegen. 'Het huis was amper bewoonbaar toen we er kwamen wonen.' Maar de advocaat wees alleen naar de kleine lettertjes. Mijn vader had het contract moeten lezen, zei hij. Hij had foto's moeten maken en de oorspronkelijke staat moeten omschrijven. Hij kon niet protesteren tegen iets wat zwart op wit stond. De advocaat las een schatting van de verbouwingskosten op en mijn ouders wisten dat ze geruïneerd waren. Het porseleinen herderinnetje was het eerste slachtoffer.

Mijn zus en ik werden overgeplaatst naar een nare school en moesten een slaapkamer delen in een sombere maisonnette, en jaren waren er alleen maar vakanties in geleende caravans in goedkope badplaatsen. Jarenlang beschouwde ik dat porseleinen beeldje als een symbool van wat er gebeurde als je niet goed oplette, als je niet met je neus boven op een overeenkomst zat, als je geloofde dat mensen van nature geneigd zijn om eerlijk te handelen. Nu zag ik de dingen anders. Mijn vader had van zijn zaak een uiteindelijk succesvoller bedrijf gemaakt dat efficiënter gedreven werd. Mijn zus en ik werden waarschijnlijk veerkrachtiger en ambitieuzer doordat we zo jong een verlies hadden meegemaakt.

Mijn ouders waren nog bij elkaar. Het herderinnetje, met pijn en moeite gelijmd, stond nog steeds op de schoorsteenmantel. 'Het liet ons inzien wat belangrijk was,' zei mijn moeder altijd, terwijl ze vol genegenheid over de barsten streek.

Het klinkt dom, maar pas nu besefte ik dat ze niet bedoelde dat je altijd de kleine lettertjes moest lezen.

Ik klopte drie keer op de achterdeur voor ik het briefje zag. 'Lance/ Yoshi. Pak zelf wat jullie willen. Wij zijn naar het ziekenhuis. Komen zo terug. Schrijf alsjeblieft in het boek wat jullie nemen. L.'

Ik hield het even vast terwijl ik op adem moest komen omdat ik haar briefje in mijn handen had, en toen keek ik naar de steiger. Er lagen geen boten, alleen de *Ishmael*, en omdat het pas kwart over tien in de ochtend was, bestond de mogelijkheid dat Kathleen en Liza nog een paar uur weg zouden blijven. Ik ging een poos op een van de lege banken zitten. Toen liep ik naar MacIver's Seafood Bar en Grill en bestelde koffie. Mijn lichaam wilde geen koffie. Het vertelde me dat het midden in de nacht was, in tegenstelling tot wat mijn ogen zagen. Ik dronk de koffie maar voor de helft op. Het restant vormde bij het afkoelen een donkerbruine kring aan de binnenkant van het lichtblauwe kopje.

'Bent u die Engelsman?'

De eigenaar, een grote man in een smoezelig schort, keek naar me.

'Ja,' zei ik. Het had geen zin om te vragen welke Engelsman hij bedoelde.

'Die van de projectontwikkelingsmaatschappij? Die in de krant stond?'

'Ik kom hier alleen een kop koffie drinken. Als u ruzie zoekt over het bouwproject, dan ga ik weg als u het niet erg vindt.'

Ik stopte mijn portefeuille in mijn zak en wilde mijn koffer pakken.

'Van mij hoeft u geen ruzie te verwachten,' zei hij terwijl hij een bord pakte en het afdroogde met een theedoek die nog smoezeliger was dan zijn schort. 'Ik verheug me erop. Blij dat er meer klanten komen.'

Ik zei niets.

'Niet iedereen is er tegen, wat er ook in de kranten staat. Er zijn er nog veel meer die net als ik vinden dat de stad wel wat investering kan gebruiken.'

Ik moet ongelovig hebben gekeken, want hij vervolgde terwijl hij naar mijn tafel liep en zich tegenover me op een stoel liet zakken: 'Ik heb veel respect voor de walvisjongens – Greg is een oude vriend van me – maar ze maken te veel ophef over die walvissen. Die grote vissen zwemmen al een miljoen jaar langs deze baai en een paar waterscooters brengen daar echt geen verandering in. Nou ja, misschien houden ze zich een poosje rustig, maar ze komen heus wel terug.'

'Rustig houden?'

Hij wees met een duim naar de steiger. 'Ze lopen allemaal te klagen dat ze al weg zijn. Alsof die vissen weten wat er gaat komen. Nou vraag ik je!'

'Wie is er weg?' Ik had moeite om hem te volgen.

'De walvissen. Ze laten zich niet zien. Ze hebben dit jaar al vroeg moeten ophouden met hun boottochten en nu varen ze alleen de baai rond om dolfijnen te bekijken. Ik denk dat het weinig invloed heeft op hun winst. Ze kunnen twee dolfijnentochten maken in de tijd die het kost om één keer naar de walvissen te varen. Ik snap niet waar ze over klagen.'

Ik zweeg even om dit tot me door te laten dringen. Toen keek ik hem aan. 'U wilt me misschien wel een borrel inschenken?' Ik had zo het gevoel dat ik voor mijn volgende gesprek wel een borrel kon gebruiken.

Hij hees zijn grote lijf op van de stoel waarbij hij zijn twee handen als dikke hammen op de tafel legde om erop te leunen. 'Ik reken erop dat jullie me met die bouw een grote gunst zullen bewijzen. Dus deze is van het huis.'

Het kostte me bijna een uur om over de kustweg terug te lopen naar het Silver Bay Hotel. Ik had het meerdere malen in nog geen tien minuten rennend gedaan. Normaal gesproken duurde een wandeling twintig minuten. Maar de jetlag en meerdere glazen dubbele whisky die mijn nieuwe beste vriend Del van MacIver's Seafood Bar en Grill me had opgedrongen, vormden geen goede combinatie. Ondanks de sierlijke, flauwe bocht van de kustlijn was het moeilijk om een rechte lijn aan te houden. Een paar keer ging ik op mijn koffer zitten en dacht diep na over hoe ik het beste mijn weg kon vervolgen. Het hotel lag op een steenworp van me vandaan maar leek op de een of andere manier verder weg te schuiven als een fata morgana in de woestijn. Ik kwam een moment op de gedachte om even in zee te gaan zwemmen. Het water zag er aanlokkelijk uit en het was veel warmer dan toen ik hier de laatste keer was, maar om de een of andere vage reden vond ik dat ik er netjes uit moest blijven zien. Daarbij kon ik me niet meer herinneren hoe ik mijn schoenen uit moest trekken.

Twee keer nadat ik was opgestaan schoot me enkele minuten later te binnen dat ik mijn koffer had laten staan, dus moest ik terug om hem op te halen. Dat ging opeens blijkbaar niet meer zonder mis te grijpen en te struikelen. Overal was zand, in mijn neus, mijn haren en mijn schoenen, maar ik hield mijn portefeuille stevig voor me uit zodat ik die geen moment uit het oog verloor. Mijn ouders hadden me altijd op het hart gedrukt dat je in het buitenland constant je portefeuille in de gaten moest houden.

Toen ik eindelijk bij het hotel was, kreeg ik een bijna euforisch gevoel dat het me gelukt was. Dat werd slechts getemperd door het feit dat ik me niet meer kon herinneren waarom het zo belangrijk was om er te komen. Ik liet mijn koffer bij de deur vallen en keek naar het briefje dat voor mijn ogen zweefde. Ik probeerde een paar keer vergeefs ernaar te graaien om het stil te houden.

Toen, opeens oneindig moe, besloot ik dat ik even moest gaan liggen. De houten banken waren te smal. Ik wist niet eens of ik erop kon zitten, laat staan liggen, en het zand op dit stuk strand zat vol kiezels. Ik kon nog net het uitnodigende, schemerige interieur van het Museum van de Walvisjacht onderscheiden, en wankelde erheen. Daar zou ik even een dutje doen, en als ik wakker werd zou ik wel weer weten wat ik hier eigenlijk deed.

Ik werd wakker van geschreeuw. In het begin was het een onderdeel van mijn droom geweest. Ik zat in een vliegtuig en de stewardess probeerde iedereen wakker te maken omdat het vliegtuig niet kon opstijgen zonder dat we allemaal onze vleugels lieten flapperen. Geleidelijk werd ik me door de mist van jetlag en whisky bewust dat zelfs toen de stewardess in het niets verdween, haar geschreeuw steeds luider klonk en dat ze onaangenaam hard in mijn arm kneep.

'Laat me los,' mompelde ik terwijl ik me los probeerde te maken. 'Ik hoef geen pinda's.'

Maar toen mijn ogen opengingen en aan het licht gewend raakten, besefte ik dat ik dat gezicht kende. Over me heen gebogen, met haar gele oliejack klapwiekend als de vleugels van een grote vogel, stond Liza McCullen. En ze schreeuwde tegen me: 'Dit is niet te geloven! Denk je dat we hier op zitten te wachten, op een dronken Mike Dormer? Je stinkt, weet je dat? Je stinkt naar whisky. En wie denk je wel dat je bent om hier zomaar op te komen dagen alsof dit hotel hier van jou is?'

Ik deed mijn ogen weer langzaam dicht terwijl ik een vreemde kalmte over me voelde komen. Het rare was dat ik had durven zweren dat ik nog net Kathleen achter haar zag glimlachen.

17

Kathleen

Hij zei dat ik campagne moest voeren. Hij vertelde dat hij het met zijn zus had besproken, die journalist was en alles wist van dat soort dingen, en dat ik de hoofdpersoon kon zijn in een artikel over 'De Haaienvrouw die de walvissen probeert te redden', of iets dergelijks. Hij zei dat publiciteit de beste kans was die we hadden om de tegenstand tegen het bouwproject te vergroten, en dat het tot buiten de stad moest worden uitgebreid omdat het veel mensen hier niet interesseerde.

Ik zei tegen hem dat ik dat alles niet weer wilde oprakelen en dat ik al helemaal niet in een krant wilde staan. Hij keek me aan alsof ik gek was. 'Dat zou veel publiciteit geven. Bruikbare publiciteit,' zei hij.

'Misschien voor een paar mensen hier, maar wie heeft nog belangstelling voor een vrouw van vijfenzeventig die ooit eens een haai heeft gevangen? Dat kunnen we beter laten rusten.'

'Ik dacht dat je zesenzeventig was.'

Ik wierp Hannah een blik toe die mij meteen het zwijgen had opgelegd als ik zo oud was geweest als zij. Maar die jongelui van tegenwoordig letten nergens op.

'Kathleen, ik had je gezegd dat ik dit zou oplossen en ik doe mijn best. Maar we hebben een strategie nodig en geloof me, dit is de enige strategie die we op dit moment hebben.'

Mike had drie dagen de gelegenheid gehad om zijn evenwicht terug te vinden, en hoewel hij er nog moe uitzag, had hij weer die gereserveerdheid, dat professionele wat hem zo eigen was toen hij hier pas was gekomen. Hij was zelfs nog serieuzer geworden sinds zijn terugkeer. Hij was teruggekomen om ons te redden, had hij nadrukkelijk meegedeeld toen we hem in het museum ontdekten. Naderhand zei ik tegen hem dat het moeilijk was om een man, zelfs een redder in de nood, serieus te nemen als hij dronken op de vloer ligt met natte schoenen en zeewier in zijn neus. Dat leek hij zich te hebben aangetrokken.

'Ik meen het. Ik heb media-advies van een specialist gekregen.' Hij droeg een gestreken overhemd. Het leek wel of hij dacht dat we hem dan misschien serieus zouden nemen.

'Mike, ik weet dat je het goed bedoelt en ik voel me geroerd dat je terug wilde komen om ons te helpen. Maar ik heb al gezegd dat ik niet al dat gedoe over de Haaienvrouw wil oprakelen. Dat is de vloek van mijn leven geweest en ik wil die aandacht niet.'

'Ik dacht dat je er trots op zou zijn.'

'Zo zie je maar hoe weinig je weet.'

'Je hoort er trots op te zijn,' zei Hannah opgewekt. Ze was verrassend blij geweest om Mike te zien, in elk geval veel meer dan haar moeder. 'Ik zou trots zijn als ik een haai had gedood.'

'Ik denk niet dat doden ooit iets is om trots op te zijn,' mompelde ik.

'Nou, gebruik de dood van die haai dan om de walvissen te helpen.' Mike knikte naar me.

'Ik ga niet weer de Haaienvrouw uithangen. Ik heb al genoeg aan mijn hoofd zonder dat allemaal weer op te rakelen.' Ik kneep mijn lippen op elkaar en hoopte dat hij het erbij zou laten.

'Liza dan,' zei hij. Ze had haar best gedaan om hem te negeren, met haar hoofd boven de krant. Maar het viel me op dat ze in de keuken was in plaats van in haar slaapkamer of aan boord van de *Ishmael*, de plekken waar ze zich altijd terugtrok.

'Liza wat?' zei ze zonder op te kijken van de krant.

'Jij zou een fantastisch boegbeeld zijn voor de campagne.'

'Waarom?'

'Nou... er zijn niet veel vrouwelijke schippers. En je weet een heleboel over walvissen. Je bent...' Hier was hij zo attent om te kuchen en te blozen. 'Je bent een mooie vrouw. Ik heb gehoord hoe het allemaal werkt, en...'

'Nee,' zei ze kortaf.

Ik bleef heel stil bij de gootsteen staan en vroeg me af wat ze vervolgens zou zeggen.

Na een poos voegde ze eraan toe, een beetje verdedigend: 'Ik wil niet dat Hannah aan dat alles wordt blootgesteld.'

'Ik vind het niet erg,' zei Hannah. 'Ik wil wel in de krant staan.'

'Het is de enige manier om de bouw tegen te houden,' zei Mike. 'Je moet zo veel mogelijk steun zien te krijgen. Zodra de mensen eenmaal weten wat...'

'Néé.'

Hij keek haar aan. 'Waarom ben je zo koppig?'

'Dat ben ik niet.'

'Ik dacht dat je alles over zou hebben voor de walvissen.'

'Jij hoeft mij niet te vertellen wat ik moet doen voor de walvissen.' Liza vouwde haar krant op en smeet die op tafel. 'Als jij er niet was geweest, zou dit allemaal niet zijn gebeurd en zaten wij niet in deze ellende.'

'Liza...' begon ik.

'Geloof je dat echt?' viel hij me in de rede. 'Denk je echt dat dit gebied altijd onaangetast zou blijven?'

'Nee, maar het zou voorlopig nog niet gebeurd zijn. Dan hadden we meer tijd gehad...' Haar stem stierf weg.

'Wat bedoel je met "meer tijd"?'

Het werd stil in de keuken. Hannah keek op van haar huiswerk en boog toen haar hoofd weer.

Liza keek naar me en schudde haar hoofd, een nauwelijks merkbaar, discreet gebaar.

Mike zag het en ik zag de teleurstelling over zijn gezicht glijden. Ik ging de lege kopjes afruimen om iets te doen te hebben. Mike en Liza overhandigden me die van hen, alsof ze er dankbaar voor waren.

'Hoor eens,' zei hij ten slotte. 'Een van jullie zal iets moeten doen.

Jullie twee zijn de beste kans die we hebben om dit project tegen te houden, en op dit moment is zelfs die kans heel klein. Ik zal alles doen wat ik kan om jullie te helpen, en geloof me, ik kan niet meer dan ik al doe, maar jullie zullen een beetje moeten helpen.'

'Nee,' zei Liza. 'Laat dit tot je doordringen, Mike. Hannah en ik komen in geen enkele krant. Ik wil verder alles doen wat je voorstelt, maar dat niet. Dus het heeft geen zin om erover door te gaan.'

Toen stond ze op en liep de keuken uit, met Milly op haar hielen.

'Wat ga je dan doen?' riep hij haar na. 'Lichtkogels afschieten op alle jetskiërs, zoals je deed met die schepen?'

Hannah pakte haar spullen bij elkaar, glimlachte verontschuldigend naar Mike en volgde haar moeder.

Ik hoorde hem diep zuchten.

'Mike, ik zal erover denken,' zei ik, meer uit vriendelijkheid dan dat ik het echt van plan was. Hij was zo teleurgesteld dat ik iets moest zeggen. Hij staarde Liza's rug na als een uitgehongerde man wiens laatste maaltijd van hem is afgepakt, en zijn gevoelens waren zo overduidelijk dat ik mijn blik afwendde.

'Goed,' zei hij. 'Dan gaan we over naar plan B.' Hij liet een scheve grijns zien en sloeg een nieuw blad op. 'Ik moet alleen nog een plan B bedenken.'

Ik kwam er al snel achter dat Mike alles had opgegeven om terug te komen in Silver Bay. Hij gaf toe dat hij geen baan of vriendin meer had, en blijkbaar zelfs geen adres. 'Maar ik kan betalen,' zei hij toen hij vroeg of hij zijn oude kamer mocht hebben. 'Mijn banksaldo is... Nou ja, ik hoef me geen zorgen te maken over geld.'

Hij leek op een vreemde manier veranderd na zijn maand afwezigheid. De listigheid was verdwenen en hij had iets onzekers gekregen. Hij vroeg meer dan dat hij vaststelde en zijn emoties waren meer aan de oppervlakte, niet langer verborgen achter een bedrieglijk neutrale façade. Hij dronk ook meer, dus maakte ik daar opzettelijk een opmerking over, wat hem deed schrikken.

'Is het zo erg?' vroeg hij zacht. 'Ik deed het om niet aan alles te hoeven denken.'

'Heel begrijpelijk,' zei ik. 'Voor even.'

Hij snapte het. Ik vond de nieuwe Mike Dormer eigenlijk innemender. Dat was een van de redenen waarom ik hem liet blijven. Een van de weinige redenen die ik aan Liza kwijt wilde.

Intussen vond elke discoboot, elke waardeloze ondernemer die ooit een grote sardine had gezien en zichzelf nu voordeed als verzorger van ecotours, zijn weg naar wat onze bemanningen altijd als hun wateren hadden beschouwd. Ze leken uit te proberen om te zien in hoeverre ze inbreuk konden maken op onze zaken. De kustwacht vertelde me dat er sprake van was de Walvissteiger uit te breiden zodat anderen er ook gebruik van konden maken. Twee keer waren de discoboten zelfs in onze baai gekomen, en Lance had bij de Dienst voor Nationale Parken en Faunabescherming geklaagd en de schepen de schuld gegeven dat de walvissen waren verdwenen.

Volgens officiële verklaringen waren de migratiepatronen misschien aan het veranderen, was de opwarming van de aarde misschien de oorzaak dat de tijd of de afstand van de trek veranderde. Daar trapten de walvisjagers niet in. Yoshi had met enkele studievrienden gesproken en zij dachten dat het iets met de directe omgeving te maken had. De dolfijnen lieten zich af en toe nog zien in de baai, maar ik vroeg me af of ze zich opgejaagd voelden omdat ze zo veel aandacht kregen. Ze waren nu het enige wat de passagiers konden zien. Bij elke school lagen nu drie boten terwijl de toeristen overboord hingen met hun camera's.

Misschien kwam het doordat ze zo werd afgeleid door de situatie van de walvissen en – al wilde ze dat niet toegeven – de terugkeer van Mike, maar ik wist Liza over te halen Hannah zeilles te laten nemen. Ik bracht haar met haar vriendinnetje naar de eerste les in Salamander Bay, en toen ik haar op het water zag merkte ik tot mijn schrik dat dit nooit de eerste keer kon zijn dat ze in een bootje voer. Naderhand biechtte ze met een lachje op dat ik gelijk had, en we waren het erover eens dat we dat maar niet aan haar moeder moesten vertellen.

'Denk je dat ze me een keer met de *Hannah's Glory* op het water laat gaan?' vroeg ze toen we naar huis reden. De hond lag verheugd op haar schouder te kwijlen. 'Als de leraren zeggen dat ik het goed kan?'

'Laat die hond niet je broodje pakken,' zei ik en duwde Milly's neus weg.

Het was een mooie dag geweest, maar uit het westen kwamen wolken opzetten, een donkere, onheilspellende streep. 'Ik weet het niet, lieverd. We kunnen beter één ding tegelijk doen.'

'Greg zegt dat ze het niet zal doen, alleen maar om hem te pesten.'

'Heeft hij dat tegen je gezegd?'

'Ik hoorde het hem tegen Lance zeggen. Ze wisten niet dat ik luisterde.'

Ik zou eens een babbeltje maken met die Greg. 'Wat je moeder van Greg vindt, heeft er niets mee te maken,' zei ik. 'Je krijgt je boot heus wel. Maar zoals ik al zei, je moet geduld hebben.'

Ik minderde vaart op de kustweg om de oude meneer Henderson te groeten, die op zijn fiets terugkwam van de vismarkt. Toen ik me weer naar Hannah omdraaide, zat ze uit het raam te staren. 'Kun je de naam van een boot veranderen?' vroeg ze en keek ondertussen naar iets in de verte.

'Hoezo?'

'Misschien ga ik die van mijn boot wel veranderen. Zodra ik ermee weg mag.'

'Dat kan,' zei ik. Ik zat net te bedenken wat ik die avond moest koken. Ik wist niet meer hoeveel walvisjagers ik kon verwachten. Eigenlijk had ik meneer Henderson moeten vragen wat voor aanbiedingen er op de markt waren. 'Maar misschien moet je hem niet veranderen. Volgens sommige mensen brengt dat ongeluk.'

'Ik ga hem *Darling Letty* noemen.'

Ik remde zo hard dat de hond bijna op mijn schoot viel.

Een poos zeiden we geen van beiden iets, en toen werden Hannah's ogen groot. 'Mag ik dan niet eens haar naam noemen?' riep ze uit.

Ik reed de auto naar de kant en stak verontschuldigend een hand op naar de bestelauto die achter me op zijn remmen had moeten staan. Toen hij weg was, draaide ik me om en streek over haar wang, en ik probeerde er minder geschokt uit te zien dan ik me voelde. 'Lieverd, je mag zeggen wat je wilt. Het spijt me. Je liet me alleen even schrikken.'

'Ze is mijn zus,' zei ze terwijl er tranen in haar ogen kwamen. 'Ze was mijn zús. En ik wil af en toe over haar kunnen praten.'

'Dat weet ik.' De hond klom jankend op haar schoot. Ze vond het vreselijk als iemand huilde.

'Ik dacht dat als mijn boot haar naam had, ik die altijd kon zeggen als ik wilde, zonder dat iedereen raar ging doen.'

Ik staarde naar mijn achternichtje en wenste dat ik iets, wat dan ook, kon zeggen om iets te verlichten van wat, zoals ik nu wist, ze verborgen had gehouden.

'Ik wil over haar praten zonder dat mam kijkt alsof ze op instorten staat of zoiets.'

'Het is een goed idee, Hannah, heel slim bedacht, maar ik weet niet of het ooit zal gebeuren. Nog een hele tijd niet in elk geval.'

Toen we thuis waren klom ik langzaam de trap op naar mijn kamer en trok de la open waarin ik de foto van Liza met haar twee dochtertjes bewaarde. De randen zijn een beetje oneffen op de plaats waar ik die man eruit had geknipt met iets te veel doortastendheid. Liza dacht dat de enige manier om hen allemaal te beschermen was om Letty weg te stoppen. Dat wist ik. Het was de enige manier waarop zij door kon gaan met haar leven en zij tweeën een veilig bestaan konden hebben.

Maar zo simpel was het niet. Ze konden Letty toen niet te ruste leggen, en nu nog steeds niet.

En doen alsof het anders was, was helemaal geen leven.

Elke middag ging ik op bezoek bij Nino Gaines. Ik borstelde zijn haar, bracht hem een schone pyjama en als ik me dapper genoeg voelde, ging ik hem zelfs scheren. Niet uit sentimentaliteit, hoor, maar omdat er niemand anders was die het kon doen. Goed, Frank had het misschien gekund, of John John, of misschien de vrouw van John John, maar die jonge mensen hebben het zo druk. Ze hebben hun eigen leven. Dus stelde ik me beschikbaar, en zat ik er elke dag een paar uur en las hem stukjes voor uit de krant waarvan ik dacht dat hij ze wel wilde horen, en af en toe gaf ik de verpleegsters een standje uit zijn naam.

Ik moest wel gaan. Ik had het idee dat hij het daar vreselijk zou vinden met die geur van ontsmettingsmiddelen, terwijl hij aan piepende monitors bevestigd lag en aan slangetjes die hem Joost mocht weten wat voerden. Nino Gaines was gebouwd voor het buitenleven.

Hij had als een koning langs zijn wijnstokken gelopen, en af en toe zijn hoed afgezet als hij zich bukte om deze of gene druif beter te bekijken, ondertussen iets mompelend over vocht of zuurgraad. Ik probeerde hem niet te zien zoals hij nu was: te groot voor het ziekenhuisbed, maar op de een of andere manier kleiner geworden. Het was duidelijk dat hij niet sliep, ook al deed ik nog zo mijn best om te geloven dat hij dat wel deed.

Zijn familie vond het best dat ik er was. Ze kwamen en lieten eten achter dat naast zijn bed lag te schimmelen. Ze namen foto's mee voor het geval dat hij zou ontwaken, en muziek voor het geval dat hij het kon horen. Ze fluisterden samen, hielden zijn hand vast en hielden beraad met de artsen over prognoses en medicatie, gerustgesteld door de EEG's waaruit bleek dat zijn hersenen goed werkten.

Dat had ik hun ook wel kunnen vertellen. Ik praatte tegen hem, over de wijngaard, dat Frank had gezegd dat de eerste uitlopers al te zien waren, en dat een inkoper van een supermarkt helemaal uit Perth was gekomen omdat hij had gehoord hoe goed zijn wijn was en die wilde inslaan. Ik vertelde hem over de informatieavond, dat er een ongekend aantal protesten was geweest, met een hele map tekeningen van de kinderen van de lagere school van Silver Bay, die hun walvissen belangrijker hadden gevonden dan een mooie nieuwe schoolbus. Ik vertelde hem over Mike en de uren die hij in zijn kamer doorbracht aan de telefoon om te doen wat hij kon om de bouw tegen te houden. Ik vertelde Nino over mijn toenemende genegenheid voor de jonge man, ondanks de ellende die hij ons had gebracht. En ik vertelde over de behoedzame blik in Mikes ogen die me vertelde wat hij net als iedereen van zichzelf verwachtte, en dat ik vond dat ik er goed aan had gedaan om hem te laten blijven als ik zag hoe hij naar mijn nicht keek.

Ik vertelde hem ook over de verdwijnende walvissen en de arme belegerde dolfijnen, en over mijn nicht, die zo van slag leek door de terugkeer van Mike Dormer, dat ze niet wist wat ze met zichzelf aan moest. Ze had het druk en ze had het niet druk. Ze ging in haar eentje weg op de *Ishmael* en kwam terug in een nog slechtere bui dan toen ze wegging. Bij elke maaltijd negeerde ze Mike, maar ze gaf haar dochter op haar kop als die hetzelfde deed. Ze was woedend op ons beiden omdat we hem in het hotel lieten blijven. Ze zwoer dat ze niets voor hem voelde, en toen ik ten slotte zei dat ze niet eens zag wat er vlak voor haar neus gebeurde, had ze de brutaliteit om het tegen mij over de pot en de ketel te hebben.

Maar ze was een dwaas, en Nino Gaines was een oudere dwaas. Hij lag daar vreemd stil met al die slangetjes die dingen in hem brachten en uit hem haalden. Hij zei niets, deed niets, liet me gewoon mijn zorgen tegen hem uitstorten alsof hij geen enkele zorg kende. Soms ging ik hoopvol weg. Soms werd ik kwaad om zijn onbeweeglijkheid. Op een dag betrapte een verpleegster me toen ik 'Word wakker!' tegen hem schreeuwde met zo veel woede, dat ze dreigde de dokter erbij te halen.

Maar als ik alleen was in dat kamertje en mijn wang op de rug van zijn oude hand legde – die waar geen buisje onder de bijna transparante huid stak – kon alleen Nino Gaines mijn tranen voelen.

Het regende de hele middag, zoals ik al had vermoed, en tegen de avond volgde een onweersbui. Mijn vader zou het een ouderwetse onweersbui hebben genoemd, en mijn moeder zou mompelen dat het gewoon een bui als alle onweersbuien was. Ik begreep echter wat hij bedoelde. Het was een regelrecht Bijbels noodweer met donderslagen die je tanden deden klapperen, en felle bliksemschichten boven zee. Toen ik terugkwam van het ziekenhuis belde ik de kustwacht op, en de man zei dat we ons geen zorgen moesten maken omdat het ergste al achter de rug was. We waren altijd op onze hoede voor de waterhozen die eruitzien als Gods vinger die uit de hemel wijst, maar zich gedragen als de hand van de duivel. Ik deed de luiken dicht, stak het haardvuur aan en Liza, Hannah en ik gingen voor de televisie zitten, Hannah helemaal geboeid door een programma dat ze leuk vond, en Liza en ik in gedachten terwijl de wind om ons heen raasde en de lampen flikkerden om ons eraan te herinneren dat we nog steeds aan Gods genade waren overgeleverd. Rond kwart over zes hoorde ik geluid in de hal en toen ik uit de kamer kwam zag ik Yoshi, Lance en Greg. Ze trokken hun oliejassen uit en brachten de koude, vochtige lucht mee. Hun huid glom van de regen.

'Is het goed als we even bij jou komen, Kathleen? We wilden iets drinken voor we naar huis gaan.' Lance verontschuldigde zich voor de plas die zijn laarzen op de vloer hadden achtergelaten.

'Zijn jullie met dit weer op het water geweest? Zijn jullie gek geworden?'

'Iemand had het weerbericht niet gecontroleerd,' zei Yoshi met een blik op Lance. 'We wilden iets verdergaan, rond de kust naar Kagoori Island omdat daar misschien walvissen waren, en de bui kwam heel snel opzetten.'

'Gelukkig hadden we geen passagiers,' zei Greg. 'De golven waren nogal hoog op de terugweg. De hele tijd hadden we de wind tegen. Maar we zijn niet al die tijd op het water geweest, hoor. We hebben alle boten vastgelegd. Ik heb bij de *Ishmael* wat extra knopen gelegd.'

'Nou, kom binnen en ga zitten,' zei ik. 'Hannah, schuif eens op. Ik zal soep opzetten.' Ik deed of ik het lastig vond, maar ik was blij dat ze er waren. Het was de laatste tijd leeg geweest in het hotel en hun aanwezigheid was een geruststelling.

'Hebben jullie nog een walvis gezien?' Liza legde haar krant weg.

'Niets.' Yoshi tastte in haar zak en pakte een kam. 'Er is iets vreemds aan de hand, Liza, neem dat van mij aan. Vandaag waren er ook geen dolfijnen. Als die weggaan, zitten we allemaal in de problemen.'

'Hoezo weggaan?' Hannah hief haar hoofd op.

Liza gaf Yoshi een waarschuwende blik, maar het was te laat. 'De dolfijnen houden zich schuil tot het weer opknapt,' zei Liza vastberaden. 'Ze komen gauw terug.'

'Waarschijnlijk schuilen ze bij de rotsen,' zei Hannah. 'Ik denk dat ze zich in die kleine inham verstoppen.'

'Dat zal best, snotneus,' zei Lance. 'Man, wat smaakt dit lekker.' Hij nam een slok van zijn bier.

Yoshi boog zich om de deurpost naar de keuken. 'Kathleen, mag ik een kop thee? Ik moet weer warm worden.'

Ik ontspande me een beetje toen ik besefte dat het hoogtepunt van de bui voorbij was. Sinds ik een kind was heb ik de seconden geteld tussen bliksemflitsen en donderslagen, en uitgerekend hoe ver de bui verwijderd was. Pas nu ik zeker wist dat de bui wegtrok, kon ik me concentreren op de gesprekken. Ik kan me nog een onweersbui uit 1948 herinneren, toen twee cruiseschepen schipbreuk leden op de kust hier, en mijn vader en de andere mannen de halve nacht in het water bezig waren om de overlevenden eruit te halen. Ze borgen ook de doden, maar dat wist ik pas jaren later, toen mijn moeder opbiechtte dat de lichamen in het museum hadden gelegen tot ze door de autoriteiten konden worden weggehaald.

Greg was naast Liza gaan zitten. Hij mompelde iets tegen haar en ze knikte vaag. Toen kneep hij zijn ogen samen. 'Wat doet die klootzak hier?' zei hij op scherpe toon.

Mike stond in de deuropening met een stapel papieren, een beetje van zijn stuk gebracht toen hij zo veel mensen in de woonkamer zag.

'De kost verdienen, Greg, zoals iedereen.' Ik had Greg niet verteld dat Mike terug was. Dat zou hij zonder mij ook wel merken, en daarbij ging het hem niets aan, vond ik.

Toen ik zag hoe bestudeerd onverschillig Liza keek, vermoedde ik dat zij er ook zo over had gedacht.

Greg maakte aanstalten om nog iets te zeggen, maar iets in de uitdrukking op mijn gezicht moet hem tot zwijgen hebben gebracht. Hij maakte een hoorbaar geluid van protest en zakte weer terug in de bank naast Liza.

Mike liep naar me toe. 'De telefoonverbinding doet het blijkbaar niet meer,' zei hij zacht. 'Ik kan niet op internet.'

'Dat gebeurt vaak als het zo hard regent,' zei ik. 'Straks is er wel weer verbinding. Het blijft niet de hele nacht zo regenen.'

'Wat ben je aan het doen? Probeer je nog meer bedrijven kapot te maken?'

'Hou op, Greg,' snauwde Liza.

'Waarom verdedig je hem? Hoe kun je hem hier toelaten na wat hij heeft gedaan?' Gregs stem had een nare, zeurderige klank gekregen en hij keek nijdig naar Mike.

'Ik verdedig hem niet.'

'Je had hem eruit moeten gooien.'

'Het zijn jouw zaken niet...' begon Liza.

'Ik probeer de rotzooi te herstellen,' zei Mike. 'Goed? Ik werk niet meer bij Beaker Holdings. Ik wil dat de bouw niet doorgaat.'

'Ja, dat kun je wel zeggen...'

'Wat bedoel je?'

Greg keek naar mij. 'Hoe weet je dat hij geen infiltrant is?'

Die gedachte was nog nooit bij me opgekomen.

'Zijn bedrijf weet heus wel dat er tegenstand zou komen. Wat houdt ze tegen om hem naar hier te sturen om erachter te komen wat er aan de hand is?'

Mike deed een stap naar hem toe en zei op ingehouden toon: 'Wil je beweren dat ik een leugenaar ben?'

Ik hield mijn adem in, de sfeer werd opeens heel gespannen.

Greg zei met een spottend Engels accent: 'Wil je beweren dat ik een leugenaar ben?'

'Ik heb genoeg van jouw...'

'Ja, ik zeg dat je een leugenaar bent. En wat vind je van oplichter, bedriegende vuile pennenlikker, zwendelaar...'

Greg sloeg als eerste. Zijn linkervuist schoot door de lucht en raakte Mike vol op de zijkant van zijn hoofd. Hij wankelde en Greg hief weer zijn vuist op, maar Lance sprong tussen hen in en ving de klap op met een hoorbaar gegrom. Mike kwam meteen overeind met opgeheven vuisten. 'Hou op!' schreeuwde Lance terwijl hij zich omdraaide en Mike wegduwde, waarbij hij per ongeluk een tafeltje omstootte. 'Hou in vredesnaam op!'

Mijn hart ging zo tekeer dat het me bijna duizelde. Overal leken meubels om te vallen en mensen te schreeuwen.

Mike bracht zijn hand naar zijn gezicht, zag het bloed op zijn vingers en sprong naar voren. 'Jij klootzak...'

Yoshi begon te gillen.

'Stop daarmee! Jullie zijn walgelijk, allebei.' Liza stond tussen hen in met opgeheven handen. 'Eruit! Hoor je me? Ik wil dit niet hebben in mijn huis. Ik wil het niet hebben.' Ze duwde tegen Greg om hem de woonkamer uit te werken.

'Wat heb ík nou weer gedaan?' schreeuwde hij terwijl zij en Lance hem naar de keuken duwden.

'Ik hoef dit gelazer niet van jou te pikken!' schreeuwde Mike.

Pas toen ze allebei in een andere ruimte waren, kalmeerde mijn ademhaling.

'Tering,' zei Lance toen hij weer in de kamer kwam. 'Tering.'

Mike schudde zijn arm van zich af en begon met een zakdoek zijn jukbeen te betten. Hij bukte zich om het tafeltje recht te zetten en ik hoorde mijn nicht en Greg in de keuken tegen elkaar tekeergaan.

Toen pas zag ik Hannah. Ze zat ineengedoken in een hoek van de bank met Milly tegen zich aan. 'Lieverd,' zei ik zo kalm mogelijk. 'Het is alweer goed. Iedereen is alleen maar chagrijnig door de onweersbui.'

'Ze gaan toch niet weer ruziemaken?' Haar bruine ogen waren groot van angst. 'Laat ze alsjeblieft geen ruziemaken.'

Ik keek op en Mike stond naar haar te staren, tot op het bot geschokt door de uitwerking die het gebeurde op haar had.

'Hannah, het is goed,' zei hij. 'Je hoeft nergens bang voor te zijn.'

Ze keek naar hem alsof ze hem niet meer kende.

'Echt waar,' zei hij terwijl hij bij haar neerknielde. 'Het spijt me. Ik werd even kwaad, maar het stelde niets voor.' Ze keek niet overtuigd en deinsde terug. 'Het is nu in orde. Echt waar.'

'Ik ben niet gek,' fluisterde ze met een uitdrukking op haar gezicht die zowel kwaad als angstig was.

We keken allemaal naar elkaar.

'Kijk,' zei hij. 'Ik zal het je laten zien.' Terwijl ik haar vasthield stond hij op en liep naar de keuken. 'Greg?' riep hij, en ik voelde haar ineenkrimpen in mijn armen. 'Greg?' Hij verdween. Even later kwamen ze allebei in de deuropening staan. 'Kijk,' zei hij terwijl hij een hand uitstak. Ik kon zien dat het gebaar hem ontzettend veel moeite kostte. 'We zijn gewoon weer goede vrienden. Het was zoals Kathleen zei. We waren gewoon chagrijnig door het slechte weer.'

'Ja,' zei Greg terwijl hij de hand van Mike schudde. 'Niets om bang voor te zijn. Het spijt me, lieverd.'

Ze keek naar mij en toen naar haar moeder. Liza's glimlach leek haar gerust te stellen.

'Echt waar. We gaan nu weg.' Mike probeerde te glimlachen. 'Het spijt me, goed?'

'Mij ook,' zei Greg. 'Ik ga maar weer eens. En, Liza,' zei hij veelbetekenend, 'je weet me te vinden.'

Ik kon zien dat ze iets wilde zeggen, maar de telefoon ging. Ze liep langs hem heen naar de hal.

'Kathleen. Hannah.' Nu was Greg al zijn zelfvertrouwen kwijt. 'Het spijt me echt. Ik zou je voor geen prijs bang willen maken, lieverd. Dat weet je...'

Ik kneep even in Hannah's schouders, maar ze wilde blijkbaar nog steeds niets zeggen.

Opeens was Liza terug in de kamer, met haar oliejas al half aan. De ruzie was vergeten. 'Dat was Tom,' zei ze op strakke toon. 'Hij zegt dat er losgeslagen netten de baai in drijven.'

18

Mike

Opeens heerste er een en al bedrijvigheid in de kamer. Ik stond ertussen met mijn zakdoek tegen mijn bebloede gezicht gedrukt en wilde vragen wat ze met die netten bedoelden, maar het leek wel of ze een script volgden dat ik niet kende.

'Ik ga mee,' zei Kathleen tegen Liza terwijl ze haar handschoenen aantrok. 'Ik stuur terwijl jij snijdt.'

Yoshi had haar jack al aan. 'Heeft iemand de kustwacht gebeld?' vroeg ze.

Lance hield een mobiele telefoon tegen zijn oor. 'Er is geen verbinding meer.'

'Jij blijft hier, schat,' zei Liza tegen Hannah.

'Nee,' zei Hannah. Haar kwetsbaarheid was vergeten. 'Ik wil helpen.'

Liza keek streng. 'Nee. Je blijft hier. Het is te gevaarlijk voor je.'

'Maar ik wil helpen...'

'Je kunt helpen door hier te blijven en als er weer verbinding is te bellen naar Nationale Parken, de mensen van walvissen- en dolfijnenbescherming, wie je maar kunt bedenken. Laat ze zo veel mogelijk mensen sturen, goed? De nummers staan in het boek op de haltafel.' Ze knielde neer en keek haar dochter recht in de ogen. 'Het is heel belangrijk dat je dat doet, Hannah. We hebben alle mensen nodig die we kunnen krijgen.'

Hannah leek zich erbij te hebben neergelegd. 'Goed.'

Kathleen kwam weer binnen met haar oliejas aan en een grote zaklamp onder haar arm. 'Ik heb de duikerpakken achter in de auto gelegd. En nog een zaklamp. Heeft iedereen een kniptang?'

Greg trok zijn wollen muts over zijn hoofd. 'Ik heb nog een reserve in mijn garage. Die ga ik meteen halen. Lance, geef me even een lift, dan gaat het sneller.'

Ik keek naar Liza, en ik voelde me net zoals toen ik hier voor de eerste keer kwam: een buitenstaander, nutteloos. 'Wat kan ik doen?' zei ik. Ik wilde met haar praten, me verontschuldigen voor die stommiteit van mij en Greg, een manier vinden om me nuttig te maken, maar ze was in gedachten al ergens anders.

'Blijf hier,' zei ze met een blik op Hannah. 'Er kan beter iemand in huis zijn. En laat de hond niet naar buiten. Hoe ziet het weer eruit, Kathleen?' Ze stopte haar haren onder haar muts en tuurde naar buiten.

'Het kan beter,' zei Kathleen, 'maar daar kunnen we nu weinig aan doen. Goed, we gaan. We houden contact via de radio.'

Terwijl ze naar buiten gingen legde Hannah uit dat grote visnetten, waarvan sommige wel kilometers lang waren, met gewichten aan de onderkant en drijvers bovenop, in de baai waren gedreven. De 'dodenmuren' zoals ze werden genoemd, waren verboden in Australische wateren, met als resultaat dat er een heleboel overboord waren gegooid of waren afgescheurd van een schip. Ze bleven drijven tot ze onder het gewicht van de lichamen van de zeedieren die erin verstrikt waren geraakt en gedood, naar de zeebodem zonken. 'We hebben er op school over geleerd,' zei ze, 'maar ik had nooit gedacht dat ze hier zouden komen.' Ze beet op haar lip. 'Ik hoop dat er niets met onze dolfijnen gebeurt.'

'Je moeder en de anderen zullen alles doen om te zorgen dat ze niets overkomt,' zei ik. 'Kom, moet je geen telefoontjes plegen?'

De verbindingen waren inmiddels hersteld. Ik zette een kop thee en luisterde ondertussen hoe Hannah dringende boodschappen insprak op antwoordapparaten en af en toe sprak met iemand die misschien ergens over kon beslissen. Voor een kind van elf was ze verrassend weloverwogen, vond ik. Maar ik had ook nooit een kind van elf meegemaakt dat zo veel van dolfijnen wist als zij.

Buiten waren de bliksem en donder weggetrokken, maar de regen striemde genadeloos neer, waarbij het water langs de dakpannen stroomde en ik het hoorde kletteren op het platte dak van de veranda. Ik legde nog een paar houtblokken op het vuur en ijsbeerde toen door de keuken. De ogen van de hond volgden me naar de deur en weer terug.

'Heb je ze te pakken kunnen krijgen?' vroeg ik toen Hannah binnenkwam.

'De meesten wel,' zei ze. 'Ik denk dat de kustwacht al op weg is. Ik wou dat ik kon helpen.' Ze tuurde weemoedig door het raam dat onder de regenspetters zat.

'Dat doe je ook. Iemand moet al die mensen toch bellen.'

'Maar ik help niet écht. Je krijgt een blauwe plek.' Ze wees naar de zijkant van mijn gezicht.

'Eigen schuld,' zei ik met een lach.

Hannah stak een hand uit naar de hond, die haar neus ophief. 'Ik heb boven uit het raam gekeken en in de baai zijn een heleboel boten met hun lichten aan.'

'Zie je wel,' zei ik. 'Ik zei toch dat het goed zou komen. Iedereen helpt.'

Maar ze leek me niet te horen.

Toen hoorde ik een schril geluid boven. Mijn mobiele telefoon. 'Ik ben zo terug,' zei ik en ik holde met twee treden tegelijk naar boven. Ik vroeg me even af of het Liza kon zijn. Misschien had ze geprobeerd te bellen toen Hannah aan de telefoon was.

Maar toen ik in mijn kamer kwam en in de zak van mijn jasje graaide, vertelde het schermpje een ander verhaal. Ik keek naar de naam en het knipperende lampje en nam op. 'Hallo?'

Het bleef even stil. 'Vanessa?'

'Mike.'

Ik keek uit het raam en kon nog net door de regen de lichten van de boten zien in de inktzwarte duisternis.

'Ik heb gehoord dat je ontslag hebt genomen,' zei ze. Ze klonk alsof ze in de kamer ernaast was.

Ik ging op de leren stoel zitten. 'Een week geleden. Ik, eh… ik ben meteen weggegaan.' Het leek wel eeuwen geleden.

'Ik was weg,' zei ze. 'Ik wist het niet. Mijn vader heeft niets tegen me gezegd.'

'Ik had willen bellen,' zei ik, 'maar...'

'Ja.'

Er viel een lange stilte.

'Ik wilde niet op de zaak komen,' zei ze. 'Niet zolang jij en... en zij er waren.'

Ik steunde mijn hoofd in mijn handen en haalde diep adem. 'Het spijt me ontzettend, Ness.'

Weer een stilte. Ik voelde haar pijn, en dat vond ik vreselijk.

'Ik wilde het tegen je zeggen. Het was stom en... en je verdiende beter. Maar je moet weten dat het maar één keer is gebeurd en dat ik er meer spijt van heb dan ik kan zeggen. Dat meen ik.'

Weer een stilte. Ik vermoedde dat ze het tot zich door liet dringen.

'Waarom heb je ontslag genomen?'

Ik fronste mijn wenkbrauwen. 'Wat bedoel je?'

'Heeft pap erop aangedrongen? Want het is nooit mijn bedoeling geweest dat je je baan zou verliezen. Ik bedoel, ik weet dat ik tegen je in ben gegaan tijdens die bijeenkomst... Maar ik wilde alleen maar... ik voelde me zo...'

'Het kwam niet door je vader,' zei ik. 'Het was mijn eigen besluit. Het leek me beter omdat, nou ja, je weet wel...' Ik werd afgeleid door hondengeblaf. 'Hij vroeg zelfs of ik wilde blijven.'

'Daar ben ik blij om,' zei ze. 'Het zat me dwars. Mike?'

'Hm?' Het leek wel of de hond bij de voordeur was. Ik vroeg me af of ik naar beneden moest gaan, maar ik wist dat ik geen woord zou verstaan van wat Vanessa zei als de hond bleef blaffen. Ik vond het belangrijk om dit uit te praten. 'Vanessa, ik...'

'Wat is dat voor lawaai?'

Nu krabbelde de hond tegen iets en jankte. Ik stond op en liep naar de deur. Ik vroeg me af of een van de walvisjagers binnen probeerde te komen. Maar de deur was zelden op slot.

'De hond,' zei ik afwezig.

'Je hebt geen hond,' zei ze.

'Niet mijn hond.' Ik legde een hand over de telefoon. 'Hannah?'

'Waar ben je?' vroeg ze.

Ik aarzelde.

'Mike?'

'Ik ben in Australië,' zei ik.

Op dat moment besefte ik dat een verbijsterde stilte heel anders is dan andere stiltes. Deze stilte blijft duren, wordt zwaar en implodeert onder het gewicht van onuitgesproken vragen.

'Australië?' bracht ze uit.

'Ik moest terug,' zei ik terwijl ik over de balustrade naar beneden tuurde. 'Ik had je gezegd dat dit project een fout was, Ness, en ik ben hier om het in orde te maken. Ik moet ophangen. Er is iets aan de hand hier, en het spijt me, oké? Van alles. Ik moet ophangen.' Ik zette mijn telefoon uit en holde de trap af. Milly wierp zich tegen de voordeur en blafte koortsachtig.

'Hannah?' zei ik terwijl ik mijn hoofd om de keukendeur stak, in de hoop dat zij me kon vertellen wat er aan de hand was.

Maar ze was niet in de keuken of de woonkamer. Ze was ook niet in haar slaapkamer of in een van de andere kamers boven. Ook niet bij de telefoon in de hal. Ik was nog steeds zo van slag door mijn gesprek met Vanessa dat het langer duurde dan had gemoeten voor ik zag dat haar jack er ook niet hing.

Ik staarde naar de lege haak aan de kapstok en toen naar de hond, die nog steeds blafte. Het dier draaide zich om en keek me aan alsof het verwachtte dat ik iets deed. De moed zonk me in de schoenen.

'O, shit,' zei ik, en ik greep een oliejas. Vervolgens maakte ik de riem vast aan Milly's halsband. 'Goed, meisje,' zei ik en opende de voordeur. 'Wijs me maar waar ze naartoe is.'

Het ergste van de bui mocht dan voorbij zijn, maar het stortregende nog steeds. Alle geluid werd erdoor overstemd en mijn voeten werden kletsnat toen ik achter Milly aan over het kustpad ploeterde. Ik geloof dat ik nog nooit zulke hevige regen had meegemaakt. Hij viel in mijn mond als ik Hannah's naam riep en binnen enkele seconden waren mijn spijkerbroek en schoenen doorweekt. Alleen mijn bovenlijf was droog, onder de oliejas.

Milly trok aan haar riem. Haar hele lijf was een glimmend projectiel dat alleen werd tegengehouden door mijn gebrek aan snelheid op het onverlichte pad. 'Rustig aan!' schreeuwde ik, maar mijn woorden werden meegevoerd door de wind. Ik holde door de duisternis en probeerde me te herinneren waar de kuilen zaten. Ik zag vrachtauto's bij de steiger komen. Hun koplampen waren onscherp in de stromende regen. Toen ik dichterbij kwam kon ik in de baai de lichten van boten zien, die op een dertig meter van elkaar dobberden op de golven. Ik kon niet goed zien wat ze deden.

'Hannah!' schreeuwde ik, hoewel ik wist dat het nutteloos was. Ik hoopte dat Milly wist wie ze zocht en dat ze me niet naar Liza zou brengen.

De hond bleef abrupt staan bij een paar grote schuren, de garages waar sommige walvisjagers hun spullen opborgen. Een paar deuren stonden open, alsof de bemanningen te veel haast hadden gehad om in het water te komen en waren vergeten hun bezittingen te beschermen. Milly holde al slippend een van de garages in, haar poten krasten over de betonnen vloer.

Ik aarzelde in de plotselinge stilte en de natte riem gleed door mijn vingers terwijl ik me probeerde te oriënteren. 'Hannah?' schreeuwde ik. De regen dreunde op het platte dak en viel in stromen door kieren in de goten. In het midden van het plafond hing een peertje en ik kon nog net een profielkaart aan de muur onderscheiden van iets wat op zeedieptes leek. Er stonden diverse plastic vaten, houten kisten vol gereedschap en tegen de muur lagen touwen, boeien en rollen canvas. Ik kon benzine ruiken.

'Hannah?'

Toen zag ik de ingelijste vergunning aan de muur. Greg Donohoe. Dit was de garage van Greg. In dat korte moment van stilte herinnerde ik me een flard van een gesprek dat ik ooit had gehoord over een bootje dat verboden was. Een boot die in Gregs garage lag.

'O, shit,' zei ik in de lege ruimte om me heen, en ik greep een zaklamp terwijl Milly, die misschien tot dezelfde conclusie was gekomen, naar het water rende. Met mijn vingers om de riem geklemd zette ik het op een lopen terwijl ik mijn opkomende paniek probeerde te onderdrukken. Toen ik bij het water kwam zag ik in welke omstandigheden de boten hun werk moesten doen. Grote golven sloegen uiteen op het strand en klauwden tegen de kust, monsterlijke versies van de golven waar ik vol vreugde langs had gerend op vele mooie ochtenden. In de baai, op ongeveer een kilometer afstand, dobberden boten en gierden motoren om hun positie te bewaren, en nu hoorde ik af en toe stemmen boven het lawaai van de regen uit. Ik tuurde naar de horizon terwijl ik de regen uit mijn ogen probeerde te wrijven en de hond aan haar riem trok. Ik had geen idee waar het kind kon zijn in die duisternis, maar ik zag wel dat zelfs de ervaren volwassenen moeite hadden in dat water.

'Hannah!' schreeuwde ik.

Ik rende naar de steiger terwijl de smalle lichtbundel van de zaklamp de grond voor me verlichtte. Een meter of dertig verder zag ik twee mannen die een kleine motorboot naar het water duwden. Ze droegen allebei een reddingsvest. Ik kon hun gezichten amper zien. 'Ik heb jullie hulp nodig,' bracht ik hijgend uit. 'Een klein meisje... ik denk dat ze het water op is gegaan.'

'Wat?' Een van de mannen kwam naar voren en ik herkende een van de mensen die zijn hond uitliet tijdens mijn vorige verblijf hier. 'U moet harder roepen, ik kan niets verstaan.'

'Een klein meisje.' Ik wees naar de baai. 'Ik denk dat ze met een roeiboot de zee op is gegaan.'

De twee mannen keken naar elkaar en toen naar de boot. 'Pak een reddingsvest,' schreeuwde een van hen. Ik wist niet waar ik de hond moest laten dus zette ik haar in de boot en hielp de mannen die het water in te duwen.

'Hannah McCullen,' schreeuwde ik terwijl de motor brullend tot leven kwam. 'Het meisje van het hotel.'

De andere man gebaarde dat ik de zaklamp op zee moest richten. Terwijl ik met mijn andere hand de zijkant vastgreep, pakte hij zijn eigen lamp en haakte die aan de voorkant van de boot terwijl hij over de golven keek.

Als ik niet zo ongerust was geweest over Hannah, zou ik bang zijn geweest. Het was mijn gewoonte om riskante situaties te vermijden. Terwijl de boot omhoog stuiterde op de golven en er weer met een klap op terugviel, had ik overal ter wereld willen zijn behalve op zee.

'Ziet u iets?' schreeuwde de man met de blauwe pet.

Ik schudde mijn hoofd. Ik zat nu te bibberen, waardoor het me moeite kostte om Milly veilig tussen mijn benen te houden. Ik bond haar riem vast aan de reling, want ik had al mijn aandacht nodig voor het zoeken naar Hannah.

'Kijk uit voor de netten!' riep een van de mannen. 'Als de schroef vast komt te zitten, kunnen we geen kant meer uit.'

Ik begon hun plan te begrijpen. Vanaf de pier voeren we de baai rond terwijl we alle boten bekeken die we konden zien, om te zien of haar boot er niet tussen zat. Ik zette me schrap tegen de zijkant en mijn maag kwam in opstand tegen de golven. In het licht van mijn zaklamp was alleen maar kolkend water beneden ons te zien. Toen we dichter bij de andere boten kwamen, leek half Silver Bay eropuit te zijn getrokken in grote motorjachten en kleine motorboten. Ik zag lichamen in duikerpakken en in oliejassen kniptangen doorgeven. Ze merkten ons niet op. Ze waren bezig met hun eigen taak en probeerden hun boten stabiel te houden.

'Dit is een enorme lap!' riep een van de mannen. Ik nam aan dat hij het over het net had, maar ik zag het niet. We ploegden door de golven naar de volgende boot. Daar was Hannah niet. Ik vroeg me af of ik me had vergist. Misschien lag het bootje niet meer in Gregs garage. Misschien was ze nog thuis en was ik tot de verkeerde conclusie gekomen. Maar toen dacht ik aan Milly's reactie. Ze zag er gespannen en zo waakzaam uit dat ik besloot dat ik haar moest vertrouwen. Ik kon niet riskeren om te denken dat Hannah níét op het water was.

Toen we langs de zesde of zevende boot waren gevaren en op de monding van de baai afstevenden, zag ik de netten. We voeren tussen een van de *Moby*'s en een kruiser in en in het schijnsel van hun lichten zag ik iets wat op een verward web leek, nog net zichtbaar onder het oppervlak van de golven. Daarin zag ik wat onherkenbare vormen en ik probeerde te bedenken wat ze waren.

Toen begon Milly hevig te blaffen en hoorde ik gillen.

De hond sprong overeind en trok aan haar riem. Ik draaide de lichtbundel van mijn zaklamp en schreeuwde naar de mannen: 'Zet de motor uit!' Toen die tot zwijgen kwam, kon ik Hannah horen: een doodsbang, zwak gegil. Terwijl de mannen de motor weer startten en in de richting voeren die ik aanwees, zag ik, heel even verlicht door het zwakke schijnsel van mijn zaklamp, een klein bootje gevaarlijk heen en weer schommelen en een kleine gestalte die zich aan de zijkant vastklampte.

'Hannah!' schreeuwde ik, en de motorboot voer in haar richting.

Het geluid van de motor werd bijna overstemd door het lawaai van de hond. 'Hannah!' Toen viel het licht van de boot op haar en kon ik haar duidelijk zien. Haar gezicht was vertrokken van angst en haar handen grepen de zijkant vast. Haar haren plakten aan haar gezicht terwijl de regen op haar neersloeg.

'Het is goed!' schreeuwde ik, maar ik wist niet of ze me kon horen.

'Help!' snikte ze. 'Mijn roer zit vast in de netten. Ik kan niet weg!'

'Het komt goed, lieverd.' Ik veegde de regen uit mijn ogen. 'We komen eraan!' Ik draaide me om toen ik de motor onder me vaart hoorde minderen. 'Dichterbij!' schreeuwde ik naar de mannen. 'We moeten dichterbij komen!'

Een van hen vloekte. 'Dat kan niet!' schreeuwde hij terug. 'Anders komen we zelf vast te zitten in de netten. Ik roep de reddingsboot wel op.'

'Kunnen we geen touw naar haar gooien?'

'Als haar roer vastzit in de netten, heeft ze daar niets aan.'

Hannah gilde het uit toen een grote golf over haar heen spoelde.

'Ik ga haar halen!' riep ik terwijl ik mijn schoenen uit schopte.

'Weet je het zeker?'

'Wat kunnen we in hemelsnaam anders doen?'

Een van de mannen gaf me een kniptang toen ik mijn jack uittrok. De andere knoopte mijn reddingsvest dicht aan de voorkant. 'Kijk uit dat je niet zelf verstrikt raakt in de netten,' schreeuwde hij. 'Ik zal proberen de lamp op jullie te richten. Zwem naar waar ik hem richt, oké? Volg de lichtbundel.'

Zelfs met het reddingsvest aan voelden de kracht en de kou van de zee aan als een klap in mijn gezicht. Ik hapte naar adem toen een nieuwe golf over me heen sloeg en het koude water in mijn ogen prikte. Ik worstelde me naar de oppervlakte en tuurde naar het licht om te zien welke richting ik moest volgen. Ik hing de tang aan mijn pols en toen begon ik te zwemmen, terwijl weer een golf me raakte.

Ze kon maar een meter of tien, vijftien van me vandaan zijn, maar ik heb nog nooit zo'n zware zwemtocht meegemaakt. De golven en de stroming sleepten me weg en het geluid van haar gegil werd gesmoord als mijn hoofd onder de golven verdween. Ik haalde adem wanneer ik kon en worstelde me in haar richting. Ik hoorde de kreten van de mannen achter me en Hannah's geschreeuw werd geleidelijk luider. Er was geen tijd om bang te zijn. Ik werd een ding dat zich met de armen door het water baande tegen elke golf in, en met elke golfslag hield ik mezelf voor dat ik dichter bij het bootje kwam.

Toen ik een meter of drie van haar vandaan was, zag ik dat ze een reddingsvest droeg, en ik dankte God. 'Hannah!' schreeuwde ik terwijl ze naar me toe hing aan de zijkant van het bootje. 'Je moet zwemmen!'

En toen zag ik het. Toen de lichtbundel van de boot van de mannen ronddraaide, misschien dichterbij dan eerst, werd het net rond Hannah's roer opgetild door de deining en opeens zag ik iets wat ik nooit zal vergeten. In de fijne draden van het verwarde net, slechts heel even zichtbaar, hingen de lichamen van vissen, zeevogels, onderdelen van schepsels die misschien al weken geleden waren gestorven, allemaal gevangen in de drijvende muur des doods. In dat korte moment zag ik een babyschildpad, een enorme zeemeeuw, misschien een albatros, met half afgerukte vleugels, en nog erger, bij de oppervlakte, een dolfijn met een oog open, verstrikt in het net. Ik ben geen expert wat zeedieren betreft, maar ik wist dat het dier nog leefde. En Hannah, hangend aan de rand van haar boot, had het ook gezien. Ik hoorde haar doordringende gil, en toen ik de zijkant van de boot had bereikt, zag ik in haar wijd open ogen de verschrikking van wat ook ik had gezien. Ik stak een hand op en bad huiverend dat mijn ledematen niet in aanraking zouden komen met de rottende lijven beneden.

'Hannah!' schreeuwde ik. 'Je moet zwemmen. Kom!'

Het licht draaide weg en kwam weer terug. Heel even zag ik haar gezicht dat nog steeds naar het water staarde, lijkbleek. Ze snikte, als verlamd door wat er nu onder haar was.

'Hannah!' smeekte ik. Ik kon mezelf niet op het bootje hijsen. Mijn ledematen waren te koud en ik kon me nergens aan vastgrijpen.

'Hannah!' Onwillekeurig trok ik een been op toen ik er iets tegen voelde stoten.

Toen, boven het geluid van de regen en het geblaf van Milly uit, hoorde ik haar kreet van wanhoop: 'Plu!'

Ik hoop dat ik nooit meer zo dicht bij een visioen van de hel zal komen.

Hannah's hand reikte naar me, en toen ik me omdraaide werd

ongeveer vijftien meter spooknet weer verlicht met de afschuwelijke prooien erin. Ik dacht huiverend aan de enorme lengte, aan de schepsels die zwijgend stierven onder het water, aan de walvisjagers en bemanningen die hun uiterste best deden om de nog levende dieren los te snijden.

'Je moet haar eruit halen!' gilde Hannah. 'Je moet!'

'Hannah, we moeten naar de boot!' schreeuwde ik terug.

Maar ze was bijna hysterisch. 'Snij haar los! Alsjeblieft, Mike. Snij haar los!'

Er was geen tijd om na te denken. Ik haalde diep adem en toen het licht weer kwam, greep ik de tang en dook onder water.

Het meest verrassende was de stilte. Na het lawaai en de wind en de regen en Hannah's gegil voelde ik me vreemd opgelucht om de chaos achter me te laten. Toen doemde de vorm van de gevangen dolfijn voor me op en stortte ik me ernaartoe, terwijl ik besefte hoe makkelijk mijn eigen ledematen verstrikt konden raken in dat net, hoe makkelijk ik meegesleurd kon worden naar de bodem. Ik haalde met mijn tang uit naar het net terwijl ik probeerde weerstand te bieden aan het verrassende gewicht. Ik knipte, en terwijl ik worstelde met het net, voelde ik de nylon draden breken. Terwijl het licht afnam en weer naar ons toe zwaaide, zag ik dat het dier bloedde, dat de rugvin bijna was doorgesneden op de plek waar het dier uit het net had proberen te ontsnappen. Ik moest mijn ogen sluiten voor de aanblik van de lijken die steeds opdoemden en dreigden me een onderdeel te maken van die afschrikwekkende vangst.

'Mike!'

In de verte hoorde ik Hannah's gesmoorde jammerklacht. En toen had ik opeens het laatste stuk net doorgeknipt en vluchtte de dolfijn het donker in, hopelijk in de richting van open water.

Ik kwam kokhalzend boven. 'Hannah!' schreeuwde ik terwijl ik de kniptang in de lucht stak. Eindelijk, met een wit gezicht van angst, liet ze zich in het water naast de boot zakken en kwam in mijn armen. Ze drukte haar gezicht tegen het mijne opdat ze niet meer hoefde te zien wat er om ons heen was.

Nadat ze zeker wist dat ik de dolfijn had bevrijd, zei ze niets meer tijdens de terugtocht naar de kust. Ze vroeg met haar mond tegen mijn oor of ik een baby had gezien en toen ik nee zei, verstopte ze haar gezicht in de natte hals van Milly.

Ik hield haar dicht tegen me aan terwijl we hotsend over de golven voeren en probeerde niet te erg te bibberen. De blikken van de mannen vertelden me echter alles wat ik moest weten: dat we enorm veel geluk hadden gehad.

Liza rende al naar ons toe toen we bij de steiger kwamen. Ze droeg een duikerpak en haar ogen waren zwart van angst. Ze leek me niet eens te zien, zo wanhopig was ze om haar dochter in haar armen te sluiten.

'Het spijt me, mam.' Hannah huilde, met haar ijskoude witte armen strak om haar moeders hals geslagen. 'Ik wilde ze alleen maar helpen.'

'Ik weet het, schat, ik weet het...'

'Maar Plu...' Hannah begon onbedaarlijk te snikken. 'Ik zag...'

Liza pakte de deken die haar werd aangereikt, wikkelde die om haar dochter en wiegde haar zacht heen en weer alsof ze veel jonger was dan elf. Een kleine menigte had zich verzameld op het donkere zand, verlicht door koplampen van auto's. 'O, Hannah,' zei ze steeds, en ik werd bijna verpletterd door wat ik in haar gebroken stem hoorde.

'Het spijt me zo erg, Liza,' zei ik toen ze eindelijk opkeek. Ik beefde over mijn hele lijf, ondanks de deken die iemand om mijn schouders had gelegd. 'Ik was maar vijf minuten boven en...'

Ze schudde zwijgend haar hoofd, en in het donker kon ik niet zeggen of ze me vrijpleitte of me waarschuwde om niet dichterbij te komen of dat ze misschien ongelovig haar hoofd schudde omdat een man niet eens een kwartier op een meisje van elf kon passen.

'Dat bootje is verloren,' zei iemand. 'Het roer zit helemaal verstrikt in het net. Het zou me niet verbazen als het straks gezonken is.'

'Die boot kan me niet schelen.' Liza drukte haar gezicht tegen dat van haar dochter. En toen Hannah nog harder begon te huilen: 'Het is goed, schat. Je bent nu veilig.' Ik wist niet of ze Hannah troostte of zichzelf.

Ik staarde naar hen en wenste dat ik hen in mijn armen kon nemen. Weer kreeg ik dat trekkende gevoel zoals toen ik met het net worstelde, toen ik begreep dat ik mijn laatste kans bij Liza had verpest, en wat mijn onoplettendheid haar bijna had gekost.

Ik voelde mijn adem stokken en ik boog mijn hoofd. Toen riep iemand dat een van de grote boten in een net verstrikt zat, en meerdere mensen renden over het strand terug naar de steiger.

Een vrouw die ik niet kende gaf me een beker zoete thee. Ik brandde mijn mond, maar dat kon me niet schelen. Toen stond Kathleen achter me. 'Je kunt maar beter meekomen,' zei ze terwijl ze een knoestige hand op mijn schouder legde.

Opeens kwam Greg in het donker naar ons toe rennen. 'Liza?' schreeuwde hij. 'Liza?' Hij klonk heel angstig. 'Ik heb het net gehoord. Is alles goed met Hannah?' Er klonk iets bezitterigs door in zijn angst, maar deze keer voelde ik meer medeleven dan verontwaardiging.

'Het spijt me,' zei ik weer in het donker, hopend dat Liza me hoorde. Toen, geflankeerd door mensen die ik niet kende, draaide ik me om en liep langzaam het pad naar het hotel op.

Pas tegen één uur 's nachts kreeg ik het weer een beetje warm. Kathleen had me verboden om een warm bad te nemen, maar gaf me warme thee tot ik haar smeekte om ermee op te houden. Ze had een vuur aangelegd in mijn kamer, in de haard waarvan ik had aangenomen dat die alleen maar voor de sier was. Terwijl ik onder een aantal dekbedden lag te bibberen, bracht ze me een zelfgemaakt heet brouwsel met citroen, honing, iets kruidigs en een flinke scheut cognac. 'We mogen geen risico's nemen,' zei ze en ze stopte me in alsof ik een kind was. 'Je hebt geen idee wat je kunt oplopen in een dergelijke zee.'

'Hoe gaat het met Hannah?' vroeg ik toen ze wilde weggaan nadat ze nog een houtblok op het vuur had gelegd.

'Ze slaapt,' zei ze, een denkbeeldig pluisje van haar broek vegend. 'Het kind is uitgeput. Maar het gaat wel. Ik heb haar hetzelfde brouwsel gegeven, op de cognac na, natuurlijk.'

'Ze was erg geschokt door wat ze zag.'

Er kwam even een grimmige uitdrukking op Kathleens gezicht. 'Een aanblik die ik niemand zou gunnen,' zei ze. 'Maar we hebben gedaan wat we konden. Bij het huis van de Hillmans hebben ze een walvis weten te bevrijden. En ze zijn nog steeds bezig. Wat dat net zou hebben afgeslacht als de jongens het niet hadden gezien...'

Weer zag ik dat troebele water, die drijvende lijken, en weer probeerde ik het, net als in de afgelopen uren, uit mijn hoofd te zetten. Ik vroeg me af of Liza daar ook was, en zich in de woeste golven stortte om de netten door te knippen.

'Kathleen,' zei ik zacht. 'Het spijt me zo ontzettend...'

Maar ze onderbrak me. 'Je hebt rust nodig,' zei ze vastberaden. 'Echt. Kruip onder de wol en ga slapen.' Uiteindelijk gehoorzaamde ik, omdat ik doodop was.

Toen ik het geluid hoorde wist ik niet of ik uren of minuten had geslapen. Na jaren in Londen te hebben gewoond was ik alert op alle ongewone geluiden 's nachts. Ik steunde op een elleboog en keek knipperend met mijn ogen in het donker, nog steeds in die vreemde overgang van dromen naar werkelijkheid.

Heel even wist ik niet waar ik was, en toen hielp de gloed in de haard het me herinneren. Ik ging overeind zitten en mijn ogen probeerden te wennen aan het donker.

Er stond iemand naast mijn bed. 'Wat...'

Liza McCullen boog zich voorover en legde een vinger tegen mijn lippen. 'Niets zeggen,' mompelde ze.

Heel even vroeg ik me af of ik nog droomde. Ik kon amper haar silhouet onderscheiden in de donkere kamer. Maar mijn dromen waren onrustig en afschuwelijk geweest, vol verstikkend water en drijvende lijken. Hier in de warme duisternis kon ik de zee aan haar ruiken en het korrelige zout op haar huid voelen toen haar hand de mijne pakte. En toen ze dichterbij kwam voelde ik haar ademhaling, de schokkende, verdovende zachtheid van haar lippen op de mijne.

'Liza,' zei ik, maar ik wist niet of haar naam mijn gedachten overspoelde of dat ik die had uitgesproken. Liza.

Ze glipte zonder iets te zeggen naast me in bed, haar ledematen nog koud en vochtig van de nachtlucht. Haar vingers betastten mijn gezicht, bleven even rusten op de blauwe plek die Greg had toegebracht, en vlochten zich door mijn haar. Ze kuste me met een heftigheid die me verlamde. Ik voelde haar lichte gewicht op me, de plotselinge koelte van haar huid tegen de mijne terwijl ze haar shirt over haar hoofd trok, en ik hoorde het verre geknetter van de vlammen. Toen, helemaal in de war, hield ik haar tegen. Ik nam haar gezicht tussen mijn handen en probeerde haar te zien, in te schatten in welke storm ik nu terechtkwam. 'Liza,' zei ik. 'Ik begrijp het niet.'

Ze bleef even boven me wachten. Ik voelde meer dan dat ik het kon zien dat ze me aankeek. 'Dank je,' fluisterde ze. 'Dank je dat je mijn dochter bij me hebt teruggebracht.'

Ze was gespannen. Het leek alsof elke vezel in haar lichaam pulseerde van energie, alsof ze een soort onbeteugelde natuurkracht was, een geest die uit de fles was gelaten. Wekenlang had ik me dit voorgesteld, had ik gedacht dat ik dit trieste meisje teder zou liefhebben, haar melancholie zou wegkussen. Maar hier, om me heen gewikkeld, was iemand die ik niet had verwacht. Ze was gretig, levend. Haar lichaam was zo soepel als dat van een aal, en ze bewoog zo meedogenloos tegen me als golven. Het gemak waarmee ze zich aan me overgaf maakte me deemoedig. Is dit een bedankje? wilde ik vragen in mijn laatste heldere momenten. Een reactie op de angst van die avond? Ergens diep in mijn geheugen herinnerde ik me Kathleens woorden: dat Liza niet tegen de dood van zeedieren kon. 'En dan denkt die dwaas twee keer per jaar dat hij een kans maakt.' Ik wilde spreken, maar toen Liza's lippen in me smolten, haar huid warm werd en fel tegen me brandde en ik eindelijk de hitte vanbinnen voelde toenemen, kon ik niets meer uitbrengen of zelfs maar denken.

Toen ik wakker werd was het bed leeg. Zelfs voor ik wakker genoeg was om helder te kunnen denken, besefte ik dat ik had geweten dat dit het geval zou zijn. Ik knipperde met mijn ogen in het ochtendlicht en liet de gebeurtenissen van de afgelopen nacht langzaam tot me doordringen.

Ze had me toegelaten. Ik had in die iriserende ogen gekeken en tot in haar ziel kunnen zien. En toen ze me had toegelaten, had ze me toegestaan de man te zijn die ik altijd bij haar had willen zijn, de man die ik mijn hele leven had willen worden. Sterk, zeker, vol passie, niet een fletse imitatie van liefde. Iemand die haar kon beschermen, koesteren, vreugde geven door pure wilskracht. Ik voelde me alsof ik twintig jaar ouder was geworden. Ik voelde me als een jongen. Ik voelde me alsof ik met mijn blote handen gebouwen kon afbreken.

Toen mijn ogen aan het licht gewend raakten en ik overeind ging zitten, wist ik niet of ik vervoering moest voelen om wat me was gegeven, of melancholie omdat het me alweer was afgenomen.

Ik was er zo zeker van geweest dat ik alleen wakker zou worden, dat het een poos duurde voor ik zag dat ik niet de enige persoon in de kamer was. Liza zat in de leren stoel, die ze naar het raam had getrokken. Ze had haar spijkerbroek aan en ze had haar benen opgetrokken tot haar kin en haar armen eromheen geslagen. Ik keek op mijn horloge. Het was kwart over vijf.

Ik keek naar haar, wilde voor altijd naar haar kijken, en ik wist dat als ze merkte dat ik wakker was, ik dat feit zou moeten verbergen. Ik voelde een onverwachte steek van medeleven met Greg; ook ik wist nu wat het was om van iemand te houden die onbereikbaar was.

'Goedemorgen,' zei ik zacht. Trek je alsjeblieft niet te ver terug, smeekte ik stilzwijgend. Laat alsjeblieft niet merken dat je er spijt van hebt.

Ze draaide zich langzaam om. Haar blik ontmoette de mijne en ik zag dat ze met haar gedachten heel ver van me vandaan was. Hoe kan dat, vroeg ik me af, terwijl ik het gevoel had alsof haar lichaam op het mijne geëtst was? Dat haar bloed nu door mijn aderen stroomde?

'Mike,' zei ze. 'Je zei dat je weet hoe publiciteit werkt.'

Ik probeerde haar te volgen. 'Uh, ja?' zei ik.

'Stel dat iemand die iets heel ergs heeft gedaan, dat opbiecht? Iets wat niemand ooit heeft geweten. Dat zou toch publiciteit opleveren?'

Ik streek met een hand door mijn haar. 'Sorry,' zei ik. 'Ik begrijp niet wat...'

'Ik zal je vertellen hoe Letty is gestorven,' zei ze met een stem die heel zacht was maar glashelder. 'En dan mag jij me vertellen wie dat zal redden.'

19

Liza

Nitrazepam. Mogadon is de handelsnaam. Tweeënveertig pillen in een potje. Pillen die me helpen om te slapen. Heel logisch, heel begrijpelijk gezien mijn geschiedenis van postnatale depressie en de stress veroorzaakt door de opvoeding van twee jonge kinderen. De dokter wilde ze maar wat graag geven. Hij had er zelfs weinig aandacht aan geschonken, zo blij was hij met iemand voor wier problemen een simpele oplossing bestond. Hij kende me al een poos. Had me door een zwangerschap geloodst. Hij kende mijn schoonmoeder, de vader van de baby, wist waar ik vandaan kwam. 'Ik heb gewoon slaap nodig,' zei ik. 'Een poosje maar. Ik weet dat ik het daarna beter aankan.'

Hij had me zonder enige aarzeling het recept gegeven en zich weer naar het beeldscherm van zijn computer gewend om zich voor te bereiden op de volgende patiënt. Even later stond ik op het parkeerterrein van de apotheek te kijken naar het etiket op het flesje in mijn hand. Te kijken naar de waarschuwingen. Slaappillen. In de verkeerde omstandigheden pillen die een leven konden nemen. Toen ik ze vasthield voelde ik een vreemde, holle opwinding. Ze zouden me mijn leven teruggeven.

Toen ik mijn leven in Australië begon – mijn echte leven in plaats van de periode waarin ik alleen maar had bestaan – haalde Kathleen me over om naar de dokter te gaan en te vragen om iets waardoor ik kon slapen. Ik werd nog zo gekweld door nachtmerries dat ik soms bang was om mijn hoofd op het kussen te leggen. In mijn slaap zag ik Letty's doodsbange gezicht, hoorde ik haar mijn naam schreeuwen, en bad ik om vergetelheid. Het eerste wat de Australische arts me aanbood waren die pillen, maar dan onder een andere naam. Toen tot me doordrong wat die pillen op het recept waren, deed ik een stap naar hem toe en verloor het bewustzijn.

Van mensen die niet beter wisten, hoorde ik dat ik uit een gebroken gezin kwam, maar zo dacht ik er niet over. Ik heb nooit het ontbreken van een vader gevoeld. Mijn moeder was genoeg ouder voor iedereen, gezegend met een ontembare geest, een en al moederliefde en trots, vastbesloten dat ik haar fouten niet zou herhalen door een goede opleiding te volgen. Ze begeleidde me en zat me achter de broek, aanbad me en gaf me op mijn kop, en ook al waren we beslist geen rijk of conventioneel gezin, ik had nooit het gevoel dat ik iets miste. Zelfs als kind voelde ik dat ik het goed had. Mijn moeder werkte steeds, laagbetaald parttimewerk, waardoor ik altijd in haar buurt was. Vaak werkte ze als ik sliep, en nu vraag ik me af hoe ze het kon opbrengen om te glimlachen en een warm ontbijt voor me gereed te hebben.

We woonden in een huisje in een buurt die half voorstad, half dorp was, iets buiten Londen. Mijn moeder huurde het van een vrouw voor wie ze ooit gewerkt had. Ik had een stuk of twintig vriendinnen binnen een afstand van nog geen kilometer van mijn huis, en de vrijheid om binnen die afstand bijna alles te kunnen doen wat ik wilde. Twee keer vlogen we naar Australië toen ik klein was, waardoor ik onder mijn vriendinnen een expert was op wereldgebied. Op een dag, zo beloofde mijn moeder me, zouden we daar bij tante Kathleen gaan wonen. Maar ik geloof dat ze niet in de buurt van mijn grootouders wilde wonen. Ze had weinig goeds over hen te zeggen. En toen mijn grootvader stierf vond ze andere redenen – haar nieuwe baan, mijn schoolopleiding, een man op wie ze gesteld was geraakt – om niet naar de andere kant van de wereld te hoeven verhuizen.

En toen was het te laat. De kanker ging schokkend efficiënt te werk. Ze was afgevallen, een bron van trots en later ongerustheid toen ze ontdekte dat het niet alleen kwam doordat ze zorgvuldig calorieën telde. De laatste 'aardige man' – een gescheiden man die op een uur reizen met de trein woonde – vond uitvluchten om niet op bezoek te komen, en verdween helemaal uit het zicht toen de behandeling vreselijk en onaangenaam werd en ze zorg en steun nodig had. Misschien was ze gekwetst door zijn verdwijning, maar ze bleef tot op het laatst onafhankelijk en vertelde niet aan Kathleen dat ze zou sterven. Naderhand hoorde ik dat ze een brief had gestuurd die na haar dood zou aankomen. Daarin zei ze tegen Kathleen dat ik niet gedwongen moest worden om naar Australië te gaan, maar ze vroeg haar of ze er voor me wilde zijn, waar ik ook was. Het was de enige verkeerde inschatting van haar als moeder. Er is nooit een juiste leeftijd om je moeder te verliezen, maar op mijn zeventiende was ik er heel slecht op voorbereid om alleen door het leven te gaan. Ik zag hoe mijn trotse, mooie moeder ineenschrompelde en verdween. Ik zag haar levenslust afnemen, ondergedompeld in morfine en verwarring. In het begin deed ik mijn best voor haar te zorgen en toen, terwijl de verpleegsters het overnamen en ik besefte wat ze me niet had kúnnen vertellen, trok ik me terug. Ik hield mezelf voor dat het niet echt gebeurde, en terwijl de vriendinnen van mijn moeder achter hun hand fluisterden hoe dapper en capabel ik was, zat ik in mijn eentje thuis naar de meedogenloze rekeningen te staren, wensend dat mijn leven aan ieder ander toebehoorde dan aan mezelf.

Mijn moeder stierf op een donkere avond vol pijn in november. Ik was bij haar en zei dat ze moest ophouden zich te verontschuldigen, dat het wel in orde zou komen met me, dat ik wist dat ze van me hield. 'Er is geld in mijn blauwe tas,' zei ze hees in een van haar laatste heldere momenten. 'Gebruik het om naar Kathleen te gaan. Zij zal voor je zorgen.' Maar toen ik keek zat er nog geen honderd pond in, nog niet genoeg om naar Schotland te reizen, laat staan naar Australië. Ik denk dat trots me ervan heeft weerhouden om Kathleen te vertellen hoe moeilijk ik het had. Het was waarschijnlijk te voorspellen dat ik op het verkeerde pad belandde. Ik ging van school en nam een baan als vakkenvuller. Toen ontdekte ik dat dit niet genoeg opleverde om in mijn moeders huis te kunnen blijven.

De huurachterstand liep op tot de vriendin van mijn moeder spijtig tegen me zei dat ze het zich niet kon veroorloven om me er te laten blijven. Ze bood me een baan aan als inwonende kinderoppas, en was opgelucht toen ik zei dat ik bij een vriendin zou intrekken.

Mijn leven werd een chaos. Ik verkocht wat van mijn moeders sieraden, hoewel dat nauwelijks genoeg opleverde om van te kunnen eten. Ik woonde in een kraakpand, ontdekte nachtclubs, werkte als barmeisje en probeerde ervoor te zorgen dat ik elke avond voor ik naar huis ging zo dronken was dat ik er niet bij stil hoefde te staan hoe eenzaam ik was als ik thuiskwam. Een poosje hing ik de gothicbeweging aan, en op mijn eenentwintigste werd ik zwanger van een van de vele mannen wiens achternaam ik nooit heb geweten, maar die een heerlijke linzenschotel kon maken en me 'schat' noemde op een van de avonden toen ik genoeg geld had om heel dronken te worden.

Toen ik eenmaal besefte dat ik zwanger was, veranderde alles. Ik weet niet of het door de hormonen kwam of dat ik gewoon het gezonde verstand van mijn moeder had geërfd, maar een instinct tot zelfbehoud kreeg de overhand. Ik dacht aan datgene waar ik vier jaar niet aan had willen denken, en wat mijn moeder zou hebben gezegd als ze kon zien waar ik was. Geen moment heb ik een abortus overwogen. Ik was blij dat ik weer eigen familie zou hebben, iemand die een bloedverwant was.

Dus spoelde ik de paarse verf uit mijn haren, nam een baan als hulp in de huishouding en toen Hannah werd geboren, boden vrienden van die familie me een baan aan in een lijstenwinkel. Ik mocht tot halftwee werken, wanneer ik Hannah moest ophalen van het kinderdagverblijf. Af en toe schreef ik naar Kathleen en stuurde haar foto's, en ze schreef altijd meteen terug en sloot een paar pond in 'om iets voor de baby te kopen'. Ze zei dat ze trots op me was omdat ik mijn leven in goede banen had geleid. Het was geen makkelijk leven, of financieel stabiel, maar ik voelde me best gelukkig. Ik denk, zoals Kathleen vaak schreef, dat mijn moeder blij zou zijn geweest. Toen kwam op een dag Steven Villiers binnen en vroeg om een vergulde lijst met een donkergroene rand voor een prent die hij had gekocht. En het leven zoals ik dat had ingericht, veranderde voorgoed.

Ik was eenzaam, zie je. Ik wist dat ik bofte dat ik een familie had getroffen die mij en een baby accepteerde, maar ik zag ze vaak om de keukentafel zitten en grapjes met elkaar maken voor de televisie, waarbij de voetjes van de kinderen hun goedmoedige vader in zijn groezelige trui aanstootten. Ik was zelfs jaloers op hun ruzies. Ik had graag iemand willen hebben om ruzie mee te maken.

Voor Hannah, die van een miauwend jong katje veranderde in een stralende, aanhankelijke peuter, wilde ik hetzelfde. Ik wilde dat ze een vader had die van haar zou houden en haar aan haar handen zou rondzwieren in een tuin, haar op zijn schouders zou dragen en goedmoedig zou klagen over haar luiers. Ik wilde iemand met wie ik over haar kon praten, iemand die misschien een mening had over of ik haar het juiste eten gaf voor haar leeftijd, of die aan scholen of schoenen dacht.

Ik merkte al snel dat mannen niet geïnteresseerd waren in vrouwen met baby's, in elk geval niet de mannen die ik kende. Het kon ze niet schelen waarom je 's avonds niet in de kroeg kon afspreken, waarom je op zondagmiddag naar het park wilde. Ze zagen de charmes niet van mijn mooie blonde dochtertje, alleen de beperkingen die ze me oplegde. Dus toen ik Steven Villiers buiten de supermarkt tegenkwam en hij niet alleen niet naar Hannah keek of ze een besmettelijke ziekte had, maar aanbood de buggy voor me te duwen zodat ik de boodschappen beter kon dragen op de korte weg naar huis, was het dan zo'n wonder dat ik voor hem viel?

Hij deed me eerst aan de vader denken van het gezin waar ik in huis was. Hij had dezelfde slordige maar dure kleren. Dat was echter de enige overeenkomst. Steven had een gedrongen postuur, maar wekte de indruk dat hij lang was. Hij had een soort natuurlijk gezag, zo iemand voor wie je een stap terug doet zonder te begrijpen waarom. Hij was verrassend oud voor iemand die nooit getrouwd was, wat hij, me recht in de ogen kijkend, weet aan het feit dat hij nooit de ware was tegengekomen. Hij woonde met zijn moeder in een mooi huis aan Virginia Water, zo'n huis dat je in dure woonbladen ziet, met grote, keurig gesnoeide hagen en waar elke slaapkamer een eigen badkamer had. Het verbaasde hem toen ik ontzag toonde voor wat hij bezat. Hij was zo iemand die aannam dat zijn leven de norm was en nooit de moeite nam om verder te kijken.

Gezien zijn achtergrond en zijn bezittingen wist ik heel lang niet wat hij in me zag. Ik droeg kleren uit liefdadigheidswinkels. Ik zag er weliswaar niet meer zo wild uit, maar ik kon niet tippen aan de chique meisjes met wie hij was opgegroeid. Ik had niets te bieden, dacht ik. Als ik naar foto's uit die periode kijk, snap ik beter wat zijn beweegredenen waren. Ik was mooi. Ik had een soort onaardsheid, ondanks mijn situatie, die mannen aantrekkelijk vonden. Ik had geen vrienden of steun en was daardoor plooibaar. Ik was emotioneel nog onstabiel door de geboorte van mijn dochter, wilde graag overal liefde zien, wat ik voor haar voelde aan iedereen om me heen schenken. Ik dacht dat hij mijn redder was en alles wat ik zei en deed moet hem daarvan overtuigd hebben. Waarschijnlijk beschouwde hij zichzelf toen ook zo.

De eerste keer dat ik met hem naar bed ging lag ik naderhand in zijn armen en vertelde hem over mijn leven, over de fouten die ik had gemaakt, terwijl hij me tegen zich aan hield, me op mijn hoofd kuste en zei dat ik veilig was. Het heeft iets heel verleidelijks om te horen dat je veilig bent nadat je alleen en kwetsbaar bent geweest. Hij zei dat hij voorbestemd was om bij mij te zijn, dat hij dacht dat ik zijn missie was. Ik was zo dankbaar, zo verliefd, dat ik niets verontrustends in die verklaring zag.

Zes weken nadat we elkaar ontmoet hadden vroeg hij me ten huwelijk. Ik trok in bij hem en zijn moeder. Mijn kleren werden conventioneler – hij nam me mee uit winkelen – en mijn haar zat netter. Dat paste beter bij de verloofde van een dergelijke man. Ik werd trots op mijn huishoudelijke vaardigheden die ik langzaam aanleerde onder de kortaffe begeleiding van mijn aanstaande schoonmoeder. Er waren wat probleempjes, maar Hannah en ik leerden samen onder dat dak te leven. Ik was volwassen geworden, hield ik mezelf voor. Ik genoot van de uitdaging om erbij te horen.

Toen, vier maanden later, ontdekte ik dat ik zwanger was. In het begin schrok Steven, maar algauw was hij verrukt. Letty werd geboren toen het licht begon te worden op de ochtend van 16 april, en ik dankte God, terwijl Hannah en Steven kirrende geluidjes tegen haar maakten, dat ik eindelijk een eigen gezin had. Een echt gezin.

Letty was niet de mooiste baby. Ze leek zelfs vele maanden langer dan normaal op een gerimpelde pup, maar iedereen was dol op haar. Ik keek vaak hoe Steven openlijk zijn liefde voor haar toonde, en hoe vol genegenheid haar grootmoeder aandacht aan haar schonk, en ik wenste dat het bij Hannah ook zo was gegaan. Als baby was Letty zo lief en vrolijk als ze maar kon zijn.

Misschien kwam het door slaapgebrek of gewoon omdat je met een kleine baby met het moment van de dag leeft, maar pas ettelijke maanden na Letty's geboorte besefte ik dat Steven nauwelijks omkeek naar Hannah. Tot dat moment had ik mezelf voorgehouden dat hij van haar hield, dat zijn onverschilligheid typisch iets voor een man was en geen opzettelijk negeren. Ik had weinig vergelijkingsmateriaal, zie je. Omdat ik door mijn moeder was opgevoed en mijn grootvader zo weinig had gezien, wist ik weinig van mannen af. Steven zorgde goed voor ons – zoals zijn moeder steeds tegen me zei – en hij wist alles over discipline en routine. Als Hannah hem ergerde met haar driftbuien en kieskeurigheid met eten, zoals normaal is voor een kind van twee, was het dan verwonderlijk dat hij haar naar bed stuurde? Letty was zo aanbiddelijk. Was het dan verwonderlijk dat Hannah's gedrag vaak werd afgekeurd?

Ik zei tegen mezelf dat ik verblind was door wat het nieuwe moederschap van me vergde. Dat je ziet wat je wilt zien. Maar in mijn hart had ik het moeten weten. Ik had eerder moeten begrijpen dat mijn dochters steeds grotere zwijgzaamheid niet alleen kwam doordat ze aan haar nieuwe zusje moest wennen. Ik had moeten zien dat mijn schoonmoeder en Steven strenger tegen haar werden, dat ze steeds openlijker kritiek op haar hadden. Bovenal had ik het moeten merken aan de houding van die vrouw.

Ze had het me nooit vergeven dat ik haar zoon – haar leidinggevende manager met goede vooruitzichten – had opgezadeld met een kind dat niet van hem was. Het stond haar niet aan dat ik geen achtergrond had, zoals ze het noemde. O, ze was heus wel beleefd, maar ze was zo'n type dat bridget, met blauwgespoeld haar en vesten van Jaeger. Alles aan mij straalde onverantwoordelijkheid en oppervlakkigheid uit in haar ogen, of ik nu een linzenstoofpot maakte (hippie-eten) of Hannah nog bij me liet slapen toen ze twee was.

In het begin durfde ze niets te zeggen, toen Steven en ik nog in de luchtbel van verliefdheid waren. Ze had hem sinds de dood van zijn vader laten geloven dat hij het hoofd van het gezin was, en nu merkte ze dat ze zichzelf in een hoek had gemanoeuvreerd omdat hij mijn zogenaamde fouten niet wilde bespreken. Tot de geboorte van Letty, toen ik niet aan hun normen kon voldoen. Mijn onvermogen om met twee kleine kinderen alles aan te kunnen zoals zij en Steven verwachtten, werd geleidelijk duidelijk. Tegen de tijd dat het speelgoed zich over de vloer verspreidde, onze bedden tot de middag onopgemaakt bleven, mijn kleren bij de schouders onder de babymelk zaten en Hannah in een hoek gillend zat te huilen vanwege zogenaamd wangedrag, ontdekte mijn schoonmoeder dat ze kon zeggen en doen wat ze wilde.

Een keer, voor het te erg werd, waagde ik het om Steven te vragen of we niet ergens op onszelf konden gaan wonen, of we dan niet gelukkiger zouden zijn, maar de blik die hij me toewierp was vernietigend.

'Je kunt die meisjes amper zelf aankleden,' zei hij, 'laat staan dat je een huishouden kunt bestieren. Denk je dat je het vijf minuten kunt volhouden zonder mijn moeder?'

Achteraf vind ik het moeilijk om me met dat schepsel dat ik was, te identificeren. Op Kathleens foto's, waarvan Steven lang geleden verwijderd is, zie ik een vreemd, verloren meisje met haar dat niet bij haar paste en rare, saaie kleren. Uit haar ogen blijkt een angstige vastbeslotenheid om niet toe te geven in wat voor situatie ze zichzelf had gebracht. Wat was het alternatief? Ik had niets. Geen huis, geen geld, geen steun. Ik had twee kleine dochters en een man die een vader voor hen was, bereid me te vergeven dat ik zo'n knoeiboel van mijn leven had gemaakt. Ik had een schoonmoeder die bereid was om me in haar mooie huis te dulden, ook al stak het ver boven alles uit wat ik ooit had gekend. Mijn huishoudelijke vaardigheden stelden niet veel voor en eerlijk gezegd stelden mijn manieren hen vaak teleur, vooral sinds Steven in de gemeenteraad was gekozen en zijn carrière bij de bank in de lift zat.

Je kunt niet begrijpen hoe makkelijk het is om onderdrukt te worden als je het niet hebt meegemaakt. Met de hulp van zijn moeder begon Steven in de loop der jaren geleidelijk aan mijn fouten te erkennen. Over ons voorgenomen trouwen werd steeds minder vaak gesproken, en toen nooit meer. Hannah leerde met haar mond dicht te eten en dat hoe beter ze zich gedroeg, hoe minder waarschijnlijk het was dat ze op haar kop kreeg. Ik leerde dat als je lange mouwen droeg, de moeders bij de peuterschool geen opmerkingen maakten over je blauwe plekken.

Ik was opgegroeid met het idee dat die dingen alleen gebeurden in de meest uitzichtloze gezinnen. Ik dacht dat het door armoede kwam en gebrek aan opleiding. Bij Steven leerde ik dat het door mijn eigen ontoereikendheid kwam, mijn onvermogen om tegemoet te komen aan het vertrouwen dat hij in me had gesteld, mijn onvermogen om er netjes uit te zien en, als het heel erg was, mijn onvermogen in bed.

De eerste keer dat hij me pijn deed was ik zo geschokt, dat ik aannam dat het een ongeluk was. We waren boven en de meisjes huilden omdat ze ruzie hadden om een goedkoop stuk plastic speelgoed. Ik was zo door ze afgeleid dat ik het strijkijzer was vergeten en het een gat in zijn overhemd brandde. Hij was woedend om het lawaai de kamer in gekomen, schreeuwde tegen de meisjes en toen hij het overhemd zag, gaf hij me een klap, alsof ik een hond was.

'Au!' riep ik uit. 'Dat deed pijn!' Hij keek me met een ongelovige uitdrukking op zijn gezicht aan, alsof ik niet had begrepen dat het ook de bedoeling was. Terwijl ik met mijn hand tegen mijn kloppende oor stond, draaide hij zich om en liep naar beneden alsof er niets gebeurd was.

Later bood hij zijn excuses aan en gaf de schuld aan stress op zijn werk of zoiets, maar soms denk ik dat die eerste keer een zetje in de rug voor hem was. Dat toen hij eenmaal de grens had overschreden, het makkelijker was om het weer te doen. Soms gebeurde er maanden niets, en dan waren er keren dat bijna alles wat ik deed – aardappels te dik schillen, geen schoenen poetsen – een vuist of een harde hand uitlokte. Hij sloeg me nooit in elkaar, daar was hij te slim voor, alleen net genoeg om me te laten weten wie de baas was.

Tegen de tijd dat tot me doordrong wat ik moest doen, was ik een schim geworden, een vrouw die had geleerd dat je beter geen mening kon geven, iets terugzeggen of aandacht op mezelf vestigen, dat littekens snel vervagen ook al blijft de herinnering. Maar toen ik het gezicht van mijn dochter zag op de dag dat hij haar een harde klap gaf omdat ze haar schoenen niet had uitgedaan voor ze op het lichtgroene tapijt in de hal kwam, keerde mijn vastberadenheid terug.

Ik begon geld op te potten. Ik vroeg een bedrag om een jas te kopen voor Letty – in de wetenschap dat hij zijn dochter niets kon weigeren – en liet naderhand een onberispelijk jasje zien dat ik in een liefdadigheidswinkel had gekocht en stak het verschil in mijn zak. Ik drukte geld achterover als ik boodschappen deed. Ik kon goed van weinig leven, want dat had ik jaren gedaan. En ze vermoedden niets, omdat ik zo'n onderdrukt schepsel was geworden.

Inmiddels haatte ik hem. De mist van mijn depressiviteit trok op en ik zag duidelijk wat er met me was gebeurd. Ik zag zijn kilheid, zijn arrogantie, zijn blinde ambitie. Ik zag zijn vastbeslotenheid om ervoor te zorgen dat mijn oudste dochter wist dat ze een tweederangsburger was in zijn huis, zelfs op de jonge leeftijd van zes jaar.

Ik zag dat andere gezinnen niet leefden zoals wij en, ten slotte, dat zijn achtergrond en financiële positie niet betekenden dat wat hij deed, geen mishandeling was. Met opluchting zag ik dat mijn dochters ondanks alles van elkaar hielden, dat hun liefde, spelletjes en kibbelarijtjes hetzelfde waren als bij andere broertjes en zusjes. Ik zag Letty's mollige bruine armen achteloos om de hals van haar zus, hoorde haar hoge, lispelende stemmetje Hannah vertellen over wat ze op de peuterschool had gedaan, en haar smeken om haar haren mooi te maken; ik zag Hannah 's avonds naast Letty in bed liggen terwijl ze haar een verhaaltje voorlas, hun blonde haren in elkaar verstrengeld en hun nachthemden een pastelkleurige wirwar. Hij had hen nog niet vergiftigd.

Maar het inzicht in mijn situatie hielp me niet. Ik kon weggaan met Hannah en dat zouden ze nauwelijks erg vinden. Hij zei de helft van de tijd toch al dat ik een verspilling van ruimte was. Maar Letty zouden ze nooit laten gaan. Tijdens een ruzie, toen ik had gedreigd met beide kinderen weg te gaan, had hij me uitgelachen. 'Wat voor rechter zou jou voor mijn dochter laten zorgen?' zei hij. 'Kijk naar wat je te bieden hebt, Elizabeth. Kijk naar je verleden. Kraakpanden en wie weet wat nog meer, je gebrek aan opleiding of vooruitzichten, en kijk dan naar wat ze bij mij krijgt. Je hebt geen poot om op te staan.'

Ik vermoed dat hij inmiddels met iemand anders naar bed ging. Hij eiste steeds minder van me op fysiek gebied, een bron van opluchting. Hij had een schizofrene houding ten opzichte van mij. Als ik me leuk aankleedde zei hij dat ik lelijk was, als ik hem met genegenheid benaderde, dat hij me afstotelijk vond. Als een andere man maar naar me keek, ook al droeg ik gewoon een spijkerbroek en een losse bloes, hield hij mijn gezicht tussen zijn handen en zei dat geen enkele andere man me ooit zou aanraken. Op de avond dat een collega van zijn werk een bewonderende opmerking over mijn benen maakte, nam hij me onder dwang op een manier waardoor ik de volgende dag amper kon lopen.

Wat me op de been hield was het geld in de voering van mijn groene jas. De uren waarin ze dachten dat ik gedachteloos stond te strijken of af te wassen of met de meisjes in het park zat, maakte ik plannen voor mijn ontsnapping. De kalme uitdrukking op mijn gezicht verraadde niets van het brandend voornemen vanbinnen.

Ze hadden zo hun vaste gewoontes. Elke dinsdag en donderdag ging zij bridgen. Jarenlang ging hij op donderdag en vrijdag 'naar zijn club', een eufemisme voor de andere vrouw, en op zaterdag ging hij golfen. Ik koesterde die donderdagavonden, als ik wist dat ik enkele kostbare uren alleen met de meisjes had waarin ik kon lachen, rondrennen, raar doen en me herinneren wie ik was voordat het geluid van de sleutel in de deur me stil en angstig maakte.

Toen, op een donderdag, kwam Steven vroeg terug en vond de brief die ik aan Kathleen schreef, waarin ik haar de waarheid vertelde over wat hij me had aangedaan. Na zijn eerste woedeaanval vermoed ik dat hij tegen zijn moeder had gezegd dat ik niet langer alleen thuis mocht blijven. Daarna was een van de twee altijd thuis. En als ik wegging, vonden ze altijd een reden om Letty mee naar het park te nemen of om haar thuis te houden. Vanaf dat moment was ik nooit meer alleen met mijn twee meisjes. Ik geloof dat hij wist dat hij de controle aan het verliezen was; die brief aan Kathleen (gelukkig had ik die niet geadresseerd) had hem geschokt, niet alleen omdat eruit bleek dat ik misschien de moed had om iemand te vertellen wat hij had gedaan, maar omdat het zijn daden blootlegde, zwart op wit, en die waren niet fraai. Ik denk dat hij tot dat moment overtuigd was geweest dat zijn gedrag normaal was, dat zijn slaan een onvermijdelijk gevolg was van mijn fouten. Het moet ontstellend voor hem zijn geweest om de wrede woorden, de kapotte lippen en gebroken vingers zwart op wit te zien staan, om zijn daden te zien voor wat ze waren: het gedrag van een mishandelende tiran.

Ik wachtte mijn tijd af. Ik was geduldig geworden. Ik hoefde alleen maar naar Kathleen te gaan. Haar huis was een droombeeld waaraan ik me vastklampte tijdens de nachten dat mijn leven ondraaglijk zwart was. Hij wist alleen dat ik een tante in het buitenland had. Hij had geen idee waar ze woonde.

Tegen de tijd dat ik een plan had uitgewerkt en een datum waarop ik het zou uitvoeren, was ik zo nerveus dat het me verbaasde dat ze het niet merkten. Ik was al weken niet in staat om behoorlijk te eten. Door de knoop in mijn maag werd ik onhandig. Het eindeloos in mijn hoofd repeteren van de plannen maakte me vergeetachtig, dus zeiden ze afkeurend dat ze niets aan me hadden en waarschuwden Hannah dat ze net zo zou worden als ik als ze niet wat alerter werd. Misschien dat de meisjes vermoedden dat er iets ging gebeuren, maar ze lieten het niet blijken. Gelukkig leven kinderen vaak in het moment. Ik keek naar hun spelletjes, hun gesprekken samen, de afwezige manier waarop ze hun vissticks aten, en zag in gedachten hoe ze in Australië over de Walvissteiger zouden rennen. Dan bad ik stilzwijgend dat God ze die vrijheid zou gunnen. Ik wilde dat ze vrij zouden zijn, sterk, onafhankelijk, gelukkig. Dat wilde ik voor mezelf, maar inmiddels had ik nauwelijks nog een idee wie ik eigenlijk was.

'Je dochter moet naar de kapper,' zei hij die ochtend. 'Er wordt zaterdag een familiefoto gemaakt voor mijn brochure voor de gemeenteraadsverkiezingen. Probeer er alsjeblieft voor te zorgen dat jij en zij er een beetje presentabel uitzien. Zorg dat je blauwe jurk schoon is.' Hij gaf een kus op mijn wang, een kil, formeel gebaar, omwille van zijn moeder, vermoedde ik. Al had ze nog zo'n hekel aan me, ze zou zijn verhouding nog veel erger vinden.

'Ben je terug voor het eten?' vroeg ik terwijl ik luchtig en achteloos probeerde te klinken.

Hij keek geïrriteerd. 'Ik heb vanavond een vergadering,' zei hij, 'maar ik ben thuis voordat moeder weggaat.'

Nu kan ik me die dag amper herinneren, alleen dat het hard regende en dat de meisjes ruzie met elkaar maakten nu ze binnen moesten blijven. Het was schoolvakantie en mijn schoonmoeder raakte zo geïrriteerd doordat Hannah de hele tijd over de vloer was, dat ze een van haar 'hoofdpijnen' kreeg. Ze waarschuwde dat ik aan

Steven verantwoording zou moeten afleggen als ik niet zorgde dat het lawaai ophield. Ik herinner me dat ik me met een glimlach verontschuldigde en hoopte dat de hoofdpijn de voorbode van een tumor zou zijn.

Ik moet om het halfuur de paspoorten hebben gecontroleerd. Die en de tickets zaten veilig in de voering van mijn jas. Terwijl die vrouw sliep pakte ik alleen het nodige in twee weekendtassen, zodat een blik in de laden van de kinderen niet zou doen vermoeden dat we weg waren. Hannah kwam een keer vragen wat ik aan het doen was. Toen ze de slaapkamerdeur opende ging mijn hart zo tekeer dat ik dacht dat het uit mijn borstkas zou springen. Ik legde mijn vinger tegen mijn lippen, probeerde niet verontrust te kijken en zei dat ze naar beneden moest gaan, dat ik een verrassing had maar dat die alleen door kon gaan als ze het geheimhield.

'Gaan we op vakantie?' zei ze, en ik onderdrukte de opwelling om een hand over haar mond te leggen.

'Zoiets. Een klein avontuur,' fluisterde ik. 'Ga nu naar beneden, Hannah, en zeg niets tegen Letty. Dat is heel belangrijk.'

Ze opende haar mond om iets te zeggen, maar ik duwde haar bijna de deur uit. 'Ga nu, Hannah. We mogen oma Villiers niet wakker maken, anders wordt papa boos.' Dat was een goedkope truc, maar ik was wanhopig.

Dat hoefde ik geen twee keer te zeggen tegen Hannah. Ze verliet de kamer en zo zachtjes mogelijk legde ik de tassen onder het bed in de logeerkamer.

Hij was laat die avond, zoals ik al had vermoed. Donderdagavond was zijn avond voor 'haar', en mijn schoonmoeder wond zich steeds meer op toen hij niet thuis was op de afgesproken tijd.

'Straks kom ik nog te laat voor het bridgen,' zei ze nijdig, voor de achttiende keer, terwijl ze naar de oprit staarde. Ik zei niets. Ik had al lang geleden geleerd dat dat het veiligste was.

Toen, wonder boven wonder, stond ze op. 'Ik kan niet langer wachten,' zei ze. 'Zeg tegen Steven dat ik weg moest. En zorg dat die stoofschotel niet aanbrandt. Je hebt hem op een te hoog vuur staan.'

Ik denk dat de stoofschotel haar geruststelde; om de een of andere vreemde reden dacht ze dat ik nergens naartoe zou gaan als er eten opstond.

'Veel plezier,' zei ik met een zo neutraal mogelijk gezicht. Ze wierp me even een scherpe blik toe, dus pakte ik de borden, alsof ik de tafel ging dekken.

'Vergeet niet dat er brood moet worden opgewarmd in de oven,' zei ze. En toen, met een ruisend geluid van haar jas, was ze weg. Ik stond in de keuken terwijl de meisjes aan mijn voeten praatten over een spelletje dat ze speelden, en de vrijheid was zo nabij dat ik er een metalen smaak in mijn mond van kreeg.

Toen haar auto van de oprit wegreed, holde ik naar boven en griste de pillen uit het geheime plekje in de kledingkast. Ik ging naar beneden, brak een paar capsules open boven een glas, schonk er wat wijn bij en proefde. Er was niets van het middel te proeven. Ik schonk er wat meer wijn bij en brak nog vier capsules open, voor de zekerheid. Ik proefde weer. Als ik de stoofschotel pittig genoeg maakte, zou hij met een beetje geluk niets merken. Het was bijna halfacht.

Hij zou eten, in een diepe slaap vallen en dan had ik een paar uur voor ze weer thuiskwam. Een paar uur om in zijn auto naar het nabijgelegen Heathrow te rijden. Aan boord van een vliegtuig te stappen. Haar donderdagse bridgebijeenkomsten konden wel tot halftwaalf of zelfs middernacht duren. Met een beetje geluk sliep hij nog als ze terugkwam, en zaten wij misschien al in de lucht. Het was een goed plan. Een bijna perfect plan.

Ik schrok op toen ik Stevens auto op de oprit hoorde, en probeerde de vlinders in mijn buik te negeren. Ik had nooit eerder gehoopt dat hij eerder vroeger dan later thuis zou komen. De glimlach op mijn gezicht toen zijn sleutel in het slot werd omgedraaid, was voor het eerst sinds jaren bijna echt.

'Elizabeth,' zei hij...

Mike hield mijn handen vast. 'Het is goed,' zei hij met vriendelijke ogen. 'Het is goed.'

Mijn adem kwam met horten en stoten en tranen stroomden over mijn gezicht. 'Ik kan niet...' Ik schudde mijn hoofd. 'Ik kan niet...' Er zat zo'n strakke band om mijn borst dat ik nauwelijks kon ademen. Ik hapte naar lucht en mijn longen vulden zich met een pijnlijke snik.

Ik voelde zijn armen om me heen. 'Je hoeft niets te zeggen,' mompelde hij in mijn oor. 'Je hoeft me niets te vertellen.'

'Letty... ik...'

Toen hield hij me vast. Zonder iets te zeggen liet hij me instorten. En hij bewoog zich niet. Hij bleef gewoon zitten met zijn gezicht zo tegen het mijne gedrukt dat zijn huid mijn tranen geabsorbeerd moest hebben. Zijn armen bleven om me heen, strak genoeg om te troosten en los genoeg om me van mijn vrijheid te verzekeren.

'Mam?'

Hannah stond in de deuropening, nog in haar nachthemd. Ze keek van mij naar Mike en weer terug. Haar haren waren nog samengeklit van het slapen.

Haar aanwezigheid bracht me terug van de rand van de afgrond. Ik maakte me los van Mike en veegde mijn ogen af. Mijn mooie dochter, mijn mooie, angstige, dappere, levende dochter.

'Waarom huil je?' fluisterde ze.

Ik wilde het haar vertellen, maar ik wilde haar ook beschermen. Jaren heb ik in haar bijzijn niet over Letty gesproken. Jaren, zonder te weten hoeveel ze zich herinnerde, heb ik geprobeerd haar te beschermen tegen de herinnering aan die afschuwelijke avond, de avond waarop, door wat ik deed, onze levens instortten.

'Hannah...' Ik stak een hand uit om haar aan te raken, en mijn stem stokte in mijn keel.

Mikes stem klonk kalm en vastberaden. 'Letty,' zei hij vriendelijk. 'We hebben het over Letty, Hannah.'

En terwijl ze naar voren kwam om zijn uitgestrekte vingers te pakken, brak mijn hart, overweldigd, niet door de pijn of de herinnering aan mijn arme verloren dochter, maar door de aanwezigheid van zo veel liefde. Toen, met mijn hand tegen mijn mond gedrukt, moest ik uit de kamer vluchten.

20

Hannah

Mijn moeder praatte bijna twee weken niet toen we hier kwamen. Ze lag alleen maar in bed, alsof ze dood was. Vervolgens dwaalde ze doelloos rond. Ze was er en toch ook weer niet, alsof ze een gat in de kamer was. Tante Kathleen zorgde voor me, gaf me te eten, liet me een beetje uitleggen wat er was gebeurd, en hield me vast als ik niet kon ophouden met huilen. Toen ze besloot dat ik niet alleen mocht blijven, liet ze Lara komen en hielp ons samen cake bakken, alsof we een vriendschap aan het bereiden waren. Alsof ze Letty voor me wilde vervangen. En toen ik vroeg wat er met mijn moeder aan de hand was, waarom ze niet beneden wilde komen naar mij, zei tante Kathleen: 'Jij en je moeder hebben iets onvoorstelbaars meegemaakt, Hannah, en ze kan er niet zo goed mee omgaan als jij. We moeten haar wat tijd gunnen.'

Dus gunde ze haar wat tijd, en nog meer tijd, en toen denk ik dat ze er genoeg van had. 'Je moeder en ik gaan even praten,' zei ze tegen me. 'Jij en Lara blijven hier bij Yoshi en letten op de hond.' Ik weet niet wat er werd gezegd, maar ze gingen weg met de boot van tante K en toen ze terugkwamen zag mam er niet meer zo schimmig uit. Ze stapte op de Walvissteiger, liep naar me toe en hield me vast. Het leek of ze me voor het eerst sinds tijden echt zag. 'Het spijt me, mam,' zei ik, en toen kwamen de tranen. Ik kon haar botten door haar bloes heen voelen.

Haar stem klonk niet hetzelfde. 'Je hoeft nergens spijt van te hebben, schat. Je hebt alles goed gedaan. Ik heb het allemaal verkeerd gedaan.'

Maar ik wist dat als Letty en ik niet die ruzie hadden gemaakt waar Steven bij was, als Letty niet had gezegd dat ze niet op vakantie wilde... Opeens miste ik Letty zo erg dat ik niet kon geloven dat ze niet meer leefde. 'Ik wil haar hier hebben,' huilde ik.

Ik voelde een diepe snik in mams borst. Ze hield me stevig tegen zich aan. 'Ik ook, schat,' zei ze zacht. 'Ik ook.'

Mam had me gezegd dat ik niets mocht vertellen. Ze had daar in haar kamer gestaan en gezegd dat het heel belangrijk was. Maar ik was zo opgewonden bij de gedachte dat mam, Letty en ik ergens naartoe gingen, dat we misschien hele weken konden lachen en dingen doen die oma Villiers niet leuk vond. 'Het was niet mijn bedoeling om het tegen haar te zeggen,' fluisterde ik. Toen pakte mijn moeder me bij de schouders en toen ze me aankeek waren haar ogen heel helderblauw, net als de lucht, en haar wimpers waren puntig, net als sterren, door haar tranen. 'De dood van je zusje was niet jouw schuld, hoor je me?' Haar stem klonk heftig, alsof ze me een standje gaf. Maar haar ogen stonden vriendelijk. 'Niets, maar dan ook niets van alles was jouw schuld, Hannah. Niets. En nu moet je vergeten dat het ooit is gebeurd.'

Een paar weken later, op een maandagavond nadat ik had gegeten, hielden we een dienst voor Letty. Op zee. Alleen ik, mam, tante Kathleen en Milly. We voeren uit op de *Ishmael* naar wat volgens tante Kathleen de mooiste plek van heel Australië was, en terwijl de dolfijnen rondzwommen en de zon rood kleurde en hoog in de lucht een paar wolken dreven, dankte tante Kathleen voor het leven van Letty en zei dat ook al waren we aan de andere kant van de wereld, het heel duidelijk voor haar was waar Letty's geest zich bevond. Ik hoopte de hele tijd dat een dolfijn naast ons zou komen zwemmen en misschien zijn kop boven water zou steken, als een teken, maar hoe ik ook staarde, ze kwamen niet dichterbij.

Toen we de tweede weekendtas uitpakten, vond mam Letty's kristallen dolfijnen. Ze moest ze heel zorgvuldig hebben ingepakt, niet één vinnetje was afgebroken. Ze hield een ervan een hele tijd in haar hand. Toen haalde ze diep adem en gaf hem aan mij. 'Zorg jij maar voor ze,' zei ze. 'Bewaar ze heel goed.'

Dat was een van de laatste keren dat we over Letty spraken.

En nu ben ik de enige die zich dingen herinnert. Sommige dingen, zoals toen Letty en ik kampeerden in onze slaapkamer, of toen we achter elkaar aan holden in de tuin en elkaar natspoten met de tuinslang, probeer ik in mijn hoofd te bewaren omdat ik bang ben dat ze zal vervagen en ik me haar binnenkort niet meer kan herinneren. Ik heb twee foto's van haar in mijn la en als ik niet elke avond naar ze keek zou ik me nu haar gezicht niet herinneren, hoe ze glimlachte toen er een tand uit was, hoe ze met haar vinger over haar neus bewoog als ze op haar duim zoog, hoe ze aanvoelde als ze bij mij in bed sliep. En er zijn sommige dingen die ik liever wil vergeten. Zoals die avond dat mam mij en Letty in haar armen nam zodra oma Villiers weg was en zei dat er dingen zouden veranderen. Ik denk aan toen ik zag dat ze dingen inpakte en dat ik blij was dat ze zelfs niet vergat om mijn oude flanellen hond in te pakken, Spike, zonder wie ik niet kon slapen. Ze zei tegen me dat we niets tegen papa of oma moesten zeggen omdat het een verrassing voor hen was. En ook al dacht ze dat ik niet keek, ik zag dat ze de tassen in de logeerkamer verstopte. Ik herinner me de blauwe plekken op haar armen, een beetje zoals ik die had toen Steven boos op me was omdat ik met viltstift op de keukentafel had geknoeid en hij me zo hard van mijn kruk trok dat het pijn deed.

En ik herinner me dat ik zo opgewonden was – zo ongeveer als het Kerstmis wordt – dat ik iets móést zeggen tegen Letty, al zei ik er wel bij dat het een heel belangrijk geheim was.

En ik herinner me dat we een video keken, *Pinokkio*, ook al was het geen weekend. Toen kwam Steven thuis. Hij rook naar drank, maar ze had toch een groot glas wijn voor hem ingeschonken en ze stond naar hem te glimlachen tot hij zei dat ze wel een idioot leek. Toen ze het eten opdiende, zag ik dat ze uit haar ooghoek naar hem keek alsof ze op iets wachtte.

En toen kregen Letty en ik die stomme ruzie over kleurpotloden omdat we allebei dezelfde groene wilden, die veel beter was dan de bruingroene omdat die nooit goed is op papier, en ik won omdat ik groter was en Letty begon te huilen en zei dat ze niet weg wilde, en Steven zei: 'Weg? Waarheen?' En hij keek naar mam en ze staarden elkaar even aan. Toen liep hij langs haar heen en ging naar boven, en ik hoorde dat hij alle laden opentrok. Toen hij terugkwam keek hij zo kwaad dat ik me onder de tafel verstopte en Letty meetrok. Ik hoorde hem schreeuwen: 'Waar zijn de paspoorten?' en zijn stem klonk helemaal brabbelend. Ik deed mijn ogen stijf dicht en terwijl ze dicht waren klonk er een heleboel gebonk en mam viel met haar hoofd tegen de vloer en zijn handen graaiden onder de tafel en ik hoorde dat hij Letty optilde, die schreeuwde en schreeuwde, en hij zei dat ze nergens naartoe ging, over zijn lijk. Zijn stem klonk alsof hij onder water was of zo. Ik probeerde Letty's hand te grijpen maar hij gaf me een heel harde duw en hij liep met haar onder zijn arm weg alsof ze een zak aardappels was, en ze gilde en gilde. En toen mam bijkwam, hoorde ik zijn auto over de oprit rijden met opspattend grind, en mam begon te huilen: 'O mijn God, o mijn God', en ze merkte niet eens dat haar gezicht bloedde en ik hield haar vast omdat ik bang was voor waar hij Letty mee naartoe had genomen.

Ik weet niet hoe lang we daar hebben gezeten.

Ik herinner me dat ik mam vroeg waar Letty was en ze hield me tegen zich aan en zei: 'Ze komen zo wel terug', maar ik wist niet zeker of ze het geloofde. Ik was bang, want ik wist wel dat Steven heel kwaad zou zijn als hij terugkwam.

Ik denk dat het een paar uur later was toen de telefoon ging. Mam zat bevend op de vloer en er zat nog bloed aan haar hoofd, en ik nam de telefoon op en het was oma Villiers. Haar stem klonk heel raar. Ze zei: 'Wil je even je moeder roepen', alsof ik een vreemde was. Toen begon ze tegen mam te schreeuwen, want ik hoorde haar stem door de telefoon, en mam werd helemaal grijs en kreunde en ik hield haar benen vast omdat ze zo beefden. En ze zei steeds: 'Wat heb ik gedaan? Wat heb ik gedaan?'

Dat was de langste nacht die ik me kan herinneren. Ik weet nog dat het licht begon te worden toen mam me wakker maakte. Ik was op de vloer in slaap gevallen en ik had het koud en voelde me stijf. Ze zei met een rare stem dat we nu moesten gaan. Ik zei: 'En Letty dan?' en ze zei dat Steven een ongeluk had gehad met de auto en dat Letty dood was in het ziekenhuis, en dat het allemaal haar schuld was. Haar tanden klapperden alsof ze in een zwembad met te koud water zwom. Van daarna kan ik me niet veel meer herinneren, alleen dat we in een taxi zaten en toen in een vliegtuig, en toen ik huilde en zei dat ik niet weg wilde, zei mam dat het de enige manier was waarop ze me kon beschermen. Ik weet nog dat ik elke keer huilde als mam naar de wc ging, omdat ik bang was dat zij ook zou verdwijnen en dat ik helemaal alleen achter zou blijven. En dan herinner ik me dat tante Kathleen bij het hek op het vliegveld stond en me omhelsde alsof ze me kende. Ze zei dat alles goed zou komen, ook al was het helemaal niet goed. En al die tijd wilde ik tegen mam zeggen: 'Hoe kunnen we Letty alleen laten?' Als ze eens niet dood was en in het ziekenhuis op ons lag te wachten? En ook al was ze wel dood, dan hadden we haar mee moeten nemen en haar niet al die kilometers ver weg achterlaten, want nu konden we geen bloemen op haar graf leggen en haar laten weten dat we nog steeds van haar hielden. Maar ik zei niets. Want een heel, heel lange tijd kon mijn moeder helemaal niets zeggen.

Dit vertelde ik aan Mike op de ochtend dat ik hem mams handen zag vasthouden in zijn slaapkamer. Dit vertelde ik hem toen ze weg was, ook al heb ik dat verhaal nooit aan iemand anders kunnen vertellen, zelfs niet aan tante K, niet álles. Maar ik vertelde het aan hem omdat ik het gevoel had dat er iets veranderd was, en dat mam het wel goed zou vinden als Mike het wist.

Ik heb nooit eerder een man zien huilen.

21

Mike

Terwijl de rest van Silver Bay de volgende dag uitsliep en het water kalmeerde onder een helderblauwe hemel, werd enkele kilometers verderop, in een zacht gonzende kamer in het Port Summer Ziekenhuis, Nino Gaines wakker.

Kathleen had aan het voeteneind van zijn bed gezeten, zwaar leunend op de armleuning van een met blauwe stof beklede stoel. Ze was regelrecht daar naartoe gegaan nadat ze iedereen hier had ingestopt. Naderhand legde ze uit dat ze haar oudste vriend iets had willen vertellen over wat er op die gedenkwaardige avond was gebeurd. Toen het ochtend werd, sloeg de uitputting toe en ze had een poos zitten doezelen. Daarna las ze de krant van de vorige dag, af en toe hardop als ze iets zag wat hem misschien zou interesseren. In dit geval ging het over een man die ze beiden kenden en die een restaurant had geopend. 'Dat wordt een ramp,' had hij schor uitgebracht. Kathleen was zo moe van de angst na Hannah's verdwijning en de verschrikkingen van het losgeslagen net dat ze nog twee regels had gelezen voor ze besefte wat ze had gehoord.

Hij was zwak en een beetje gedesoriënteerd, maar onder het witte ziekenhuishemd en de talloze slangetjes was hij zonder enige twijfel de oude Nino Gaines, en daarvoor was de hele gemeenschap van

Silver Bay kennelijk dankbaar. De artsen deden een heleboel testen die hij afdeed als 'tijdverspilling'. Ze deden hersenscans en cardiogrammen, bestudeerden hun boeken en verklaarden hem ten slotte verrassend gezond voor een man van zijn leeftijd die zo veel dagen bewusteloos was geweest. Hij mocht in bed zitten, mocht wat slangetjes kwijt die in zijn armen hadden gezeten, en de eerder binnendruppelende bezoekers groeiden al snel aan tot een onophoudelijke stroom. Al die tijd mocht Kathleen aan het voeteneind van zijn bed zitten, een privilege dat meestal alleen was voorbehouden aan echtgenotes, zolang ze zijn bloeddruk maar niet liet stijgen.

'Ze laat mijn bloeddruk verdikkeme al meer dan vijftig jaar stijgen,' zei hij tegen de verpleegsters waar ze bij was. 'Nou, daar ben ik geen moer mee opgeschoten.' En Kathleen straalde. Sindsdien is ze niet opgehouden met stralen.

Maar heel weinig mensen hebben het geluk dat ze al jong hun levensdoel weten. Ze herkennen in zichzelf een roeping, of het nu religie, kunst, verhalen vertellen of het intrappen van heilige huisjes is. Ik leerde uiteindelijk mijn levensdoel kennen op een heldere ochtend aan het begin van een Australische lente, toen een elfjarig meisje mijn hand pakte en me een geheim toevertrouwde. Vanaf dat moment wist ik dat ik al mijn energie zou gebruiken om haar en haar moeder te beschermen.

Als ik terugdenk aan de eerste dagen na de losgeslagen netten, besef ik dat mijn gevoelens bijna schizofreen waren. Ik was euforisch in mijn liefde voor Liza – misschien was ik voor het eerst echt verliefd – en eindelijk in staat om die openlijk te laten blijken. En ze leek ook van mij te houden. Nadat ze me over Letty hadden verteld was ze bang geweest dat ik haar anders zou beoordelen, als onnadenkend, slinks of op zijn ergst als een moordenaar. Ik had haar in haar kamer gevonden. Ze zat bij het raam en haar gezicht was een masker van ellende. En toen ik mezelf weer onder controle had (Hannah had haar armen om me heen geslagen toen ik huilde, een gebaar dat ik bijna ondraaglijk ontroerend vond) ging ik naar binnen, deed de deur achter me dicht, knielde neer en sloeg mijn armen om haar heen zonder iets te zeggen. Ik vertrouwde erop dat mijn aanwezigheid voldoende zei. Een hele tijd later begreep ik waarom ze het me had verteld. 'Ik vind dat je het niet moet doen,' zei ik.

Ze had haar hoofd opgetild van mijn schouder. 'Ik moet wel, Mike.'

'Je straft jezelf voor iets wat niet jouw schuld was. Hoe kon je weten dat hij zo zou reageren? Hoe kon je weten dat hij zijn auto in de prak zou rijden? Je was mishandeld! Je zou kunnen zeggen dat je...' – de woorden kostten me moeite – '...verminderd toerekeningsvatbaar was. Dat zeggen ze in die gevallen. Ik heb er over gelezen.'

'Ik moet het doen.' Hoewel haar ogen gezwollen waren van de tranen, stonden ze helder en vastberaden. 'Ik heb mijn eigen dochter zo goed als zelf omgebracht. Misschien haar vader ook. Ik geef mezelf aan en zal de publiciteit gebruiken om te vertellen wat hier gebeurt.'

'Dat is misschien een vergeefs gebaar. Een rampzalig vergeefs gebaar.'

'Laat me dan met die journaliste van je praten. Zij zal wel weten of het kan helpen.'

'Je begrijpt het niet, Liza. Als alles is... zoals je hebt verteld, dan ga je de cel in.'

'Denk je dat ik dat niet weet?'

'Wat moet Hannah zonder jou? Is ze niet al genoeg kwijt?'

Ze snoot haar neus. 'Ze kan mij beter een paar jaar kwijt zijn nu ze Kathleen nog heeft. Dan kunnen we opnieuw beginnen. Dan kan ik opnieuw beginnen. Misschien luistert er wel iemand.'

Ik stond op en begon te ijsberen. 'Dit is verkeerd, Liza. Als de bouw eens niet wordt tegengehouden? Mensen kunnen wel meeleven, maar dat wil nog helemaal niet zeggen dat iemand, wie dan ook, de bouw kan tegenhouden.'

'Wat hebben we anders voor kans?' En daar had ze gelijk in.

Ze pakte mijn handen. 'Mike, jaren heb ik maar half geleefd. Ik heb mezelf voor de gek gehouden, maar het is slechts een half leven geweest, vol angst. Ik wil niet dat Hannah zo opgroeit. Ik wil dat ze overal naartoe kan gaan waar ze wil, naar iedereen die ze wil zien. Ik wil dat ze een gelukkige jeugd heeft, omgeven door mensen die van haar houden. Wat voor leven heeft ze op deze manier?'

'Een heel goed leven,' wierp ik tegen, maar ze schudde haar hoofd.

'Ze kan niet weg uit Australië. Zodra ze haar paspoort zien, weten ze ons te vinden. Ze kan zelfs niet weg uit Silver Bay. Dit is de enige plaats waar ik er zeker van ben dat we veilig zijn.'

Ze boog zich naar voren. Haar woorden kwamen er volmaakt gevormd uit, alsof ze door de jaren heen in haar hoofd waren verzacht, afgerond. 'Het is net als leven met losgeslagen netten,' zei ze. 'Dat verleden, wat ik heb gedaan, Letty, Steven... Het kan duizenden kilometers ver weg zijn, maar het ligt op de loer om me te pakken te krijgen, wachtend om me te verstrikken, de diepte in te trekken. Zo is het al jaren.' Ze streek haar haren achter haar oren en ik zag het witte litteken. 'Als de bouw doorgaat, zullen we weg moeten,' zei ze. 'En waar we ook heen gaan, het zal stilzwijgend achter ons aan drijven.'

Ik legde mijn gezicht in mijn handen. 'Dit is allemaal mijn schuld. Als ik hier nooit was gekomen... In wat voor positie heb ik je in hemelsnaam gebracht?'

Ik voelde haar hand op mijn haar. 'Je kon het niet weten. Als jij het niet was geweest, zou er een keer iemand anders zijn gekomen. Ik ben niet zo naïef dat ik denk dat we hier voorgoed zo konden blijven.'

Ze slikte. 'Dus zo staan de zaken. Ik heb de hele nacht nagedacht. Als ik me aangeef, krijgt Hannah haar vrijheid en richt ik de aandacht op de walvissen. De mensen moeten luisteren.' Ze glimlachte aarzelend naar me. 'En dan ben ik ook vrij. Je moet begrijpen, Mike, dat ik hiervan verlost moet raken. Voor zover ik dat ooit zal kunnen.'

Ik staarde haar aan en voelde haar nu al uit mijn greep glippen. Weer, duizenden kilometers van me vandaan. 'Doe me een plezier,' zei ik terwijl ik mijn armen weer naar haar uitstak. 'Doe niets tot ik met iemand heb gepraat.'

De volgende avond belde ik mijn zus op. En dwong ik haar met de vreselijkste dreigementen om tegen niemand iets los te laten nadat ik haar alle details had gegeven die Liza me had verteld.

Er viel een lange stilte. 'Kolere, Mike, je kiest ze wel uit,' zei ze met ontzag in haar stem. Toen, terwijl ik haar hoorde schrijven: 'Dit is toch echt? Ze verzint het toch niet?'

Ik dacht aan Liza, bevend in mijn armen. 'Ze verzint het niet. Denk je dat het een goed verhaal zou zijn?'

'Wat dacht je? De nieuwsredactie zal ervan kwijlen.'

'Ik wil dat...' Ik probeerde mezelf te beheersen. 'Als we het doen, Monica, wil ik dat het artikel zo meevoelend mogelijk is over haar zaak. Ik wil dat de mensen begrijpen hoe ze in een dergelijke positie terecht is gekomen. Als je haar kende... Als je wist wat voor persoon, wat voor moeder ze is...'

'Wil je dat ík het schrijf?' Mijn zus klonk ongelovig.

'Ik vertrouw niemand anders.'

Het bleef even stil.

'Bedankt. Dank je, Mike. Ik...' Ze klonk nu afwezig, alsof ze haar aantekeningen las. 'Ik denk dat ik het wel meevoelend kan maken. Ik zal een babbeltje maken met de advocaat hier, zonder namen te noemen natuurlijk, en haar mening over de wettelijke positie vragen. Ik wil niets schrijven wat misschien nog hangende is. Dat is nadelig voor elke zaak die voor de rechter komt.'

Ik keek naar de telefoon en hoorde in die woorden de onwelkome waarheid over Liza's situatie en wat het kon betekenen. 'En je denkt... dat ze de zaak voor het voetlicht kan brengen?'

'Als ze duidelijk maakt dat de reden om zich nu aan te geven niet alleen is om dingen recht te zetten maar om een heleboel walvisbaby's te beschermen, zullen de mensen waarschijnlijk welwillend tegenover haar staan. Het publiek is dol op alles over walvissen en, dat is nog belangrijker, ze zijn dol op een excentriekeling. Vooral als dat een knappe blondine is.'

'Als je het interview zelf doet, kun je ervoor zorgen dat alles goed op schrift komt. Dat haar woorden niet verdraaid worden.'

'Ik zal je er niet inluizen, Mike. Zo vals ben ik niet. Maar je moet goed met haar doorpraten of ze dit echt wil. Want als alles wat je me hebt verteld waar is, kan ik niet garanderen wat er met haar zal gebeuren zodra het in de openbaarheid is. Andere kranten zullen het oppakken en verdraaien en er een eigen verhaal van maken. Het zal er niet goed uitzien dat ze is gevlucht.'

'Haar jongste dochter was dood. Ze hoorde dat Steven er slecht aan toe was. Ze moest stappen ondernemen om Hannah te beschermen.'

'Maar zelfs als ik of wie dan ook het kan laten klinken alsof ze een heilige is, dan kan ze nog worden gearresteerd en in de gevangenis belanden. Vooral als die vent, de ex-partner, ook dood is. Als justitie kan bewijzen dat ze hem die pillen gaf in de wetenschap dat hij had gedronken, dat hij in zijn auto zou stappen, nou, ik vind het heel vervelend om het te zeggen, maar dat klinkt dan op zijn best nog als doodslag.'

'En op zijn ergst als moord.'

'Dat weet ik niet. Ik ben geen misdaadverslaggever. Maar laten we niet op de dingen vooruitlopen. Spel zijn naam nog eens. Ik zal zien wat ik te weten kan komen. Je hoort van me.'

Het zou fijn zijn om te kunnen zeggen dat de toekomst er, zoals voor Nino Gaines, voor de overige bewoners van Silver Bay net zo gunstig uit begon te zien, maar dat was niet het geval. De protesten tijdens de inspraakavond waren weliswaar naar voren gebracht, maar zouden volgens de voorspellingen genegeerd worden. De kranten begonnen te schrijven over 'wanneer' met de bouw werd begonnen in plaats van 'indien'. En als om dat te bewijzen kwamen er reclameborden bij het draadgaas rond het sloopterrein waarop 'een veelbelovende nieuwe gelegenheid tot investeren' werd beloofd in vakantiehuizen 'met 2, 3 of 4 slaapkamers, onderdeel van een unieke recreatieve belevenis'.

Ik las de zinnen die ik had bedacht en voelde me misselijk. De glanzende, drieënhalve meter hoge reclameborden leken misplaatst op het bijna verlaten stuk strand en benadrukten de haveloosheid van het Silver Bay Hotel, waarvan de bladderende verf en het kale houten beschot nu een symbool van trots leken. Het stond naast de geteerde schuur als een zwijgende bewaker van een verloren gegaan tijdperk, toen een hotel nog iets was om er even uit te zijn, een andere omgeving, geen unieke recreatieve belevenis of investeringsmogelijkheid.

Op een ochtend, toen ik weer een busje zag komen met een groep onbekende mensen, die uitstapten en rondliepen met klembordjes en in mobiele telefoons praatten, stond Kathleen opeens naast me. Dit moet voor haar wel een invasie zijn, dacht ik. Na een leven met alleen de zee als gezelschap kon ze voortaan een oneindige stroom vreemdelingen op haar drempel verwachten.

Ze zei niets. Haar verweerde profiel stak scherp af terwijl ze hen gadesloeg. Toen ze sprak, bleef ze recht voor zich uit kijken. 'En, wanneer moeten we gaan inpakken?' vroeg ze.

Ik voelde mijn maag ineenkrimpen. 'Het is nog niet voorbij, Kathleen,' zei ik.

Ze zei niets.

'Ook al verliezen we de strijd om het project, dan kunnen we nog een heleboel doen om de invloed op je hotel tot een minimum te beperken. Ik zal een zakenplan opstellen. We kunnen manieren bedenken om te moderniseren...'

Ze legde een hand op mijn arm om me het zwijgen op te leggen. 'Ik heb veel respect voor je, Mike Dormer. Ik zou nog veel meer respect hebben als ik erop kon rekenen dat je me de waarheid vertelde.'

Wat moest ik zeggen? Yoshi had contact met de organisaties ter bescherming van walvissen en dolfijnen en ze probeerden zo snel mogelijk een rapport uit te brengen over het ontwrichtende effect van geluid op zeezoogdieren. Ze had gevraagd of ze nog iets konden toevoegen aan de effecten van motorboten of jetski's. We hadden een petitie met bijna zeventienhonderd handtekeningen. We hadden een website die per dag honderden keren werd bezocht, en kregen steunbetuigingen van over de hele wereld. Andere gemeenschappen die tochten organiseerden om walvissen te bekijken, stuurden bezwaarschriften naar de overheid.

Na schooltijd e-mailde Hannah naar andere scholen om er nog meer kinderen bij te betrekken. Mijn computer was nu bijna helemaal van haar, en ik bracht zo veel mogelijk uren door aan de telefoon om andere bewoners uit de buurt over te halen om te protesteren. Ik had gedaan wat mijn zus had voorgesteld en probeerde lokale en nationale aandacht te krijgen. Niets leek enig verschil te hebben gemaakt. Elke keer als ik buitenkwam leek dat gehavende terrein het middelpunt van hernieuwde aandacht. Er kwamen steeds meer mensen in zakenpakken en bouwvakkers met helmen op. In de lokale krant waren advertenties verschenen die niet alleen een uniek nieuw project beloofden, maar de plaatselijke detailhandelaren vroegen om contact op te nemen en 'deel uit te maken van het avontuur'. Bij twee lege winkels stonden nieuwe bordjes met te koop, misschien omdat ze hoopten munt te slaan uit hun nabijheid.

Ik schudde mijn hoofd. 'Het is nog niet voorbij.' Ik probeerde niet alleen haar, maar ook mezelf te overtuigen.

Ze sjokte terug over het pad naar het hotel. 'Dat klinkt mij in de oren als de slotakkoorden van een opera!' riep ze over haar schouder.

Zoals voorspeld was de *Hannah's Glory* die avond ten onder gegaan, overspoeld door de hoge golven en het roer verstrikt in het losgeslagen net. Als ik nu over de zee keek, vond ik de leegte van de golven erboven overweldigend. De zee verzwolg dingen in hun geheel, en het leek of ze er nooit waren geweest. Geen bootjes, geen netten, geen stervende zeedieren. Niemand had het over het bootje nadat de rustplaats ervan op de zeebodem eenmaal was vastgesteld. Ik geloof dat Greg zich nog steeds niet erg prettig voelde over zijn onbedoelde rol in Hannah's nipte redding. Ik evenmin. Je kon je maar al te goed voorstellen hoe ons meisje daar met haar bootje op de zeebodem had kunnen liggen.

Toen had Liza zomaar opeens tijdens het ontbijt geopperd dat ze een boot voor Hannah zou zoeken.

'Wat?'

Ze repte niet over de *Hannah's Glory*.

'Ik denk dat je nu oud genoeg bent. Ik heb Peter Sawyer gevraagd om er naar een uit te kijken. Een zeilbootje, net als dat van Lara. Maar je moet eerst les nemen. En als ik ooit merk dat je zonder toestemming op het water bent, dan is het afgelopen. Geen boot meer, nooit.'

Hannah liet haar lepel vallen, sprong op van haar stoel en sloeg haar armen om haar moeders hals. 'Ik zal nooit ergens naartoe gaan zonder het je te zeggen,' zei ze. 'Nooit. Ik zal heel braaf zijn. O, dank je, mam.'

Liza probeerde streng te kijken terwijl haar dochter haar omhelsde en op een neer sprong van plezier. 'Ik vertrouw op je,' zei ze.

Hannah knikte met stralende ogen. 'Mag ik Lara opbellen om het haar te vertellen?' vroeg ze.

'Die zie je over een halfuurtje op school.'

'O, toe!' Haar moeder aarzelde, en meer had ze niet nodig. We hoorden haar voeten vol blijdschap door de hal huppelen en daarna haar blije kreten aan de telefoon.

Liza keek op haar bord alsof ze zich geneerde voor haar algehele ommekeer. Kathleen en ik zaten nog steeds naar haar te staren. Het kan zijn dat mijn mond was opengevallen.

'Ze woont bij de zee,' zei Liza. 'Ze zal het eens moeten leren.'

'Zo is dat,' zei Kathleen en draaide zich weer om naar het fornuis. 'Peter zal wel een goede boot voor haar vinden.'

'Trouwens,' zei Liza terwijl haar blik even de mijne ontmoette, 'het is niet meer dan verstandig. Ik kan misschien niet altijd op haar letten.'

Liza en ik hadden het niet over 'ons' gehad. In de weken dat ik aannam dat er een 'wij' was, toonden we als bij stilzwijgende overeenkomst geen genegenheid in het bijzijn van Kathleen, Hannah of de walvisjagers. De trek naar het zuiden was net begonnen, en soms, als ik er even uit wilde, ging ik als zwijgende assistent met haar mee op haar boot en keek hoe ze zich daarop zelfverzekerd bewoog. Ik hield van de zangerige toon in haar stem als ze over de walvissen vertelde, de afwezige manier vol genegenheid waarmee ze over Milly's oren wreef als ze achter het roer stond, de vreugdekreet die haar ontsnapte als ze de bekende spuit zag. Ik was me hevig van haar aanwezigheid bewust als ze langs me liep, van de vloeiende bewegingen als ze aan het roer draaide of over de reling hing. Ik hield van de manier waarop de boot een verlengstuk van haar werd, hoe ze volkomen op haar gemak was. Door de tegenstand hadden ze het allemaal – hoe ironisch – druk gekregen en dienden zich 's morgens en 's middags passagiers aan, maar elke keer als ik meeging, hadden we net zo goed alleen met ons tweeën kunnen zijn omdat ik amper op de anderen lette.

Behalve Hannah. Ik hield van Hannah in een natuurlijk verlengde van de manier waarop ik van haar moeder hield. Ik voelde ook een enorme neiging om haar te beschermen, haar af te sluiten van alle verschrikkingen die ze had meegemaakt. En ik begreep wat Liza had bedoeld en waarom ze alles zou hebben opgegeven om haar in veiligheid te brengen. Hannah wist over haar moeder en mij en zei niets. Maar door de manier waarop ze samenzweerderig naar me lachte en af en toe haar hand in de mijne stopte, stokte de adem me soms in de keel van trots omdat ze me stilzwijgend accepteerde. Als ik ooit een kind zou krijgen, dan wilde ik een kind als Hannah. Ik wilde in haar leven blijven, als Liza het toestond.

We hadden het niet over liefde, maar al mijn zenuwuiteinden schreeuwden het uit en ik droeg het als een wolk mee om me heen, als een zeemist. Door Liza's zachtere houding, haar glimlachjes en blozen wist ik dat zij het ook voelde. Ik hoefde het haar niet hardop te horen zeggen, zoals Vanessa steeds van mij had gevraagd. Deze vrouw, die bijna alles had verloren, wier vertrouwen zo gewelddadig was geschonden, had me niet alleen toegelaten tot haar lichaam maar ook tot haar hart. Meestal liep ze 's avonds zachtjes door de gang naar mijn kamer, en in het schemerlicht sloeg ik de dekens terug om haar in bed te laten. Als ze mijn gezicht aanraakte met haar vingertoppen en me aankeek met een ernstige en ietwat ongelovige blik, wist ik dat die blik de mijne weerspiegelde.

Ik denk dat ik nooit zo gelukkig ben geweest als toen; misschien kwam het door de hoopvolle verwachting die ik voelde terwijl ik haar beneden hoorde praten met Kathleen en Hannah, als ik de badkamerdeur hoorde, als ze elkaar welterusten wensten en ik wist dat ze over enkele uren, misschien minuten, de mijne zou zijn. Ik weet niet of Kathleen doorhad wat er aan de hand was, maar haar ontging niet veel. Ze had het echter druk met meneer Gaines, om hem uit het ziekenhuis te krijgen en te helpen bij zijn herstel. Inmiddels geloofden we allemaal dat geluk gekoesterd moest worden als het lot je een poosje goedgezind was.

En Liza was mijn geluk. Er was niets aan haar wat ik niet wonderbaarlijk vond. Ik hield van haar haren, die steeds de indruk wekten dat ze net op zee verwaaid waren; ik hield van haar huid, die altijd een beetje zout rook en smaakte, de kleine littekens die ik nu begreep, de sproeten die ze door het buitenleven had gekregen; ik hield van haar ogen, het ene ogenblik ondoorgrondelijk en peinzend, het volgende gretig en verslindend in hun geheim met mij. Als ik met haar vrijde hield ik mijn ogen open en keek in de hare, en als ik kwam dacht ik dat ik in ze zou verdrinken. Ze was van mij. Dat wist ik en daar was ik diep dankbaar voor.

Op een avond, toen we zachtjes lagen te praten, vertelde ze me dat een kind krijgen de grootste liefde en grootste angst met zich meebracht die iemand ooit kon voelen. Nu begreep ik het, omdat ik er niet aan moest denken dat ik haar ooit zou kwijtraken nu ik haar gevonden had. 's Nachts lag ik wakker, lag naar haar te kijken en probeerde me haar voor te stellen in een koud, grijs land, duizenden kilometers weg van hier, omgeven door onvriendelijke gezichten. Maar dat beeld wilde niet komen. Die dingen pasten gewoon niet bij elkaar. Ze lachte me uit als ik dat zei.

'Het komt wel goed,' zei ze terwijl ze tegen me aan kroop met haar arm over mijn borst.

Het gewicht voelde aan als een zegen. 'Ik kan me jou niet weg van de zee voorstellen.'

'Ik ben geen walvis. Ik kan wel zonder water.' Ik hoorde de glimlach in haar stem.

Op de een of andere manier was ik daar niet zo zeker van. 'Ik zal helpen voor Hannah te zorgen,' zei ik. 'Als je dat wilt.'

'Ik verwacht niet van je dat je hier blijft.'

'Ik geef veel om haar.'

'Maar ik weet niet hoelang ik weg zal blijven.'

'Des te meer reden voor mij om hier te zijn.'

Ik hoorde haar ademhaling. Toen ze sprak, stokte haar adem. 'Ik wil niet... ik wil niet dat Hannah nog iemand kwijtraakt. Ik wil niet dat ze zich aan je gaat hechten en dat je over een paar jaar beseft dat het je te veel is. Het wachten, bedoel ik.'

'Denk je echt dat dat zou gebeuren?'

'Soms is het moeilijk om te weten wat je zou doen.' Ze zweeg even. 'Ik weet beter dan de meeste anderen dat je niet altijd doet wat je had verwacht. En dit is geen normale situatie.'

Ik lag naast haar en dacht na over wat ze me had verteld.

'Ik zal het je niet kwalijk nemen,' zei ze zacht, 'als je weg wilt wanneer ik ga. Je... je bent een goede vriend voor ons geweest.'

'Ik ga nergens naartoe,' zei ik. En met die woorden kwam er een nieuwe sfeer over ons in het donker, een soort bestendigheid. Ik had niet eens nagedacht over wat ik zou zeggen, maar het was er al: een ware weerspiegeling van mezelf, van wat ik voelde. Ik pakte haar hand en mijn duim streek over haar knokkels terwijl haar vingers zich om de mijne klemden.

Haar stem brak. 'Hannah zal alle vrienden nodig hebben die ze kan krijgen.'

Aan de andere kant van de gang jammerde Milly in haar slaap, misschien omdat ze niet tot rust kon komen voor Liza terug was in haar kamer. Ik hield haar vast tot ik het moment voorbij voelde gaan. Ik wist dat ze haar dochter uit haar gedachten probeerde te verdrijven, zichzelf al probeerde af te zonderen in een poging te doen wat juist was. Op die momenten voelde ik haar pijn alsof het de mijne was, en wenste ik dat ik die pijn van haar kon overnemen.

'Je hoeft het niet te doen,' zei ik voor de zoveelste keer.

Ze legde me het zwijgen op met een kus. 'Ik weet dat het moeilijk voor je is om het te begrijpen, maar ik heb het gevoel dat ik eindelijk iets doe. Voor het eerst van mijn leven neem ik zelf het heft in handen.' Ik hoorde haar dappere lach in het donker. 'Ik heb het roer in handen.'

'Mijn stuurvrouw,' zei ik terwijl ik haar omhelsde.

'In elk geval probeer ik het,' antwoordde ze, en met een zucht sloeg ze haar benen om me heen.

Mijn zus belde die ochtend om kwart over drie. Ze was nooit goed op de hoogte van het tijdverschil. Liza bewoog zich naast me en ik tastte naar mijn telefoon.

'Goed, wil je eerst het goede nieuws of het slechte?'

Ik leunde op een elleboog. 'Geen idee,' zei ik, nog half in slaap. Ik wreef in mijn ogen. 'Zeg het maar.'

'Het goede nieuws is dat ik hem heb gevonden en dat hij nog leeft. Het duurde even, omdat hij tegenwoordig een dubbele achternaam heeft. Volgens mij heeft hij ook de achternaam van zijn vrouw aangenomen. De oude vrouw is dood, en dat is goed omdat er dan minder mensen zijn die zijn kant van het verhaal kunnen steunen. Het betekent dat je vriendin niet van moord zal worden beschuldigd.'

Ze zweeg even terwijl ik dit tot me liet doordringen en de opluchting probeerde op te roepen die ik wilde voelen.

'Het slechte nieuws, Mike, is dat hij raadslid is. Een gerespecteerd lid van de gemeenschap. Getrouwd, zoals ik al zei, twee kinderen, een stabiel, onberispelijk leven. De Tafelronde, allerlei liefdadigheidsinstellingen, noem maar op. Een raadslid met ambities om in het parlement te komen. In elk krantenartikel waar hij in voorkomt zie je hem handjes schudden met een politiecommissaris of overhandigt hij een cheque voor een goed doel. En dat alles zal de zaak van je vriendin er niet makkelijker op maken.'

22

Liza

Mike was dag en nacht bezig om de bouw van het project tegen te houden. Soms werkte hij tot zo laat dat ik dacht dat het hem op zou breken. Kathleen liet me maaltijden voor hem naar boven brengen en dan zat ik bij hem en deed wat ik kon, maar ik kan niet goed overweg met andere mensen. Het duizelde me als ik hoorde hoe hij zat te vleien en innemend zat te doen, hoe gezaghebbend hij dingen kon verkondigen alsof er niet aan te tornen viel. Wie hij ook aan de telefoon kreeg, hij vroeg altijd naar de persoon die hoger in rang was, en als die hem niet tevredenstelde, vroeg hij naar de volgende persoon die hoger in rang was. Hij had een heel goed geheugen voor cijfers. Hij smeet met statistieken alsof hij die voor zich had liggen, en hij waarschuwde iedereen die hij sprak voor overlast van lawaai en milieuverontreiniging, voor extra kosten en achteruitgang van zaken elders. Hij legde uit dat de clientèle zou worden weggetrokken van plaatselijke bars, restaurants en kleine hotels. Hij toonde aan waar de winst van dit nieuwe hotel naartoe zou gaan, en dat was niet naar Silver Bay.

Maar toch was dat niet genoeg. Hij had Yoshi overgehaald om haar vrienden van de universiteit onderzoek te laten doen naar het effect van lawaai op walvissen; maar, zo zei ze tegen me toen hij buiten gehoorsafstand was, die dingen kosten tijd. Je kunt geen walvis op een petrischaal leggen en in hem prikken om te zien hoe hij reageert. De trek naar het zuiden was op gang gekomen. De walvissen keerden terug naar de Zuidelijke IJszee en na november zouden ze in geen maanden meer in onze wateren komen, en dan was het te laat. Hij leek het niet te horen als ik die dingen zei, maar boog zijn hoofd en begon weer te bellen.

Ik geloof dat hij dacht dat ik niet naar Engeland zou gaan als hij het op andere manieren kon tegenhouden, en dat dan alles in orde zou komen. Toen ik zei dat ik toch zou gaan, zei hij dat ik een masochist was. Mijn grootste angst was dat het 'verhaal' zoals hij het noemde, niet afdoende zou zijn om ze te redden.

Op alle boten werden petities uitgedeeld en hij probeerde een protestgroep te vormen voor als straks het bouwmodel te bezichtigen was in het Blue Shoals Hotel. Het kostte hem moeite. Veel mensen beschouwden het nieuwe hotel intussen als een gegeven en verzonnen al manieren om munt te slaan uit de aanwezigheid ervan. Je kon zelfs geen actie verwachten van degenen die het hotel niet wilden. De bevolking van Silver Bay was niet snel tot actievoeren over te halen. Dat is de invloed van de zee. Als je je hele leven lang zo dicht bij iets leeft waar je geen zeggenschap over hebt, heb je de neiging om fatalistisch te worden.

Hannah was zijn grootste steun en toeverlaat. Hij had haar en Lara spandoeken laten maken waarop stond dat hun school geen geld of de nieuwe voorzieningen wilde als die een onderdeel van het nieuwe bouwproject waren. Ze hadden nieuwe petities bedacht, hun klasgenoten opgeroepen en zelfs op de radio gesproken over de verschillende persoonlijkheden van de dolfijnen in de baai. Toen Kathleen en ik Hannah's stem op onze radio hoorden, waren we zo ontzettend trots! Mike had haar een eigen e-mailaccount gegeven zodat ze alle verenigingen voor walvissen en dolfijnen die ze op internet had gevonden, kon alarmeren. Daar was haar aandacht mooi door afgeleid en het had de impact van de losgeslagen netten naar de achtergrond gedrongen. Overdag leek ze een andere persoon, meer zelfbewust, enthousiast, vastberaden.

Maar de meeste nachten liep ze door de gang naar mijn kamer en klampte zich aan me vast, net als toen ze zes was.

Ik vertelde het mijn dochter zodra ik kon. Op een warme vrijdagmiddag na school kocht ik een ijsje voor haar en zaten we op de punt van de Walvissteiger. We lieten kleine zilveren visjes aan onze tenen sabbelen terwijl Milly hoopvol op onze schouders zat te kwijlen. De advocaat had me verteld dat er een rechtszitting van kon komen als ik terugging, en dat ik een verklaring zou moeten afleggen over wat er was gebeurd. Waarschijnlijk zou Hannah ook worden gevraagd om alles te vertellen, net zoals ze het aan Mike had verteld, zei ik.

Ze zat daar zonder nog een likje van haar ijsje te hebben genomen. 'Moet ik weer bij Steven gaan wonen?' vroeg ze.

Ik kreeg al kippenvel toen ze zijn naam noemde. 'Nee, lieverd. Jij blijft bij Kathleen. Na mij is zij je naaste familie.' Ik dankte God, zoals altijd, dat Steven en ik nooit getrouwd waren, dat hij in elk geval geen recht had op Hannah.

'Moet je naar de gevangenis?' vroeg ze.

Ik wilde niet tegen mijn dochter liegen, dus ik zei dat die mogelijkheid bestond. Maar ik voegde eraan toe dat met een beetje geluk de rechter van mening zou zijn dat ik tijdelijk uit mijn evenwicht was geweest of zoiets, dan kreeg ik misschien een korte straf of zelfs een voorwaardelijke.

Dat had de advocaat de vorige dag tegen Mike en mij gezegd toen we in haar kantoor zaten. Mike had met een strak gezicht mijn hand vastgehouden onder het bureau. 'U beseft toch wel dat het haar schuld niet was?' had hij herhaaldelijk tegen haar gezegd, alsof zij degene was die hij moest overtuigen. Naderhand drong tot me door dat hij aan het testen was, probeerde in te schatten wat voor reactie mijn verhaal zou krijgen bij minder meelevende mensen. Zij was een kouwe kikker, ondanks de flinke som die Mike voor haar tijd moest betalen. Het beste wat hij uit haar kon krijgen was een erkenning dat de manier waarop alles was gegaan 'ongelukkig' was. Vervolgens zei ze dat het niet aan haar was om te oordelen over wat er was gebeurd, op een toon die aangaf dat ze dat allang had gedaan. Het belangrijkste, zei ik tegen Hannah met een geforceerde glimlach, was dat we ons leven konden vervolgen zoals we het wilden, als alles achter de rug was. Ze kon overal heen waar ze naartoe wilde, we zouden over Letty praten en de walvissen en de dolfijnen helpen.

'Hé,' zei ik terwijl ik haar bij de schouders pakte, 'misschien kun je wel naar Nieuw-Zeeland. Met die schoolreis waar je het over had. Wat vind je daarvan?'

Eerst zag ik haar gezicht niet. Ze keek naar de uithoek van de baai, met haar gezicht afgewend. Toen ze zich weer omdraaide schrok ik van haar blik.

'Ik wil niet naar Nieuw-Zeeland,' zei ze terwijl haar gezicht vertrok. 'Ik wil dat je bij me blijft.'

Ze geloofde niets van mijn mooiweerhouding. In haar ogen zag ik alleen maar angst en wanhoop, en ik haatte mezelf dat ik er de oorzaak van was.

'Iedereen laat me in de steek,' fluisterde ze.

'Nee, schat, dat –'

'En nu ga jij ook nog weg en dan heb ik niemand meer.'

Ze begon te huilen en ik liet mijn ijsje vallen en hield haar vast, en ik deed mijn best om niet mee te huilen. De waarheid was dat ik me ziek voelde bij het vooruitzicht om van mijn dochter gescheiden te zijn. Als ik haar nu in mijn armen hield was het niet langer zomaar. Als ik naar haar keek was het alsof ik het beeld van haar probeerde af te drukken op mijn oogleden. Alsof ik me al voorbereidde op de maanden – jaren? – dat ik haar niet meer mocht vasthouden.

Dit en nog meer wat ik in de toekomst kwijt zou raken, hield me 's nachts wakker. Het vooruitzicht dat ze zonder mij de eerste, broze puberjaren zou beleven. Niemand wist wat er van haar zou worden. Zou ze het me vergeven? Ik deed mijn ogen dicht, ademde de geur van haar haren in en bespeurde er een echo in van mijn verloren Letty. Toen ik besefte dat ik op het punt van instorten stond, trok ik me terug en gaf haar de kans om hetzelfde te doen.

Ze herstelde zich. De dapperheid en zelfbeheersing van mijn dochter waren hartverscheurend. Ze zei sorry toen ze haar ogen afveegde met de muis van haar hand. 'Het was niet mijn bedoeling om te huilen,' zei ze.

'Misschien lijkt het nu heel erg, maar het wordt beter,' zei ik tegen haar met een zekerheid die ik niet voelde. 'We kunnen elkaar schrijven en opbellen en we zijn weer bij elkaar voor je het weet.' Er zat een blaadje zeewier vast in haar haren en ik haalde het eruit.

Ze snoof.

'En, dat is het belangrijkste, als ik het over Letty heb, praat ik meteen over de walvissen. En de dolfijnen.'

'Denk je dat het hotel dan niet meer gebouwd wordt?'

'Misschien niet. Op die manier kunnen haar leven en dood iets goeds betekenen.'

We zaten over het water te staren, peinzend over wat ik had gezegd. Hannah was te beleefd om tegen me te zeggen wat ik al wist: dat er nooit iets goeds kon komen van de dood van Letty. Toen draaide ze zich naar me om.

'Heeft ze een graf in Engeland? Ergens waar je bloemen kunt neerleggen?'

Ik moest haar vertellen dat ik het niet wist. Ik wist zelfs niet of mijn eigen dochter begraven of gecremeerd was.

'Het maakt niet uit waar Letty is,' zei ze, misschien omdat ze zag hoe ik van streek was, 'maar ze is altijd hier.' Ze pakte mijn hand en drukte die tegen haar hart. De rest zei ze niet, maar ik zag het in haar ogen en haar opeengeklemde kaken: net zoals jij voortaan. En ik wist niet of ik dat als een belofte of als een beschuldiging moest beschouwen.

Kathleen was niet iemand om feestjes te geven. Eerlijk gezegd was ze, ondanks haar beroep, een van de minst hartelijke mensen die ik kende. Ze was liever alleen in haar keuken of weg met haar boot dan dat ze babbelde met gasten. Dat was een van de redenen waarom we elkaar zo goed begrepen.

Dus kwam het als een verrassing toen ze, twee dagen na het gesprek tussen Hannah en mij, aankondigde dat ze een feestje ging geven als Nino Gaines uit het ziekenhuis kwam. Ze wilde het buiten doen, zei ze, opdat hij de frisse lucht kon inademen, de zee kon zien en kon bijpraten met zijn oude vrienden.

'Lance, je mag je kin weer van de tafel oprapen. Het wordt tijd om eens iets feestelijks te doen in dit armzalige onderkomen,' zei ze toen de walvisjagers een verbijsterde stilte lieten vallen aan de verbleekte tafels.

'In elk geval,' zei ze, 'als we hem nu tentoonstellen, vallen ze hem de komende weken niet lastig op elk uur van de dag. Niets doet je zo snel ziek voelen als een stel weldoeners voor je deur.' Drie dagen later, op een middag die zo warm was dat je al een idee begon te krijgen van de zomer, zaten we buiten onder zorgvuldig opgestoken parasols toen Kathleens auto stopte voor het hotel. Even later hielp Frank zijn vader uitstappen.

'Welkom thuis!' riepen we allemaal, en Hannah holde het pad af om hem te omhelzen. Hij was immers een soort opa voor haar.

Het kostte hem moeite zijn rug te strekken. Hij was afgevallen. De kraag van zijn overhemd zat te wijd om zijn nek. En hij was broos, een beetje onvast op zijn stok. Hij steunde met een hand op het open portier en tuurde naar ons vanonder zijn hoed. 'Kon je geen beter welkomstcomité bedenken dat dit stel, Kate? Nou, breng me dan maar terug naar het ziekenhuis.' Hij deed alsof hij weer in de auto wilde duiken, en ik moest wel lachen.

'Ondankbare ouwe zeur,' zei ze terwijl ze zijn koffer uit de achterbak sleurde.

'Je hoort me te verwennen,' zei hij. 'Dadelijk val ik nog omver.'

'Daar zal ik anders wel voor zorgen als je zo doorgaat,' zei ze en sloeg het portier van haar auto dicht.

'U moet naast mij komen zitten, meneer Gaines,' zei Hannah, ze leidde hem aan zijn vrije hand langzaam mee naar boven over het pad. 'Dat is een speciale stoel.'

'Er zit toch geen po onder?' zei hij, en Hannah moest lachen.

'Ik bedoel dat alle kussens erop liggen.'

'Oké dan,' zei hij.

Hij knipoogde naar me en ik kwam naar hem toe om hem te omhelzen. 'We zijn blij dat je weer terug bent, Nino,' zei ik.

'Nou ja, Liza, iemand moet je tante toch op de been houden? Ze mag niet wegkwijnen.'

Hij overdreef een beetje, maar dat begreep ik wel. Een man als Nino Gaines kon het niet hebben om als een invalide behandeld te worden.

Het was een prachtige middag. De bemanningen hadden vrij genomen en stilzwijgend afgesproken dat niemand het over het nieuwbouwproject zou hebben of wat ons te wachten kon staan. We hadden het over het weer, de voetbaluitslagen, het afschuwelijke eten in het ziekenhuis, en de zuidkaperwalvis die iemand had gesignaleerd bij Elinor Island. We dronken en keken naar Hannah, Lara en Milly die over het strand renden. Lance en Yoshi dansten op Hannah's muziek, en verscheidene vissers, buren en verre familieleden van Nino kwamen langs en dronken een paar biertjes. Mike zat naast me en af en toe voelde ik zijn hand naar de mijne tasten onder de tafel. De tederheid en kracht erin lieten mijn gedachten afdwalen naar plekken waar ze niet hoorden te zijn om halfvier in de middag tijdens een familiebijeenkomst.

Moet je mij zien, peinsde ik toen die gedachten opkwamen, en ik keek heimelijk naar de man die in mijn leven was beland en nu naast me zat. Moet je Hannah, Kathleen en Nino Gaines zien, en de walvisjagers, die me door de jaren heen meer vriendschap en steun hadden gegeven dan andere mensen zelfs van naaste familie konden verwachten. Ik had een familie. Wat er ook gebeurde, ook al zou er altijd iemand ontbreken in het hart ervan, ik had een familie. En die gedachte vervulde me opeens met geluk. Mike had het misschien gemerkt, want hij trok een wenkbrauw op als in een stilzwijgende vraag. Ik glimlachte, en hij tilde mijn hand op en kuste mijn vingers waar iedereen bij zat.

Nino Gaines trok zelf zijn wenkbrauwen op naar Kathleen. 'Hoe lang zei je dat ik buiten westen was?' zei hij.

'Vraag dat maar niet,' antwoordde ze en wuifde zijn vraag weg. 'Ik kan die jongelui niet meer bijhouden.'

'Waar is Greg?' vroeg Hannah aan de andere kant van de tafel. 'Hij had gezegd dat hij er nu zou zijn.'

'Hij deed nogal geheimzinnig vanmorgen,' zei Kathleen. 'Ik zag hem op de vismarkt. Hij zei dat hij op een missie was.'

'O ja? Hoe heette ze?' Nino trok zijn hoed over zijn ogen en leunde achterover in zijn stoel. 'Ach, wat is het fijn om hier weer te zijn, Kate.'

Tot mijn verbazing boog ze zich voorover en gaf een kus op zijn voorhoofd. 'Het is fijn je terug te hebben, ouwe dwaas,' zei ze.

Voor iemand van ons iets kon zeggen, hoorden we Gregs pick-up over de weg aankomen. Hij reed langzaam naar de voorkant van het hotel en stopte.

'Sorry dat ik stoor,' zei hij terwijl hij uit de cabine klom. Hij droeg een gestreken overhemd en had zich geschoren – heel zeldzaam voor Greg – en hij leek ongewoon ingenomen met zichzelf. 'Ik vond alleen dat jullie het allemaal moesten horen: jullie willen misschien over een halfuurtje langs mijn garage komen. Het is nogal belangrijk.'

'We hebben een feest, als je dat nog niet had gemerkt.' Kathleen zette haar handen op haar heupen. 'En je zou hier twee uur geleden al zijn.'

'Ja, het spijt me echt, Kathleen, maar dit is belangrijk.'

'Wat is er aan de hand, Greg?' zei ik. Hij probeerde steeds een grijns te onderdrukken, als een schooljongen die iemand stiekem een streek wil leveren.

'Ik wil jullie wat laten zien,' zei hij tegen me waarbij hij Mike negeerde. Dat was niet vreemd; sinds hij vermoedde dat we een stel waren, deed hij of Mike niet bestond. Hij keek naar zijn voeten en toen naar Kathleen. 'Yosh, alles nog kits?'

Ik wierp een blik op haar. Ze knikte.

'Mooi. Ik wil jullie allemaal iets laten zien. Fijn dat u weer terug bent, meneer Gaines. Later wil ik graag een paar biertjes met u opentrekken.' Hij tikte tegen zijn pet en liep met zwierige tred – zelfs volgens Gregs zwierige normen – terug naar zijn pick-up, maakte een halve cirkel terwijl aarde opspatte rond de banden en reed naar zijn garage.

'Heeft hij weer aan de sterkedrank gezeten?' Nino keek hem na.

Yoshi en Lance wisselden een blik. Ze wisten iets, maar wilden dat duidelijk niet aan ons vertellen.

'Je kent Greg,' zei Kathleen schouderophalend. 'Altijd vol verrassingen.'

Hannah lachte zo breed dat de moed me in de schoenen zonk.

Ik hoopte dat het niet weer een boot zou zijn.

We hoefden niet lang te wachten. Nino bleef met Hannah bij het hotel, maar de rest van ons drentelde langzaam over de kustweg naar omlaag. We genoten van de zon en zagen met enige verbazing de menigte toenemen buiten Gregs garage. Ik zag dat er journalisten en fotografen waren, en ik vroeg me af hoe het zou zijn om die camera's op mij gericht te voelen. Ik kende dat soort dingen van films. Zouden journalisten zich verdringen op de trappen van de rechtbank? Zou ik achtervolgd worden? Ik huiverde ondanks de warme dag, en probeerde die gedachte van me af te zetten.

'Yoshi?' zei ik, maar ze deed of ze me niet hoorde.

Ik had zo-even geprobeerd haar uit te horen, maar ze had gedaan of ze van niets wist en Lance legde een bestudeerd neutrale uitdrukking op zijn gezicht.

'Ik hoop dat Nino wel alleen kan blijven,' zei Kathleen ongerust. 'Ik vind het niet prettig om hem achter te laten.'

'Waarschijnlijk geniet hij van een beetje rust,' zei Mike. 'Hij zal best moe zijn.'

'Vind je dat ik terug moet gaan?' vroeg ze.

'Hannah komt ons wel halen als er iets is.' Ik stootte haar even aan. 'Hij zit te genieten. Zo blij als een kind.'

'Hij ziet er inderdaad goed uit, hè?' zei ze terwijl ze over de kustweg opkeek naar het hotel in de verte. En toen, voor de vorm: 'Domme ouwe dwaas.'

Greg stond voor zijn garage een sigaret te roken. Hij keek naar de menigte alsof hij wachtte tot iedereen er was. Een paar keer maakte hij op zachte toon een grapje met een van de vissers naast hem. Zijn pick-up stond niet meer buiten.

Ik probeerde opnieuw te bedenken wat de reden voor alle ophef kon zijn, maar ik wist het niet. In elk geval gedroeg hij zich heel anders dan normaal.

Ten slotte spuwde hij zijn sigaret op de grond en drukte die uit met zijn hiel. Vervolgens stak hij zijn sleutel in het hangslot en opende met een kreun van moeite de twee verweerde deuren en deed het licht aan. Terwijl we in het duistere interieur staarden, trok hij een zeil van de bak van zijn pick-up en onthulde zijn buit: een enorme tijgerhaai met nog heldere ogen, de bek iets geopend in blinde woede, waardoor puntige, hoekige tanden te zien waren. Iedereen hield hoorbaar de adem in. Zelfs in de dood, onbeweeglijk en vastgebonden aan een lier, was het schepsel angstaanjagend.

'Vanmorgen ging ik vissen,' zei hij tegen de journalisten, ondertussen op het beest kloppend. 'Gewoon bij de monding van de baai. Vaak kun je daar veel vangen. Ik dacht eerst dat ik een blauwe marlijn aan de haak had, maar moet je zien wat het was! Dat beest heeft me helemaal door de stuurhut gesleept. Tony, achteruit!' riep hij naar de man in de cabine. Hij deed een stap opzij en de pick-up reed achteruit naar buiten. Een paar camera's klikten.

'Ik heb jullie geroepen omdat we nooit eerder zo dichtbij tijgerhaaien hebben gehad en ik wil tegen iedereen in de baai zeggen dat ze hun kinderen uit het water moeten houden. Je kunt er niet op vertrouwen dat die monsters niet de baai in komen. Jullie weten dat de tijgerhaai een heel gemeen beest is, en zoals we met die vervloekte losgeslagen netten hebben gezien, kan bijna alles tot aan de kust komen.'

Hij gaf goedkeurend een klap op de haai.

'Ik heb hem naar de vismarkt gebracht en de mensen daar hebben bevestigd dat het een tijgerhaai is en ze hebben hem voor me gewogen. Ik heb gehoord dat deze niet de enige is die in onze wateren is gezien.'

Ik voelde een koude rilling over mijn rug lopen en moest denken aan Mike en Hannah in dat donkere, kolkende water en dat Mike had gezegd dat hij dingen tegen zijn benen voelde stoten.

Waarschijnlijk ging dit ook door zijn gedachten. Hij pakte achter mijn rug langs mijn hand en kneep erin.

Yoshi stapte naar voren en begon de journalisten nadere informatie te geven. 'Tijgerhaaien,' zei ze, 'staan bekend als de vuilnisemmers van de zee. Misschien is deze aangetrokken door de losgeslagen netten en de dode dieren erin. Maar dat betekent dat er een grote kans bestaat dat hij niet alleen was, en dat andere er al een poos rondhangen. Ze eten alles, vissen, schildpadden, mensen...' Hier zweeg ze even om dat woord goed door te laten dringen, en mensen keken elkaar nerveus aan. 'Maar vraag het niet alleen aan mij,' voegde ze eraan toe. 'Het ministerie van Milieuzaken en Erfgoed zal jullie vertellen dat het geen fijne beesten zijn om in de buurt te hebben.'

'We moeten haaiennetten plaatsen,' zei iemand in de menigte. 'Die hebben ze bij andere stranden ook.'

'Hoe willen jullie haaiennetten plaatsen in een baai vol dolfijnen?' vroeg Greg op scherpe toon. 'Daar raken ook walvissen in verstrikt. In deze baai komen geen haaiennetten, over mijn lijk!'

'Dat geloven we graag!' Iemand lachte.

'Haaien zijn slim,' zei Yoshi. 'Als we in de monding van de baai netten zouden spannen, zwemmen ze er gewoon over of eromheen. Als je de cijfers bekijkt, blijft het aantal slachtoffers ongeveer hetzelfde, of je nu netten hebt of niet.'

'Ik vind dat jullie van een mug een olifant maken.' Ik herkende een van de hoteleigenaren. Hij zou niet blij zijn met dit soort publiciteit nu het lenteseizoen weer begon. 'Iedereen weet dat je statistisch gezien meer kans loopt om door de bliksem te worden getroffen dan door een haai te worden gedood.'

'Denk je dat deze kerel hier zich druk maakt over statistieken?' Greg leunde tegen het torpedovormige lijf van de haai. 'Hij dacht waarschijnlijk dat hij een kans van een op de miljoen had om iemands vishaak in te slikken.'

De menigte lachte.

'Jullie moeten uitkijken voor de tijgerhaaien, want ze komen dicht bij de kust om de zeeschildpadden te volgen,' zei Yoshi ernstig. 'En ze houden vol. Ze zijn niet zoals de witte haaien. Ze blijven terugkomen om op te vreten waar ze dan ook een hap uit hebben genomen.'

De hoteleigenaar schudde zijn hoofd. Greg zag hem en verhief zijn stem. 'Goed, Alf,' zei hij. 'Ga jij dan maar zwemmen. Ik vond het alleen maar mijn plicht om jullie te laten weten wat er in de zee zit.'

'Er is een toename van aanvallen door haaien,' zei Yoshi. 'Dat is een bekend feit. Er zijn oplossingen mogelijk. Misschien kunnen we veilige zwemgebieden afbakenen door middel van boeien en netten. Dat zal de kustwacht wel kunnen regelen. Alleen zullen dat geen grote stukken zijn.'

'En intussen, zoals ik al zei...' – Greg trok zijn pet over zijn ogen zodat ik ze niet meer kon zien – '...raad ik jullie aan om jullie kuitenbijtertjes uit het water te houden. We zullen de kustwacht waarschuwen als we er nog meer in de baai zien, en de vissers zullen dat ook doen.'

Er klonk verontrust gemompel. Verscheidene mensen wendden zich af met hun mobiele telefoon tegen hun oor, en andere kwamen dichter bij de pick-up omdat ze de haai wilden aanraken. Ik dacht aan Hannah en het gesprek dat we hadden gehad toen ik zei dat ik een boot voor haar wilde kopen. Ik dacht niet dat iemand zijn kinderen zou toestaan om met een boot Silver Bay op te gaan als er haaien waren. Maar het zou niet makkelijk zijn om dat tegen haar te zeggen na wat ik had beloofd.

Terwijl ik stond te peinzen, stapte Kathleen naar voren en keek naar de bak van de pick-up. 'Een haai, hè?' zei ze fronsend, met haar armen over elkaar geslagen.

'Dat hoor jij te weten,' zei Greg terwijl hij het beest omhoogkrikte opdat de fotografen het beter in beeld konden krijgen.

'Waar zei je dat je hem –'

'Dit, mijne heren,' zei Greg terwijl hij naar Kathleen gebaarde voordat ze verder kon gaan, 'is de wereldberoemde Haaienvrouw van Silver Bay, Kathleen Whittier Mostyn. Deze dame hier heeft zo'n vijftig jaar geleden een zelfs nog grotere haai gevangen. De grootste grijze bakerhaai die ooit in New South Wales is gevangen, zo was het toch, Kathleen? Is dat een verhaal voor jullie of niet?'

Kathleen staarde zwijgend naar hem. Het openlijke venijn in haar ogen zou mij meteen op de vlucht hebben gejaagd. Ze wist dat ze erin was geluisd en dat stond haar niet aan. Maar Greg ratelde verder: 'Dus zien jullie wel, heren? Weer bevolken haaien Silver Bay. Natuurbeschermers zullen het prachtig vinden, maar ik waarschuw onze inwoners om niet te gaan zwemmen of windsurfen of zelfs het water op te gaan zonder de grootste voorzichtigheid in acht te nemen terwijl deze dreiging van een haaienaanval bestaat.'

De pers verdrong zich om Kathleen met hun aantekenblokjes en microfoons voor haar neus. Diverse camera's flitsten. Greg bleef naast de haai poseren. Na de verschrikkingen van het losgeslagen net hadden de regionale kranten nog geen twee weken later weer een mooi verhaal voor de voorpagina's, en je kon de verrukking in hun vragen horen doorklinken.

'Dat vergat ik nog te zeggen. Deze schoonheid is te koop, als iemand hem wil hebben,' riep Greg. 'Zo vers als wat. Kun je lekker voor de sushi gebruiken.'

'Ik dacht dat er geen haaien en dolfijnen in hetzelfde gebied voorkwamen,' zei Mike toen hij en ik terugliepen naar het hotel. Het was een heldere, mooie middag en de zee glinsterde goedmoedig in de verte. Ik had een paar biertjes op en ongewoon veel gegeten. Ongeveer een kilometer verderop zag ik Hannah en Lara die een dansje uitvoerden voor Nino en zich giechelend op het zand lieten vallen. Af en toe, op zulke dagen, kon ik mezelf overtuigen dat de wereld waarin ik leefde goed was.

'Soms denk ik dat de hele planeet op zijn kop staat,' zei ik terwijl ik mijn haren uit mijn gezicht streek en naar hem opkeek. Toen wilde ik hem kussen. Ik wilde hem eigenlijk bijna de hele tijd kussen.

Dit moet ik onthouden, zei ik in mezelf, en ik wenste dat ik Mikes mobiele telefoon kon zijn, vol momenten die ik ver in de toekomst heel helder zou kunnen afspelen.

'Ga niet weg,' zei Mike die avond. Hij stond in de badkamer zijn tanden te poetsen met een handdoek om zijn middel gewikkeld, en ik was binnengekomen om een glas water te pakken.

'Waarheen?' vroeg ik terwijl ik het glas onder de kraan hield. Ik had gedacht aan de dingen die ik de volgende dag moest doen. Domme dingen waar ik nu aan moest denken, zoals zorgen dat Hannah voor meerdere seizoenen een schooluniform had, een volmacht tekenen, een gezamenlijke rekening openen voor mij en Kathleen. De advocaat had gezegd dat het verstandig was om alle persoonlijke zaken te regelen voor ik met iemand ging praten, en de lijst met dingen die afgehandeld moesten worden, deed me duizelen.

'Doe het niet. Het is waanzin. Ik heb erover nagedacht, en het is waanzin.' Zijn spiegelbeeld keek me aan en zijn strakke blote rug bevestigde dat ik me de spanning die ik eerder op de avond op zijn gezicht meende te zien, niet had ingebeeld.

Hij had een paar uur amper een woord gezegd, hoewel Greg zo luidruchtig was en de walvisjagers zo dronken, dat hij er toch amper een woord tussen had kunnen krijgen. Ik had gedacht dat het door Greg kwam, die hem steeds zat uit te dagen. 'Ik bedoel er niks mee, maat,' zei hij na elke steek onder water, en dan glimlachte Mike strak. Alleen ik zag de zenuwtrek in zijn kaak. We konden hen beneden nog horen, hoewel Nino, het middelpunt van het feest, al een hele poos geleden naar huis en naar bed was gegaan.

Ik zuchtte. 'Mike, ik wil het er nu niet over hebben,' zei ik. Ik wilde van het moment genieten en in alle rust naar bed gaan.

'Niets zal de bouw tegenhouden,' zei hij nadat hij tandpasta had uitgespuugd. 'Ik weet hoe Beaker is. Ze zien een hoop geld in dit project, en als Dennis Beaker geld ziet, houdt niets hem tegen. Het is al te ver gegaan. En jij staat op het punt om zonder reden jouw leven en dat van Hannah te bederven.'

'Wat bedoel je met zonder reden? Tellen mijn gemoedsrust en die van Hannah dan niet?'

'Maar alles is toch goed?' zei hij.

Er zat tandpasta op zijn kin, maar iets zei me dat hij het me niet in dank zou afnemen als ik hem daarop zou wijzen.

'Het gaat goed met jullie allebei. Misschien kun je niet alles doen wat je zou willen, maar wie kan dat wel? Hannah is veilig en gelukkig, omgeven door mensen van wie ze houdt. Jij bent gelukkig, gelukkiger dan ik je ooit heb gezien. Die man, Steven, leeft nog; hij is getrouwd en heeft kinderen, en dat wijst erop dat zelfs hij gelukkig is. Niemand zal je herkennen, vooral niet na al die tijd. We kunnen samen hier blijven en zien hoe het zal gaan. Waarom wil je dat alles riskeren voor iets wat misschien niet zal lukken?'

'Mike, we hebben het er ontelbare malen over gehad. Het is onze enige hoop voor de walvissen. En ik wil er nu niet over praten. Zullen we gewoon naar bed gaan?'

'Waarom? Elke keer als ik erover begin zeg je hetzelfde. Wat mankeert er aan nu?'

'Ik ben moe.'

'We zijn allemaal moe. Dat hebben mensen nu eenmaal.'

'Ja, nou, ik ben te moe om te praten.' Het ergerde me dat het waar was wat hij zei. Ik wilde er niet over praten; als ik dat deed moest ik nadenken over wat ik ging doen en ik was bang dat mijn voornemen zou verdwijnen als iemand te veel op me inpraatte.

Beneden was Greg in gezang uitgebarsten. Ik hoorde de toejuichingen van de anderen, het doordringende gefluit van Lance.

'Dit zal niet alleen op jou invloed hebben.'

'Denk je dat ik dat niet weet?' snauwde ik.

'Hannah is nauwelijks bij je weg te slaan. Vanavond zat ze aan je vastgeplakt.'

Ik keek hem kwaad aan. 'Jij hoeft me niets over mijn dochter te vertellen.' Ik was nijdig. Ik haatte het dat hij me daarop wees. Ik haatte het dat hij Hannah's angst had gezien.

'Nou, iemand moet met je praten. Je hebt het niet eens met Kathleen besproken.'

'Dat doe ik als ik er klaar voor ben.'

'Je wilt het niet tegen haar zeggen omdat je weet dat zij hetzelfde zal zeggen als ik. Heb je er wel bij stilgestaan wat een gevangenisstraf inhoudt?'

'Doe niet zo arrogant.'

'Om drieëntwintig uur per dag opgesloten te zijn? Om door medegevangenen een kindermoordenaar te worden genoemd? Denk je dat je dat aankunt?'

'Ik wil er nu niet over praten.' Ik pakte mijn kleren.

'Als je er nu niet tegen kunt dat ik dat zeg, hoe wil je er dan in de rechtbank tegen kunnen? Als de politie het zegt? Of mensen die je willen kwetsen? Denk je dat het hen iets kan schelen wat er werkelijk is gebeurd?'

'Waarom doe je me dit aan?'

'Omdat ik denk dat je het niet goed genoeg hebt overwogen. Omdat ik denk dat je geen idee hebt wat je je op de hals haalt.'

'Ik kan wel voor mezelf zorgen.'

'Hoe weet je dat? Dat heb je nooit eerder gehoeven.'

Nu confronteerde ik hem. 'Dit gaat over Greg, nietwaar?'

'Het heeft niets met Greg te maken. Ik wil dat je praat over–'

'Het gaat wel over Greg. Hij heeft je de hele avond zitten stangen, en dat heeft je eraan herinnerd dat je niet de enige man bent met wie ik naar bed ben geweest.'

Hij ging tegenover me zitten en sloot zijn ogen, alsof dat hem hielp om me niet te horen. Maar ik ging verder.

'Dus nu reageer je je op mij af. Nou, als je ruzie zoekt, dan ga ik–'

'Weer vluchten? Zal ik je eens wat zeggen? Ik denk dat dit helemaal niets meer met de walvissen te maken heeft.'

'Wat?'

'Je bent vastbesloten om jezelf te straffen voor Letty's dood. Dit bouwproject heeft je gedwongen om te kijken naar wat er is gebeurd, en nu voel je de behoefte om ervoor te boeten door jezelf op te offeren.'

Beneden was het zingen opgehouden. Het raam stond open, maar dat kon me niet meer schelen.

'En dat heeft geen zin. Je hebt al geboet voor wat er is gebeurd, Liza. Op ontelbare manieren.'

'Ik wil met een schone lei beginnen. En we moeten–'

'De walvissen redden. Dat weet ik.'

'Waarom blijf je dan zo bezig?'

'Omdat je het mis hebt. En omdat je het om de verkeerde redenen doet.'

'Wie denk je dat je bent om over me te kunnen oordelen?'

'Ik oordeel niet. Maar je moet er goed over nadenken, Liza. Je moet weten dat–'

'Jíj moet je niet met mijn zaken bemoeien.'

'– dat je, als je dit doorzet, Hannah met je mee omlaag sleept.'

Het bloed stolde in mijn aderen. Ik kon niet geloven dat hij me zo zou aanvallen.

Als zijn woorden niet als een mes in mijn hart hadden gestoken, zou ik niet hebben gezegd wat ik zei: 'Wie heeft ons in deze klotesituatie gebracht, Mike? Vraag jezelf dat maar af zodra je weer over me wenst te oordelen. Zoals je al zei, we hebben het goed hier. We zijn gelukkig. Nou, als Hannah en ik de volgende vijf jaar gescheiden moeten leven, vraag jezelf dan maar af wiens schuld dat eigenlijk is.'

Het was stil, zowel binnen als buiten. Alleen de zee was te horen, en even later het zachte schrapen van een stoel toen iemand beneden ons zachtjes de glazen begon af te ruimen.

Ik keek naar Mikes witte gezicht en wenste dat ik kon terugnemen wat ik had gezegd. 'Mike...'

Hij stak een hand op. 'Je hebt gelijk,' zei hij. 'Het spijt me.'

En met een pijnscheut in mijn maag begreep ik de waarheid te laat: dat hij me niet had willen kwetsen. Hij kon het gewoon niet verdragen dat hij me kwijt zou raken.

23

Monica

De afgelopen paar maanden was het gedrag van mijn broer nogal verbazingwekkend geweest. Als je rond deze tijd vorig jaar met me had willen wedden hoe zijn leven er nu uit zou zien, had ik gezegd dat hij in maart met Vanessa getrouwd zou zijn, dat ze zwanger probeerde te worden en dat hij steeds hoger op die glibberige ladder van zijn projectontwikkelingsbedrijf kwam te staan. Een mooi appartement, misschien een nieuw huis, misschien een vakantiehuis in een warm klimaat, een nog fraaiere auto, skiën, dure restaurants, blablabla. Het radicaalste wat Mike ooit deed was een andere aftershave nemen, of de kleur van zijn stropdas veranderen.

Ik had inmiddels geen flauw idee waar hij in maart zou zijn. Misschien in Australië of in Nieuw-Zeeland, of misschien zou hij wel schepen bouwen op de Galapagoseilanden. Misschien liet hij wel dreadlocks groeien. Of hij was een voortvluchtige vrouw en haar kind aan het beschermen en de walvissen aan het redden. Toen ik de helft ervan aan mijn ouders vertelde – dat moet hij me vergeven, want ik kon het niet laten – spuwde pap bijna zijn gebit uit.

'Hoezo, "hij heeft ontslag genomen"?' sputterde hij, en ik kon mam op de achtergrond horen zeggen dat hij aan zijn bloeddruk moest denken. 'Hoelang is hij van plan in Australië te blijven?' En toen: 'Een alleenstaande moeder?! Wat is er verdorie met Vanessa gebeurd?'

Ik had gedacht dat Mike misschien een vroege midlifecrisis had, dat Liza misschien écht zijn eerste grote liefde was. Mensen doen rare dingen als ze voor het eerst verliefd zijn. Misschien was projecten ontwikkelen niet zo fantastisch als beweerd werd.

En toen belde hij me vorige week en vertelde me zijn verhaal. Ik kan niet liegen. Mijn eerste gedachte was niet, zoals hij het zei, hoe kunnen we haar beschermen? Het was een te goed verhaal. De mishandelde vriendin van iemand die in de politiek wilde, die het land uit was gevlucht nadat ze per ongeluk hun kind om het leven had gebracht. Het had alles: gewelddadigheid, lang verborgen geheimen, drama, een dood kind, een mooie blondine. Er zaten zelfs walvissen en dolfijnen in. Ik zei tegen hem dat alleen Skippy nog ontbrak. Hij lachte niet.

Alleen klopte het niet. Ik bekeek alle krantenartikelen over die vent. Ik vergeleek die informatie met alle databases die ik kon vinden. Een week lang deed ik bijna niets anders dan de feiten van het verhaal achterhalen, en op de redactie raakten ze flink gefrustreerd omdat ik niet kon vertellen wat ik aan het doen was. En nog steeds klopte het niet.

24

Mike

Milly had een dip. Ze at nauwelijks en sliep slechts sporadisch. Ze was op haar hoede, waaks en chagrijnig. Twee keer ontblootte ze haar tanden naar passagiers op de *Ishmael* en een keer bevuilde ze het kleed in de lounge, een uiting van depressiviteit waar ze zichzelf voor leek te schamen. Overal waar Liza ging, volgde ze haar op de hielen, als een kleine zwart-witte schaduw. Met hondse intuïtie had ze door dat haar bazin van plan was om weg te gaan, en ze was bang dat Liza zou verdwijnen als ze haar waakzaamheid verloor.

Ik wist hoe ze zich voelde. De ongerustheid. De onmacht. Sinds de avond van het feest spraken we niet langer over Liza's plannen. Ik werkte harder, enerzijds omdat het de enige manier was die ik kon bedenken om haar tegen te houden, en anderzijds omdat het me steeds zwaarder viel bij haar te zijn. Ik kon niet naar haar kijken, haar aanraken en haar kussen zonder te denken aan hoe het zonder haar zou zijn. Om het cru in financiële termen te zeggen, kon ik niet langer investeren in iets wat zou worden teruggetrokken.

Kathleen wist nu blijkbaar wat ze van plan was – ze hadden een gesprek gehad – en haar manier om ermee om te gaan was zoals altijd: gewoon doorgaan en praktisch blijven. Ik had er niet met haar over gepraat – dat was niet aan mij – maar ik zag dat ze extra aandacht schonk aan Hannah, plannen maakte voor uitjes en gezellige dingen, en ik wist dat ze zelf iets aan het voorbereiden was. Meneer Gaines kwam nu bijna elke dag, en als Hannah naar school was zaten ze vaak samen aan de keukentafel te fluisteren of vredig de krant te lezen en naar de radio te luisteren. Ik was blij voor hen, blij dat Kathleen dit niet in haar eentje onder ogen hoefde te zien, en ook was ik een beetje jaloers op hun geluk. Liza verdiende ook zo'n tevreden gevoel, en in plaats daarvan zou ze weer gestraft worden.

Ze had me mijn uitbarsting vergeven. Ze was lief voor me, streek af en toe met een vinger langs mijn gezicht met een meelevende blik. 's Nachts werd ze steeds hartstochtelijker, alsof ook zij van plan was om alle geluk te halen uit de tijd die ons nog restte. Soms moest ik zeggen dat ik het niet kon opbrengen. Dan was ik te verdrietig of kwaad over wat binnenkort zou gebeuren.

Ze maakte er nooit een opmerking over. Dan sloeg ze haar magere ledematen om me heen, legde haar gezicht tegen mijn nek en zo lagen we in het donker, van elkaar wetend dat we wakker waren, maar niet wetend wat we moesten zeggen.

Meerdere malen had ze gevraagd wanneer ik dacht dat mijn zus zou bellen, wanneer ze het interview zou doen. Ze probeerde nonchalant te klinken, maar ik wist dat ze de boel in beweging wilde zetten om precies te weten hoeveel tijd ze nog had. In het begin draaide ik eromheen. Vervolgens probeerde ik een paar keer Monica te bellen, maar ik kreeg steeds alleen haar voicemail. En elke keer dat ik haar niet aan de lijn kreeg, voelde ik alleen maar opluchting.

Mijn vertwijfeling werd er niet minder op door de kennelijk niet tegen te houden bouw van het hotel. Mijn ideeën en energie begonnen op te raken en ik was er niet in geslaagd om een demonstratie te organiseren op de dag dat de maquette tentoon werd gesteld. De eigenaar van het Blue Shoals Hotel belde me op om te zeggen dat, hoe sympathiek hij ook vond wat ik deed, hij 'geen agressie' wilde omdat er op die dag tijdens lunchtijd een doopfeest werd gehouden in de achterzaal. Natuurlijk begreep ik dat. Hij klonk aardig en ik wilde niet een speciale dag bederven, dus gelastte ik de demonstratie af. Kathleen lachte droog toen ik het haar vertelde, en zei 'wat een revolutionair zou jij zijn geweest'. Ik wilde haar niet zeggen dat er toch maar een handjevol mensen mee had willen doen aan de demonstratie.

Liza was weg met de *Ishmael* en Hannah was op school, dus nadat ik de strijd niet had kunnen vervolgen achter mijn bureau, was ik naar het Blue Shoals gegaan en genoot ondanks alles van de helderblauwe hemel en de warme bries. In deze dagen, met warmer weer in het verschiet, leek Silver Bay de mooiste plek op aarde. Ik kende het landschap inmiddels, de vulkanische horizon een rust voor het oog. De rijen bungalows en vakantiehuisjes niet langer in disharmonie, en de cafetaria's en drankwinkels langs de kustweg waren plaatsen geworden om regelmatig even binnen te vallen. Alles wat je nodig had was aanwezig in dit uithoekje, dacht ik. Een van de weinige zekerheden die ik gebruikte om mezelf te troosten, was dat ik had besloten om te blijven. Ik zou Kathleen helpen om het hoofd boven water te houden, en voor Hannah zorgen tot Liza terugkwam.

Dat leek gezien de omstandigheden wel het minste wat ik kon doen.

Ik was de enige in de hal van de Blue Shoals. De receptioniste, die me misschien herkende, wees met haar duim naar de poot van de L-vormige foyer en daar, geflankeerd door kartonnen borden waarop de verwachte aantallen bezoekers en voordelen voor de gemeenschap beschreven waren, was de maquette onopvallend opgesteld in een perspex kast van ongeveer 1.20 bij 1.80 meter.

Het was precies zoals ik me had voorgesteld. Nog beter zelfs, toen ik me eroverheen boog. De vier gebouwen waren fraai gesitueerd rond een reeks binnenplaatsen en zwembaden. De zonneschermen herhaalden de vorm van de heuvels erachter. Het zag er wit, chic, onberispelijk en duur uit. Ondanks de vreemde onwerkelijkheid van maquettes kon je in gedachten de mensen rond de zwembaden zien, of wandelend naar hun kamers na een dag op het strand. Het watersportgebied, dat ver in de baai uitstak, was vol plastic bootjes en zelfs twee waterskiërs, compleet met schuimsporen. Aan de Walvissteiger lagen dure witte jachten en catamarans. Het zand was wit en de gebouwen glansden van witte verf en glas. De kleine dennen bevolkten bergen erachter en de zee was een perfect blauwgroen. Hij zag eruit om je zo in te laten vallen. Ik moest toegeven dat het geheel er paradijselijk uitzag, en de zakelijke kant van me voelde een perverse trots over wat ik had bewerkstelligd. Toen keek ik naar de miniatuurbaai en zag dat Kathleens hotel en het Museum van de Walvisjacht er niet meer waren. Er was wit zand, de punt en verder niets.

Weer voelde ik de woede in me opkomen.

'Ziet er goed uit, nietwaar?'

Ik keek op en zag Reilly naar de maquette kijken. Hij droeg een overhemd met korte mouwen en zijn jasje hing over zijn schouder, alsof hij niet voorbereid was geweest op de warmte van vandaag.

'U zult wel voldaan zijn.' Ik rechtte mijn rug.

'Ik vroeg me af waar ze al die figuurtjes vandaan hadden,' zei hij.

'Daar zijn speciale bedrijven voor,' zei ik kortaf. 'Die maken ze op bestelling.'

'Mijn zoon is gek op modelspoorwegen,' vervolgde hij terwijl hij op zijn hurken ging zitten om alles op ooghoogte te zien. 'Ik zal eens wat van die figuurtjes bestellen. Dat zou hij prachtig vinden.'

Ik zei niets. Ik keek naar de plek waar Kathleens hotel had moeten staan.

'Anders als je het driedimensionaal ziet,' merkte hij op. 'Ik dacht dat ik het op de tekeningen goed had gezien, maar hierdoor wordt het tot leven gebracht.'

'Het is een vergissing,' zei ik. 'Een ramp voor het gebied.'

Reilly slaakte een zucht en kwam overeind. 'Ik heb gehoord dat je je bij de bewoners hebt geschaard. Dat verbaast me, Mike, als ik naga hoe hard je voor dit project hebt gestreden.'

'Ik heb gezien wat jullie kwijt zouden raken,' zei ik, 'en daar wilde ik niet aan meewerken.'

'Ik denk niet dat we veel kwijt zullen raken.'

'Alleen jullie walvissen en dolfijnen.'

'Nu overdrijf je een beetje. De kustwacht heeft al maatregelen genomen tegen die discoboten. In tien dagen is er niet één meer gezien. Ze hebben de boodschap begrepen.'

'Tot de bouw begint.'

'Mike, er is geen bewijs dat de dieren in de stress raken door bouw op de kust.'

'Maar wel door de watersport.'

'Beaker heeft beloofd dat er strenge regels zullen komen.'

'Denkt u dat een knul van achttien zich iets aantrekt van regels?

Het is allemaal cumulatief, meneer Reilly,' zei ik. 'Het draagt allemaal bij aan stress bij de walvissen.'

'Daar kan ik het niet mee eens zijn,' zei hij. 'Deze week zijn er minstens twee bultruggen gesignaleerd, en dat is in overeenstemming met deze periode. De walvisjagers gaan er weer op uit. Er zijn dolfijnen. Neem me niet kwalijk dat ik het zeg, maar ik begrijp echt niet waar je zo tegen bent.'

We stonden tegenover elkaar met de grote glazen kast tussen ons in. Ik had zin om hem te slaan en dat is tegen mijn karakter in. Het was ook jammer, want ik vermoedde dat ik hem onder andere omstandigheden wel aardig had gevonden. Ik haalde diep adem en gebaarde naar de maquette. 'Meneer Reilly, doe me een plezier. Vertel me wat u ziet als u naar dit kijkt,' zei ik.

Hij stak zijn handen in zijn zakken. 'Behalve het feit dat ik er zelf wel zou willen verblijven? Ik zie werkgelegenheid. Ik zie levendigheid in een gebied waarin dat nu ontbreekt. Ik zie een nieuwe bus en een uit steen opgetrokken bibliotheek voor de school, en ik zie handel. Ik zie kansen.' Hij glimlachte wrang. 'Dat zou jij moeten weten, Mike. Jij was degene die me deze dingen heeft laten inzien.'

'Ik zal u zeggen wat ik zie,' zei ik. 'Ik zie mannen die te veel bier ophebben en te snel door de baai scheuren in motorboten. Ik zie dolfijnen die gewond zijn geraakt door roeren omdat ze niet bijtijds weg konden komen. Ik zie discoboten die toeristen proberen te lokken en te veel toeristen die dolfijnen willen zien, gedesoriënteerde walvissen die aanspoelen op die ongerepte witte kust. Ik zie wat er overblijft van de trek van de bultruggen als ze kilometers verder weg trekken en misschien tijdens dat proces aantallen verliezen. En ik zie dat mensen die ervan afhankelijk zijn, zonder werk komen te zitten. En ik zie een gapend groot gat waar een familiehotel dat al meer dan zeventig jaar bestaat, hoort te zijn.'

'Er is geen reden waarom het Silver Bay Hotel niet gewoon naast het nieuwe project kan blijven bestaan.'

Ik wees naar de maquette. 'Daar denken zij blijkbaar anders over.'

'Je kunt niet verwachten dat ze elk bestaand gebouw op de maquette zetten.'

'Wilt u wedden, meneer Reilly? Durft u om vijfhonderd dollar te wedden dat het Silver Bay Hotel een jaar nadat dit is gebouwd, nog bestaat?'

We zwegen even. In de deuropening stond een echtpaar op leeftijd nerveus naar ons te kijken. Ik besefte dat ik had staan schreeuwen. Ik moest me beheersen. Ik was uitgeput en ik raakte het overzicht kwijt.

Reilly knikte hen geruststellend toe en draaide zich toen weer naar me om. 'Ik moet zeggen dat je me verbaast. Dit is wel een hele ommekeer,' zei hij. Maar zijn stem klonk niet onvriendelijk. 'Vertel eens, Mike. Je bent nu tegen het project, maar ooit moet je de voordelen hebben gezien. Je moet een reden hebben gehad om het zo graag te willen verkopen. Dus vertel het me nu eens. Toen je een paar maanden geleden bij me kwam, toen je dit project zo graag wilde, wat zag je dan als je naar dit plan keek? Eerlijk?'

Ik keek naar de maquette, naar de overdonderende aanwezigheid ervan, en mijn hart voelde als lood. 'Geld,' zei ik. 'Ik zag geld.'

Toen ik terugkwam zat Hannah in mijn kamer achter de computer. Het raam stond open en helder zonlicht scheen op de witgeschilderde planken van de vloer, de vervaagde kleuren van het Perzisch tapijt en de zanderige voetafdrukken die mijn gympen hadden achtergelaten na mijn uurtje rennen van die ochtend. Buiten klonk muziek uit een auto, een galmende, onophoudelijke dreun, en achter de duinen klonk het gierende geluid van een crossmotor. Een lichte bries waaide van het open raam naar de deur. Die deed ik de laatste tijd zelden dicht. Er waren al weken geen gasten, en Kathleen deed of ik hier woonde. Ze wilde niet eens meer dat ik huur betaalde.

'Mike!' riep Hannah uit. Ze draaide zich vlug om op de stoel en wenkte me. Ze liet me een e-mail zien van iemand in Hawaï, die een dergelijk project had weten tegen te gaan. 'Ze stuurt ons een lijst met de organisaties die haar hebben geholpen,' zei ze. 'Misschien kunnen die ons helpen.'

'Dat is fantastisch.' Ik probeerde positief te klinken. Ik wilde mijn hoofd in mijn handen leggen. 'Goed gedaan.'

'Lara en ik hebben iedereen gemaild. Maar dan ook iedereen. Iemand van de *South Bay Examiner* belde en hij wil foto's van ons maken vanwege de petities.'

‘En wat vindt je moeder ervan?’ vroeg ik.

‘Ze zei dat ik het maar aan jou moest vragen.’ Ze lachte. ‘Ik heb een lijst gemaakt van alles wat we vandaag hebben gedaan. Die staat in die blauwe map in de hoek van het scherm. Ik moet nu naar hockey, maar ik ga door als ik terug ben. Ga je nog steeds mee met mij en mam?’

‘Hm?’ Ik dacht aan Reilly. De tijd om bezwaar tegen het plan in te dienen liep over drie dagen af, had hij gezegd toen hij wegging uit het Blue Shoals. Maar hij had eraan toegevoegd dat onder ons gezegd niets was binnengekomen wat de commissie op andere gedachten kon brengen.

‘Mam zei dat we met ons drieën op de *Ishmael* zouden weggaan, weet je nog?’

‘O ja,’ zei ik terwijl ik een glimlach op mijn gezicht probeerde te brengen. ‘Dat is waar ook.’

Ze trok het vest van haar schooluniform aan en schoof een krant naar me toe. ‘Heb je de foto van tante K met de haai gezien? Ze is woest. Ze zei dat ze Greg wel eens even mores zou leren.’

De kop meldde: ‘Haaienvrouw waarschuwt voor terugkeer tijgerhaai.’ Onder de kop stond een foto van Kathleen toen ze naar Greg liep, en de uitdrukking op haar gezicht was net zo onheilspellend als die van de dode haai. Eronder stond de inmiddels bekende foto van haar als zeventienjarige in badpak.

‘Ik heb het gescand. Ik moet dit teruggeven aan meneer Gaines, maar hij zei dat tante K niet mocht weten dat hij een krant had gekocht, anders zou ze hem een harpoen door zijn lijf gooien. Als je de krant wilt lezen, hij ligt op je bureau, plus de *Sentinel* en de *Silver Bay Advertiser*, maar de foto’s daarin zijn niet zo goed.’

Arme Kathleen. Ze had gelijk. Ze zou tot haar dood worden achtervolgd door die haai.

Ik keek toe terwijl Hannah haar spullen pakte, opgewekt zwaaide en naar beneden ging. Ze leek het aanstaande vertrek van haar moeder uit haar hoofd te hebben gezet. Misschien waren sommige dingen te veel om te bevatten als je elf was. Misschien hoopte ze, net als ik, op een wonder.

Ik luisterde naar haar zangerige stem terwijl zij en haar vriendin naar de weg liepen. Voor de zoveelste keer bood ik haar stilzwijgend mijn verontschuldigingen aan.

Op dat moment ging mijn mobiele telefoon.

'Monica?' Ik keek op mijn horloge. Het moest bijna twee uur in de nacht zijn in Engeland.

'Hoe gaat het?' zei Vanessa.

Mijn eerste gedachte was: waar blijft mijn zus, verdorie? Mijn tweede was er een van ergernis. Vanessa zou maar al te goed weten dat mijn tegenstand tegen de bouw op niets uitliep.

'Hoe gaat wat?'

'Gewoon. Alles. Ik had het niet over het project,' zei ze.

'Best,' zei ik.

'Ik heb gehoord dat je nog in Australië bent,' zei ze. 'Ik heb je moeder onlangs gesproken.'

'Ik ben nog steeds verwikkeld in een gevecht tegen de bierkaai,' zei ik.

Op de achtergrond klonk een dof geluid. Opeens zag ik ons appartement voor me, de platte televisie in de hoek, de grote suède banken, de dure meubels. Ik had ze niet gemist.

'Mijn vader heeft een knipselmap gemaakt,' zei ze, 'van alle artikelen die jij hebt laten plaatsen over de weerstand tegen het project. Hij gooit er elke dag dingen naar.'

'Waarom vertel je me dat?'

'Ik weet het niet. Om je te laten weten dat wat je doet niet helemaal vergeefs is.'

'Maar het houdt hem niet tegen.'

Het bleef even stil.

'Nee,' gaf ze toe.

Buiten streek een zwerm parkieten neer in een boom. Ik keek naar ze, nog steeds verbaasd dat zoiets kleurigs in het wild kon leven.

'Tina is weg.'

Nou en? wilde ik zeggen terwijl ik uit het raam keek.

Ik deed mijn ogen dicht. Ik was zo moe. Overdag worstelde ik met iets wat onwrikbaar was en dacht ik steeds na over mogelijkheden en uitwegen, en 's nachts lag ik wakker en keek naar Liza, bang om de laatste momenten te missen voor ze wegging.

'Ik mis je,' zei Vanessa.

Ik zei niets.

'Ik heb je nog nooit zo meegemaakt, Mike. Je bent veranderd. Je bent sterker dan ik dacht.'

'En?'

'En… ik heb nagedacht.' Ze haalde diep adem. 'Ik kan hem tegenhouden. Ik weet dat hij naar me zal luisteren.'

De wereld leek even tot stilstand te komen. 'Wat?'

'Als het zo veel voor je betekent, hou ik het tegen. Maar ik vraag je om het alsjeblieft nog een keer te proberen.'

Mijn adem, die als een luchtbel omhoog was gekomen, stokte even in mijn keel. 'Jij en ik?'

'We waren toch een goed team?' Ze was onzeker, smeekte. 'Het kan zelfs nog beter tussen ons gaan dan ik had gedacht. Dat heb ik dankzij jou ingezien.'

'O,' zei ik kalm.

'Je hebt me gekwetst, Mike, dat zal ik niet ontkennen. Maar pap zei dat Tina een onruststoker was en ik geloof niet dat jij me met opzet wilde bedriegen. Dus… dus ik denk dat ik niet wil verliezen wat we hadden. We waren een team. Een heel goed team.'

Ik keek zonder iets te zien naar de vloer.

Toen ik weer sprak, was mijn mond droog en kon ik de woorden met moeite uitbrengen. 'Je zegt dus dat je het project zult tegenhouden als ik bij je terugkom.'

'Dat is nogal sterk uitgedrukt. Het is geen tegenprestatie, Mike. Maar ik mis je. Ik begreep niet wat dit voor je betekende en ik wil het goedmaken. En het plan kan heel goed slagen met een van de alternatieven.'

'Als we bij elkaar zijn.'

'Nou, ik zou niet zo veel moeite doen voor iemand die me niets kan schelen.' Ze klonk ten einde raad. 'Is het dan zo'n vreselijk vooruitzicht? Dat we het nog een keer proberen? De laatste keer dat we elkaar spraken, dacht ik…'

Ik schudde mijn hoofd om helder te kunnen denken.

'Mike?'

'Vanessa, je hebt me echt… verrast. Hoor eens, ik moet nu weg, maar ik zal je terugbellen, goed? Straks. In de ochtend. Engelse tijd,' zei ik toen ze begon te protesteren.

Ik beëindigde het gesprek en ging zitten terwijl mijn oren tuitten.

Ik kon geen kant uit. Vanessa Beaker was de enige persoon op de hele wereld die het project kon tegenhouden.

Uiteindelijk verontschuldigde ik me. Ik zei dat ik hoofdpijn had en dat ik nog een paar telefoontjes moest beantwoorden. Omdat ik twee uitvluchten gebruikte terwijl één goed genoeg was geweest, had Liza meteen de waarheid door: dat er een andere reden stak achter mijn besluit om niet mee te gaan op het geplande uitje. Hannah smeekte met een teleurgesteld gezicht om me te bedenken, ondertussen wierp haar moeder me een onderzoekende blik toe en zei niets. Naderhand vroeg ik me af of ze het als een emotioneel continuüm beschouwde: dat ik er opzettelijk voor koos om me geleidelijk van haar los te maken om mezelf te beschermen.

'Ik zie jullie wel als jullie weer terug zijn,' zei ik, met moeite probeerde ik achteloos te klinken.

'Kijk maar wat je wilt,' zei Liza. 'We blijven een paar uur weg.' De hond zat al dicht tegen hen aan op de brug.

Dit was niet wat ik wilde, maar ik moest nadenken. Liza en ik waren zo op elkaars buien en gedachten afgestemd, dat ze me na een paar minuten door zou hebben. Ik zwaaide hen na toen de motoren op gang kwamen en de boot zich dansend over de golven van me verwijderde. Ik bleef zwaaien tot ik hen niet meer kon zien. Toen ze rond de punt verdwenen, ging ik op het zand zitten, trok mijn knieën op en legde mijn hoofd in mijn handen. Het kon me niet schelen of iemand me zou zien.

Zo begon ik aan de langste middag van mijn leven. Ik kon het niet opbrengen om terug naar het hotel te gaan, dus stond ik op en liep over de kustweg, over de duinen, zonder te weten waar ik naartoe ging en zonder eigenlijk mijn omgeving te zien. Ik moest lopen, want het idee om stil te zitten met die gedachten was nog erger.

Ik liep met mijn handen in mijn zakken en mijn hoofd gebogen. Ik knikte naar mensen die me groetten en vermeed de blikken van anderen die dat niet deden. Mijn voetstappen werden zelfs op het oneffen terrein zo regelmatig en sjokkend als die van een pakpaard. Zonder hoed en portefeuille, en blijkbaar zonder doel zal ik wel nieuwsgierige blikken hebben getrokken, maar dat merkte ik niet. Omdat ik niet gewend was aan zelfs maar de warmte van de lente, verbrandde mijn gezicht. Tegen de tijd dat ik door de dennenbossen bij de weg naar Newcastle kwam, voelde de huid op mijn neus strak aan. Ondanks mijn slapeloze nacht was ik niet dorstig of moe. Ik liep en dacht na, en elke mogelijke oplossing leek rampzalig.

Ik, Michael Dormer, een man die bekendstond om zijn besluitvaardigheid, om zijn briljante vermogen de voors en tegens van welke situatie dan ook tegen elkaar af te wegen en het juiste antwoord te vinden, merkte nu dat hoe ik het ook wendde of keerde, ik door de opties wel op mijn knieën had willen vallen en in huilen uitbarsten als een kleine jongen. En de enige persoon wier advies ik had kunnen vragen, was de enige persoon die ik moest beschermen tegen wat ik wist.

Toen ze terugkwamen was ik weer op de Walvissteiger. Het moet geleken hebben of ik er niet weg was geweest. Ik stond mezelf een paar biertjes toe en zat daar, me opeens bewust dat mijn spijkerbroek sjofel was en dat ik een flesje in mijn hand hield. Ik had graag een pet willen opzetten, maar ik vermoedde dat ik dan misschien op een tweede Greg zou lijken.

Ik zag de *Ishmael* om de punt komen en van een wit puntje in een zacht dansende witte motorboot veranderen. De zwemnetten lagen over de giek. Hannah had erin in het water mogen zitten om de dolfijnen te bekijken. Toen ze dichterbij kwamen, zag ik haar met haar reddingsvest aan in haar badpak en korte broek zelfverzekerd over het dek lopen. Milly stond voor Liza bij het roer, al uitkijkend naar de terugkeer met hetzelfde plezier waarmee ze elke ochtend uitkeek naar haar tochtje op het water. Ze zagen er mooi en blij uit, en in andere omstandigheden zou mijn hart bij die aanblik een sprongetje van vreugde hebben gemaakt.

Hannah stond op de voorsteven. Ze zwaaide toen ze me zag, een brede zwaai waardoor haar gewicht van het ene been op het andere verschoof. Haar benen waren dun, met die gespierdheid die je ziet bij kinderen vlak voor ze in de puberteit komen, en in haar onbewuste sierlijkheid zag ik die van haar moeder.

'We hebben Plu gezien!' schreeuwde ze. Toen ze dichterbij kwamen schreeuwde ze nog harder om boven het geluid van de motor en het klotsen van de golven tegen de boeg uit te komen. 'Ze zag er prima uit! Geen wond of snee of wat dan ook. Zij was het niet in dat net, Mike. Zij was het niet die je hebt losgesneden! En raad eens… ze had haar baby bij zich!' Ze straalde. Ze straalden allebei. Liza omdat ze als moeder genoot van de blijdschap van haar dochter. Ik stond op en wenste opeens dat ik was meegegaan, dat ik mee had kunnen genieten van een simpel uitstapje.

Er waren nog meer avonturen geweest. Ze hadden een bultrug gezien hoewel die niet in de buurt was gekomen, en een paar heel grote zeeschildpadden, en ze hadden een stuk balein opgevist dat ze bij de inham van de baai hadden gezien, maar daar had Milly een stuk van opgegeten toen ze niet keken. Dat en ook nog koekjes.

'Ik heb echt medelijden met die andere dolfijn,' zei Hannah terwijl ze op de steiger sprong en haar moeder de boot langzaam tegen de kant manoeuvreerde en de motor uitzette. 'Maar je hebt hem vast gered, denk je niet, Mike? Hij zal wel een uitweg hebben gevonden. En ik ben zo blij dat alles goed is met Plu. Ik weet zeker dat ze me herkende. Ik mocht van mam in het net zitten en Plu bleef héél lang bij de boot.'

Liza sprong soepel op de steiger en legde de boot vast met het touw.

Ze had haar pet op, zodat ik niet meteen haar ogen kon zien.

'Ik kon het niet geloven toen ik haar zag,' zei Hannah buiten adem terwijl ze Milly optilde en tegen haar borst klemde. 'Ik kon het niet geloven.'

'Zie je wel? Soms gebeuren er goede dingen,' zei Liza. Haar gezicht zag rood van de inspanning om knopen in het touw te leggen. 'Als we maar vertrouwen hebben.'

Ik gaf geen antwoord. Ik vermoedde dat ik door Hannah's stralende glimlach mijn besluit had genomen, en ik was er niet meer zo zeker van dat Liza gelijk had.

Die nacht sliep ik alleen in mijn kamer. Of beter gezegd, ik zat in de versleten leren stoel tot mijn gedachten net zo verstrengeld en gerafeld waren als het touw van Liza's boot. Ik hoefde Liza geen verklaring te geven voor mijn terughoudendheid. Hannah's humeur was die avond opeens omgeslagen, waarschijnlijk als reactie op de hoogtepunten van die dag, en ze bracht de nacht door in de kamer van haar moeder. Terwijl ik uit het donkere raam naar de lichtjes van de vissersboten staarde, kon ik haar horen snikken en Liza geruststellend mompelen. Diep in de nacht ging ik naar de keuken om thee te zetten en daar zat Kathleen in haar peignoir.

Ze keek naar me en schudde haar hoofd. 'Het is moeilijk voor haar,' zei ze, en ik wist niet over wie van de twee ze het had.

Ze zeggen dat een moeder genetisch is geprogrammeerd om het huilen van haar kind te laten ophouden. Nou, die nacht had ik alles willen doen om Hannah's tranen te drogen. In haar huilen hoorde ik alles wat ze kwijt was geraakt, alles wat ze weer zou verliezen, en hoewel ik mezelf nooit erg emotioneel heb gevonden, voelde ik me verschrikkelijk. Alleen iemand met een hart van steen zou hierdoor niet geraakt zijn.

Toen ik eindelijk in slaap viel, begon het al licht te worden. Ze was al een paar uur stil. Maar ik voelde hoe broos haar slaap was, net zoals ik Liza's aanwezigheid aan de andere kant van de gang voelde, en ik wist dat ook zij wakker lag achter de witgeschilderde houten deur.

De volgende ochtend, toen ze Hannah naar school had gebracht, wachtte ik op haar op het parkeerterrein. Ik leunde tegen de achtermuur van het hotel, waar niemand anders me kon zien.

'Hallo, knapperd,' riep ze terwijl ze achteruit parkeerde. In haar glimlach zag ik de opluchting dat ze me alleen zag na wat wel een scheiding van een hele dag had geleken. 'Wat een welkome verrassing.' Ze stapte uit de auto en deed het portier dicht.

'Loop een stukje met me mee,' zei ik.

Ze knipperde met haar ogen en keek me argwanend aan. 'Wat is er?'

Geen van ons beiden was naar de ander toe gegaan. Normaal gesproken had ik haar nu in mijn armen gehouden, had ik geen weerstand kunnen bieden om haar even dicht tegen me aan te trekken en haar huid tegen de mijne te voelen.

'Mike?'

Ik probeerde zo neutraal mogelijk te kijken. 'Ik heb nieuws.' Ik rechtte mijn schouders. 'Ik ga het project tegenhouden. Ik... ik heb iemand gesproken die erachter zit en ik denk dat ik ze kan overhalen om het ergens anders op te zetten.'

Ze legde een hand boven haar ogen om me beter te kunnen zien. Haar eigen ogen stonden moe en er lagen paarse kringen onder.

'Wat?'

'Ik denk dat ik het kan tegenhouden... dat weet ik gewoon.'

Ze fronste haar wenkbrauwen. 'Houdt het project gewoon op? Zonder verdere tegenwerking? Gewoon zomaar?'

Ik slikte. 'Dat denk ik wel.'

'Maar hoe dan?' Er speelde een glimlachje om haar lippen, alsof ze niet echt durfde te lachen tot ze wist dat ik de waarheid zei.

'Je moet er helemaal niets over zeggen tot ik alles heb geregeld. Ik ga terug naar Londen.'

'Londen?' Het glimlachje verdween.

'Dus dan hoef jij niet te gaan, Liza,' zei ik langzaam. 'Je hoeft nergens naartoe.'

Ze wierp een blik op mij, keek naar haar voeten en toen naar de zee. Naar alles behalve naar mij. 'Je weet dat het project nu maar de halve reden is, Mike. Ik wil schoon schip maken. Ik wil ophouden met vluchten.'

'Doe het dan als Hannah ouder is. Zeg het tegen de autoriteiten als ze je niet meer zo nodig heeft. Het loopt niet weg.'

Ze stond daar en ik zag elke gedachte die ik had gehad even op haar gezicht komen, als wolken die door de lucht trokken. De oneindige opluchting dat ze misschien niet weg hoefde te gaan. Maar ik zag dat ze het idee dat ze zou vertrekken al had geaccepteerd en dat ze het moeilijk vond zich iets anders voor te stellen. 'Wat is er aan de hand, Mike?'

'Ik zal zorgen dat je veilig bent,' zei ik, 'en dat Hannah bij haar moeder kan opgroeien.'

Ze keek me een heel lange tijd aan, met vragende ogen. Toen moest ze hebben gemerkt dat ik niet glimlachte. Dat had gemoeten, gezien wat ik had bereikt. En ik wist wat ze zou vragen. Ze schopte tegen een steentje. 'Kom je terug? Als je dit gedaan hebt?'

'Waarschijnlijk niet,' zei ik. Zo, het was eruit.

'Ik dacht dat je... ik dacht dat je bij ons wilde blijven.'

Ik zei niets. Ik kon niets zeggen.

'Je geeft geen antwoord op mijn vraag.'

'Je moet me vertrouwen,' zei ik.

'Maar je komt niet terug. Hoe dan ook.'

Ik schudde mijn hoofd.

Ik zag haar kaken verstrakken. Ik wist dat ze me wilde vragen hoe ik dit kon doen terwijl ik tegen haar had gezegd dat ik van haar hield. Ik wist dat ze duizenden vragen had en dat ze niet langer het antwoord wist op de belangrijkste vraag. Ik wist dat ze me wilde vragen om te blijven. Maar ze wilde nog liever bij haar dochter blijven.

'Waarom heb je zo weinig vertrouwen in me dat je niet met me wilt praten?' vroeg ze.

Omdat ik je niet kan laten kiezen, dacht ik stilzwijgend. Maar ik kan die last voor je dragen. 'Stel je altijd zo veel vragen?' zei ik gekscherend. Maar ik lachte niet. Ik deed een stap naar voren en nam haar in mijn armen. Ik voelde haar verstrakken en ik wist dat mijn hart was gebroken.

Het wordt snel donker in Silver Bay. En zoals in alle kleine stadjes gaat dat gepaard met een eigen ritme. Vogels kondigen steeds dringender het einde van de dag aan en zwijgen vervolgens. Auto's parkeren op opritten, kinderen worden naar binnen geroepen om te eten, en gehoorzamen huppelend of met tegenzin. Ergens in de verte blaft een hysterisch hondje alsof het einde van de wereld nabij is. In Silver Bay waren er andere geluiden. Je hoorde pannen kletteren door het open keukenraam, het kraken van kromgetrokken garagedeuren, het sissen en knerpen van banden in het zand bij de kustweg als de vissers hun boten in gereedheid brachten, het knarsen en het goedmoedige geschreeuw van degenen die hun boten van het strand te water lieten. En vervolgens, terwijl de zon langzaam achter de heuvels wegzonk, de knipperende lichtjes van de baai, stilte, af en toe het licht van een olietanker aan de horizon, en ten slotte duisternis. Een duisternis waarin je bijna alles kunt projecteren: het zingen van een walvis, het kloppen van een hart, de eindeloosheid van een toekomst die je niet wilt.

Ik sloeg dat allemaal gade terwijl ik in de leren stoel zat. En gezien het belang van wat er stond te gebeuren, van wat er al gebeurd was, leek mijn laatste gesprek van die dag bijna een anticlimax.

'Vanessa?'

Ze nam op toen de telefoon voor de tweede keer overging. Ik keek uit het raam en trok, misschien iets heftiger dan mijn bedoeling was, het rolgordijn omlaag.

'Mike...' Ze slaakte een diepe zucht. 'Ik wist niet wanneer je zou bellen.'

Ze klonk onzeker. Ik vroeg me af hoe lang ze had gewacht. In lijn met mijn eerdere belofte had ik al een paar uur geleden moeten bellen, maar ik had in de kamer gezeten en naar de telefoon gestaard, terwijl mijn vingers weigerden de toetsen aan te raken.

'Mike?'

'Wil je me nog?'

'Wil je mij?'

Ik deed mijn ogen dicht. 'We hebben veel meegemaakt samen,' zei ik. 'We hebben elkaar gekwetst. Maar ik zal het proberen. Ik zal het echt proberen.'

Ik was bijna opgelucht toen ze niets zei.

'Wanneer vlieg je terug?' vroeg ze.

25

Monica

Ik vertelde niet aan Mike dat ik het ging doen. Ik was bang dat hij me zou tegenhouden, dat hij wilde dat ik alleen zou doen wat we hadden besproken en niet te veel op de details ingaan. Ik vermoedde dat hij woest op me was. Hij sprak steeds nijdiger boodschappen in op mijn antwoordapparaat en elke keer als ik mijn mobiele telefoon aanzette, had ik blijkbaar een oproep uit Australië gemist. De vorige avond moet hij wel honderd keer hebben gebeld met de waarschuwing dat ik met niemand mocht praten tot ik hem had gesproken.

Maar ik kon hem niet terugbellen, niet voor iets van dit alles me enige duidelijkheid verschafte. Ik kon niet met hem praten voor ik begreep wat er aan de hand was. Ik ben niet de beste journalist ter wereld – ik heb mezelf nooit wijsgemaakt dat ik meer ben dan een broodschrijver – maar ik weet wanneer er iets vreemds aan de hand is, en mijn bloed kolkte. In één opzicht lijk ik in elk geval op mijn broer: ik ben nauwgezet. Dus op de enige dag per week dat ik vrij was, ging ik naar Surrey. Bij het station nam ik een taxi naar het adres dat ik op een stukje papier had geschreven, en iets na tien uur stond ik voor een groot huis in Virginia Water.

'Mooi huis,' zei de taxichauffeur terwijl hij door de voorruit keek en een bonnetje voor me maakte.

'Ja, ik ben op zoek naar locaties voor een pornofilm,' zei ik. 'Hun tarieven zijn blijkbaar heel gunstig.' Ik grinnikte toen hij wegreed. Had ik toch eventjes een klein begin gemaakt aan wraak nemen voor Mikes vriendin.

Ik merkte algauw dat ik het huis niet kon natrekken zoals ik van plan was geweest. Het was omgeven door hoge hagen en het stond zo ver van het trottoir dat ik aandacht zou hebben getrokken als ik over de lange oprit naar het huis was gelopen. Ik had stiekem willen kijken, misschien wat informatie kunnen krijgen over de bewoners, de geschiedenis, om een idee te krijgen wat het was dat me zo stoorde in het verhaal. In plaats daarvan stond ik aan het begin van de oprit buiten een hoog traliehek te wachten, half verborgen door een boom.

Het was een groot huis in tudorstijl, met glas-in-loodramen, zo'n huis dat naar mijn idee in trek is bij accountants. (Dit is misschien een belediging voor accountants of huizen in tudorstijl, maar ik woon in een tweekamerflatje boven een hamburgertent en volgens mijn vrienden heb ik geen smaak.) De gazons en bloembedden zagen er netjes uit, zelfs voor oktober, dus moest iemand er veel aandacht aan besteden. Vijf of zes slaapkamers, dacht ik terwijl ik ernaar opkeek. Minstens drie badkamers. Veel vloerbedekking en dure gordijnen. Op de oprit stond een Volvo-stationcar en in de vochtige tuin zag ik dure speeltoestellen. Ondanks mijn dikke jas huiverde ik. Het huis had iets kils, ondanks de welvarendheid, en ik geloofde niet dat ik het me inbeeldde. Mike had me verteld wat zich binnen had afgespeeld, en ik kon er niets aan doen, maar ik zag in gedachten hoe een jonge vrouw naar de oprit keek en haar ontsnapping probeerde te beramen.

Een paar auto's reden voorbij en de passagiers keken naar me. Het was geen buurt waar mensen vaak wandelden, dus ik viel erg op. Ik dacht juist na over waar ik naartoe kon gaan, toen ik een vrouw langs een raam boven zag lopen: een glimp van een lichte trui en kort, donker haar in een keurig bobkapsel. Waarschijnlijk de echtgenote. Ik vroeg me af wat hij haar over zijn vroegere leven had verteld. Ik vroeg me af of ook zij een vlucht probeerde te beramen, en of hij haar goed behandelde. Of het een huwelijk van gelijkgezinden was. Toen dacht ik aan wat Liza mijn broer had verteld en ik vroeg me af of hij zo verblind was door verliefdheid dat hij niet doorhad dat ze misschien tegen hem loog. Hoe kon je dit anders verklaren? Hoe kon je zo veel hiaten verklaren in wat ze had verteld?

Terwijl ik nadacht over wat ik zou gaan doen, kwam een meisje in een dikke blauwe trui en een spijkerbroek om het huis heen lopen. Misschien had ze de deur open laten staan. Ik kon binnen een radio horen, en vervolgens een huilende baby die gesust werd. Ik dook weg toen ze in mijn richting liep, naar het begin van de oprit. Ze maakte aanstalten om de post uit de brievenbus te halen. Ik kwam achter de boom vandaan en deed alsof ik toevallig langsliep. 'Hallo. Is meneer Villiers thuis?' vroeg ik. Mijn adem maakte kleine wolkjes in de koude lucht.

'Als het over de gemeente gaat,' zei ze, 'dan heeft hij altijd op vrijdag spreekuur.'

'Op vrijdag.'

Ze knikte.

'Ik hoorde van zijn kantoor dat hij vandaag thuis zou werken.' Ik weet niet waarom ik loog. Ik dacht misschien dat ik iets meer over hem te weten zou komen als ik haar aan de praat kon houden.

'Hij is naar Londen,' zei ze. 'Op donderdagavond is hij altijd in Londen.'

'O,' zei ik. 'Dan heb ik het zeker verkeerd begrepen. Hij werkt toch nog bij de bank?'

'Ja.'

'Ik heb hem in de krant gezien. Hij is heel belangrijk, hè?'

Ze pakte de brieven uit de bus en bekeek ze. Toen keek ze naar mij. 'Ik kan u wel zijn nummer geven als u wilt.'

Ik wierp een blik op mijn aantekenblokje. 'Dat heb ik hier al, maar toch bedankt.'

Ik kan vragen of ik binnen mag komen, dacht ik. Maar ik zou niet weten wat ik tegen zijn vrouw moest zeggen. Ik had geen smoes achter de hand en het had dus geen zin tot ik wist hoe ik mezelf moest voorstellen. *Dag, mevrouw Villiers. Ik ben journalist. Kunt u me zeggen of uw man – die steunpilaar van de maatschappij – in werkelijkheid een psychopaat is die zijn vrouw mishandelt? Is hij een tiran die er andere vrouwen op nahoudt en die gedeeltelijk verantwoordelijk is voor de dood van zijn eigen kind? Mooie gordijnen, trouwens.*

'Ik zal naar zijn kantoor bellen. Dank je.' Ik glimlachte op een vriendelijke, zakelijke manier alsof het niet belangrijk was. Ik kon altijd terugkomen als ik een manier had bedacht om verder te gaan. Misschien was zijn vrouw die manier wel. Misschien kon ik doen alsof ik verhalen over speciale onderwerpen uit de streek schreef, en dat ik een artikel over het gezinsleven van de Villiers wilde schrijven. Als ik haar alleen had onder het genot van een kop thee, wist je nooit wat ze misschien zou toegeven.

'Dag.'

'Dag.'

Het meisje stond voor me zonder me echt aandacht te schenken, en streek haar haren achter haar oor. Toen ze langzaam terugging in de richting van het huis, zag ik dat ze mank liep. En er gebeurde iets raars met mijn hart.

Ik heb die uitdrukking eerder gehoord: de wereld stond op zijn kop. Ik haat clichés. In mijn artikelen heb ik altijd geprobeerd die te vermijden. Maar toch was het de enige zin die door mijn hoofd ging.

Ik zette mijn tas op het trottoir en bleef heel stil staan.

'Neem me niet kwalijk!' riep ik. Het kon me niet schelen wie me hoorde. 'Hallo!'

Ik bleef roepen tot ze zich omdraaide en langzaam naar me terugliep.

'Ja?' zei ze met haar hoofd schuin. Toen zag ik het. En heel even leek alles stil te staan.

'Hoe… hoe heet je?' vroeg ik.

26

Kathleen

Ik was de lunch voor Hannah aan het maken toen ik de deur met een klap dicht hoorde vallen. Dat is niet ongewoon in dit huis, niet met een hond, een kind dat bijna puber is en gasten die in de kerk geboren zijn of verwachten dat de zeewind de deuren wel zal sluiten. Maar door de heftigheid waarmee mijn oude deur in het slot viel en vervolgens de manier waarop Mike – toch al geen kleine man – bonkend met meerdere treden tegelijk naar boven rende, vloekte ik zachtjes. Hij leek wel een beukende ram. Toen hij in zijn kamer kwam stond het raam er zeker open, want ook die deur viel met een klap achter hem dicht en het geluid dreunde door het huis.

'We hoeven nog niet te worden afgebroken, hoor!' schreeuwde ik naar het plafond. Ik veegde mijn handen af aan mijn schort. 'Als je door mijn vloeren zakt, kun je ervoor opdraaien!'

We hadden de radio aan dus in het begin kon ik niet horen wat hij schreeuwde, maar we hoorden allebei de commotie in zijn kamer.

'Zou hij met iemand ruzie hebben?' vroeg Hannah.

'Ga jij maar verder met je huiswerk, juffertje,' zei ik. Maar ik deed de radio uit.

Dit is een oud huis, van hout, hier en daar een beetje gammel, dus in de keuken kun je een heleboel horen van boven, en toen Mike door de kamer rende en zijn bureaustoel achteruitschoof, kon ik het niet laten om op te merken dat die man wel mieren in zijn broek leek te hebben.

'Misschien is hij gebeten door een rode mier,' zei ze, opeens vol belangstelling.

'Monica?' schreeuwde hij in zijn telefoon. 'Stuur het nu. Nu meteen!'

Hannah en ik wisselden een blik.

'Dat is zijn zus,' zei ze zacht.

En ik dacht: dat is de journaliste, en mijn vreedzame humeur verdween.

Ik was een kaasomelet aan het maken en klutste de eieren heftig terwijl ik probeerde mijn donkere gedachten weg te duwen door een huishoudelijke taak te verrichten. Sinds Liza me had verteld wat ze van plan was, had ik nog nooit zo vaak gekookt en was het hotel nog nooit zo schoon geweest. Jammer dat er geen andere gasten waren. Ze zouden een zeldzame vijfsterrenservice hebben gekregen. Ik boog mijn hoofd en klutste tot ik was vergeten waar ik aan dacht en de eieren zo luchtig waren dat ze bijna uit de kom zweefden. Het duurde even voor ik merkte dat er sinds Mikes geschreeuw geen geluid meer had geklonken boven. Zelfs niet het geluid van zijn voeten als hij van het bureau naar de leren stoel liep, of het kraken als hij op zijn bed ging liggen.

Hannah was weer verdiept in haar schoolschrift, maar iets aan de stilte maakte me nieuwsgierig.

Ik zette de pan van het vuur en liep naar de deur. 'Mike?' riep ik naar boven. 'Is alles goed met je?'

Niets.

'Mike?' riep ik terwijl ik de trapleuning beetpakte en een tree naar boven ging.

'Kathleen,' zei hij met bevende stem. 'Je kunt beter naar boven komen.'

Toen ik in de kamer kwam, zei hij dat ik op het bed moest gaan zitten. Hij zag er zo bleek uit, zo anders, dat het even duurde voor ik instemde. Hij kwam naar me toe en hurkte voor me neer alsof hij me een huwelijksaanzoek wilde doen. Toen zei hij die twee woordjes, en bij het horen daarvan voelde ik het bloed uit mijn gezicht wegtrekken. Naderhand zei hij dat hij bang was dat ik een hartaanval had gekregen, net als Nino Gaines.

Hij is niet goed bij zijn hoofd, dacht ik met dat deel van mijn hersens dat nog functioneerde. Of krankzinnig. We hadden al die tijd een krankzinnige in ons midden gehad. 'Wat zeg je eigenlijk?' vroeg ik toen ik weer iets kon uitbrengen. 'Wat is dit voor grap?' Opeens werd ik woedend op hem, en hij stak een hand op en zei voor zijn doen op een heel onbeleefde toon dat ik mijn mond moest houden en moest wachten tot hij zijn laptop had geopend.

Ik begon te protesteren. Hij stond op en liep een reeks e-mails door, net toen ik me afvroeg of ik niet moest proberen om weg te komen, ging een doosje open op zijn scherm en daar was ze. Ongelooflijk. Full colour. Naar ons kijkend met een argwanend onbegrip dat overeenkwam met het mijne. En mijn handen begonnen te beven.

'Dit is de foto die Monica vandaag heeft genomen. Die lijkt toch op haar?'

Mijn mond hing open en mijn hand drukte tegen mijn borst. Ik kon mijn blik niet losmaken van dat gezicht. En toen, met hakkelende zinnen, vertelde hij wat zijn zus hem had verteld.

'Hannah,' bracht ik uit. 'Je moet Hannah halen.'

Maar Hannah moest nieuwsgierig zijn geworden naar wat er boven gaande was, want toen ik mijn blik afwendde van het scherm, stond ze al in de deuropening met haar pen nog in haar hand. Haar blik ging van mij naar Mike en weer terug.

'Hannah, lieverd,' zei ik terwijl ik met een bevende hand naar de computer wees. 'Ik wil dat je naar iets kijkt. Ik wil dat je me vertelt of dit... of dit lijkt op...'

'Letty!' Hannah liep naar de computer en streek met een vinger langs de neus van haar zus. 'Letty!'

'Ze leeft, schat,' zei ik terwijl de tranen kwamen. Ik kon een poos niets zeggen en ik voelde de hand van Mike op mijn schouder. 'God beware ons, ze leeft.' En ik was bang voor Hannah, bang dat zij nog meer zou voelen dan de schok en het ongeloof die ik voelde. Mijn gedachten tolden door mijn hoofd en mijn hart was als verlamd bij de aanblik van dat kind dat ik nooit had gekend, maar wier leven en dood over dit huis hadden gehangen alsof ze mijn eigen kind was geweest. Hoe konden we van Hannah verwachten dat ze dit aankon?

Maar zij was de enige van ons die niet huilde.

'Ik wist het,' zei ze terwijl er een brede glimlach op haar gezicht kwam. 'Ik wist dat ze niet dood kon zijn, niet zoals de dieren in de zee. Het voelde nooit alsof ze dood was.' Ze keek weer naar het scherm en streek nogmaals over de foto. Ze leken zo op elkaar dat ze net zo goed in een spiegel had kunnen kijken. Het is nu moeilijk te geloven dat ik had kunnen twijfelen.

Mike was bij het raam gaan staan. Hij wreef over zijn achterhoofd. 'De klootzakken,' zei hij, vergetend dat Hannah er was. 'Hoe konden ze al die jaren de waarheid voor haar verborgen houden? Hoe konden ze haar dat aandoen? Hoe konden ze het dat *kínd* aandoen?'

De omvang van hun bedrog was ook tot mij doorgedrongen, en de woorden die uit mijn mond kwamen had ik niet meer gehoord sinds ik in de oorlog achter de bar had gestaan. 'Die vuilak! Die laffe, gluiperige rotzak! Die h–'

'Haai?' opperde Mike terwijl hij een wenkbrauw optrok.

'Haai,' bevestigde ik met een blik op Hannah. 'Ja. Haai. Wat zou ik hem graag willen villen.'

'Ik zou hem doodschieten,' zei Mike.

'Doodschieten is te goed.' Opeens zag ik Old Harry voor me, mijn harpoengeweer dat aan de muur in het museum hing, en ik kwam op een gedachte die een schok zou zijn voor degenen die me kenden. Ik wist dat Mike hetzelfde dacht.

Toen zei Hannah: 'Ik heb nog steeds een zus'. En de verrukking in haar stem leidde ons af. 'Kijk! Ik heb een zus.' En terwijl Hannah haar gezicht naast dat op het scherm hield opdat we allebei konden zien hoe waar dat was, draaiden Mike en ik ons naar elkaar toe.

'Liza,' zeiden we tegelijkertijd.

We wisten niet hoe we het haar moesten vertellen. We wisten niet hoe we dit nieuws moesten brengen. Ze was weg met de boot en het was te veelomvattend, te schokkend om het haar via de radio mee te delen. Uiteindelijk leenden we de motorboot van Sam Grady. Met

Mike en Hannah op de voorsteven en ik aan het roer voeren we naar Break Nose Island. Er stond een lichte bries en de zee was kalm. Binnen enkele minuten werden we vergezeld door scholen dolfijnen. De vreugdevolle sprongen van hun lijven weerspiegelden onze gemoedstoestand.

Hannah boog zich over de rand en zei dat tegen ze. 'Ze weten het!' zei ze lachend. 'Ze zijn gekomen omdat ze het weten!'

Deze keer wees ik haar niet terecht. Wie was ik om te zeggen hoe het leven in elkaar zat? Wie was ik om te zeggen dat die schepsels er net zomin iets van wisten als ik? Op dat moment had ik het gevoel dat niets me meer kon verbazen.

En daar was ze, op de terugweg, aan het roer met Milly naast haar, die zich al verheugde om weer naar huis te gaan. Ze had een volle boot met vooral Taiwanese passagiers. De toeristen bogen zich over de reling aan de voorkant, nieuwsgierig waarom wij naderden. Sommigen van hen hadden camera's in hun handen en schoten de ene foto na de andere toen ze de dolfijnen in ons kielzog zagen.

Toen ze ons zag, stuurde ze onze richting uit. De zon was achter haar en haar haren leken wel in brand te staan. 'Wat is er?' schreeuwde ze terwijl we langszij kwamen. Ze vergat kwaad te worden omdat Hannah geen reddingsvest droeg. Toen ze ons drieën in die kleine boot zag, wist ze dat er een bijzondere reden moest zijn voor onze komst.

Ik keek naar Mike. Hij knikte naar mij en ik begon te schreeuwen, maar voor ik de woorden uit mijn mond kon krijgen, stroomden de tranen al over mijn gezicht. Mijn stem brak. Ik had nog een paar pogingen nodig en de zakdoek die Mike me gaf, voor ik weer iets uit kon brengen.

'Ze leeft, Liza. Letty leeft.'

Liza keek van mij naar Mike en weer terug. Boven ons cirkelden twee schreeuwende zeemeeuwen alsof ze me bespotten om wat ik had gezegd.

'Het is waar! Letty leeft! De zus van Mike heeft haar gezien. Ze leeft, echt waar!' Ik zwaaide met de foto die Mike had geprint, maar door de bries wapperde het papier in mijn hand en ze was te ver weg om het te zien.

'Waarom zeg je dat?' zei ze met een stem vol pijn. Ze wierp een blik op haar passagiers, die allemaal aandachtig het tafereel gadesloegen. Het bloed was uit haar gezicht weggetrokken. 'Wat bedoel je?'

Terwijl ik mijn evenwicht probeerde te bewaren vouwde ik het papier open en hield het boven mijn hoofd, als een spandoek. 'Kijk!' schreeuwde ik. 'Kijk! Ze hebben tegen je gelogen! Die rotzakken hebben tegen je gelogen! Ze is niet doodgegaan bij dat auto-ongeluk. Letty leeft, en ze komt naar huis.'

De toeristen hielden hun adem in. Een paar Taiwanezen, die misschien begrepen hoe bijzonder het was wat er gebeurde, begonnen spontaan te applaudisseren. Wij wachtten beneden vol blijdschap en verwachting. Toen, terwijl de meeuwen wegvlogen via een van tevoren beraamde route, hief Liza even haar gezicht op naar de lucht en viel vervolgens flauw.

Mike zei dat hij tot die dag nooit had beseft hoeveel hij van zijn zus hield. Tijdens een drie uur durend gesprek, met Liza, nog steeds bleek van de schok, die tegen hem aan zat, vertelde ze hem dat ze met Steven Villiers in zijn kantoor had afgesproken. Daar vertelde ze die vent met een kop thee in haar hand dat ze een verhaal naliep over een gemeenteraadslid die zijn vriendin met opzet had verteld dat haar dochter dood was, om hen van elkaar te scheiden. Een raadslid die regelmatig zijn vriendin had mishandeld tot ze vluchtte uit angst voor haar leven. Ze vertelde over een vriendin die foto's van haar verwondingen had bewaard en ze had laten bevestigen door een arts. Nou ja, dat stukje had Monica gelogen, maar ze zei dat ze toen zo opgefokt was dat ze gewoon zeker wilde zijn dat ze zou winnen. Die Monica Dormer stond me wel aan.

Het schokkendste was dat die Villiers zo snel was gezwicht. Hij werd heel stil en zei toen: 'Wat wilt u?' Hij was getrouwd, zie je, en hij had twee zoontjes, en toen Monica tegen hem zei dat Letty hoe dan ook te weten zou komen wat hij had gedaan, meende ze aan zijn stem te horen dat hij een dergelijke confrontatie waarschijnlijk al een poos had verwacht. Ze sloten een overeenkomst. Het kind mocht terug naar haar moeder en voor de rest bleef het binnen de familie. Hij stemde iets te snel toe. Ze had de indruk dat dit niet een heel gelukkig gezin was.

En toen kwam nog het mooiste. Hij wist al jaren waar Liza was, waarschijnlijk door zijn contacten met politiemensen, of misschien via een privédetective. De ironie was dat hij net zo graag wilde dat zij uit zijn buurt bleef als zij weg had willen blijven. Hij zei dat zijn moeder tegen Liza had gezegd dat het kind dood was, gedeeltelijk omdat ze op dat moment echt dachten dat het kind zou sterven, en gedeeltelijk uit rancune. Toen ze ontdekten dat Liza was verdwenen, besloten ze dat het beter was om haar in die waan te laten omdat het een makkelijke manier was om van haar af te komen. Ze was een ongeleid projectiel, een bedreiging voor zijn carrière en zijn toekomst, een obstakel voor zijn geluk met de elegante, donkerharige Deborah. En ze hadden gekregen wat ze wilden. Hij had het fatsoen om een beetje beschaamd te kijken, zei ze. Hij wilde een bezoekregeling, zei hij. Hij leek op iemand die in elk geval wilde doen alsof hij de situatie nog in de hand had, en Monica had gezegd dat hij zijn dochter kon zien wanneer díé het wilde.

Vervolgens gingen ze met een advocaat en een kinderpsycholoog (de zus van Mike was een beetje huiverig iets fout te doen omdat ze zelf nooit met kinderen te maken had gehad) naar het huis om tegen Letty te zeggen dat ze op vakantie ging. Het ging allemaal heel vlug. Naderhand waren we bang dat het te vlug was gegaan, gezien de schok die het voor het meisje geweest moest zijn toen ze te horen kreeg dat haar moeder haar helemaal niet in de steek had gelaten. Maar – en ze had nog nooit zo onzeker geklonken, zei Mike – Monica gaf toe dat ze steeds bang was geweest dat Villiers van gedachten zou veranderen, tot ze wegreden van de oprit.

Er waren zo veel leugens die Letty moest leren verwerpen, zo veel geheimen. Mikes zus zei dat ze een intelligent kind was, dat ze alles wilde weten. Nu was het daar nacht en ze lieten haar slapen, maar morgenochtend, als het hier avond was, zou Monica ons bellen en kon Liza haar spreken. Haar jongste dochter, haar baby, herrezen uit de dood.

Ik zag het licht branden in het Museum van de Walvisjacht toen ik Milly voor de laatste keer die avond uitliet, en vermoedde al snel wie dat zou kunnen zijn. De helft van de tijd neem ik niet de moeite om het af te sluiten. Er valt niets van geldelijke waarde te stelen en

Milly zou het ons laten weten als er vreemden kwamen die er niet hoorden.

Liza en Hannah waren boven aan het bellen en ze moesten alleen zijn, dus pakte ik een paar biertjes en ging erheen. Hij voelde zich waarschijnlijk hetzelfde als ik, een beetje een aanhangsel. Dit was een moment voor Hannah en Liza. We konden blij voor hen zijn, verrukt zelfs, maar omdat wij Letty nog niet kenden, konden we maar een fractie voelen van wat zij voelden. Het leek opdringerig om in het huis te blijven terwijl zij boven aan het praten waren, alsof je een liefdesaffaire van iemand afluisterde.

Daarbij was ik nieuwsgierig naar wat Liza me de vorige dag had verteld, voor haar hele wereld weer veranderde, over de mogelijkheid dat het project niet door zou gaan. Het was niet zeker, zei ze, en ze mocht het tegen niemand zeggen tot het bevestigd was. Maar ze zei dat dat aan Mike was en vervolgens, terwijl haar gezicht versomberde, zei ze dat hij overmorgen voorgoed zou vertrekken en daarna wilde ze eigenlijk helemaal niets meer zeggen.

Hij hoorde me niet meteen. Hij zat op een van de rottende houten planken van de *Maui II* en leunde er met een hand op. Zijn schouders waren gebogen, alsof hij een groot gewicht torste. Dat leek een vreemde houding, als je naging wat hij had bereikt.

Milly rende langs me en liep kwispelstaartend naar hem toe. Hij keek op. 'O, hallo,' zei hij. Hij zat bijna recht onder de tl-lampen, die lange schaduwen over zijn gezicht wierpen.

'Ik dacht dat je hier wel trek in zou hebben.' Ik overhandigde hem een blikje bier. Hij pakte het aan. Ik ging op een stoel zitten en maakte er zelf een open.

'Niets voor jou,' zei hij.

'Er is niets normaals aan vandaag,' zei ik.

We zaten in een aangename stilte te drinken. De deuren van de schuur waren open, daar doorheen konden we in de duisternis de kust zien, de lichtjes van auto's en van vissersboten die zich gereedmaakten om uit te varen. Het zachte geroezemoes van het leven in Silver Bay ging door, zoals al vijftig jaar. Ik kon nog niet geloven wat ik had gehoord, dat de mogelijkheid bestond dat Mike ons van de rand van de afgrond kon terugtrekken. Ik kon niet geloven dat we misschien nog een poosje ongehinderd door konden gaan.

'Dank je,' zei ik zacht. 'Dank je, Mike.' Hij keek op van zijn bier. 'Voor alles. Ik begrijp niet hoe je het allemaal hebt gedaan, maar dank je.'

Hij liet zijn hoofd weer zakken en toen wist ik dat er iets mis was. De sombere, peinzende uitdrukking op zijn gezicht gaf aan dat hij hier niet was om Liza de ruimte te gunnen. Hij was hier omdat hij alleen wilde zijn.

Ik bleef zitten en wachtte. Ik was al zo lang op de wereld dat ik wist dat je veel meer vis vangt als je je stilhoudt.

'Ik wil niet weg,' zei hij, 'maar het is de enige manier waarop ik de bouw kan tegenhouden.'

'Ik begrijp het niet goed...'

'Ik moest een keus maken en daar kon ik haar niet mee opzadelen. Ze heeft al genoeg moeilijke beslissingen moeten nemen.'

Het drukte zo op hem dat ik zweer dat hij zich nauwelijks kon bewegen.

'Ik wil dat je dit weet, Kathleen. Wat je ook misschien in de toekomst hoort, wat je ook over mij te horen krijgt, het is van belang dat ze weet dat ik van haar hield.' Zijn blik brandde in me. Die blik was zo intens dat ik me niet erg op mijn gemak voelde. 'Ik wil niet dat je slecht over me denkt.' De adem stokte in zijn keel. 'Maar ik heb een belofte gedaan...'

'Kun je me echt niet zeggen waar dit over gaat?'

Hij schudde zijn hoofd.

Ik wilde niet aandringen. Noem het ouderwets, maar ik denk dat een man zich fysiek ongemakkelijk gaat voelen als je hem te veel over zijn gevoelens laat praten.

'Mike,' zei ik ten slotte, 'je hebt Liza gered. Je hebt mijn beide meisjes gered. Meer hoef ik niet te weten.'

'Ze zal toch gelukkig worden?' Hij wilde me nu niet aankijken.

De reden waarom niet bezorgde me een slecht voorgevoel. 'Het komt wel goed. Ze heeft haar beide dochters.'

Hij stond op en liep langzaam door de ruimte met zijn rug naar me toe. Toen besefte ik hoe jammer ik het vond dat hij wegging. Wat hij ons ook had aangedaan, hij had het dubbel en dwars goedgemaakt. Ik ben niet romantisch – dat kan Nino Gaines je wel vertellen – maar wat hem en Liza betrof had ik op een happy end gehoopt. Ik wist nu dat hij een goed mens was en daar zijn er maar weinig van. Dat had ik hem willen vertellen, maar ik wist niet wie zich het ongemakkelijkst zou voelen.

Hij bleef voor de foto van de Haaienvrouw staan. Toen ik aanvoelde dat hij zich misschien meer op zijn gemak zou voelen als ik dichterbij was, stond ik op uit mijn stoel en liep naar hem toe. Nog steeds in de oorspronkelijke lijst, in sepiakleur en vergeeld van ouderdom. Nog steeds geflankeerd door mijn vader, Brent Newhaven en hun onzichtbare kabels. Daar stond ik in mijn badpak te glimlachen in de camera, zeventien jaar, de foto die mijn verdere leven zou achtervolgen.

Ik haalde diep adem. 'Ik zal je een geheim vertellen,' zei ik. 'Ik heb die rothaai niet gevangen.'

Dat kwam aan. Hij draaide zich naar me om.

'Nee,' zei ik. 'De zakenpartner van mijn vader had hem gevangen. Hij zei dat het beter zou zijn voor het hotel, ons meer publiciteit zou geven, als ze deden of ík hem had gevangen.' Ik nam nog een slok bier. 'Ik vond het vreselijk om te liegen. Nog steeds. Maar nu begrijp ik wel iets. Als het niet was gebeurd, zou dit hotel de eerste vijf jaar nooit overleefd hebben.'

'Of het had de afgelopen twintig jaar een complex van zes verdiepingen kunnen zijn,' merkte Mike wrang op.

Ik draaide de foto om naar de muur. 'Soms,' zei ik, 'is een leugen de weg van de minste pijn voor iedereen.'

Ik legde een hand op Mike Dormers arm en wachtte tot hij weer in staat was om me aan te kijken. Hij knikte naar de deur, alsof we weg moesten, en we keken op naar het huis waar het licht in Liza's slaapkamer nog opgloeide in het donker.

'Zal ik je eens wat zeggen? Ik heb in deze baai nog nooit één tijgerhaai gezien. Nooit,' zei ik terwijl ik in het donker stapte.

'Greg wel,' zei hij terwijl hij de deuren achter ons sloot.

'Je luistert niet,' zei de Haaienvrouw.

27

Mike

Ik had een grote en een kleine koffer en ze waren zo leeg dat ik bijna de ene in de andere had kunnen stoppen. Die leegte leek een weerspiegeling van mijn gemoedstoestand. Ik was vast de enige passagier, dacht ik, die een boete kon krijgen wegens het niet optimaal gebruiken van het toegestane gewicht. In mijn tijd hier had ik de helft van mijn kleren weggedaan, dus wat ik nu elke dag droeg was een van mijn twee spijkerbroeken, misschien een T-shirt en een korte broek als het een heel warme dag was. Weinig bewijs van zo'n woelige periode in mijn leven, dacht ik terwijl ik ze op mijn bed legde. Nou ja, ik kon een heleboel taxfreedingen kopen voor mijn ouders.

Mijn oliejas nam ik niet mee; die zou te veel herinneringen oproepen aan hier, en ik wilde hem niet zien hangen in de verkeerde omgeving. Mijn pakken nam ik niet mee. Ik had ze aan de liefdadigheidswinkel in Silver Bay gegeven. Ook pakte ik niet het T-shirt in dat ik had gedragen toen Liza voor het eerst naar mijn bed kwam, of de trui die ik haar had geleend in de nacht dat we tot twee uur in de ochtend buiten hadden gezeten. Ik hoopte heimelijk dat ze hem zou willen bewaren. Mijn laptop liet ik ook achter. Ik had hem in de woonkamer laten staan voor Hannah, want ik wist dat zij er veel meer aan zou hebben. Het was weliswaar misschien nog een kwestie van uren tot Letty bij hen terugkwam, maar ik kon het niet verdragen om Hannah en Liza van die foto te scheiden. Het klinkt misschien vreemd, maar het voelde aan alsof ik hen weer uit elkaar zou halen. Ze hadden er allebei uren voor gezeten, de gezichten van Hannah en Letty vergeleken, de talloze verschillende manieren waarop ze wel of niet veranderd waren besproken.

Liza was weg op de *Ishmael*, haar laatste tochtje voordat ook zij naar het vliegveld zouden gaan. Ik had haar nauwelijks gezien sinds de vorige dag en vroeg me af of een vertrek zonder afscheid niet het beste zou zijn voor ons beiden. Ik hield mezelf voor dat ze in elk geval genoeg omhanden hadden. Vanmiddag zouden ze Letty's kamer verder in orde brengen. Hannah had een dag vrij van school gekregen en de vorige avond hadden ze geschilderd en nieuwe gordijnen opgehangen, en de kamer ingericht met dingen die een meisje van tien leuk zou vinden. Ook hadden ze Letty's dolfijnen uitgestald. Hannah was er nu posters aan het ophangen met de muziek keihard aan, posters die ze in een opwelling van besluiteloosheid er weer af haalde. 'Denk je dat ze deze band in Engeland leuk vinden? Wat vinden Engelse meisjes leuk?' vroeg ze dan ongerust aan me, alsof ik daar enig idee van had. Alsof het enig verschil zou maken.

Ik sloeg dit alles gade van een afstand, ik voelde een afstand van hun geluk omdat ik te veel in beslag werd genomen door het verlies dat mij wachtte. Misschien zouden ze me een beetje missen, maar zij kregen iets moois terug en een heel nieuw leven lag voor hen. Waarschijnlijk was ik vannacht de enige die zou huilen. Ik keek naar de kleine baai, naar de bergen in de verte en de daken van Silver Bay. Ik luisterde naar het gezang van de vogels, naar Hannah's muziek die boven me dreunde, en had het gevoel alsof ik weggerukt werd van mijn thuis. Waar ging ik naar terug? Naar een vrouw van wie ik waarschijnlijk niet kon houden, in een stad die me nu benauwde. Ik dacht eraan dat ik mijn oude leven weer op moest pakken, weer naar ooit bekende bars en restaurants zou gaan met pocherige kennissen uit de City, dat ik me een weg moest banen door drukke straten en me in het keurslijf van een nieuwe baan in een anoniem kantoorgebouw moest wringen. Ik dacht aan Dennis, die me ongetwijfeld zou overtuigen dat ik terug moest komen. Wat was het alternatief? Toen zag ik mezelf in een trein in een nieuw pak terwijl ik mijn ogen sloot om me voor te stellen hoe Hannah over het strand holde met Milly op haar hielen. Ik dacht aan Vanessa's glimlach, haar parfum en hoge hakken, ons chique appartement, mijn sportauto, de pracht en praal van ons vroegere leven, en ik wist met een misselijkmakend gevoel dat het niets voorstelde. Ik wilde hier zijn. Elke vezel in me wilde hier zijn.

Het ergste was dat ik Vanessa nog steeds aardig vond. Haar geluk was nog steeds belangrijk voor me. En ik vond mijn eigen integriteit belangrijk. Alleen al om die redenen was het van belang dat als zij zich aan haar belofte hield, ik me aan de mijne moest houden.

Dat waren de woorden die ik honderden keren per dag stilzwijgend tegen mezelf zou herhalen. Toen dacht ik aan de maanden die voor me lagen, waarin ik 's nachts wakker zou liggen terwijl Liza's gezicht, haar met tussenpozen verschijnende glimlach, haar alwetende, zijdelingse glimlach, door mijn gedachten spookte. Ik stelde me voor hoe ik mijn gezicht zou verstoppen in het enige T-shirt dat misschien nog haar geur droeg. Ik zou de liefde bedrijven met iemand wier lichaam niet instinctief bij het mijne paste.

Hou op, zei ik streng tegen mezelf terwijl ik kordaat naar de huurauto liep om die voor te rijden. Liza had haar dochtertjes en ik stond op het punt om hun toekomst veilig te stellen. Twee van de drie punten was voor iedereen een mooie score. Ik reed achteruit en staarde toen naar het dashboard. Eindelijk had ik die rare versnellingspook onder controle, en terwijl ik de motor afzette, stoorde dat feit me nog het meest van alles.

Mijn vlucht vertrok pas de volgende ochtend, maar toen ik daar zo in gedachten zat, besloot ik dat ik nu weg moest. Ik zou naar de stad rijden en een hotelkamer nemen voor die nacht. Als ik een uur langer bleef, zou mijn vastberadenheid misschien wegsmelten. Het betekende dat ik niet mijn zus zou zien, dat ik geen getuige zou zijn van de hereniging. Maar ik wist dat Monica het zou begrijpen. Als ik tot morgen bleef, als ik mezelf maar vijf minuten voor de gek hield dat ik deel uitmaakte van dat nieuwe gezin, dan zou ik misschien niet in staat zijn om te doen wat ik had beloofd.

Ik stapte uit de auto en draaide me om naar de weg toen ik een bekend gierend geluid hoorde. Gregs pick-up scheurde de oprit op en kwam trillend tot stilstand met zijn bumper op slechts enkele centimeters van de mijne verwijderd. Boeien en visnetten botsten lawaaiig tegen elkaar in de achterbak.

Hij klom naar buiten en trok de klep van zijn pet over zijn ogen. 'Ik heb het nieuws gehoord over die kleine. Ongelooflijk. Ongelóóflijk.'

'Nieuws doet snel de ronde,' zei ik. Maar dat sloeg nergens op. Hannah was de vorige avond naar de steiger gerend om het aan iedereen van de walvisjagers persoonlijk te vertellen. Ze kenden niet het hele verhaal, maar ze wisten dat Liza een dochter in Engeland had gehad die nu aan haar zou worden teruggegeven, en ze waren zo slim om niet verder te kijken dan wat hun was verteld. In elk geval niet openlijk.

'Ze komt morgenavond?'

Ik knikte. Hij haalde een pakje sigaretten uit zijn zak en stak er een op. 'Goed gedaan, maat. Ik kan niet doen of ik je mag, maar ik kan geen ruziemaken met iemand die kinderen terughaalt uit de dood, zo is het toch?'

Hij inhaleerde diep. We keken een poos naar de Walvissteiger, waar alleen Gregs boot lag aangemeerd.

'Bedankt,' zei ik ten slotte.

'Ach, ja.'

Achter ons, in het hotel, ging de telefoon. Waarschijnlijk een toekomstige gast. Monica kon het niet zijn, die zat al een aantal uren in de lucht. Kathleen had aangeboden dat ze hier kon logeren zo lang ze wilde. Dat was het minste wat ze kon doen, zei ze stralend, en opeens was ik jaloers op mijn zus. Morgenavond zou zij slapen in wat ik nu als mijn kamer beschouwde. Silver Bay zou binnenkort een herinnering zijn. Een vreemde, korte periode in mijn leven waar ik met weemoed op terug zou kijken; een hele reeks van 'stel dat', waarover ik niet te diep zou willen nadenken.

Door de gedachte aan mijn zus herinnerde ik me mijn koffers, en ik ging naar binnen om ze te halen. Toen ik ermee naar buiten kwam, leunde Greg nog tegen zijn pick-up. Hij keek naar mijn bagage en toen naar mij.

'Ga je ergens naartoe?'

'Naar Londen,' zei ik terwijl ik ze in de geopende kofferbak legde. Ik gooide die met een klap dicht.

'Londen in Engeland?'
Ik nam niet de moeite om te antwoorden.
'Blijf je lang weg?'
Ik wilde tegen hem liegen, maar wat had het voor zin? Hij zou het binnenkort toch weten. 'Ja.'
Een korte stilte, wat inschattingen. 'Kom je niet terug?'
'Nee.'
Zijn gezicht klaarde helemaal op. Hij was zo doorzichtig als een kind. 'Je komt niet terug. Nou, dat is jammer. Voor jou, bedoel ik.'
Ik hoorde hem nog een trek van zijn sigaret nemen, hoorde de glimlach in zijn stem toen hij zei: 'Ik heb je altijd al een rare vogel gevonden, maat, en nu weet ik dat ik gelijk heb.'
'Wat een psychologisch inzicht,' zei ik terwijl mijn kaken verstrakten. Ik wou dat hij ophoepelde.
'Dus je verlaat ons allemaal, hè? Je zal vast het juiste besluit hebben genomen. Het is beter om te blijven waar je hoort, nietwaar? En Liza komt er wel overheen. Vanaf nu zal ze anders zijn. Veel gelukkiger. En je hoeft je geen zorgen te maken. Ik zal zorgen dat ze genoeg, eh… aandacht krijgt.'
Hij trok een wenkbrauw naar me op met een verrukt gezicht. Als de mogelijkheid er niet was geweest dat Hannah ons kon zien, zou ik die stomme smoel van hem in elkaar hebben geslagen. Ik wist dat hij het bijna wilde. Hij probeerde al weken ruzie met me te zoeken. 'Als ik het me goed herinner, Greg,' zei ik kalm, 'was jij niet degene voor wie ze belangstelling had.'
Hij nam een laatste trek van zijn sigaret en spuwde de peuk op de grond. 'Ach,' zei hij, 'Liza en ik kennen elkaar al zo lang. Ik ben een volwassen vent. Wat mij betreft was je alleen maar een afleiding.' Hij hield zijn wijsvinger en duim ongeveer een centimeter uit elkaar. 'Een klein hobbeltje op de weg.'
Heel even dreigde het menens te worden. Het was maar goed dat Kathleen naar buiten kwam.
'Mike!' riep ze op verontwaardigde toon. 'Wat deed je daar met je koffers? Je zou toch pas morgen weggaan?'
Ik maakte mijn blik los van Greg en liep naar haar toe. 'Ik… ik wacht op een telefoontje. En daarna denk ik dat ik maar wegga.'
Ze staarde me aan. En toen Greg.

'Je hoeft niet naar mij te kijken,' zei Greg grinnikend. 'Ik heb mijn best gedaan om hem te vertellen hoe gewenst hij hier is.'

'Kom even naar binnen,' zei ze tegen me.

'Let maar niet op mij.' Greg haalde zijn schouders op.

'Dat heb ik nog nooit gedaan.'

Ik volgde haar naar de voorkamer.

'Je kunt nu niet weg,' zei ze met haar handen in haar zij. 'Dan zie je Letty niet. Je hebt van niemand afscheid genomen. Ik wilde verdorie nog wel een feestje voor je geven vanavond.'

'Dat is heel aardig van je, Kathleen, maar het lijkt me beter dat ik wegga.'

'Wacht je niet eens tot Liza terug is? Om van haar afscheid te nemen?'

'Beter van niet.'

Ze staarde naar me en ik wist niet of ik medeleven of ergernis op haar gezicht zag. 'Kun je echt niet blijven? Tot na de lunch dan?'

Ik probeerde helder na te denken boven het geluid van Hannah's gettoblaster uit die boven discomuziek uitbraakte. Ik hoorde haar zingen, haar dunne stemmetje buiten adem en een beetje uit de toon. Ik deed een stap naar voren en stak een hand uit. 'Bedankt voor alles, Kathleen,' zei ik. 'Als er vanmiddag telefoon voor me komt, wil je dan mijn mobiele nummer geven? Ik bel je zodra ik het zeker weet over de bouw.'

Ze keek naar mijn hand en toen naar mijn gezicht. Toen omhelsde ze me. Haar oude armen waren verrassend sterk toen ze me tegen zich aan drukte. 'Bel me,' zei ze in mijn schouder. 'Je mag niet zomaar verdwijnen. Het hoeft niet over dat stomme project te gaan. Bel me.'

Ik liep de kamer uit, het hotel uit, en stapte in mijn auto voor ik door de pijn in haar stem van gedachten veranderde.

Ik moest langzaam rijden over de kustweg, niet omdat er kuilen en oneffenheden waren, maar omdat er een vuiltje in allebei mijn ogen leek te zitten en ik niet goed kon kijken. Bij de Walvissteiger stopte ik om ze af te vegen, en tegen beter weten in hoopte ik dat ik de *Ishmael* rond de punt de baai in zou zien komen en dat ik een laatste keer de magere gestalte, de wapperende haren onder de pet en de hond zou zien. Nog één laatste blik, voor mijn leven een eigen andere weg volgde aan de andere kant van de wereld.

Maar er was alleen glinsterend water, de rijen boeien die de vaargeulen markeerden, en aan de andere kant de heuvels vol dennen die zich uitstrekten naar de blauwe lucht.

Ik kon niet denken aan wat ze zou zeggen als ze terugkwam en merkte dat ik weg was. Ik was niet eens in staat geweest om haar een brief te schrijven waarin ik haar de waarheid had moeten zeggen, en dat kon ik niet. Je hebt het juiste gedaan, hield ik mezelf voor terwijl ik verder reed over de kustweg. Voor één keer in je leven heb je iets goeds gedaan.

Ik had zo zelden het juiste gedaan, dat ik niet wist of de afschuwelijke ontzetting die ik voelde, de emotie was die erbij hoorde.

Ik zat bijna twintig minuten op de snelweg toen mijn mobiele telefoon ging. Ik parkeerde in de berm en tastte in de zak van mijn jasje.

'Mike? Met Paul Reilly. Dit is eigenlijk een telefoontje uit beleefdheid. Ik vond dat jij als eerste moet weten dat het project niet doorgaat.'

Ze had het gedaan. Ik slaakte een diepe zucht, en ik wist niet of het van opluchting was omdat Vanessa had gedaan wat ze had gezegd, of van gelatenheid dat ik me nu aan mijn belofte moest houden.

'Zo,' zei ik terwijl een vrachtwagen langsdenderde en de auto deed schudden. 'Ik weet dat we hierover van mening verschillen, maar ik ben blij. Bundaberg of die andere locatie is een veel betere optie.'

'Zo zie ik het niet. Ik vond dat het project een groot pluspunt voor het gebied hier zou zijn.'

'U heeft iets heel zeldzaams hier, meneer Reilly,' zei ik. 'Op een bepaald moment zullen u en de andere helft van Silver Bay dat beseffen.'

'Nogal ongewoon dat ze er zo laat van afzien. Ze zouden deze week de funderingen storten!' Hij verhief gelaten zijn stem. 'Maar ja, je kunt toch niet op tegen de mensen met het geld.'

'Beaker zal onderzoek hebben gedaan,' zei ik. 'Als ze vonden dat Bundaberg of die andere locatie meer winstmarges bood, dan...'

'Beaker? Het was Beaker niet.'

'Sorry... Wat zei u?' Auto's en vrachtwagens zoemden en denderden langs, waardoor ik hem af en toe niet kon verstaan.

'Het was de participatiemaatschappij. De financiers. Zij trokken de stekker eruit tenzij er een andere locatie werd gevonden.'

'Dat begrijp ik niet.'

'Ze maakten zich blijkbaar druk over haaien. Ze hoorden over de krantenartikelen en over de waarschuwingen om geen mensen in het water te laten, en ze werden bang.' Hij zuchtte. 'Vanuit hun standpunt bezien zal het moeilijk zijn om een watersportvakantie te verkopen aan mensen als ze denken dat er haaien zitten, maar ik vind echt dat ze het allemaal overdrijven.'

Hij klonk heel teleurgesteld.

'Zodra Britten het woord "haai" horen, verliezen ze blijkbaar alle gevoel voor rede,' voegde hij eraan toe.

Waarom zou Vanessa eerst naar Vallance zijn gegaan? vroeg ik me af.

'U hebt me verrast, meneer Reilly,' zei ik terwijl ik koortsachtig nadacht. 'Dank u dat u hebt gebeld. Maar neemt u me niet kwalijk, ik moet dringend iemand spreken.'

Ik bleef even zitten en merkte nauwelijks iets van het verkeer dat voorbijraasde. Vervolgens wilde ik mijn laptop uit mijn koffertje halen en besefte te laat dat die er niet was. Toen ging ik weer de snelweg op en reed met volle vaart naar de eerstvolgende afslag.

'Dennis?'

'Michael? Ik vroeg me al af hoe lang het zou duren voor je belde, ouwe rotzak. Je zit je zeker te verkneukelen?' Hij klonk behoorlijk aangeschoten. Het zou daar nu een uur of elf in de avond zijn, en Dennis kennende had hij er al een paar op. Of meer dan een paar.

'Dat is mijn stijl niet, dat weet je.' Ik reed terwijl ik sprak en ik moest mijn telefoon tussen mijn oor en schouder klemmen toen ik op de rotonde afsloeg naar Silver Bay. Terwijl ik in de richting van het hotel reed, hobbelde de auto over de kuilen en ik vroeg me afwezig af hoeveel ik het verhuurbedrijf zou moeten betalen voor een kapotte vering.

'Nee, ik was vergeten dat je in een Moeder Teresa was veranderd. Wat moet je? Bel je om je vroegere baan terug te vragen?'

Ik negeerde hem. 'Waar gaat het project naartoe?'

'Een stadje vlak buiten Bundaberg.' Ik hoorde hem een slok van iets nemen. 'Dat is zelfs beter. Vallance is blij en de autoriteiten daar staan helemaal achter ons. We gebruiken hetzelfde concept. Veel meer belastingvoordeel. Eerlijk gezegd heb je ons een gunst bewezen.'

Er was niemand buiten het hotel. Ik liep door de voordeur, door de lege gang de verlaten woonkamer binnen met mijn telefoon tegen mijn oor, en keek waar mijn laptop was. Hij stond nog op dezelfde plek waar ik hem had achtergelaten. Boven schalde nog steeds Hannah's muziek. Volgens mij had ze niet eens gemerkt dat ik weg was.

'Heb ík jullie een gunst bewezen?'

'Door Vallance de schrik op het lijf te jagen met die lobbyist van je die hen bombardeerde met verhalen over haaien.'

'Mijn lobbyist?' Dit was vreemd. 'Dennis, ik...'

'Wat heb je gedaan? Een professionele lefgozer van Green Peace ingehuurd?' Hij liet zijn stem dalen. 'Onder ons gezegd moet ik toegeven dat je goed werk hebt geleverd door al die krantenartikelen over haaien te mailen. In het begin was ik woest. We moesten ons vier dagen en nachten uitsloven om Vallance en de overeenkomst binnenboord te houden, maar bij nader inzien hadden we weinig verdiend bij een baai vol haaien. Nou, wie was het? En nog belangrijker, hoeveel heb je hun betaald? Ik weet dat professionele opruiers niet goedkoop zijn.'

Hij had het helemaal niet over Vanessa. Tijdens het gesprek had ik mijn laptop geopend. Ik keek naar de lijst met verzonden e-mails en probeerde erachter te komen wat er was gebeurd.

'En wat is je volgende stap, Mike?' zei hij. 'Ga je dit professioneel aanpakken? Je weet dat ik mijn belofte heb gehouden. Niemand in de City wil nog iets met je te maken hebben.'

Ik vond de e-mails die naar Vallance waren gestuurd, opende er een, zag de gescande krantenartikelen en begon te lezen.

'Dat zeg ik nou wel, kerel, maar als je om een baan verlegen zit kan ik misschien wel iets voor je betekenen. Om je een plezier te doen. Natuurlijk niet voor hetzelfde salaris, dat begrijp je wel.'

'Geachte heer,' begon het mailtje. 'Hierbij laat ik u weten dat er gevaar is van haaien bij het nieuwe hotelkompleks in Silver Bay...'

Ik keek nog eens en las verder. En terwijl ik las, begon ik te lachen.

'Mike?'

De muziek klonk luider. Ik hoorde haar zingen en voor de grap hield ik de telefoon omhoog.

'Mike?' zei hij toen ik de telefoon weer tegen mijn oor legde. 'Wat is dat voor kabaal?'

'Dat, Dennis,' zei ik, 'is je professionele opruier, je veel te dure lobbyist, degene die een project van miljoenen heeft tegengehouden. Kun je het horen?'

'Wat?' zei hij. 'Waar heb je het over?'

'Dat,' zei ik lachend, 'is een meisje van elf jaar.'

Ik moest nog één telefoontje plegen en ik liep naar buiten omdat ik zeker wilde zijn van mijn privacy. Ik bleef even staan voor ik het nummer opriep, terwijl ik de geuren opsnoof die er al een halve eeuw waren en er met een beetje geluk nog een halve eeuw zouden blijven zonder verstoord te worden. Maar ik voelde geen rust. Nog niet.

'Je hebt het dus gedaan,' zei ik.

Ze hield haar adem in, alsof ze eigenlijk iemand anders had verwacht. 'Mike,' zei ze. 'Ja. Je hebt het dus gehoord. Ik zei toch dat ik het zou doen?'

'Inderdaad.'

'O, je weet dat ik altijd mijn zin krijg.' Ze lachte en begon over het appartement, dat ze voor de avond van mijn terugkomst een tafel had gereserveerd in een restaurant waar gewone stervelingen bijna met geen mogelijkheid in konden komen. Haar stem klonk luchtig. Ze praatte altijd iets te snel als ze opgewonden was. 'Ik heb een paar kruiwagens gebruikt en we eten om halfnegen. Dan heb je tijd genoeg om wat te slapen en te douchen.'

'Hoe?'

'Hoe ik een tafel heb gekregen? O, je moet gewoon de juiste...'

'Hoe heb je je vader overgehaald om alles terug te draaien?'

'O, je kent pap. Ik kan hem om mijn vinger winden. Altijd al. En, kom je nog met die vlucht van Qantas? Ik heb vrijgenomen om je af te halen. Ik geloof dat ik het vluchtnummer heb genoteerd.'

'Dat zal moeilijk zijn geweest voor hem om Vallance nu nog over te halen.'

'Nou ja, ik heb alleen...' Ze klonk een beetje geïrriteerd. 'Ik heb hem de redenen verteld die jij en ik hadden besproken en uiteindelijk kon ik hem tot rede brengen. Hij luistert naar me, Mike, en zoals je weet hadden we alternatieven.'

'Hoe nam Vallance het op?'

'Goed. Hoor eens, kunnen we het nu over je vlucht hebben?'

'Hoeft niet.'

'Wil je niet dat ik je afhaal? Ik wilde het als een verrassing bewaren, maar ik kan het niet voor me houden. Het is die nieuwe Mazda-sportwagen. Die jij had besteld. Ik wist hem voor de oorspronkelijke prijs te krijgen bij de dealer. Je zult hem fantastisch vinden.'

'Ik kom niet, Ness.'

Ik hoorde dat ze scherp haar adem inhield. 'Wat?'

'Hoe lang wist je het al toen je me belde? Ik heb net de e-mails gecheckt die van ons naar Vallance zijn gestuurd, en ik denk dat je minstens al twee of drie dagen wist dat het project zou worden verplaatst.'

Ze zei niets.

'Dus je dacht: ik maak van deze gelegenheid gebruik en ga de grote redder in nood uithangen. Dan zal Mike me eeuwig dankbaar zijn.'

'Zo is het niet gegaan.'

'Dacht je dat ik nooit te weten zou komen dat het niet aan jou te danken was? Denk je soms dat ik gek ben?'

Er viel een lange stilte.

'Ik dacht... ik dacht dat we tegen die tijd gelukkig zouden zijn en dat het er dan niet meer toe zou doen.'

'Dan was onze hele relatie gebaseerd geweest op een leugen.'

'O, wie ben jij om het over leugens te hebben? Jij en Tina. Jij en dat vervloekte project.'

'Je had me helemaal terug laten komen, mijn hele leven op zijn kop laten zetten, alleen maar voor...'

'Voor wat? Je hele leven op zijn kop laten zetten? O, hang niet het zielige slachtoffer uit, Mike Dormer. Jij bent degene die míj onrecht heeft aangedaan, als je dat nog weet.'

'En daarom kom ik niet terug.'

'Zal ik je eens wat zeggen? Ik wist niet eens of ik je wel terug wilde. Ik had je laten terugkomen en je zo weer de deur uitgeschopt. Je bent een waardeloze figuur, Mike, een leugenachtige, waardeloze onbenul.' Ze ging helemaal door het lint in de wetenschap dat haar bedrog was ontdekt. 'Ik ben blij dat je het weet. Ik ben blij dat je erachter bent gekomen. Dat bespaart me die rotrit naar het vliegveld. En eerlijk gezegd zou ik je met geen vinger meer willen aanraken als…'

'Succes, Vanessa,' zei ik ijzig terwijl haar stem nog een octaaf hoger klonk. 'Het beste voor de toekomst.'

Mijn oren tuitten toen ik mijn telefoon dichtklapte. Het was allemaal voorbij.

Ik staarde naar het telefoontje in mijn hand en gooide het toen zo hard ik kon in de zee. Het belandde met een flauwe plons nog geen zes meter verderop in het water. Ik keek toe terwijl de zee zich over het toestel sloot en voelde toen zo'n heftige emotie opkomen dat ik me moest inhouden om het niet uit te schreeuwen.

'God!' schreeuwde ik, terwijl ik zin had om tegen iets te slaan, of om radslagen te maken. 'God!'

'Ik weet niet of hij je kan horen,' klonk een mannenstem achter me. Ik draaide me vlug om en zag Kathleen en meneer Gaines aan het uiteinde van de tafel van de walvisjagers zitten. Hij droeg een blauwe trui en zijn hoed, en ze sloegen me kalm gade.

'Dat was anders een heel mooie telefoon, hoor,' zei Kathleen tegen hem. 'Deze generatie is zo slordig. Ze zijn allemaal hetzelfde.'

'En zo emotioneel. In mijn tijd stonden we niet zo te schreeuwen,' zei meneer Gaines.

'Het zal wel door de hormonen komen,' zei Kathleen. 'Die doen ze volgens mij in het leidingwater.'

Ik deed een stap naar hen toe. 'Mijn kamer,' zei ik en probeerde op adem te komen. 'Is er een kans dat ik die nog even kan houden?'

'Dat zul je in je agenda moeten opzoeken, Kate,' zei meneer Gaines terwijl hij zich naar haar toe boog.

'Ik zal kijken of hij nog beschikbaar is. Het begint drukker te worden… nu we het enige hotel aan de baai zijn. Gewoonlijk bemoei ik me niet met andermans zaken,' voegde ze eraan toe, 'maar je stond me daar te schreeuwen!'

Daar stond ik, mijn hartslag begon te bedaren, dankbaar voor de twee vriendelijk plagende oude mensen voor me, en voor de zon, het glinsterende blauwe water van de baai, het vooruitzicht dat schepsels vol vreugde ongezien onder water konden dansen. Voor de gedachte aan een zorgeloze jonge vrouw met een versleten oude pet op die daar ergens op zoek was naar walvissen.

Kathleen gebaarde dat ik moest gaan zitten en schoof een flesje bier naar me toe.

Ik nam mijn eerste, verrukkelijke slok. Ik hield van dit bier, dacht ik toen ik de koude fles van mijn mond haalde. Ik hield van dit hotel, deze kleine baai. Ik hield van wat het leven in de toekomst voor me inhield: minder inkomsten, humeurige tieners, een chagrijnige hond en een huis vol lastige vrouwen. Ik kon nog niet bevatten wat er allemaal was gebeurd.

Kathleen begreep het. 'Weet je,' zei ze na een poosje en bracht een rimpelige hand naar haar voorhoofd. 'Tegenwoordig nemen allerlei mensen het op voor haaien. Ze zeggen dat haaien miskend zijn. Dat ze het product van hun omgeving zijn.' Ze trok haar bovenlip op. 'Ik zeg: een haai is een haai. Ik ben er nog nooit een tegengekomen die vriendjes met me wilde worden.'

'Zo is dat.' Meneer Gaines knikte goedkeurend.

Ik leunde achterover en zo bleven we een poos zwijgend zitten. Verderop aan de kust zag ik de bouwput met de glanzende reclameborden die algauw overbodig zouden zijn. Ik kon de muziek in Hannah's kamer horen, het geronk van een motorboot in de verte, het samenzweerderige gefluister van de dennen. Ik zou hier zo lang blijven als ze me hebben wilden. Bij die gedachte voelde ik een voldaanheid die ik nooit eerder had gekend.

'Greg heeft die haai niet gevangen, hè?' zei ik.

Kathleen Whittier Mostyn, de legendarische Haaienvrouw, lachte kort, en toen ze me aankeek lag er een staalharde blik in haar ogen.

'Ik heb in mijn zeventig en nog wat jaren één ding geleerd, Mike. Als een haai het op je gemunt heeft, moet je voor zover ik weet alles doen wat nodig is om in leven te blijven.'

28

Hannah

Het duurt drie uur en achtentwintig minuten om van Silver Bay naar het vliegveld van Sydney te rijden, nog eens twintig minuten om een parkeerplaats te vinden en, in ons geval, ook nog eens viermaal vijftien minuten om onderweg te stoppen omdat ik van de zenuwen moest overgeven uit het achterportier. Ik krijg nog steeds last van mijn maag als ik zenuwachtig ben, net als wanneer ik meeging om naar de walvissen te kijken, en ik kon Yoshi nooit overtuigen dat het geen zeeziekte was. Tante K wist het. Ze zei elke keer dat het niet erg was. Terwijl ik met mijn hoofd boven de goot hing, hoorde ik haar tegen de anderen zeggen dat ze acht plastic tassen en vier keukenrollen had meegebracht omdat ze het al verwachtte, en dat Mike dankzij haar waarschuwing een uur eerder was weggereden.

We zaten met ons vijven in de auto: Mike, mam, meneer Gaines, tante K en ik. Het was niet onze auto maar de grote van meneer Gaines, waarin zeven personen pasten. Die hadden we geleend nadat Mike erop had gewezen dat er geen extra persoon op de terugweg in paste. Een konvooi van pick-ups, waar stukjes net en lijnen uit hingen en die waarschijnlijk naar vis stonken, volgde ons terwijl ze deden alsof ze er niet waren. Elke keer als we stopten, stopten zij ook, maar niemand stapte uit. Ze zaten alleen uit de ramen te kijken alsof ze in alles geïnteresseerd waren behalve in het meisje met haar hoofd boven de goot. Een andere keer zou ik me hebben doodgeschaamd.

Niemand wilde te dichtbij komen omdat ze wisten hoe mijn moeder over haar privacy dacht, maar iedereen wilde erbij zijn. Mijn moeder vond het niet erg. Eerlijk gezegd denk ik dat ze het niet eens had gemerkt als de koningin van Engeland was komen kijken. Vierentwintig uur lang had ze amper iets gezegd, maar alleen op haar horloge gekeken en gerekend en af en toe mijn hand gepakt.

Als Mike haar niet had tegengehouden, denk ik dat ze twee dagen geleden al in de aankomsthal had zitten wachten.

Mike had het allemaal uitstekend berekend. Zelfs met de keren dat we moesten stoppen waren we er een kwartier voordat het vliegtuig zou landen. 'Vijftien minuten,' mopperde meneer Gaines. 'De langste minuten van ons leven.' Eigenlijk nog twintig meer, rekende Mike uit, om door de paspoortcontrole te komen en de bagage te kunnen halen. En alle minuten lang stond mam doodstil met haar handen om de reling van het hek geklemd naar de uitgang te staren, terwijl de rest van ons over ditjes en datjes probeerde te praten. Op een bepaald moment hield ze mijn hand zo strak vast dat mijn vingers blauw werden, en Mike moest haar dwingen om me los te laten. Twee keer ging Mike naar de balie van Qantas en kwam terug met de bevestiging dat het vliegtuig nog steeds veilig in de lucht was.

Eindelijk, net toen ik dacht dat ik weer moest overgeven, kwamen de eerste passagiers van vlucht QA2032 naar buiten. We tuurden zwijgend naar de verre figuren die door de klapdeuren kwamen, en probeerden het gezicht te zoeken waarvan we de afbeelding op een verfrommeld stuk papier hadden. Als ze eens niet was meegegaan? Die gedachte schoot door me heen en ik voelde paniek opkomen. Stel dat ze had besloten dat ze bij Steven wilde blijven? Dat we hier uren bleven staan en er niemand zou komen? En nog erger, stel dat ze kwam en we haar niet herkenden?

En opeens was ze daar. Mijn zusje, bijna net zo lang als ik, met mams blonde haar en mijn scheve neus. Ze klampte zich vast aan de hand van Mikes zus. Ze droeg een blauwe spijkerbroek en een roze trui met capuchon. Ze liep mank, langzaam, alsof ze ergens nog bang was voor wat ze te zien zou krijgen. De zus van Mike zag ons en zwaaide, en zelfs van die afstand kon je zien dat ze heel breed glimlachte. Ze bleef even staan en zei iets tegen Letty, en Letty knikte met haar gezicht in onze richting, en ze begonnen sneller te lopen.

Toen huilden we allemaal, nog voor ze het hek hadden bereikt. Mijn moeder, die zwijgend naast me stond, begon te beven. Tante Kathleen zei: 'Goddank, o, Goddank', in een zakdoek, en toen ik achteromkeek stond Yoshi tegen Gregs borst te huilen en probeerde zelfs Mike, met zijn arm om mijn schouders, zijn snikken in te houden. Maar ik lachte en huilde tegelijk omdat ik wist dat er soms meer goeds is in de wereld dan je je kunt voorstellen, en dat alles goed zou komen.

En toen Letty dichterbij kwam, dook mam onder het hek door en begon te rennen en maakte daarbij een geluid dat ik nooit eerder had gehoord. Het kon haar niet schelen wat anderen dachten. Zij en mijn zusje keken elkaar aan en het leek wel of ze magneten waren, alsof niets ter wereld kon beletten dat ze naar elkaar toe werden getrokken. Mijn moeder greep haar beet en trok haar tegen zich aan, en Letty snikte en hield mam bij haar haren vast en ik kan het alleen maar beschrijven dat het was alsof ieder van hen een stuk van zichzelf had teruggekregen. Toen drong ik naar voren en ik hield hen ook vast, en vervolgens kwamen tante Kathleen en Mike, en ik was me vaag bewust van alle mensen die toekeken en dachten dat ze gewoon een kind was dat weer was thuisgekomen. Behalve dan het geluid. Het geluid dat mijn moeder maakte toen ze op de vloer zonken, omgeven door ons allemaal, gewikkeld in armen en kussen en tranen.

Want het geluid, afkomstig van mijn moeder terwijl ze mijn zusje in haar armen wiegde, klonk lang en droevig en vreemd, en alle liefde en pijn van de wereld sprak eruit. Het weergalmde door de grote aankomsthal en weerkaatste tegen de glimmende vloer en de muren. Mensen bleven staan en keken over hun schouder om te zien wat het was. Het klonk zowel angstaanjagend als prachtig. Het klonk, zo zei tante Kathleen naderhand, precies als het lied van een bultrugwalvis.

Epiloog

Kathleen

Mijn naam is Kathleen Whittier Mostyn en ik ben een bruid van zesenzeventig. Alleen al bij die woorden krimp ik in elkaar omdat het zo dwaas is. Ja, uiteindelijk wist hij me te strikken. Hij zei tegen me dat als hij het hoekje om zou gaan, hij dat wilde doen in de wetenschap dat ik in de buurt was, en dat was volgens mij niet veel gevraagd van een vrouw, niet als ze wist dat die man al haar hele leven van haar had gehouden.

Ik woon niet meer in het hotel. In elk geval niet de hele tijd. Nino en ik konden het niet helemaal eens worden over waar we zouden wonen. Hij zei dat hij in de buurt van zijn wijngaarden moest zijn, en ik zei tegen hem dat ik niet de rest van mijn leven in het binnenland wilde doorbrengen. Dus verdelen we onze tijd tussen de twee huizen. En al denkt heel Silver Bay dat we een stel oude gekken zijn, deze regeling komt ons allebei goed uit.

Mike en Liza wonen in het hotel, dat er nu waarschijnlijk iets mooier en meer uitnodigend uitziet dan toen ik er in mijn eentje de scepter zwaaide. Mike had nog meer vingers in de pap, interesses waarmee hij het druk heeft en die geld in het laatje brengen, zoals het op de markt brengen van Nino's wijnen. Maar ik schenk er weinig aandacht aan, zolang we maar een paar flessen met iets lekkers op tafel hebben 's avonds. Af en toe krijgt Mike ideeën over meer geld verdienen of meer opbrengst of waar hij het in hemelsnaam over heeft, en dan protesteer ik. De rest zit te knikken en te glimlachen en wacht tot hij weer is uitgeraasd.

Er zullen andere projecten komen en andere bedreigingen, en we zullen ertegen blijven vechten. Maar nu zonder angst. Nino Gaines – of moet ik zeggen: mijn man? – heeft het voormalige terrein van Bullen opgekocht. Als huwelijkscadeautje, zei hij. Om de meisjes wat zekerheid te geven. Ik wil niet te veel nadenken over wat hij ervoor heeft betaald. Hij en Mike hebben ideeën voor het terrein. Af en toe gaan ze samen naar de verbleekte reclameborden en lopen ze over het stuk land, maar uiteindelijk lijkt geen van beiden er iets aan te willen doen. En ik ga door met wat ik altijd heb gedaan: ik run een krakkemikkig hotel aan het einde van de baai en ik word een beetje nerveus als we te veel bezoekers krijgen.

Aan de andere kant van de kustweg gaat de trek naar het zuiden uitstekend. Elke dag worden er moeders en baby's gezien, en op het water zijn er ongeveer net zoveel passagiers als vorig jaar rond deze tijd. De walvisjagers komen en gaan. Af en toe wordt een bekend gezicht door een nieuw vervangen, maar ze brengen zoals vanouds elke avond dezelfde pikante verhalen, dezelfde grappen en klachten naar mijn banken. Yoshi ging terug naar Townsville om de instandhouding van walvissen te bestuderen, en Lance zegt vaak dat hij haar zal opzoeken, maar dat betwijfel ik. Greg heeft verkering – hoewel dat misschien zacht is uitgedrukt – met een vierentwintigjarig barmeisje en ze lijkt hem met gelijke munt te betalen. In elk geval komt hij minder vaak naar het hotel en ik kan begrijpen dat Mike dat prima vindt.

En het gaat uitstekend met Letty. Zij en Hannah hangen aan elkaar alsof ze maar vijf dagen van elkaar gescheiden waren geweest in plaats van vijf jaar. Meerdere malen vond ik ze bij elkaar in bed en wilde ik hen naar hun eigen bed sturen. Maar Liza zei dat ik ze met rust moest laten. 'Laat ze maar slapen,' zei ze terwijl ze keek hoe ze in elkaar verstrengeld lagen. 'Binnenkort willen ze toch wel meer ruimte.' Als ze praat klinkt ze zo luchtig dat ik niet kan geloven dat ze dezelfde vrouw is.

De eerste paar weken waren vreemd. We liepen op onze tenen om het kind heen, bang dat alle gebeurtenissen, deze plotseling veranderde omstandigheden haar helemaal van streek hadden gemaakt. Een hele tijd deed ze geen stap van haar moeder vandaan, alsof ze bang was dat ze weer van haar zou worden weggerukt, en uiteindelijk nam ik haar mee naar het museum en liet haar mijn harpoen zien. Ik zei dat als iemand het ooit in zijn hoofd kreeg om in de buurt van mijn meisjes te komen, hij met Old Harry te maken zou krijgen. Ze was een beetje verbaasd, maar ik denk dat ik haar heb gerustgesteld. Nino zegt droog tegen me dat er misschien een reden was waarom ik nooit kinderen heb gekregen.

Het ging beter toen ze haar vader eenmaal aan de telefoon had gehad. Hij zei dat hij het prima vond dat ze daar bleef en dat ze altijd zelf mocht beslissen wat ze wilde. Vanaf dat moment sliep ze goed, hoewel nog steeds in het bed van haar zus. En daar eindigt het. Mikes zus hield zich aan haar woord en publiceerde het verhaal niet. Mike zegt dat het eigenlijk een liefdesverhaal is. Niet over hem en Liza, hoewel je weet dat het zo is als je hen alleen al samen ziet lachen, maar over Liza en haar dochters. Soms, als hij me plaagt, zegt hij dat het over mij en Nino gaat.

Dan zeg ik dat ik het anders zie. Kijk lang genoeg naar de zee, naar haar buien en nukken, naar haar schoonheid en verschrikkingen, en dan heb je alle verhalen die je wilt: over liefde en gevaar, en over wat het leven in je netten laat belanden. En over het feit dat je er soms niet de hand in hebt en je er alleen maar op moet vertrouwen dat het goed zal aflopen.

Bijna elke dag, als Liza niet te veel passagiers heeft geboekt, varen ze samen uit op de *Ishmael* om te kijken of de walvissen nog steeds op weg zijn naar hun foerageerplekken. In het begin dacht ik dat het Liza's manier was om een gezin te vormen, om een band tussen hen te scheppen, maar algauw merkte ik dat ze zich er net zo toe aangetrokken voelden als zij. Het gaat niet alleen om de dieren die ze zien, zeggen ze tegen me. Het gaat om wat ze niet zien. De meisjes vinden het heerlijk om de bultruggen te zien verdwijnen, genieten van de gedachte dat na een spectaculaire sprong er een heel leven onder water is dat ze niet kunnen zien. Dat er wordt gezongen in een peilloze diepte, waarvan de klanken voorgoed verloren gaan, dat er relaties ontstaan en baby's worden geboren die geliefd zijn. Een wereld waarin wij en de zinloze dingen die we elkaar aandoen, niet van belang zijn.

In het begin lachte Mike hen uit omdat ze te veel fantasie hadden volgens hem, maar nu geeft hij schouderophalend toe: wat weet hij eigenlijk? Wat weet iemand van ons? Er zijn vreemdere dingen gebeurd, vooral in ons uithoekje van de wereld.

En ik sla hen gade terwijl ze met z'n vieren over de Walvissteiger in de zon rennen, en ik denk aan mijn zus en misschien mijn vader, die een dergelijk verhaal prachtig zou hebben gevonden. ('We dachten dat jullie gezelschap hadden,' zeg ik tegen hen, waar ze ook mogen zijn. 'Maar tjonge, vergisten wij ons even!') Ze zouden hebben begrepen dat dit verhaal gaat over een ongrijpbaar evenwicht; over een waarheid waar we allemaal mee worstelen als we ooit de eer mogen hebben die schepsels te zien of, als we ons hart ervoor openstellen, dat je soms iets prachtigs kunt vernietigen door er te dichtbij te willen komen.

En dat je soms, zo voegt Mike er vastberaden aan toe, geen keus hebt. Niet als je werkelijk wilt leven.

Ik zal het natuurlijk nooit tegen hem zeggen. Ik wil hem niet laten denken dat hij in alles zijn zin kan krijgen. Maar ik moet zeggen dat ik het in dit geval, alleen in dit geval, met hem eens ben.

Dankwoord

Dank aan, zonder een bepaalde volgorde, Meghan Richardson, Matt Dempsey en Mike, de schipper van de *Moonshadow V*, de bevolking van Nelson Bay die naar walvissen gaat kijken, en alle bemanningsleden die in augustus 2005 de tijd hebben genomen om met me te praten over het gedrag van walvissen en het leven op zee. Ook dank aan de politie van New South Wales voor de uitleg over bepaalde overtredingen op zee 'die ze waarschijnlijk niet zouden pikken'.

Dank aan Hachette Livre (voorheen Hodder) Australië en Nieuw-Zeeland. Dit boek heeft in de eerste plaats door hun moeite vorm gekregen. Vooral dank aan Raewyn Davies, Debs McInnes van Debbie McInnes PR, Malcolm Edwards, Mary Drum, Louise Sherwin Stark, Kevin Chapman en Sue Murray, en Mark Kanas van Altour. Geen van hen vond het een probleem om een heel chaotisch gezin van vijf personen volgens een strak schema door het land van de tegenvoeters te vervoeren.

Zoals altijd dank aan Carolyn Mays, mijn redacteur, die niet eens paniekerig klonk toen ik besloot het boek dat ze verwachtte, opzij te schuiven voor dit boek, en aan Sheila Crowley, mijn agent, voor haar enthousiasme zoals altijd en haar verkoopvaardigheden. Dank aan Emma Knight, Lucy Hale, Auriol Bishop, Hazel Orme, Amanda

O'Connell en het hele team van Hodder UK voor hun harde werk en steun, en aan Linda Shaughnessy, Rob Kraitt en iedereen bij A.P. Watt voor hetzelfde.

Dichter bij huis: dank aan Clare Wilde, Dolly Denny, Barbara Ralph en Jenny Colgan voor hun praktische hulp en vriendschap in een moeilijk jaar. Ik hoop dat jullie weten hoezeer dat op prijs werd gesteld.

Tevens dank aan Lizzie en Brian Sanders, Jim en Alison Moyes, Betty McKee, Cathy Runciman, Lucy Ward, Jackie Tearne, Monica Hayward, Jenny Smith en iedereen van Writersblock.

En bovenal dank aan Charles, Saskia en Harry, de drijvende krachten achter mijn sputterende motor. En aan Lockie, omdat hij ons heeft laten inzien dat volmaaktheid een relatief begrip is.

Jojo Moyes, juli 2006

Lees ook deze heerlijke roman van Jojo Moyes:

In een vergeten hoekje van Londen leert de 14-jarige Sarah op haar geliefde paard Boo te rijden alsof zij samen dansen. Hun leermeester is Sarahs grootvader Henri, die zelf heeft gestudeerd aan le Cadre noir, een van de meest prestigieuze rijscholen in Frankrijk. Hij hoopt dat het Sarah een kans in het leven zal geven. Maar als het noodlot toeslaat, staat Sarah er alleen voor.

Natasha is advocate Jeugdrecht en raakt vaak te nauw betrokken bij haar zaken. Ze leeft gescheiden van haar bijna ex-man Mac, maar nu komt hij tijdelijk weer wonen in het huis dat nog van hen beiden is. Als ze bij toeval Sarah ontmoet en haar een helpende hand biedt, zet dit haar leven pas echt op zijn kop.

Paperback, 480 blz. | ISBN 978 90 261 4829 3
ISBN e-book 978 90 261 4140 9

Maak kennis met Lou in deze wereldwijde bestsellers:

Louisa en Will zijn absolute tegenpolen. Als Lou wordt aangenomen om voor Will te zorgen, die sinds een ongeluk in een rolstoel zit, botsen hun karakters ook onmiddellijk. Maar als ze ontdekt wat hij voor ogen heeft, besluit ze alles op alles te zetten om hem van gedachten te doen veranderen. Alleen, hoe overtuig je iemand dat er nog zo veel avonturen te beleven zijn, als je zelf de wereld niet durft te ontdekken?

Paperback, 416 blz. | ISBN 978 90 261 4553 7
ISBN e-book 978 90 325 1429 7

Sinds haar tijd met Will samen, is Lou's leven behoorlijk veranderd. Ze woont in een nieuwe stad, heeft een nieuwe baan, maar dat heeft niet geleid tot 'een nieuwe Lou'. Als een bizar ongeluk haar ertoe dwingt tijdelijk bij haar familie in te trekken, heeft ze het gevoel dat ze weer net zo vastgeroest zit als vóór Will haar leven overhoophaalde. Kan Lou zichzelf opnieuw uitvinden?

Paperback, 400 blz. | ISBN 978 90 261 4554 4
ISBN e-book 978 90 261 3956 7

Lees hoe het verhaal van Lou verdergaat in:

Louisa Clark heeft besloten de stap te wagen: ze is alleen afgereisd naar New York, ervan overtuigd dat haar relatie met ambulancebroeder Sam dit avontuur zal overleven. In haar nieuwe baan wordt ze meteen in het diepe gegooid, want het leven van haar werkgever, de rijke familie Gopnik, speelt zich af in de hoogste sociale kringen. Daar ontmoet ze Joshua Ryan, die een onverwachte link met haar verleden blijkt te hebben...

Lou's hart ligt bij Sam in Engeland, maar intussen speelt haar leven zich af in New York. Het wordt steeds moeilijker om de kloof te overbruggen. Zal Lou erin slagen om zichzelf niet te verliezen tussen deze twee werelden?

Paperback, 464 blz. | ISBN 978 90 261 4494 3
ISBN e-book 978 90 261 4495 0